U0051283
Universal
Gravitation
萬有引力
騎鯨南去◎著
1
香江文學城
愛呦文創
愛呦文創
©《萬有引力1》騎鯨南去 / 著、黑色豆腐 / 封面繪圖、凜舞REKU / 海報繪圖、魅趓 / Q圖繪圖、愛呦文創 / 出版

Universal Gravitation

萬有引力

騎鯨南去 / 著　黑色豆腐 / 繪

1

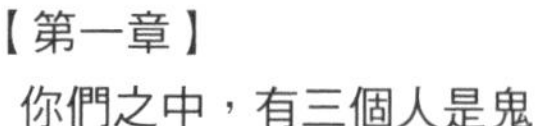

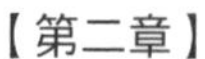

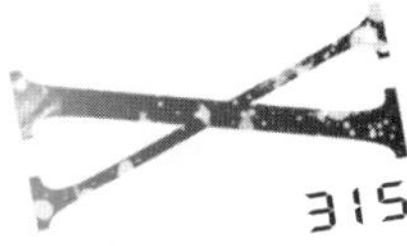

CHAPTER

01:00

你們之中，有三個人是鬼

沒有人知道那些「人」是怎麼上來的。

大巴車在駛上繞城高速後，中途沒有停過車，始終保持著 80 公里的時速，但車裡的人數，確實是增加了。

這件事或許只有李銀航發現了，或許車廂內所有的人都發現了，只是沒人敢說破。

她把整個身子低低俯下，鼻子裡滿是封閉空間裡熱烘烘的悶臭氣息。

大巴裡的空調開到了 16 度，空調口就在她的頭頂。風力強勁，聲聲可聞。而她的手指緊捏著，冷風和熱汗爬蟲似的緩緩順著頭髮流入頸窩。

——車裡的確是多了人。

這種感覺揮之不去，但具體哪裡多了人，偏偏又說不清。也許正在身後的某個位置窺伺著她，也許是那個坐在她前方正兩個座位的位置、露出了一小片寸頭髮茬的男人。他也許正無聲地把自己的腦袋擰轉了 180 度，盯著自己的方向看……

腦補是人類的天賦。從一個星期前開始，人們的這一項天賦就開始得到極大的鍛煉。

起先，只是發生了一兩起異常的失蹤事件。比如，一起出去玩的朋友，當離開的人帶著兩杯奶茶回來時，電影院前已經沒有了人影。

再比如，大腹便便的中年化學老師在綜合排名墊底的某高二文科班講著一堂讓人昏昏沉沉的課，底下的學生睡倒一片，只有班長勉強照顧著他的面子，奮筆疾書地在化學課本下寫著語文作業。

等班長被一聲清脆的掉落聲驚到，再抬起頭時，地上只有一根掉落的白板筆滴溜溜打著轉。

他氣憤地站起身來，指責道：「老師都被你們氣走了。」

情況的惡化，只用了一個白天到夜晚的時間。

在沙發上和丈夫一起追劇的主婦，發現廚房裡的水聲響個不停。她心疼水費，嘮叨著走向廚房，發現碗池裡積著一疊蓄滿泡沫的碗。

女兒不見了。連帶著她那雙走起來會啪啪作響的舊拖鞋一起。

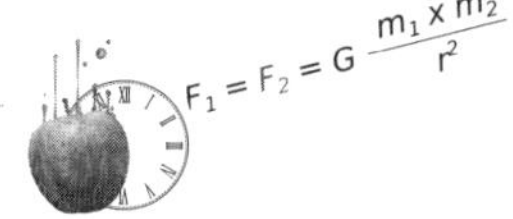

主婦走回客廳，客廳裡靜悄悄的。電視裡播放著球賽，一盒新菸剛剛拆封，菸灰缸已經從茶几底下取出。

溫馨的薑黃色暖光下，客廳裡懸掛著的三人全家福上，只投下了主婦不知所措的倒影。

失蹤事件迅速升級為了「失蹤事故」。

電視裡用靜止的彩色螢幕反覆播放著注意事項，提醒市民近期停止不必要的外出活動。

因為資料證明，待在一個固定的地方也無法避免突然消失的可能；但出去亂跑的，沒得更快。

整個世界，像是出了無法修復的奇特 bug。

這倒也不是大家胡亂猜測。

早在五個月前，2 月 5 日，下午 6 點整，曾有數以百萬計的人在被火燒雲焚燒成赤紅色的雲層底色下，在太陽的位置，看到了一個巨大的對話方塊。

【sun.exe 未回應。如果您繼續等待，程式可能會回應】

【您想結束這個進程嗎？】

【結束進程 取消】

這個對話方塊很快消失了。持續時間一分鐘，毫秒不差。

那段時間，這個巨大的對話方塊著實在網路上掀起了一陣風波。

最風靡的一種說法是，地球出 bug 了，外星人在對地球進行系統維護。但這個說法很快就遭到了嘲笑。理由是，身為外星人，系統版本居然還是現行的 Windows 16。

對話方塊以各種語言，出現在世界各個城市的上空。保加利亞巨大的玫瑰種植園上、紐西蘭特卡波小鎮海洋一般的美麗星空中、澳洲載著孩子們去往夏令營的飛機舷窗旁。

風波的結束，是某個國外藝術團體站出來認領說這是他們的行為藝術，是將人們內心深處對真實的恐慌投影在了太陽上。儘管他們並沒有拿出足夠實現這一偉大藝術壯舉的器材，但那時候，大家已經對這個話題討論得疲憊了，這個理由足以讓大家心安理得地轉向下一個社會熱門話題。

後來，也有大神拿上萬張照片一一對比過。

因為時差問題，有的地方對話方塊出現的時間，正巧處在深夜。但對話方塊出現的位置，依舊嚴絲合縫地緊貼著當時太陽運行的軌道。

但是大多數普通人早就對此失去興趣，讚歎一句牛逼也就過去了。反正沒有少一塊肉，日子照常過。

誰想到，五個月後，世界會變成這副樣子。這總讓人忍不住想，當初那個熟悉的 Windows 16 彈窗，究竟為什麼會出現。這真的是人類的玩笑？是某股力量在示威？還是，只是想給他們一個用人類的常識能夠理解的危險提示？

李銀航實在想不通，索性就不想了。命要緊，不消失總比消失好。

身為一個卑微的銀行小客服，她和自己的朋友住在單位提供的宿舍。在銀行停業後，她們選擇就地龜縮，朋友因為忍受不了三天沒洗的頭，走進衛生間，再也沒有回來。

李銀航不敢去看，怕自己步上她的後塵。於是，沒有關緊的蓮蓬頭裡滲漏的水落在瓷磚上，滴滴答答響了兩天。

這種時候，她總無比慶幸自己的懶，喜歡把零食放在自己躺在床上一劃拉就能摸到的距離。她靠著零食、沙雕視頻和充電器續命，盡力忽視那幾乎滴在她神經上的水聲。

滴答、滴答。

直到救援隊在外敲響大門。

因為失蹤人口太多，組織部門即時轉變了應對策略。

以自願原則召集志願者組成救援隊，挨家挨戶搜尋，將還未失蹤的成年人，以及沒有自理能力的孩童、老人、殘疾人送去附近臨時建立的「安全繭房」裡集中封閉，或者為困在家裡的人送去食物，同時協助不願離開的人實現自行封閉。

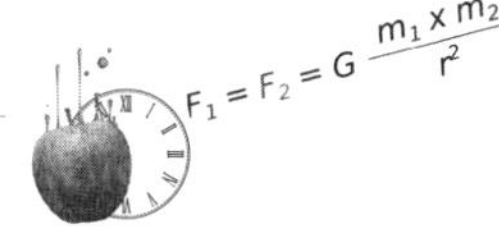

志願者都是戴著紅袖標的大叔大媽。因為當前的資料表明，18 歲以下的孩子和 60 歲以上的老人，目前尚不存在任何一例失蹤案件。

李銀航想，伸頭也是一刀，縮頭也是一刀，再縮在這裡，食物早晚有吃完的一天。她不想一個人生活在水滴聲聲的空蕩公寓，就算消失，她也希望是在人群中消失，所以她坐上了這輛臨時徵用的雙門大巴。

她上車前，蹲在車門前的司機大爺隨口提了一句：「三號啊。」

李銀航上車時，果然在靠後的位置看到了其他兩個人影。

一個人橫躺在倒數第二排的雙排椅上睡覺。另一個也用衣服蓋著臉，仰靠在倒數第一排的座位上呼呼大睡。

於是她壓下了打招呼的欲望，來到了倒數第四排，靠窗坐下。

車上安裝了信號遮罩儀。這也是當局試圖控制無端失蹤事故的方法之一：在密閉的小空間內實現高強度的磁場干擾。

但信號遮罩儀的功能和覆蓋範圍實在太有限。要實現全面有效的磁場隔離，還是得去特殊材料製成的「繭房」，所以這臺遮罩儀的心理安慰作用可能遠大於實際作用。

玩不了手機的李銀航只好坐著放空大腦，竭力遮罩掉腦中響了幾天的滴水聲。

——滴答、滴答。

大巴在這處公寓社區，只帶走了三個大人。

車子走走停停，上來了一些人，也走了一些人。有幾個被送到兒童避難所的小孩，有一老一少兩個自願報名、被送去網站的志願者，有上了車又臨時反悔、想在原地等著妻子回來的丈夫。

起先，李銀航看到上車的人，還會好奇地探頭看上一眼，試圖搭上兩句話，但她很快就倦怠了下來。

這輛大巴車始終沒能裝滿哪怕三分之一的人。大家都是陌生人，天然帶了三分警惕，因此坐得零零落落，坐定後，也沒什麼串座聊天的心思。

李銀航安安靜靜地 cos 河底的王八，一語不發。

他們路過了一座跨江大橋。

窗外，一輛小轎車歪在橋柱附近，被燒得只剩下鋼鐵骨架，安全氣囊被燒得稀爛，皮質的焦糊味沿著窗戶絲絲透入，被炸飛的小半個前引擎蓋掛在橋欄上，被風颳出尖銳的金屬摩擦聲。

吱扭——吱——

李銀航不大想去思考車禍發生的緣由，她將視線轉向了大巴車內，想打發打發時間，數數現在車上有多少人了。

但下一秒，大巴衝入隧道，鋪天的黑暗迎面而來。

白爍爍的天光重新亮起時，李銀航覺得自己的視網膜上出現了古怪的錯位……車裡，好像比剛才多了什麼東西。

但現實的感官以極快的速度替換了這一閃而逝的視覺殘像，她甚至來不及對比哪裡出了問題，第六感告訴她，一定多了什麼。剛才，車裡沒有這麼多人，也沒有這樣要命的死寂。各種各樣的猜想掠過她的腦海，一重又一重疊加而來的恐懼，讓李銀航越來越不敢抬頭。

她緊張地掰著手指，不敢做第一個發出聲音的人。誰想，因為用力過猛，她的手指關節發出了一聲脆響。

啪喀。這一聲響動，在過於寂靜的車廂裡製造出了詭異的回聲，李銀航有那麼一瞬間連喉嚨裡的肌肉都繃緊了。

好在，她不是一個人在度秒如年。

在李銀航身後，一個男人用極力控制的顫聲道：「司機師傅，可以停車嗎？我有點不舒服……」

司機沒有回應。不知道該說是意外之中，還是預料之內。

死寂被打破後，剛才的男人膽氣陡增，拔腿就要往駕駛室走去。他剛越過李銀航的座位，一隻手從側面突兀伸出，擋住了男人的去路。

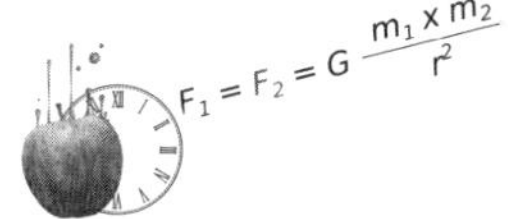

神經緊繃的李銀航嚇了一大跳……她都不知道自己正前方什麼時候坐了一個人。

男人低頭匆匆一瞥，發現擋住他的人染了一頭銀髮。

黑色髮圈將銀髮綁作漂亮的蠍子辮半搭在鎖骨上，與修長脖頸上一條掛有銀鏈的黑色 choker 形成了鮮明的色彩對比。

面對這樣半個好看的膀子，男人頓時勇氣更盛，他寬慰道：「美女，妳別擔心，我去看看情況。」

然後，李銀航就聽到那人再標準不過的清朗男音：「先別動。」

——他再坦然不過地默許了「美女」這個稱呼。

還沒等男人從呆滯中緩過神來，從本該坐著人的駕駛位突然湧出了大片大片的彩色氣球，大紫大藍、大紅大綠，極強的色彩飽和度刺目到讓人眼睛疼。

氣球紛紛落地，坐在前排的一個姑娘嚇得尖叫一聲，把腳踩上了座位邊緣，躲避掉落的氣球。

接著，從數以百計的彩色氣球裡，鑽出了一隻憨頭憨腦、長了一雙圓滾滾小短手的……蘑菇。

一隻紅色的、傘蓋上有白色斑點的蘑菇。看起來和《超級瑪利歐》藏在磚塊裡、吃了會變大的蘑菇沒有什麼區別。

蘑菇動作浮誇地抖了抖傘蓋，還像正帽子似的，煞有介事地整理了一下傘沿。因為手腳短小，它簡直像一隻憨態可掬的寵物，但看到這種顛覆世界觀的場景的人，沒有一個人能笑得出來的。

蘑菇往前笨拙地蹦了兩下，張開短短的雙手，「歡迎各位，來到《萬有引力》的世界！比卡很榮幸，能成為你們的引路人！」

李銀航已經不會動了，眼前的場景對於她區區 24 年的生命來說，超綱了。她一時沒去想《萬有引力》這個名字為什麼這麼耳熟，而是下意識去觀察其他人的反應，尤其是剛才即時叫停了男人靠近司機的銀髮青年……他居然沒有在看那個最搶眼的蘑菇。

他的目光迅速從整個車廂掠過，以最快的速度將人數清點了一遍。

李銀航忙照貓畫虎，跟著他清點了一番。不算蘑菇，一共十一個，但李銀航卻不敢輕易用「人」這個詞來概括車裡的這些生物。

還沒等李銀航的胡思亂想深入下去，就看到在正數第一排的座位上，緩緩立起了半個人影。

——居然還有一個？

看到那人，李銀航腦海中跳出的第一個詞就是「格格不入」。

青年穿著不合時宜的半長款黑色翻領風衣，兩件套，判斷不出身材是否挺拔，只能從脖子的曲線看出他氣質不俗。他的皮膚很白，白得像是剛才那道穿破隧道的天光化來的，中長款頭髮微捲著剛到肩膀，給人一種端莊、秀美的冷肅感。

關鍵是，他是全車離蘑菇最近的人，和它幾乎在同一條水平線上，但他並沒有什麼恐懼的樣子，手裡甚至還穩穩捏著一個蘋果……而且他偏著頭，看起來居然在認真研究這個蘑菇。

李銀航又從側邊細心觀察了他片刻，再次發現了不對勁。

他看著蘑菇的眼神是散的、惺忪的。

——這人好像只是單純的，沒睡醒。

不等李銀航再做出什麼無用的判斷，身後猛然響起的碎裂聲嚇得她一個縮脖。

倒數第二排的男人不知何時取出了窗邊裝嵌的紅色緊急逃生錘，狠狠砸碎了窗戶。玻璃破碎的瞬間，時速 80 公里的風倒灌入內。

李銀航還來不及計算在這種情況下跳車生還的希望，男人就已經迫不及待地伸手去扶住窗框。

這種詭異的情況，嘗試逃離的確是人之常情。然而，在半個腦袋探出窗外後，男人沒了下一步的動作。

沒人知道在那一刻，他遭到了怎樣非人的痛苦。眾人只看到他跌坐回原處，面色鐵青，雙手囫圇抓撓著自己開始蠕動的臉皮，好像裡面充斥著

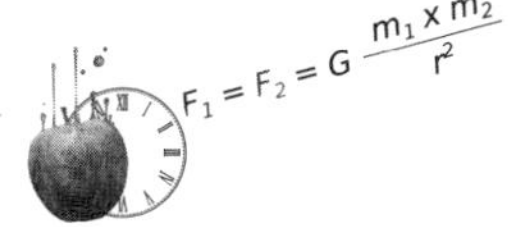

一窩振翅待飛的昆蟲。

砰！物質爆裂的悶響過後，眾目睽睽之下，他脖頸上極有層次地翻開了一朵亮閃閃的彩色蘑菇。

順著他肩膀滴落的雪白漿液，像是蘑菇的分泌物。

下一秒，蘑菇尖銳的女童嗓音幾乎是貼著眾人的頭皮活生生刮過去的：「請聽注意事項——」

「第一，副本一旦開啟，不可試圖強行脫出哦。」

南舟有點頭痛。

他剛才不是自然甦醒，是枕在大巴窗戶上睡覺，被女孩子的尖叫嚇到後，一頭撞到了插銷上。

很痛。

醒來後，他眼前還有個奇怪的彩色大蘑菇頭。這讓南舟花了點時間才分清，自己不是在做夢。

「第二——」蘑菇很是滿意車廂內死一樣的寂靜，蘑菇傘起伏的弧度都顯得輕快而愉悅，「你們之中，有三個人是鬼。」

語出駭人。蘑菇不顧眾人死灰般的面色，指向倒在座位上、白漿已經緩慢流動到了肩膀上的違規者，「很巧，剛才這位不是。友情提示一下，鬼的腦袋爆開的時候，是白色的蘑菇哦。」

被蘑菇列作教材的死者，不過短短幾秒，屍身已經不能看了。灰白的菌絲從他迅速腐化萎縮的手腳延伸出來，鑽入車縫、置物架、車座上的墊巾，它們細細密密地延伸到血液濺落的地方，像是個盡職盡責的清道夫。

蘑菇很滿意大家的表現，直到它的餘光瞥見了南舟。

南舟枕窗而眠的那側眼尾留下一個醒目的紅印，半捲的中長髮有幾縷睡得翹了起來。

他還在看它，好奇遠大於恐懼的那種眼神。

蘑菇莫名有一種被冒犯了的感覺。

南舟發現蘑菇在看自己，於是好心提醒道：「說到第二了。」

蘑菇：「……」它不大高興地抖了抖傘蓋，小短手賭氣地整理了一番帽檐，把傘蓋徹底轉向了南舟一方。

「第三，鬼和你們一樣，擁有基本的常識、正常的思維能力、一模一樣的生理結構和生理反應，因此各位玩家可以跳過互相傷害的步驟，文明地開始你們的判斷哦。」說到這裡，蘑菇試圖將兩隻小短手合十，但只有粗短的指尖勉強碰到了一起。

「不過，各位玩家不用這麼早感到沮喪！你們面對鬼，並不是毫無辦法的唷。」

「簡單點說，你們每個人都擁有表決權！三個人，就能組成一個團隊。只要有三個人——當然人數多了也無所謂——就能依靠團隊的判斷，確定一個疑似的『鬼』哦。」

「在整個團隊達成一致的懷疑對象之後，只要用這個東西，在懷疑對象的手上……」蘑菇取出一只形制類似手銬的銀色手環，又取出另一只一模一樣的，將手環上兩處明顯的凹槽對準後，輕輕一碰，「滴——」手環發出了登車刷卡的短促機械音聲。

蘑菇又歡快地一拍手，用作演示的手環化成了兩蓬銀粉。

「只要有三個玩家在同一個手環上蓋上印戳，那麼手環的主人就會自動判定為『鬼』嘍。」

「這輛車到達終點之前，你們會經過六個隧道。你們可以理解為，有六輪投票，足足六次呢。」

「進入隧道後，一輪投票自動截止；走出隧道，下一輪投票自動開啟。每一輪不得重複投票，以第一次投票為準。接下來，就是你們驗證這一輪的判斷是否正確的時刻嘍！從隧道出來後，車裡是會多出來白色的蘑菇，還是彩色的蘑菇呢？這就要看每個玩家的選擇了。」

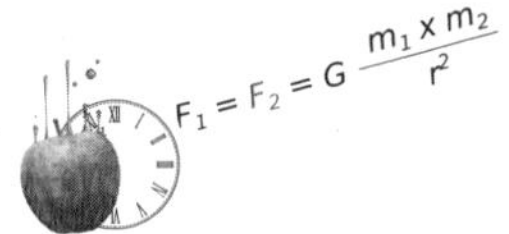

「抵達終點時，全部的鬼都被捉住，視為玩家獲勝。反之，鬼身上的禁制，就會被撤銷嘍。可惜呀，如果剛才的玩家沒有擅自脫離副本，你們有可能在第一局就把所有的鬼淘汰出去啦。」

蘑菇正說得興致勃勃時，旁邊那個討厭的玩家居然發聲了，他撚住了袖口，低聲道：「別鬧，那個不是可以吃的蘑菇。」

蘑菇：「……」

南舟抬起頭，向蘑菇禮貌地比了個「對不起請繼續」的手勢……微妙的，很氣人。

證據是蘑菇的語速都加快了，也不加稀奇古怪的語氣助詞了。

「當鬼全軍覆滅時，這個手環就變成普通的道具了，就留做初次遊戲的紀念吧。」

「本次遊戲不禁止過激的暴力行為。但是，因為鬼知道自己是鬼，對於剛入局的新玩家來說不夠公平，因此，追加規則如下：在遊戲結束前，鬼不允許通過除投票以外的方式殺掉玩家。」

「也就是說，大家也可以通過自相殘殺的方式來判斷誰是鬼呢。但不得不再次提醒你們，投票還是最快捷有效的方法。」

「當遊戲結束，系統會根據你們的貢獻積累分值。」

「開動你們的腦筋吧。畢竟，這是一個公平的遊戲。試玩關卡體驗時間共計 1 小時。」

「那麼……祝你們在《萬有引力》中遊戲愉快。」

咻的一聲，蘑菇迅速向中心縮成了一道平平的光線，消失無蹤。

嘩啦啦。隨著蘑菇的消失，銀質的手環掉了一地，和慶祝它閃亮登場的氣球一樣，滿地滾動蹦跳。

車內一時無言。

在窗外雪白的天光照射下，封閉的大巴內，坐著八個人、三隻「鬼」。明明是白天，每個人卻如浸寒潭。

最先打破沉默的，還是那最先採取了行動的男人，他踉蹌著走到前排，俯身撿起一個手環。

大家各自領走了自己的手環，卻不敢戴，數十雙眼睛小心地觀察著彼此，直到那個銀髮蠍子辮把手環試探地套上了手腕。

在撿起手環時，有人懷著僥倖心理，去查看了一眼駕駛座。意料之中，唯一有可能見過車上所有人的司機早已消失無蹤。

他們在一輛沒有司機的大巴上，以 80 公里的速度，向著未知之地飛奔。這個詭異的發現，無疑加重了車內氣氛的凝滯。

「別耽誤時間了。」因為第一個開口、又是第一個嘗試走向司機，這個男人無形中覺得自己肩負起了某種責任，他乾咳了一聲，說：「要不……先自我介紹？」

他率先開口：「我叫趙光祿，今年 37，章華社區一期的。我在一家建築公司工作……呃……離異 3 年了……」作為第一個自我介紹的人，他也不知道還應該說些什麼了，只好乾巴巴地補充：「我是第二個上車的。司機說我是二號。」

李銀航忙舉手，「我是三號！也是章華社區的！」

她甚至還記得司機大叔拍在她肩膀上的溫熱觸感，以及那個親切的「三號啊」。

沒想到，趙光祿卻搔搔頭皮，說：「我怎麼沒看見妳啊。」

李銀航心頭猛然一空，冷汗噌的一下落了下來……大巴的客座，還是太高了，太容易擋住人的視線。況且，自己上車的時候，他應該還在用衣服捂著臉睡覺。

她連忙道：「我叫李銀航，24 歲，是 X 大金融系畢業的，在光明銀行的松州街支行上班，是接線客服。」

眾人：「……」

李銀行，在銀行工作。沒有比這個更像現編的名字了。

李銀航：「……」

雖然她從小就不怎麼喜歡自己的名字，每次升學自我介紹的時候都免

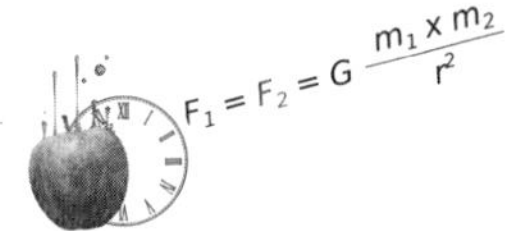

不了一頓笑話，但她從沒有任何一次像這次一樣想要以頭搶地以證清白。

她竭力尋找其他的證據：「光明銀行在章華社區二期有一棟職工宿舍樓，您知道的吧？」

「……是嗎？這個我真不知道。」趙光祿略帶歉意地搖搖頭，「我上車就睡著了。」

他雖然擔任了「領頭人」這個職位，但他還沒意識到，自己的話落在一些六神無主的新玩家耳朵裡，意味著什麼。

至少到目前為止，他是車裡說話最有分量的人。這一句話，讓許多人看向李銀航的眼神都變了。

李銀航心裡火焚似的焦急，但她在客服工作裡鍛煉出的，就是臨危不會輕易失控的語言組織能力，不然會被打差評。

她看向其他人，「我上來之後，和一些人說過話，你們還記得嗎？」

她對此並不抱太大希望。她上車後，的確和車裡的人搭過話，但是為了照顧到睡著的人，她的聲音都放得很小。況且，那些人都已經下車了，現在剩下的都是一些坐在她前面的、她全然沒有印象的生面孔。

果然，沒有人為她作證。

在一片叫人頭皮發麻的寂靜中，李銀航搜腸刮肚地搜索著自己早就在車上的證據：「大巴路過了大龍家的酸菜魚店，31 號美食街，對了，最後經過了跨江大橋……」她越說越得不到回應、越覺得害怕、越陷入深深的自我懷疑。

她也許是唯一一個在大巴穿過隧道的那一刻就察覺到車內人多了的人，其他人是不是會認為，鬼早就上車了呢？她現在說的這些，大家能相信嗎？

「……好了。」一個聲音打斷了嗓音已經開始發抖的李銀航。

那被當作「美女」的銀髮蠍子辮的男人站起身來，望了她一眼，淡灰色的眼睛裡含著溫柔的鼓勵。

他說：「從我上車起，她一直在我身後坐著。」

李銀航如聞天籟，周身的大汗驟然落下。

大家也不由得齊齊鬆了一口氣。雖然急於抓出鬼，但出於避害的心理，大家又不想這麼快就和鬼對上話。

還有人抱怨了一句：「怎麼不早說。」

「如規則所說，我們有組隊的需要。我不想先站隊，想先觀望一下。」他說：「畢竟我替她說話，在旁人眼裡，我和她就是一隊的了，所以我剛才想再看看。」

他娓娓道來，態度很是謙和，是那種叫人如沐春風的口吻和神態。

「我叫江舫。」他介紹道：「25 歲，父親是烏克蘭人。我應該算是中烏偉大友誼的見證吧。」

李銀航總算看清了他的臉，的確是混血兒。

他的五官，尤其是鼻子和眼睛都帶有俄式的美感，但是下半張臉卻有著迷人的東方特色，嘴唇紅而薄。如果不是情境特殊，沒有人不會對他母親的美麗浮想聯翩。

他繼續道：「前不久回國，是因為我母親去世，我想來看看她生活過的城市。我租住在東華公寓。」

前排那個用尖叫把南舟一舉吵醒的姑娘小聲提出質疑：「我就是東華公寓的。我上車的時候怎麼沒見到你？」

「我是從後門上來的，而且住在外籍區。」江舫伸手一指在車輛中後部的另外一扇車門，並問李銀航：「妳看到我了嗎？」

儘管她根本沒印象江舫是什麼時候坐到她前面的，但李銀航知道，如果不順著他的話說，她就依舊是眾矢之的。為了從窘境裡解脫出來，她含糊地點了點頭。

趙光祿還挺警醒的：「你是幾號？」

江舫態度坦然地反問：「我們應該有號碼嗎？」

趙光祿：……什麼意思？

他看向那個同樣是在東華社區上車的姑娘。

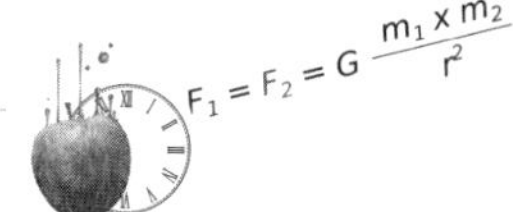

那姑娘果然搖了搖頭，表示沒有。

趙光祿想了一想，也就明白了其中的緣由。

他在昏睡中，也感覺到有人頻繁走動、上車下車。要知道，東華公寓離跨江大橋很近，在這之前，如果車裡上上下下的人太多的話，司機很有可能直接放棄查數。也就是說，報數沒有意義。

江舫這裡沒有什麼可問的了，趙光祿很快又想起了車裡的另外一個可疑人員。但等他放眼望去，發現那個人居然又不見了。

在所有人的注意力都放在後排時，南舟趴在座位上一心一意地摸索，總算從椅子中的夾縫裡搆到了最後的一副手環。在低頭戴好手環時，堅硬冰冷的內壁擦過了他右手內側微微浮凸著的黑色蝴蝶紋身。

他轉動著手環，想著心事。

突然，南舟有種被人窺視的感覺。他把手搭在旁邊一側座椅的頭墊上，側臉向後看去。

隨即，他把半張臉埋在架起的臂彎裡，小小吁了一口氣……怪不得會有這種感覺，因為幾乎整個車廂的人都在盯著他看。

他坐在最前排，出現得最突兀，對蘑菇的反應最不正常。換南舟來，他也覺得自己可疑。

「羅堰。」南舟跟著介紹起自己來，口吻很自然，帶著一股文質的冷冰冰：「26 歲，龍潭二中老師，平時住在龍潭區，放暑假，回母親家探親。」

經歷了幾輪發言，大家漸漸壯起了膽氣。

「你什麼時候上的車？」

「你為什麼不害怕？」

「有什麼來證明你說的話？」

南舟嘆息一聲。這三個問題，的確都需要給出一個合理的解釋……所以，他要怎麼解釋，自己是被突然傳送到大巴上、且自己又不是鬼呢？

留給南舟的思索時間的極限是 5 秒鐘，超過 5 秒，就足夠惹起所有人的懷疑。整理目前已知的資訊，南舟可以得出如下判斷：

這是一輛 C 城的城際大巴。

車輛開往的目的地，未明。

經過的地方，未明。

行車 GPS 是關閉的，無從推測行車路線。

他還有 4 秒時間。

第一排座位前方的廣告燈箱上有一幅小小的 C 城地圖，被數張尋人啟事覆蓋住的地圖露出了一角，恰好是龍潭區的位置，上面有二中的學校標識，這也是南舟謊言之一的靈感來源，但上面不會標注住宅區的位置。

換言之，倘若別人問到他是從哪個地方上車、上車的地點有什麼細節，他不可能全然編造出來。

南舟的眼角餘光迅速轉過他正前方的駕駛位。

——還有 3 秒。

固定的、外設有些發黃的工牌上寫得清清楚楚，這輛大巴車原來的司機應該是個女人，叫做張秋燕。但放著水杯的置物架旁，掛著一個嶄新的塑封工作證，掛帶和水杯提把交纏在了一起。

從瞥得的資訊可知，今天開車的人應該姓佘，或是姓余，是個男人。

為什麼這輛大巴車會突然更換司機？是司機之間普通地換了班嗎？

——2 秒。

不對。目前已發言的四個人，沒有一個說自己是從巴士網站上車的。他們都是從各自的住宅區出發的，甚至細節到了「一期」和「二期」，「外籍區」和「普通住宅區」。所以說，這是一輛按非日常路線行駛的大巴車……突然更換的新司機，非正常行駛的大巴。而且，車裡所有乘客，看起來都要去往一個特定的地點。因此，大巴很有可能是被徵用了，用來執行某種救援任務。

李銀航話語中提到的「志願者」，可以和他的猜測互相印證。

——僅剩 1 秒。

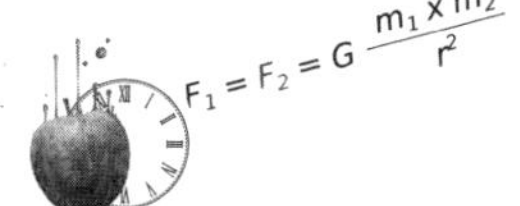

那麼，為什麼車裡的人會這麼少？現在還是白天，按理說，要執行救援，現在是最好的時機。換言之，白天的車上，就算不是人滿為患，也不該是眼下這個人員密度。

這意味著什麼？意味著這些人很有可能已經不是第一波被救援的人了……所以，南舟應該在哪裡上車，已經顯而易見了。

——時間到。

南舟收回目光，看向眾人。他坦然道：「我是第一個上車的。」

趙光祿第一個不同意了：「不對，我上車的時候沒有看見你。」

在車內氣氛凝固起來的前一刻，南舟接受了他的質疑，並給出了他的答案：「我是偷偷上來的。」

眾人一臉問號地看著他。

「我原先被帶到了一個避難點裡，那個避難點裡沒有我的母親。但我不知道她究竟在哪裡，問了志願者，也沒有結果。我很擔心她，所以我從昨天晚上就藏上了這輛停在門口的車，躲在座位底下，想去找她。我打算在中途下車，或者去到其他的避難點看看。」

「我很睏，後來就睡著了，車開了很久才醒。我頭有點痛，悄悄出來後，靠著玻璃又睡了一會兒……」他說話的語速有點慢，但很有條理，讓人感覺他還沒有全然睡醒。

說話間，南舟還把自己的袖子舉了起來，確保眾人能看到上面沾著的、他剛才下去找手環時沾上的薄薄灰塵。

眾人在心裡不約而同地「哦」了一聲。

大巴底下的縫隙，的確足夠藏下一個人，如果不仔細看，未必會發現座位下躲著什麼。

有人追問：「這種時候，你不乖乖呆在『繭房』，還敢往外跑？」

南舟默默記下，避難所叫「繭房」。同時，他輕輕清理著袖子上的灰塵，慢吞吞答道：「嗯，不是所有人都有親人，這種擔心的感覺，也不是所有人都會懂的。」

「……」提問者被噎得差點翻白眼。

不得不說，南舟的這個理由是充分的，也找不到什麼可以反駁的點。

但問題是，南舟這個人的氣質，很怪異。黑色眼睛、黑色頭髮，身上除了那一身不符季節的衣服，沒有多餘的修飾，垂著睡得泛紅的眼角一句一句說話時，像是個反應遲鈍的木頭美人。

可那落在左眼睛正下方的一點淚痣，給他添上該有的風情和清冷之餘，反倒讓他帶著些異樣的森森鬼氣。即使旁邊就是濃烈到幾乎發白的陽光，他還是和太陽有種互不相容的排斥感。

這種氣質讓大家感覺不大舒服。

有人繼續問他：「那個蘑菇離你那麼近，你為什麼不害怕？」

「因為我開始以為這是在做夢。」南舟說：「後來清醒了，發現又不大嚇人。」

大家：「……」

有一說一，那個蘑菇本身的確不嚇人。而蕈化的詭異人頭，和第一排的距離又太遠了，他的確有理由不害怕。

那麼，就該輪到最後一個問題了。

「有什麼來證明你說的話？」而且，問題還買一贈一了：「大夏天的，你怎麼穿成這樣？」

南舟沒再說話，而是鬆開了風衣袖口的綁帶。一隻松鼠配色的小動物探頭探腦地從他的袖口探出頭來，是一隻蜜袋鼯。

南舟介紹道：「認識一下，牠叫南極星。」

一看到被南舟擺在座位另外一側的蘋果，南極星烏溜溜的雙眼豁然一亮，張開後肢的皮膜，飛撲了出來，兩隻前爪抱緊蘋果，挪著屁股攢著勁兒，想把蘋果搬進袖子，占為己有。

南舟用手摁住蘋果梗，阻止了牠的動作，略有些不高興：「我的。」

小動物鼓起腮幫子，盯著南舟，委屈巴巴。

南舟不為所動。牠就保持著這樣楚楚可憐的姿態，吭哧一口搶了一塊

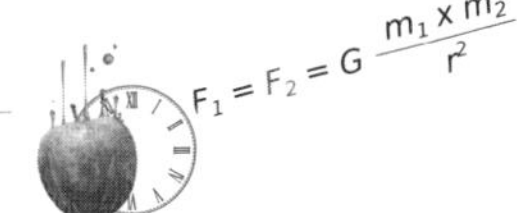

蘋果，叼著蘋果塊沿著南舟敞開的袖口飛速溜了回去。

南舟：「……」

事實證明，人的判斷是會受一些非客觀的因素影響的。

就比如現在，大家對南舟的警惕性大幅降低了，不僅僅是因為「鬼還會帶寵物上來？」這種理由，而是他被偷蘋果那一瞬間的表情波動，讓他看起來鮮活了許多。

剛才被南舟懟過的人不甘地一指他，「你不是說你是老師嗎？」

南舟把蘋果握在手間，點了點頭，「是的。」

那人尖銳地反問：「老師允許你留這樣的頭髮？」

南舟又是認真地一點頭，「對，美術老師。」

眾人：「……」草。

頓時，大家心中對這個人的詭異氣質都有了完全合乎情理的理解。

——原來是藝術家啊，明白了。

南舟平靜地望向已經開始下一輪自我介紹的人們，打量著每一張或是緊張，或是強作鎮靜的臉。但當他的視線轉向那位烏克蘭混血青年那裡，南舟的視線微微一頓。

江舫斜靠在大巴座位上，看起來並沒有在看自己……但南舟知道，他明明在看自己。

他在看身側窗玻璃上自己映出的倒影。他的表情似笑非笑的，溫和得難以判斷情緒，但他的心情是肉眼可見的不錯。

南舟不動聲色，似乎對此全然不覺，自然地將目光轉到其他人身上。

南舟這邊的陳述和解釋多花了些時間，因此大家的介紹速度推進得有些緩慢了。

大巴座位共有 15 排、61 個座位。從後往前數，情況依次如下：

倒數第一排，坐在靠左側的男人，是建築師趙光祿。

倒數第二排靠右側，是因違反規則試圖跳窗而身亡的無名之人，目前唯一能確定的資訊只有「他是一個普通人」。

倒數第四排靠左側，是倒楣的銀行小職員李銀航。

倒數第五排，是坐在李銀航正前方的江舫。雙門大巴的門就開在倒數第五排附近。

再往前，倒數第六排坐著一個男人，叫劉榮瑞。他就是剛才被南舟懟得啞口無言的那位。

他說自己是家裡實在沒有吃的了，鼓起勇氣出了家門，走了許久，硬是沒找到一家還開著門的超市。最後，他是聽說有食物可吃，才跟著一老一少兩個志願者上了這輛車的。說到這裡，他滿臉都是「老子早知道餓死也不上這條賊船」的懊悔。

倒數第七排，空缺。

倒數第八排，也即正數第八排的情況有些特殊，坐了一男一女兩個人。靠左坐著的姑娘叫孫若微，靠右坐著的年輕人叫林祥君。

兩個人都是從龍泉社區上來的，上車後還搭過兩句話，可以說是全車所有人裡最能為彼此作證的了。但正因為此，他們也有可能是一起撒謊的鬼同伴。

正數第七排，空缺。

正數第六排靠左，坐著秦亞東，男，從幸福大街上車。他是在路邊主動招手，搭上這輛大巴的。

正數第五排，秦亞東正前方坐著一個接近兩百斤的胖子。據他說，他是在工人街的幸福苑上車的。

秦亞東可以為他作證，因為他從一上來就調節了椅背，往後一躺，直接壓到了他的大腿。但胖子並不怎麼領情，說他上來就睡了，沒注意到後面有什麼人。

正數第四排，靠右的位置，坐著一個頗有神經質氣息的青年。他警惕地打量著每一個人，焦躁地啃著手指甲，惜字如金地透露，自己是C大的在讀學生，叫吳玉凱。

在有人質疑「我們剛才有經過C大嗎」時，他氣沖沖地吼了回去：

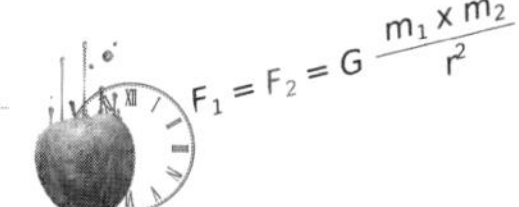

「廢話！」

反應這麼激烈，不知道是因為心虛，還是單純地不喜歡在這種極端情況下被人隨便質疑。

正數第三排，是和江舫一起在東華社區上車，最先尖叫出聲、到現在也在瑟瑟發抖的外企員工謝洋洋。

正數第一排，是南舟，也是大家口中的羅堰。

就在謝洋洋結結巴巴地做著自我陳述時，車廂內驟然被無邊的黑暗席捲、包攏、攫緊。

大巴毫無預兆地穿過隧道的那一瞬，向眾人無聲地宣布了一個事實：第一輪，空票。還有五輪……只剩五輪。

重見光明後，大家不約而同地將目光投向了後排那顆巨大的蘑菇。

柔軟細長的菌絲已經將他身處的整個座位包裹了起來，絢彩的傘蓋隨著車輛的晃動，有規律地一搖一擺……彷彿有了生命。

車內的氣氛肉眼可見地焦灼和緊張了起來。

新的一輪開始了。

大家開始搜查各自的隨身物品。為了節省時間，劉榮瑞自告奮勇，和趙光祿一起清點。趙光祿由前往後，劉榮瑞由後往前，搜身過後，兩人又在眾人面前公開互相搜身。

可惜，檢查的結果並不盡如人意。

上車前，為了避免發生意外事故，或是有不法分子趁機行凶，大家已經接受了志願者的一輪簡單手檢。

大部分人走得倉促，什麼都沒來得及帶。

比如李銀航，拎了個手機就出門了。

甚至有什麼都沒帶的，比如江舫，渾身上下只有一件雪白的居家V領薄毛衣和柔軟的白色長褲，除了在陽光下自帶一身聖光外別無用處。

謝洋洋帶了一支小型電擊器、一罐防狼噴霧，也被志願者收走，代為保管。

眼下，隨身 ID 已經實現了全國推廣，刷臉加指紋即可替代原先身分證的全部功能。但車上並沒有這樣的身分檢測儀，他們必須到「繭房」入口才能核驗身分。因此他們誰也沒有能證明自己身分的直接證據。

再一次一無所獲後，車內開始湧動起另一股不安的情緒來。

趙光祿察知情況不妙，試圖緩和大家逐漸開始劍拔弩張的情緒：「那個……剛才那個東西說的，什麼什麼《萬有引力》，你們聽說過嗎？」

暴躁大學生吳玉凱口吻惡劣道：「你不知道？那件事鬧這麼大，你不知道？」

「這……」趙光祿被懟得反應慢了一拍：「我……不知道啊。」他在公司是畫圖紙的，主要負責技術工作，實在不擅長應付在這種極端情況下瞬息萬變的人心。

他這一猶豫，吳玉凱頓時輕蔑地「哈」了一聲：「那個出了事故的全息網遊！把好幾百個玩家都折騰成植物人的全息網遊！網上鬧得翻了天，所有社交網站上都在刷，你告訴我你不知道？！」

趙光祿張口結舌：「我平時不玩電腦遊戲，也不逛這些網站的！」

吳玉凱陰陽怪氣：「這麼巧？」

趙光祿氣得一個倒仰：「你懷疑我？」他看向李銀航：「李小姐上車的時候看見過我，對不對？」

「這時候你們站在一起啦？」吳玉凱步步緊逼：「你剛剛不是說沒看見她嗎？」

趙光祿不理會他的詰責，快步走到李銀航座位旁，著急道：「姑娘，妳那時候看到我了，是吧？！」

李銀航深吸一口氣：「我確實看見過他。那個時候趙大哥正用衣服蒙著頭睡覺……」

吳玉凱反口就問：「那妳怎麼能確定，這張臉就是妳看到的蒙在衣服底下的那張臉？！」

李銀航：「……」她被活活說出了一身雞皮疙瘩。

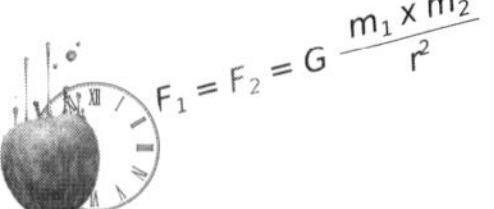

趙光祿憤然回頭，「那照你這個邏輯，我怎麼就知道你是你，沒被別人替換？」

「我知道幾個月前發生的事情！」吳玉凱針鋒相對：「鬼做得到這個嗎？」

趙光祿：「那我也知道，三個月前，C 城江南區一個叫諾德的國際學校交工了，那就是我負責的項目！」

吳玉凱聳了聳肩，「什麼項目，沒聽說過。」

「你——」

李銀航沒敢再插話。在吳玉凱的提示下，她想到了一種更為可怕的可能性……整輛車上，或許只有她在車子進入隧道的前一刻，無意間觀望了一番車子裡的情況，發現車裡多了人。所以她一直認為，鬼是在進入隧道後，才出現在車上的。

但看起來，吳玉凱，或者還有其他人，都認為鬼有可能是從一開始就混上了車。

李銀航還是比較相信自己的第六感的。車穿過隧道後，確實多了人。但也不能排除，有鬼是從上車時就混入的。這麼看來，情況更加複雜了。要怎麼判斷才好？無數猜測同時在她腦袋中爆炸開來。她本來就不怎麼夠用的大腦遭到了雪上加霜的打擊。

在李銀航和自己的腦子激烈地鬥智鬥勇的同時，車內的氣氛已經越來越火藥味四溢。

同坐一排的孫若微和林祥君幾乎是瞬間結成同盟，還拉上了沒什麼主見的謝洋洋。

謝洋洋想得不多，她就是想先和年齡相仿的姑娘待在一起。說起來，李銀航倒也滿足這個條件，但她不大相信那個和李銀航站在一隊的烏克蘭混血兒。她在東華住過一段時間，那裡的確有外籍區，但面積不算大，進進出出的熟臉，就那麼幾張……江舫這張臉，謝洋洋可從沒見過。

此時。吳玉凱彷彿是無比篤信自己的判斷，竟然強拉起趙光祿的手

臂，在他手腕上的銀環上刷了一記。

冰冷的一聲滴，讓趙光祿額角的青筋全部迸了出來。趙光祿又急又氣，沒了理智，一把拖住吳玉凱的手，也強行往上回扣了一記。

吳玉凱：「——操！你幹麼？」

趙光祿狠狠用袖子擦了一下鼻子，「你為什麼這麼想讓別人死？！你才是鬼！」

吳玉凱反唇相譏：「廢他媽什麼話！？時間還剩多少，不趕快投票，等死啊？」

眼下，趙光祿也意識到，如果真的被吳玉凱這樣牽著鼻子走，大家萬一隨大流，投票選擇了他呢？

畢竟，只需要三個人，三個人就能判他的死刑了。

於是，趙光祿狠狠咬了回去：「潑髒水誰不會！誰看到你上車了？」

吳玉凱嗤笑一聲，滿懷信心地回頭看向了距離自己最近的胖子，他們坐的是斜對角。

誰想到，胖子老實不客氣地搖了搖頭，「我上來就睡了，還是被那女的瞎叫喚給吵醒的。」

吳玉凱：「……」

尖叫的謝洋洋：「……」

吳玉凱的眼珠氣得通紅，「搞我是吧？！你們說，《萬有引力》遊戲那堆破事兒，是不是早就發生了？！我要是鬼，我能知道這些？！」

劉榮瑞咕噥了一句：「要是鬼什麼都能知道呢？」

吳玉凱馬上向他開火：「什麼意思？！現在你們認準我是鬼了是吧？！」他一指劉榮瑞，「是，我沒人證，你就有了？！」

劉榮瑞揚起手機，「是，你說得沒錯，我上車後就自己玩單機遊戲去了，但我可沒像你一樣，這麼著急胡亂咬人！」說著，他站起身來，「不過，既然你懷疑我，我也有權利懷疑你吧。」

滴。吳玉凱的手環上，被投上了第二票。

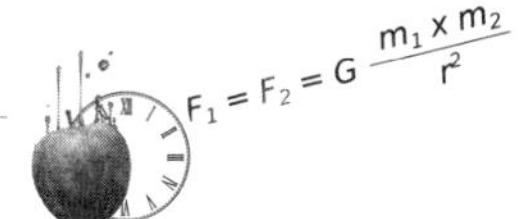

吳玉凱倒吸一口涼氣，連打擊報復都來不及，急忙把戴著手環的左手揣在了懷裡，不許任何人接近。

他一邊暴跳如雷，一邊冷汗如瀑，「你們瘋啦？有病吧？」他跳腳怒罵：「他媽的！不去抓鬼，都來搞我？！」

沉默。壓抑的沉默。

坐在胖子後面的秦亞東看不下去了，他看起來文質彬彬，脾氣也不錯，他和氣道：「好了好了，不要吵了。我們冷靜分析，這麼吵下去，打的是情緒仗。」

吳玉凱現在已得到兩票，心態顯然接近崩盤。他護著手腕，怒吼道：「那你他媽倒是分析啊！」

秦亞東被吼得一愣，不過他也沒發火，斯文道：「你想想看，你是什麼時候上的車？能和我們再說一遍嗎？」

一旁的李銀航被這突然爆發的一連串高密度的爭執給吵得無法思考……腦瓜子嗡嗡的。她只注意到，在吳玉凱被投了第二票時，趙光祿的臉上不禁浮現出一縷扭曲的得色，這讓她不寒而慄。

假設趙光祿是鬼，那麼他是不是已經要成功坑死一個人類了？

假設趙光祿是人，那麼……那麼就意味著，才不到 20 分鐘，他的心理已經在這樣高壓的環境下出現了微妙的扭曲。

周遭的吵擾，讓李銀航實在沒有辦法靜心思考。

然而，不消片刻，車內的嘈雜隨著黑暗，一道歸於靜寂……第二輪，依然沒有任何一個人或鬼出局。

車內重現的光明，並沒有為眾人帶來任何的希望。他們在明亮的陽光下如履薄冰。只剩下四次投票機會了，而經過隧道，意味著上一輪的投票結束。

吳玉凱的票數，再次清零。

經歷了大起大落的吳玉凱暫時躲過危機，不由身體一軟，坐倒在了地上，一手搭在旁側的座椅上，大口大口地喘息。

看到他不再叭叭，學會了閉嘴，李銀航都替他鬆了一口氣。早先被眾人集中懷疑的自己，還有最前排坐的羅堰，都選擇了不參與，少表態。

吳玉凱的問題，在於他還沒有拉攏住一兩個可靠的人證，就開始胡亂推測、貿然投票。大家能喜歡這樣攪混水的腦癱瘋子才怪。

但李銀航同樣知道，明哲保身不是辦法。

她把目光投向了江舫，想從他那裡尋求一點突破。實話說，到現在為止，李銀航還不能完全信任江舫……儘管沒有他的幫忙，自己可能還會是不被大家相信的那個人。

但是江舫的銀髮和面容，實在是過於醒目。如果是這麼搶眼的一個人上車且坐到了她面前，她怎麼會注意不到？所以李銀航想試探試探他。

可等她好不容易醞釀好措辭，前排坐著的江舫就像是心有所感似的，轉過了頭來。他聲音很低，吐字倒是很清晰：「妳好，一會兒可以幫我一個忙嗎？」

他又對李銀航說了一句話，還沒等李銀航應允，耳畔就突兀地傳來了一聲脆亮的長響，「滴──」

這一聲漫長的脆響，生生在大家緊繃的神經上劃了一刀。

吳玉凱不可置信地看向自己的手環。投了他一票的，竟然是那個胖子，他就坐在吳玉凱手臂搭靠著的那一側座位上，冷冰冰望著吳玉凱。

他盯著胖子，嘴唇緩慢地哆嗦起來。

胖子也看了回去，理直氣壯道：「你這個人實在太奇怪了，一直亂咬別人，我還是懷疑你。」說罷，他看向眾人，說：「與其等死，總要投出一個來吧。」

胖子身後的秦亞東流露出了不贊同的表情，「你……」

好不容易擺脫了腦袋迸裂的危機，又重新跌入了被懷疑的漩渦，吳玉凱臉上的戾氣暴漲。

他猛然跳起，跨騎在胖子身上，雙手死死扼住了胖子的咽喉！他雙眼血紅，厲聲暴喝道：「那個鬼東西不是說鬼不能殺人嗎？我就殺給你們

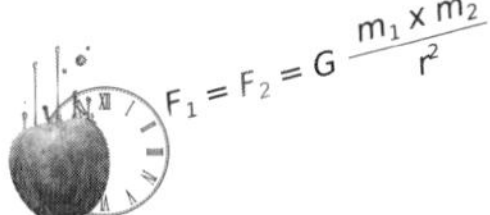

看，我讓你們看看我到底是不是鬼⋯⋯」

話音未落，吳玉凱整個人倏然被一股力量從後輕巧提起，一個滾摔，就被掄到了對面的窗玻璃上。從半空自由落體時，他的臉徑直撞上了座位扶手，一顆帶血的大牙當即飛了出來。

⋯⋯南舟站在過道上，動作優雅地用手背掃了兩下剛才抓住吳玉凱衣服的掌心。

在大家為他敢出手阻止這麼一場當眾失智殺人的鬧劇而又驚又敬時，他們便聽到南舟慢吞吞地說：「掐死人，不能判斷他是不是鬼。蘑菇說了，腦袋爆開，才能確定人或鬼的身分，你這樣幹，會讓我們很難判斷我們中還剩下多少鬼的。」

眾人：「⋯⋯」呔。

南舟輕輕吁了一口氣。

情況並不樂觀。這場遊戲，時間流程短，空間限制在一個數平方公尺的封閉車廂內，各種條件都不允許玩家保持冷靜。

只需要三個人，就能判定一個人的生死。所以，任何人都有可能在極短的時間內進入失控的情緒區間。與其說這是一場智力和謊言的博弈，更像是一場心理遊戲。

⋯⋯所以，現在必須儘快尋找一個破局的辦法。

在眾人情緒已經抵達一個緊繃的臨界值時，一直安坐的江舫突然站起身來。

逼仄的車廂裡，任何人的移動都躲不開別人的眼睛。

走到南舟身側，他的手無比自然地搭在了站在中間的南舟肩上，紳士地拍了拍，「借過。」

南舟還未說話，旁邊就已經有人發問了：「你要幹麼去？」

「不好意思。」江舫客氣道：「我只是有一點發現。」

江舫的到來，讓南舟有點分心。因為南極星不知道吃錯了什麼藥，飛快地鑽入他的風衣領子附近，蹲在自己的鎖骨凹陷處，隔著衣服，興奮地頂江舫虛虛搭在那裡的手心。

但其他所有人的目光，全部集中在了江舫身上。

江舫也不賣關子，望向車廂正前方，抬手一指，溫和道：「那個東西，好像是行車記錄器吧。」

眾人：「…………」

「看起來還是雙向的，車裡車外都能拍到。」江舫溫和道：「而且，行車記錄器這種東西，我記得是不受信號遮罩器干擾的。」

聞言，南舟的心驟然漏跳了一拍。

如果真的錄下了什麼，那自己的謊言……

短暫的呆滯後，立即有人歡欣鼓舞地趕到前排，把那枚小巧的行車記錄器迅速取了下來。

然而，希望很快破滅了……行車記錄器裡什麼都沒有錄下，只有一片刺刺拉拉的雪花。

短時間內情緒的大起大落，已經打擊得一干人們抬不起頭來了。

「唉，我真是蠢。」江舫低頭，雙手把玩著取下的記錄器，自嘲道：「那個蘑菇怎麼會給我們留下這麼現成的證據呢。」

「……本來該是一件好事的，是不是？」緊接著，江舫抬起淡灰色的眼睛，長睫掩映下，他的目光顯得又溫柔又莫測，「所以，劉榮瑞先生，證據沒有了，你不用像剛才那麼緊張了。」

車內。數道狐疑混合著審視的目光集中在劉榮瑞身上，刺得他猛打一個激靈。劉榮瑞臉色白了又紅，強笑道：「等一等，怎麼突然繞到我身上來了？」

江舫將手中完全失靈的行車記錄器放下，「因為你很矛盾。」

「我哪裡矛盾？！」

江舫馬上發問：「你不想活下去嗎？」

劉榮瑞被他驟然加快的話語節奏逼得也加快了語速：「廢話！」

「你不怕死嗎？」

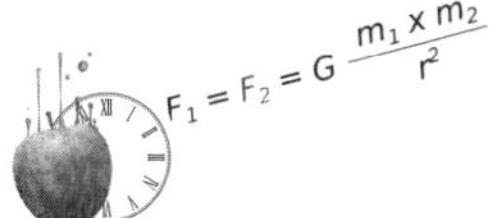

「你他媽的……」

「你不關心鬼是誰嗎？」

「我關心啊！」

「你已經知道鬼是我們中的誰了嗎？」

「廢話，我不知道！你問這些有什麼……」

「你不關心記錄器裡面錄到了什麼？」

「我關心！但你都說了，記錄器什麼都沒錄到！」

在劉榮瑞高度緊繃精神、等待江舫的下一個問題時，車廂內卻陷入了一片叫他始料未及的安靜。

江舫沒有再問下去，他笑了一聲，紳士地向劉榮瑞的方向伸出手，「所以我才說，劉先生真的很矛盾。」

劉榮瑞花了些時間，才讀懂江舫究竟想要表達什麼。

而在讀懂後，他一身的冷汗轟然炸開。自己被他誘導了！

他牢牢把住了自己的情緒波動，用節奏極快的提問，把自己的思考時間壓縮到了最短。當然，自己的表達內容沒有任何漏洞。作為一個「人」，他應該是怕死的、應該去關心鬼是誰，更應該在抓住一點可靠的線索時立刻湊上去。

但矛盾的是，本該如此緊張的他，直到現在，屁股還是牢牢黏在車座位上，保持著雙手抱胸的戒備姿勢，沒有移動。而其他人，現在幾乎都離開了自己的座位，探著脖子想去看一看行車記錄器。

萬千芒刺沿著他的大腿根直直刺來，叫劉榮瑞坐立難安。他硬著頭皮站起身來，反駁道：「誰知道這個行車記錄器是好的還是壞的？我只是不想空歡喜一場。再說，每個人性格不同，我不愛往前擠，怎麼了？」

「……啊。」江舫像是被他說服一些了，「是這樣的嗎？」

劉榮瑞馬上抓住這一點反擊：「憑什麼拿你的標準來衡量所有人？我沒有按照你的標準做，就是可疑的了？」

「可……」江舫的態度肉眼可見地有所動搖了，「剛才其他人都在看

記錄器的時候，你的表情明明很緊張。」

「全靠你一張嘴說？」劉榮瑞不屑至極。

「除了你，有誰看到了？你有證據嗎？」

他有絕對的自信。不管江舫那時候有沒有真的看他，大家的注意力都該被記錄器吸引走了。不可能有別的人注意到他。想賣弄那點從美劇裡學到的微表情知識？只要沒有確鑿的證據，那就……

江舫半低下了頭，看起來已是無計可施了的樣子。

而劉榮瑞只來得及慶幸了半秒鐘。

因為很快，江舫就撩起了他的蠍子辮，信手搭在了肩側……眾人這才發現，他用 choker 在自己的脖子後面固定住了一支手機。一大半手機藏在了他的白色薄毛衣下，另外一小半則被他的頭髮蓋住了，只隱隱露出了一個黑洞洞的鏡頭。

江舫低頭，一手扶住手機，一手將頸側的銀色綁扣打開，在 choker 鬆開的一刻，站在他身旁的南舟注意到，他 choker 下的那截皮膚上，好像有一道奇特的花紋。可他還沒來得及看清，江舫就靈活地用無名指將微鬆的綁扣重新頂緊。

那是李銀航的手機，是江舫跟她借來的。儘管沒有信號，但基本的功能都還能使用，他把還在進行中的錄製暫停、存儲，隨即將螢幕調轉過來，朝向了劉榮瑞。

視頻裡。江舫有意從座位站起，一路走到了車廂的前方，他選定了一個相對來說最靠前的位置。

鏡頭稍微有些搖晃，但廣角鏡頭已經足以將他身後所有人的表情變化納入其中。

江舫就這樣面向車廂正前方，背對著眾人，抬手向斜上方一指，溫和道：「那個東西，好像是行車記錄器吧。」

這一瞬間，鏡頭記錄下的表情有愕然、有激動、有恍然大悟……所有人中，只有劉榮瑞在江舫說出「行車記錄器，是不受信號遮罩器干擾的」

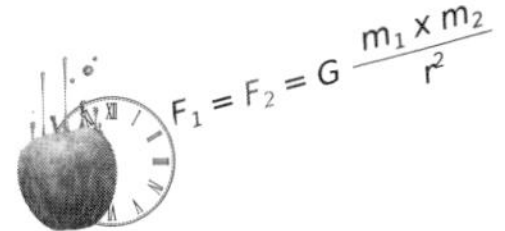

時，露出了堪稱猙獰的表情。

江舫將手機交給趴在一邊默默聽戲的李銀航後，朝面色慘白的劉榮瑞跨出一步。

「我還有幾個問題，劉先生，你可以回答，也可以不回答。」

「你說你是跟一老一少兩個志願者上來的，這是李銀航小姐在自證的時候給出的資訊。」

「現在，請你告訴我，那兩名志願者，分別是什麼性別？我們好和李銀航小姐的證詞做一下對照。」

「還有，你說你餓了很久，為了食物，才上了這輛車。那麼，你上車後為什麼只玩手機，不向其他人問一句有沒有帶吃的？」

劉榮瑞竭盡全力，也只擠著聲帶，發出了細若蚊蚋的申辯：「我……不想打擾別人，所以玩手機，分散注意力……」

「那麼，打開。」江舫再次向他跨出一步，慢條斯理地對他的心理防線落下了致命的一擊，「把你手裡這支手機的密碼解開。」

眾人已經在江舫的帶領下，慢慢接近了真相。雖然普遍跟不大上江舫的思路，但他們也紛紛屏息，等待分析。

劉榮瑞的一顆心緊貼著嗓子眼，咚咚亂跳。他像是被人死死扼著脖子一樣，顫抖著開了口：「……你……什麼意思？」

「抱歉，我應該問得更直白一點。」江舫道：「我的意思是，這支手機，其實根本不是你的，對吧？」

在眾人還未反應過來時，南舟已經恍然大悟了：「啊——」他面容和聲線都是偏於清冷端莊的那一掛。因此，當他拖長聲音用單音節感歎時，有一種別樣的……反差萌。

江舫嘴角一彎，語調好像都因為這聲感歎微妙地愉快了不少。

「搜查物品時，你是最後才和趙先生互搜的，除了手機，你什麼都沒有帶。」

「當然，有人只帶了手機，比如李銀航小姐；也有人什麼都沒有帶。

這本身並不能證明什麼，但你說，你是出來找食物的。你既然沒辦法未卜先知、提前知道你遇上救援車，為什麼不在出門時帶一個大容量的背包用來帶食物？」

「後來，我想到，你一開始是主動提出來幫趙先生搜車的。而且，你對於從車後往前搜這件事，好像一點也不抵觸。」

說話間，那只車廂後排上的巨大彩色蘑菇似乎是為了彰顯自己的存在感，應景地迎風搖曳起來。

它已經看不大出人類的特徵了，既美麗又可怖。正常人的話，很難想像誰會去主動選擇靠近它。

「綜合以上，我猜想……」江舫道：「你其實根本什麼都沒有帶，但為了不讓自己太引人注目、不多花心思圓謊，所以你需要一兩樣物品，來融入大家。」

「所以，你在搜查時，偷偷拿了後座那位已經死去了的先生的手機。」江舫又向前迫近一步，「當然，劉先生想要洗清這點嫌疑，是再簡單不過了。把你手裡這支手機解鎖，讓大家看看吧。」

在周圍窸窸窣窣的議論聲中，劉榮瑞攥緊手裡被他當作道具的、始終處於黑屏狀態的手機，恍惚地想：他居然早就懷疑我了。虧得我還覺得自己隱藏得很好。虧得——

無數想法在他腦海中攪成了一鍋沸騰的岩漿。

劉榮瑞在恐慌中狂叫一聲，猛然抬腳，踹向江舫胸口！

江舫漂亮的眉眼稍稍一動，右腳呈標準的格鬥閃躲式，向後閃避而去。然而，在完全躲閃開來的一瞬，他動了一點別樣的小心思。他原本能跟上的左腳慌亂地一蹬地，整個身體迅速失去了平衡，徑直向後摔去。

好端端站在他身後的南舟，眼睜睜看著身高快一米九的人迎面向他壓上來。

南舟懵了片刻，下意識往旁邊閃了一小步，「……」

在這種狹窄的地方摔倒，恐怕要受傷的。在短暫的遲疑後，南舟還是

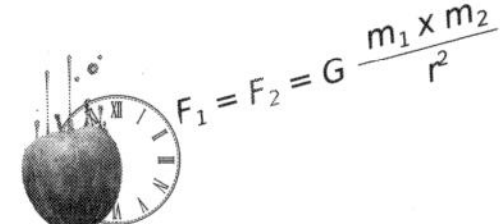

及時在江舫摔倒在地前，搶抱住了他的腰。

壓在他手掌心的腰側肌肉薄而緊實。南舟確信，自己的指節還摸到了他的腰窩，他倒得可謂貨真價實，毫無保留。

在其他人反應過來、齊齊把劉榮瑞逼到了車廂後部時，南舟托著江舫的腰，稍一使力，把他扶了起來。

江舫徐徐吐出一口氣，對南舟展露出一點溫柔的笑意：「抱歉，是我沒站穩。」

CHAPTER

02:00

這就是大佬的啞謎日常嗎？

劉榮瑞被七手八腳摁倒在了座椅上。

一群人將他的衣服撕成布條，把他雙手反剪，結結實實地捆了起來。不消片刻，他手上的銀環就被刷了七八票。

暴躁大學生吳玉凱還記著劉榮瑞跟票試圖投死自己的事情，新仇舊恨一起湧上心頭，照著他的手環就是一頓報復性的滴滴滴。

劉榮瑞起先還想掙扎，到後來也是半麻木了。他兀自歪靠在後排座椅上，胸膛起伏，目光呆滯。

直到隨著車輛的一下顛簸，他的目光重新接觸到那已經完全蕈化的人頭蘑菇。劉榮瑞突然遲鈍地意識到即將降臨在自己頭上的命運。

他猛然站起，想要往前衝，卻因為失去平衡，一腳絆倒。他趴在地上，面如土色地努力抬起身體，狂叫道：「我不想死！」

接下來他吐露的內容，叫聽到的人無不悚然。

「我不是鬼，我是人！」

「我是玩家。我和你們一樣，我也是玩家！」

「我也不叫這個名字！我叫劉驍。我是D市的，我是7月10號被扔進這個狗屎遊戲裡來的！」

「我已經做完了第一個任務，我就是想多升幾位排名，所以我花積分選了PVP模式，然後就被傳送到這輛車上來了……我只是在扮演鬼這個角色，我不是真的鬼！」

「求求哥哥叔叔姐姐妹妹們了，我家裡還有父母，我還是個處男，我連女朋友都沒談過，我不想死啊！！」

涕泗橫流的人發出的毫無尊嚴的聲聲哭喊，很難不叫人動容。有幾個人不忍地扭過頭去。但也有人不買帳。

胖子冷冷道：「除非你告訴我們，你的同夥是誰？」

玩家劉驍似乎這才意識到自己手裡還掌握著的籌碼，灰敗的臉色中浮出一絲病態的紅暈來，「你們救我！救了我，我就告訴你們！」

「我們怎麼救你？」

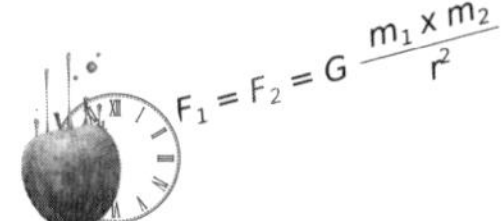

情緒的大起大落間，劉驍含淚的雙眼內有縷縷血絲綻開，看上去頗有幾分歇斯底里：「那你們休想知道鬼是誰！」

但下一秒，他就又軟了下來。他掙起身體，雙膝著地，咚咚地磕了兩個頭，嘴唇一個勁兒發著顫：「不過我可以告訴你們，我接到的遊戲規則，是、是要隱藏自己的『鬼』身分，直到……直到遊戲時間結束。到時候，我們作為贏家，可以選擇要不要傷害你們……」

「你們每一個人的命，都值一千積分……我發誓，我放棄最後要你們命的權利——我連進這一關花的積分都不要了——我真的不會傷害你們的！真的！真的真的！」

「你們放過我吧！放過我吧！」

得知「鬼」也有可能是人後，有人的心境發生了變化。

一直保持沉默的謝洋洋怯生生發聲道：「……要不，我們和解吧。」

她壯著膽子，稍稍提高了一點聲音：「你們誰是鬼，站出來吧。我們不去找你們，你們也不要來傷害我們，我們和平共處，一直到遊戲結束，不好嗎？」

然而，謝洋洋善意的號召，換來的是一片難堪的沉默。甚至還有人不屑地嗤笑了一聲。

謝洋洋的臉瞬間脹紅。

南舟覺得這個小姑娘有點可憐，於是主動出言替她打破了尷尬的沉默。他誠懇道：「這是不行的。」

謝洋洋：「……」

沒人理她還好，南舟一開口，讓她尬得腳趾抓地，因為她已經反應過來自己說了怎樣一番蠢話。

要是按她說的，大家和諧地抵達終點，鬼就自動獲勝了。到時候「鬼」又憑什麼一定要放過人類？萬一人類輸了，遊戲直接讓他們腦袋上開紅傘傘呢？這三個「鬼」甚至聯手都不用髒。

退一萬步講，就算劉驍說的是真的，他願意放棄積分，那他的兩個

「鬼」隊友呢？那兩個人還未暴露，怎麼可能冒著被大家圍攻的風險，自動表明身分？反正眼下要死的是劉驍，又不是他們。

在一片令人絕望的沉默中，劉驍已經徹底知曉了自己的命運。他慘笑兩聲，終於放棄了一切希望，踉蹌著從地上站起，直著嗓子吼道：「你們每個人都給我記住！」

「我叫劉驍，我是被你們害死的！」

「你們每個人都是殺人犯！！」

「尤其是你——」他盯緊了江舫，幾乎要把一口牙咬碎：「都是你害死我的——」

瀕死之人痛極恨極的怒音，入耳令人不寒而慄。

江舫卻沒有什麼反應，目光淡淡地看著他，沒有得勝的笑意，也沒什麼多餘的悲憫。

「都是你害死的——」

「要不是你，他怎麼會死——」

此起彼伏的幻聽宛如浪潮，在江舫耳旁喁喁不休。

然而江舫也只是抬手捂住了自己的 choker 一側，習以為常地輕輕活動了一下脖子。

南舟自以為安撫好了謝洋洋，一轉頭又見劉驍對著江舫罵聲不絕。

南舟有一點困惑。

在劉榮瑞換氣準備繼續嘶聲痛罵的間隙，南舟插了個縫，認真提問：「劉先生，是你自己遊戲沒玩好，為什麼要怪別人？」

「……」正準備換氣的劉驍一口氣卡在了嗓子眼裡。

說話間，南舟似乎又有一些理解了，他點一點頭，「當然，如果這麼想會讓你開心一點，那你罵就好了。」隨即，他轉過身，對眾人說：「大家聽一聽就好，不要往心裡去。」

江舫耳畔的幻聽驟然中止。

他側過頭，望向南舟，南舟也正好看向了他。

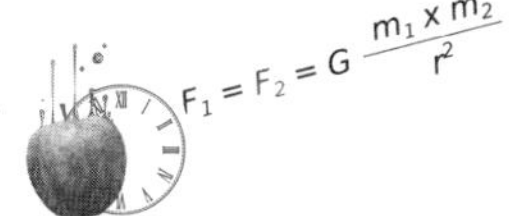

兩人目光交匯的剎那，車子呼嘯著駛入無邊的黑暗。

一聲輕微的爆裂聲響。顫抖的飲泣聲戛然而止。

這次的隧道，比上次要長一些。上次又比上上次要更長。

在持續數十秒的黑暗中，南舟什麼也看不見。

他眨了眨眼睛，不知道江舫是不是還在看著自己。但他感覺，似乎有兩點溫熱的星火，隱藏在暗夜裡，靜靜望著他。

南舟直覺那視線沒有惡意，只是單純的望著他，穿過黑暗，看到了一整個繽紛的世界。

待天光大亮時，南舟再用心去看，卻發現江舫並沒有在看自己。

南舟有些好奇地歪了歪頭，跟著他的目光，回身望向劉驍。

一朵白色的蘑菇，倒在後排的地面上，尚存人形的手指還在痙攣。然而，就連他滴在地板上的淚，也已經被饑餓的菌絲貪婪地吸吮了去。

南舟不再看這滿地的慘相。他站在靠近車廂末尾的地方，望向車廂裡的另外一個角落。

很快，南舟再次收回了目光。他沒有選擇回到自己原來的位置，而是在附近找了個座位，隨便坐下了。

他們還有三輪投票的機會。不過，因為成功解決掉了一個，大家的焦躁感有所減緩，紛紛將充滿希望的目光投向了重新坐下的江舫。

江舫低著頭，似乎並不打算回應大家的期待，一下下地扳著手指。

他的手指根根都是柔軟、挺拔而有力的樣子，柔軟的白毛衣順著手腕支起的反方向滑落了一點，露出骨線完美、稍微修飾著青色筋脈的腕部……看得南舟想和這麼一雙手掰手腕。

李銀航試圖寬慰江舫，低聲道：「你別往心裡去，那個劉驍……也是被逼急了。」

江舫笑道：「嗯，我見慣這樣的人了，要是個個都往心裡去，早就抑鬱了。」

李銀航：「……」您是什麼職業，會見慣這樣的人啊？

「你們也不用看我。」江舫抬起頭來，坦然笑道：「我起先也不知道誰是『鬼』。利用行車記錄器，不過是一個挺蹩腳的小伎倆。再用第二次，不會有人再上當的。」

大家聽了他這話，想了想，倒也沒錯。他們不再寄希望於江舫帶頭，各自窸窸窣窣地討論起來。

劉驍雖然在臨死前對眾人大肆詛咒，但也為他們留下了不少有用的資訊——「鬼」是之前那些在現實中失蹤的人，是人類玩家。

得知自己的對手不是真實的「鬼」，這至少讓他們減少了一些不可名狀的恐懼。

於是，車廂內的大家開始頻繁走動，詢問問題。只要抓住一點點彼此話裡的漏洞，他們就開始拚命刨根問底，並近距離觀察說話者的神情，揣摩對方是不是在撒謊。

南舟並沒有參與進去。他趴在前排座位的椅背上，把半張臉壓在手臂上，打量著斜對面坐著的江舫。他並不覺得利用行車記錄器來詐人是個小伎倆。畢竟行車記錄器是連自己也沒注意到的細節。

他看著江舫，想，他或許在想新的主意。畢竟劉驍死前留給他們的資訊，遠不止「『鬼』是人類玩家」這麼簡單。

可是，目前江舫已經不必多費心思。

結合那些資訊，再加上自己特意埋下的鉤子，已經足夠讓南舟判斷，剩下的兩名「鬼」玩家，究竟是誰了。

相比之下，南舟更想知道，江舫，究竟是什麼人。

車內原本有十二人。一人違規，還剩十一人。

現在，一「鬼」出局，還剩十人。

投票的工作並沒有因為減員而變得更輕鬆。反而，推進的速度變得艱

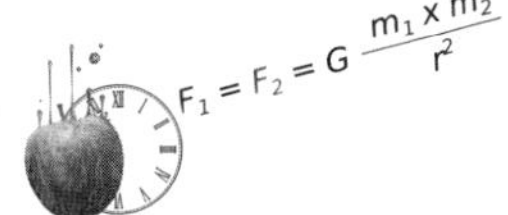

難又緩慢。

江舫安靜下來後，暴躁又話多的大學生吳玉凱又開始蠢蠢欲動。他雖然不敢再像先前那樣囂張地質疑他人，但他還記恨著胖子投他票的事兒，因此死咬胖子，說他是故意帶節奏要害自己，堅決地把自己的那一票投給了胖子。

胖子獲得的第二票，則是由趙光祿投出的。他說不出什麼理由，就是覺得胖子這人透著股陰惻惻的氣息。

這兩票算是情緒票。要說有什麼說服力，肯定不至於，但也足夠讓被投的人感到恐慌了。

面對這樣的情況，胖子居然還能穩得住。他面無表情地靠在椅背上，掏出一根菸，因為沒摸出打火機來，索性只將菸乾叼在嘴上。

胖子咬著過濾嘴，含糊不清地說，自己是一個普通的遊戲程式設計師，在一個快倒閉的三流遊戲公司裡工作，34、5 歲，一事無成。

他冷冰冰道：「我和我老婆早離婚了。她嫁了人。女兒跟的我。前兩天，她在家裡，沒有了，現在又輪到我了。」

「你們投唄。」他無所謂道，臉上的肥肉動了動，「投完我，我死了，就去見我女兒。」

他這一番話說下來，說得車內氣氛更加壓抑。

同樣離異的趙光祿聽了他的話，甚至產生了幾分共情下的懊悔。

……沒人再去跟第三票了。

南舟平靜且好奇地觀望著這一切。

其實，胖子就算不說這些，大家也不會輕易跟他的票。第三票，是死亡票，正常人不會想背這個重大責任的。

經歷了劉驍的事情，眾人並沒有變得更果決。如果對面死的真是鬼，他們反倒沒有什麼心理負擔了。每個玩家都是活生生的人，每個人都有各自的經歷。

南舟說了自己教授的美術課程。

李銀航談起自己在接線工作中遇到的奇葩。

坐在一起的男女互證身分，共同確證了他們社區物業是如何不當人。

秦亞東則說，他是個普通的小公務員，朝九晚五，生活沒什麼波瀾，領導偶爾 sb，他就是想平靜地領著死工資過日子而已。

萍水相逢的人，在講他們的人生，繪聲繪色，各有苦辛，也各有原因。為了活下去，所有人都拚盡了全力。

一番討論的結果，是南舟得了兩票。

這兩票，是那一對一起上車又坐在同排的男女投的。他們的疑問是，南舟是怎麼躲過早上查車的人，又是怎麼在不驚動任何人的情況下，從座位底下鑽出來的呢？

面對這樣的結果，南舟也並不很緊張，甚至沒打算解釋。因為這種問題不好解釋，搞不好還會越描越黑。將這一切歸結給「運氣好」，都比強行解釋要合理得多。

再說，和他們同組的謝洋洋比現在的南舟更恐慌。她和這對男女只是暫時結盟，但她並不想扮演那個決定別人生死的角色。

時間按秒流逝。難以言說的緊迫感，讓大家陸陸續續憑感覺投出了自己的一票。

得了趙光祿、吳玉凱兩票的胖子，把自己的票投給了他身後的秦亞東。因為他還是堅持，自己上車的時候，沒感覺到後面有人。

秦亞東無奈又好脾氣地聳聳肩，認下了這一票，甚至沒有報復，把這一票給了江舫。

他解釋道：「江先生，我只是擔心……會出現『鬼』故意指認隊友、博取大家信任的情況出現。」

江舫認可地一點頭，轉動著手腕上的銀環，笑說：「秦先生想得對，的確會有這種情況出現。」

謝洋洋實在拿不準，選擇棄權。

目前，手中留有餘票的，只有江舫、南舟，還有李銀航。

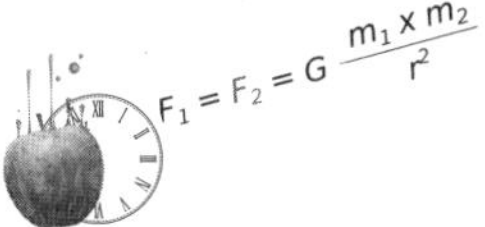

距離抵達下一個隧道，只剩下不到 3 分鐘了。

如果穿過隧道，此輪投票將會作廢。人類一方，將只剩兩輪投票機會，要從十個人中準確挑出兩個「鬼」，機率實在太低了……為了保證最終所有人的存活，在投票過程中，他們很難不排除幾個錯誤選項。

目前，被投了兩票的是南舟和胖子，江舫、秦亞東各得一票。

排除棄權的一票，還有三票沒有投出。已經投過票的人，不免將目光集中在這三人身上，哪怕試個錯也好啊。這三個人，有能力把找出「鬼」的機率，從十分之二，降到九分之二，甚至八分之二。

李銀航能感覺到大家略帶期盼的視線。她卻無心管這些，手指緊緊揪著座椅邊緣，想，那個人剛才為什麼要那麼說？

她不敢確定自己的猜想是不是正確，正躊躇間，突然，她身後傳來了起立時衣襬摩擦的輕響。

南舟站起身來，目不斜視地往前排走去。他帶有一點跟的皮鞋踏在地上，嗒、嗒、嗒，節奏踏得很是舒緩，聽起來一點都不著急。

南舟就這麼在眾目睽睽之下，慢慢踱到了前排。李銀航眼睜睜地看著南舟在她剛才還在偷偷觀察的人身側坐下。

她條件反射地站起身來，緊盯著南舟。

而坐在她前排的江舫微微昂起頭，看向李銀航，笑道：「李小姐，妳是想到了什麼嗎？」

無人注意到他們這邊小小的動靜。南舟的舉動太怪異，所有的注意力都被勾到了那邊去。

南舟卻好像對自己的異常行為沒什麼自覺，落坐後，還特意整理了一下皺起的風衣邊，才偏過臉去，問：「先生，你覺得人類玩家和『鬼』玩家，最大的區別是什麼？」

「……」這個問題太過直接，效果當然也是相當爆炸，被質問的胖子臉上的肥肉輕輕一抖。

他看向南舟，語氣不善：「羅先生，你什麼意思？」

南舟卻像是聽不出胖子語氣中的不爽，繼續問：「要玩好這個遊戲，你覺得什麼最重要？」

胖子倒也沒有自亂陣腳，答道：「當然是找出『鬼』啊！」

「不是的。」南舟認真道：「是要讀懂遊戲的規則。」

說著，他回過頭去，看向倒在地上、蘑菇傘上的白漿已經結成灰白色半流質的劉驍。

劉驍死前，曾試圖用交代出兩名隊友身分的方式換命。然而，南舟猜，實際上他根本不知道自己那兩名隊友是誰。

快要死的人，是不肯放棄哪怕一點點希望的。生死關頭，他即使夠講義氣，不拉著那兩個隊友一起死，也不會放棄向他們求救。但死前的劉驍，看向所有人的眼神，都是茫然的、憎恨的、沒有具體落點的。

這印證了南舟的一點猜想。這一點，南舟從遊戲一開始就猜到了。那蘑菇對他們說過很多條遊戲規則。但南舟聽到的最重要的內容是──「這是一個公平的遊戲」。

公平，是什麼意思？對「鬼」玩家來說，遊戲公平，對人類玩家來說，遊戲同樣是公平的。

「所以，『鬼』不可能是一開始就在車上的。這樣對玩家不公平，『鬼』會提前掌握很多資訊。」

「同樣，『鬼』也不會知道自己的隊友是誰。理由如上，對玩家不公平。」

「這三個『鬼』玩家，應該是在一個特殊的時間，被傳送到這輛車上的。不論哪一方，都不知道誰是自己的同伴。人在找自己的同伴，『鬼』也在找。」

南舟自言自語了一陣後，再度看向胖子，「所以，這樣才有得玩。」

胖子的嘴角有輕微的抽搐，臉頰肌肉的走向在失控的邊緣遊走，「羅先生……」

「我不姓羅，也不叫羅堰。」南舟說：「這個名字，是我從貼在燈箱

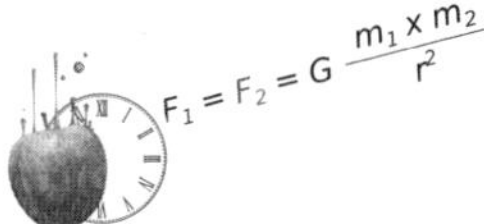

上的尋人啟事上看到的，就拿來用了。」

聽到這話，不知為何，胖子面色豁然大變，猛然站起身來，粗短的手腕卻被南舟一把擒住。他看起來並沒怎樣用力，但胖子被他握得臉色慘白，厚唇哆嗦個不停。

南舟依舊望向前方，在胖子激烈的拉扯下，紋絲不動，語調平靜：「現在，我回答自己剛才提出的問題：『鬼』玩家和人類玩家，有什麼區別？區別在於，早就在車上的人類玩家，只會把注意力放在觀察『人』身上。」南舟看向胖子，「只有鬼，由於是新來的，會比任何人都仔細地觀察周邊的環境。」

「所以，『鬼』在這種時候，最容易暴露。先生，你說，是不是這樣？」

南舟的計策很簡單。就像他最開始的時候，利用周圍的環境資訊，編出了一連串謊言，博取了大家初步的信任一樣簡單。

——他用尋人啟事上的年齡、姓名，以及燈箱地圖旁露出的「龍潭二中」標識，讓另一個偷偷觀察環境的「鬼」玩家，把他誤認成了同伴。

大家急忙四下張望，去尋找南舟所說的這份尋人啟事……一無所獲。

直到南舟探出兩根手指，準確伸入了胖子的牛仔褲口袋，飛快夾住了兩張紙，反手拉扯出來，往空中撒去——

夏天，大家的衣服都會穿得更薄些。所以，當有兩三張紙在褲兜裡時，哪怕只是薄薄地疊成一小疊，也會格外醒目。

胖子的臉脹得血紅。徐徐飄落在地的尋人啟事上，「羅堰」兩個鮮紅的大字，像是兩根燒紅的針，直直刺進他的眼裡。

天知道，他先前還腹誹過南舟，為什麼不自己編一個名字。這個名字就貼在燈箱上一眾尋人啟事的最前方，再醒目不過了。

但是，誠如南舟所說，除了「鬼」玩家外，人類玩家根本不會費心關心周遭的環境，只會關心人。這是一個無法避免的心理盲區——哪怕這個名字，在南舟做自我介紹的時候，就不偏不倚地貼在他腦袋左側，也是一樣的結果。

胖子同樣沒能想到，劉驍這個隊友會被江舫直接釣出來。這讓他對遊戲是否能獲勝多了一層擔憂。少了一個隊友，也就少了一個分積分的人，這可以算是好事。

但胖子也並不喜歡孤軍奮戰的感覺。況且，他發現，南舟能用尋人啟事上臨時拼湊出來的一個身分，成功把大家糊弄過去，說明這個人腦子不錯。他能把發瘋的吳玉凱提起來扔出去，說明他武力值也不差。南舟展現出的能力，讓胖子有些動心，他需要一個長期的隊友。

所以，他想要對這個「臨時隊友」示好，幫他把「謊言」編得更加完美無缺。

這時候，南舟也「正巧」離開了座位。

於是，胖子趁著車輛穿過隧道時，摸黑找到了南舟的座位，按記憶裡尋人啟事的方位，把附近的幾張尋人啟事全部揭下，藏了起來。

想到南舟是從一開始就在給自己挖坑，一股股的血就往胖子的天靈蓋上湧去，衝得他頭暈眼花。

——他展示出的武力和腦力，是不是在有意無意地向潛藏在暗處的自己展示價值，釣我上鉤？

——他離開座位，是不是故意給自己撕下尋人啟事騰出空間？只要自己上了鉤，他只需要觀察，有誰偷偷藏了什麼東西就好了。

畢竟過隧道的時間實在有限，窗戶又不能隨意開啟拉合。胖子撕下尋人啟事後，根本沒有時間和空間去妥善處理它。

另一邊。

南舟小小吁了一口氣。

江舫利用行車記錄器，也只釣出了劉驍這一條笨魚。這說明剩下的兩個隊友並不算笨，至少懂得控制自己的情緒。好在，越是聰明的人，越喜歡自作聰明，如果是蠢人，還未必會走進他設下的陷阱……還成功把另一個隊友拖下了水。

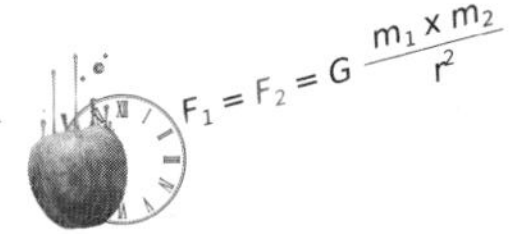

在胖子心膽欲裂時，他聽到南舟說：「既然你從一開始就不在車上，那麼，撒謊的，就還有一個⋯⋯」

——秦亞東說過，胖子從一上來，就調節了椅背，往後一躺，直接壓到了他的大腿。

胖子既然一開始不存在於這輛大巴車上，那秦亞東，也只能是假的。

不等南舟把話說完，一團身影便倏然向他撲來！

坐在胖子後座的秦亞東一掃原先的斯文軟弱，手中的一柄匕首，映著他眼底的寒芒，直插向南舟的心臟！

明明大家都搜過身，他哪裡來的武器？！

眾人正被突如其來的巨大信息量衝擊得昏昏沉沉，根本來不及細想這個問題。而胖子抓住這最後一線機會，用空出來的一隻手，死死將南舟勒在了懷裡！

說秦亞東不恨，那是假的。

他從一開始，就認出了胖子是自己的隊友。因為他坐在胖子後面，看得最清楚⋯⋯胖子在悄悄觀察環境。

所以，他試圖給胖子一點暗示。但因為資訊差的緣故，胖子並沒有把他當做隊友。

從胖子的視角看，一來，秦亞東看上去又軟弱又好脾氣，不像經歷過遊戲的人。二來，胖子覺得自己隱藏得很好，秦亞東就算是「鬼」隊友，也不可能這麼輕易地識破自己。

既然不是「鬼」，那麼，他恐怕是個沒有人給他作證的人類玩家，路上還睡著了，所以才找個藉口，胡亂拉一個人，給他自己作證。

胖子當然不可能順著他的話說。萬一秦亞東是在詐他呢？所以，他自以為巧妙地一邊否認了秦亞東的證詞，一邊把另一個不相干的人認成了隊友⋯⋯結果，秦亞東成了拔出蘿蔔後被帶出的泥。

秦亞東並不打算坐以待斃。經歷過遊戲的「鬼」玩家，比這些新手玩家多出的不只是經驗，還有一個隱形的道具槽。

為了公平，遊戲有規定，不允許「鬼」用投票以外的方式殺掉人類玩家。如果他們違反規則，很大機率會像那名試圖逃跑的玩家一樣，被當場抹殺。但就算死，他們也要先發制人，拉上一個墊背的！

南舟的胸口整個暴露在了秦亞東的刀尖之下。

在鑲有放血槽的鋼刀刀刃即將沒入血肉之時，秦亞東耳畔襲來一陣破空勁風。

一記俄擺，半點緩衝不帶，重重擊打在他的耳朵上！

秦亞東頓覺劇痛難當，腦仁彷彿成了被攪拌碎了的豆腐腦，眼前一片血霧恍惚，手中匕首也握不住了，正要垂直落下，一記鞭腿又凌空掃中刀柄。刀刃呈十字狀飛出，直直釘入前排的燈箱之中！

李銀航手長腿長，快步趕到痛得滾趴在地、不住嘶吼抽搐的秦亞東身旁，滴的一聲，將自己的一票刷在了他的手環上。

做完江舫交代她的事情後，她抬頭去看前方，發現隧道已在大巴車前的咫尺之遙。

胖子並沒能等到他想像中鮮血四濺的場景。

南舟也沒有試圖從他單臂的桎梏中掙扎，而是簡單地伸手向後，扶托住了他的頸項。

胖子被他的掌溫冰得生生打了個哆嗦。

南舟的手很冷，輕輕攏在他脖子上的感覺，讓胖子產生了一股異樣的恐怖感——他好像……打算扭斷自己的脖子。

此時，隧道的陰影鋪天而來。

在黑暗即將吞噬掉他們兩人身影的剎那，恐懼到近乎窒息的胖子似乎聽到了南舟發出了一聲嘆息。

隨即，那毒蛇一樣盤踞在他脖子上的觸感消失了，取而代之的，是他手腕處傳來的一聲冰冷的機械音。

「滴——」

幾乎就在同時，另一聲宣告終結的機械音，在秦亞東手腕上響起。然

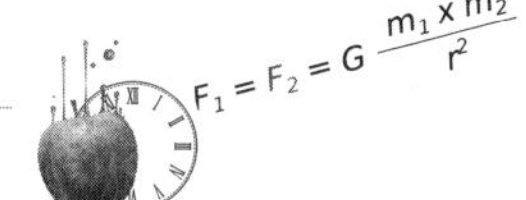

而，因為這聲音太過同步，南舟並未意識到，他們的遊戲已經結束。

剛剛站起身來的江舫，被縱身躍過座位的一道身影壓倒在地。

出於本能，江舫猛一挺腰，將南舟反壓制在了身下，不過他並未因此而放鬆。果然，他腰際襲來了一陣猛烈的勁風。

江舫反手一架一推，化消了這一記膝頂的力道，同時單手按緊他的右膝彎，逼他大腿向一側分開，將他死死壓制在堅硬地面上，但他卻忽略了另外一隻手。

南舟使盡力氣，把自己手上的銀環向江舫的銀環撞去——咔噠。

直到和對方的手環碰上，發現沒有響起熟悉的機械音，南舟才想起來，一輪好像只能投一次票來著。

南舟有點沮喪：「……」

對方只是按著他的腿，看起來並沒有還手的意圖，於是南舟也垂下手去。肌肉放鬆後，被勒頸的窒息感便緊跟著泛了上來。南舟忍不住低低喘息起來，溫熱的小氣流撲到對方臉上，又回流回來，弄得他自己的臉頰癢癢的。

他剛要翻身坐起，乍然間，天光大亮。

南舟看到，壓在自己身上的不是他想像中的秦亞東，而是江舫。

南舟：「……」

南舟看看他，又看看身側，旁邊的兩朵白蘑菇，開得整整齊齊。

南舟又看向江舫……他陷入了短暫的迷茫。

蘑菇悅耳又歡快的女童音再度響起：「各位——」

然後它就啞火了。

它大概也沒想到，自己不僅沒看到討厭的南舟在遊戲中曝屍當場，還看到了這樣不堪入目的限制級畫面。

幾秒鐘後，它砰的一聲當場消失，跑得和它來時一樣快……李銀航感覺它好像是被氣跑的。

DM 被活活氣跑了，最後的獎勵，是另外一個機械音宣布的。

「本次試玩關卡結束。人類玩家獲勝。」

「『鬼』陣營死亡，3 人。獎勵基礎分，300 分。」

「人類陣營死亡，1 人。玩家的貢獻分成及獎勵報告正在生成中，請稍候——」

江舫早就放開了挾制他的手，溫溫柔柔地致歉：「抱歉，我沒料到你突然就撲過來，就……」

南舟搖搖頭，剛想回一句「你沒事吧」，就注意到了兩人間的某樣異常——當三名「鬼」陣營玩家喪命後，銀環也變回了普通的魔術環……南舟和江舫的手，就這麼被一對魔術環銬在了一起。

南舟：「……啊。」

原來剛才那一聲「咔噠」，是上鎖的聲音啊。

江舫也注意到了兩人分不開的雙手，他眼睛一眨，眼底微妙的精光便被無奈又溫和的笑意取代了。

他聳一聳肩，笑道：「……oops。」

窗外的陽光正好。

樹影，光暈，以及從林葉間篩下的純金光線。

表面上看，這就是一趟再普通不過的午後旅程。但細看之下，外面光線的方向、分布和明暗都太過單調。地上快速倒退著的光斑，以十公尺為間隔，不斷重複著同樣的形狀，像是沒有完全做好渲染的遊戲場景。

江舫靠在大巴車窗邊，觀察著單調的外景。而南舟專心研究著將兩人銬緊的手環。

江舫：「放輕鬆點。到了終點，它說不定自己就打開了呢。」

南舟：「不會的。」

江舫：「為什麼？」

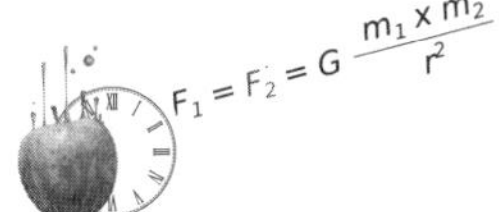

南舟肯定道：「那個蘑菇不喜歡我，它不會給我開鎖的。」

江舫忍俊不禁：「那你要怎麼辦？」

南舟伸手握住兩副銀環的交界部位，「這個很簡單……」

江舫盯著他。

南舟保持著靜止的動作，思考片刻，問了個有點奇怪的問題：「這個應該是打不開的吧？！」

「嗯。」江舫笑答：「做工挺結實的。」

南舟坐回原位，「那就算了。到終點再說吧。」

他和他還有話要說。

江舫笑開了，身體放鬆，往後仰躺過去。

這時候，南舟才有心思去細細看一看江舫。

他睫毛和皮膚顏色偏淺，很容易被陽光上色。choker 緊貼著他頸部的皮膚，恰好抵在他喉結處。喉結的微動，頂著柔軟的黑色皮革也跟著起伏，看上去非常……非常讓人想戳一下。

其他人：「……」

他們擠在車廂中部位置，看著被銬起來的一對大佬，不敢說話，也就李銀航坐得離他們近點兒。

在南舟搭在座位邊的手指蠢蠢欲動時，他聽到李銀航說：「謝謝你們。要是沒有你們，我們可能真要掛在這兒了，最好的結果……恐怕還是要死上幾個人。」

南舟的食指在紡織品質地的車座套上抓了兩下，勉強收回了心思。

他回過頭，衝李銀航沉默地一頷首，坦然收下了這份感謝。

「其實李小姐也不差。」江舫笑眼一彎，「妳不是也判斷出來，胖子有可能是鬼了嗎？」

南舟好奇地看向李銀航。

李銀航不大好意思地捏捏耳朵，解釋道：「這幾天，我一直在關注失蹤事件的通報。至少目前，沒有 18 歲以下的孩子消失的記錄。」

被李銀航這麼一點撥，其他的人紛紛露出醒悟的神情。

——就算那個胖子卡著 22 歲的法定年齡線結婚，他這個年紀，也不大可能養出超過 18 歲的孩子。所以他應該……根本沒有女兒。

「他也許就是比較早進入遊戲的玩家，所以不知道這件事。」李銀航繼續解釋：「但我又不能亂下判斷。萬一人家玩得比較野，大學就和女朋友有了……是吧？」

南舟點點頭，「很棒。」

不得不說，南舟冷冷淡淡誇人的時候，魅力值挺 max 的。

「我也就是撞個運氣。」李銀航把耳朵都要搓紅了，「我可想不到利用環境、編假名來給『鬼』挖坑。」

南舟說：「這不是我觀察出來的。因為我原來也不在這輛車上，是被傳送過來的。」他頓了頓，又補充道：「而且我也不大擅長現編名字。」

李銀航：「……」

其他人：「……」

大家對南舟的回答紛紛表示消化不良。

李銀航覺得自己的 CPU 運轉過快，恐怕要炸，「等會兒……那你怎麼能確定自己不是『鬼』？」

「因為沒人告訴我，傳送過來就是『鬼』。」南舟非常淡定且理直氣壯：「遊戲既然沒規定，我當然就不是。」

李銀航及其他人：「……」這邏輯好像也沒毛病。

江舫單手支頤，望向他，「那你是從哪裡傳送過來的？」

南舟回看向他，「同樣的問題。」

江舫：「嗯？」

南舟：「你是從哪裡傳送過來的？」

聞言，不少人差點當場腦梗阻。

江舫凝視了南舟半晌，笑道：「我還以為我偽裝得挺好呢。」

「的確很好。我也只是懷疑而已。」南舟回看向他，「只不過現在已

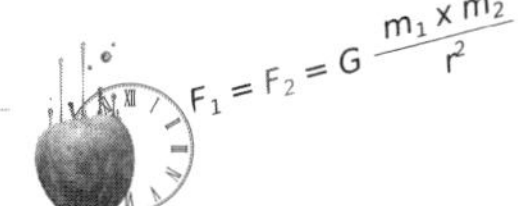

經坐實了。」

江舫：「為什麼會懷疑我？」

南舟：「你們第一輪說話的時候，我一直在聽。」說著，他瞄了一眼目瞪口呆的李銀航，「如果你真的坐在她的前面，那麼，從她開口，到你給她解圍，你用的時間太久了。」

「想化解她的困境，不過是一句話的事情。但你並沒有做。唯一的解釋是，那個時候的你需要資訊，也需要一個隊友。所以，你有可能和我一樣，也和『鬼』一樣，是被傳送來的。」

南舟的聲音是純粹的陳述語調，沒什麼波瀾。

「自我介紹的順序是從後往前。趙先生提供的資訊太少。李小姐如果不能提供足夠的資訊，下一個發言的你，會很難辦。」

「如果沒有資訊，你會被懷疑。如果不能確定她是孤立無援、沒人為她作證，她也不會這樣順理成章地成為你的隊友。當然，因為李小姐給出的資訊夠多，只要你是像胖子那樣對 C 城熟悉的人，不難推測出這輛車的行車路線，再給自己做一個身分出來。」說完，南舟扭頭看向李銀航，「這是遊戲的合理玩法。妳不用緊張。」

李銀航：「……」雖然不多，但還是有被安慰到一點的。

畢竟江舫的微笑太過溫暖自然，儘管李銀航自己也有點懷疑江舫，現在倏然告訴她這一切是假的，她還是吃不消。

而且，一旦知道江舫也是傳送者時，他那時應對多方質疑的反應速度，就堪稱恐怖了。

南舟發現的東西，其實比他說出來的更多。比如，行車記錄器一直都在，江舫為什麼要等到大家吵得不可開交時，才突然提出可以查行車記錄器，從而釣出第一個「鬼」？

南舟不信那是江舫突然想出的辦法。因為那個時間、那個氣氛，把握得實在太準了，簡直是卡點一樣巧妙……就像抓住李銀航被孤立最絕望的那一瞬，再為她作證一樣巧妙。

合理的解釋只有一個：他在等大家發生爭執。

只有當群體情緒處於激憤中、當每個人的情緒都被調動起來，再峰迴路轉時，真正的情緒才最難掩飾，他的欺詐也才最容易成功。

南舟想，江舫這個人，實在很特別。

南舟轉回身來，卻發現江舫望著他的眼神，包含著一些他看不懂的東西。南舟一臉問號地看著他。

但江舫很快垂下了眼睛，「那你為什麼不懷疑我是鬼呢？」

「我有懷疑過。」南舟挺痛快地一點頭，說道：「你拿行車記錄器的時候，我也和秦亞東一樣，懷疑過你是想靠出賣『鬼』隊友來獲取信任……後來，你確信了胖子是『鬼』，又帶出了秦亞東，我就不是第一懷疑對象了。」

江舫稍瞇起眼睛來，用笑音輕聲自言自語：「原來是這樣……原來你不是裝的。」

南舟沒聽清楚，「……什麼？」

「只是因為這個？」江舫不僅沒有回答他的問題，反而開始追問：「沒有別的判斷我不是『鬼』的理由了嗎？」

南舟有些困惑：「你還露出什麼破綻了嗎？」

短暫的沉默後，江舫答道：「沒有。」

他的表情管理當真是一流的，只在一個眨眼間，南舟發現，他面上所有失控的小細節都被處理得乾乾淨淨……依然是那張漂亮又紳士的笑顏。

他說：「做得很好。」

車上其他人統統沉默，閉嘴驚豔。

這就是大佬的啞謎日常嗎？

精彩。

告辭。

聽不懂。

同樣聽不懂的還有南舟。不過，他習慣聽不懂就自己去慢慢琢磨。

「我叫南舟，23 歲。美術老師。」南舟自我介紹道：「你呢？」

江舫低頭看向他伸出的手。他的手腕內側有一隻振翅欲飛的黑色蝴蝶。很美。

他很快握住了那隻手，溫和道：「江舫，25 歲。無業遊民。」

其他人：信了你們的鬼。

他們沒有見過能把人牙摔斷的美術老師和這麼不像無業遊民的無業遊民。

「就這樣坐一會兒吧。」江舫似乎也不指望其他人相信自己的說辭：「馬上就要到終點了。」

南舟「嗯」了一聲，乖乖地不吭聲了。

車輛平緩地行駛著，即將帶領一車人抵達未知之地。

一塊小小的隆起，從南舟的肩頭一路移動到他左手的袖口。南極星將細小的足爪扒在他左腕上的銀環，挪著屁股從袖口擠出。

牠蹲在交疊著的銀環間，左顧右盼一番後，把整個下巴往南舟張開的虎口處就勢一搭，睜著圓溜溜的眼睛，看向江舫。

江舫衝牠笑了一笑，抬起右手食指，一下下捋著牠柔軟的額頂……揉得牠不住發出咕咕的哼音。

南舟想了半天，還是不知道江舫露出了什麼自己不知道的破綻。

他剛想問清楚，車輛便毫無預兆地遁入了他們短暫旅程的最後一條隧道。徹底的黑暗中，他聽到江舫極輕極輕地笑了一聲。

他說：「不如我們……從頭來過吧。」

南舟未及作出反應，暗夜便驟然散去，豁然開朗。

眼前是……一片普通的停車場。大巴車在一處車位緩緩停下，非常遵守規則。

不等車門開啟，一隻肌肉線條健美、高約兩米半的鋼鐵兔子凌空跳出，縱身落在了車前，將整輛車震得轟然一跳。

在車內的一片「我操」和尖叫中，南舟想，原來的那個 DM 果然是被氣跑了，蘑菇真是心靈脆弱的生物。

兔子顯然還不清楚自己為什麼會被叫來替班，它快樂地一抖耳朵，宣布道：「人類陣營九人，存活八人。獲勝方評定等級：A+ ！恭喜各位，這是試玩關卡裡難得的高分哦。」

「每位人類陣營玩家，將獎勵基礎積分 300 分。額外貢獻分共計 1000 分，玩家南舟、江舫，貢獻得分各 450 分；玩家李銀航，貢獻得分 100 分。」

「試玩關卡結束，我是你們的引導員小皮卡！歡迎各位玩家——正式來到《萬有引力》的世界！」

兔子皮卡的話音剛落，南舟眼前出現了一片半透明的遊戲面板。他探出手，在眼前晃了晃，發現這遊戲面板不是實物，而是直接飄浮在視網膜上的虛擬面板，且並不需要大動作，僅僅用手指輕微的滑動，就能實現呼出面板、關閉頁面、使用道具等一系列操作。

面板左側，是一棵茁壯生長的生命樹 logo。茂密的根莖和樹葉向外延伸，環抱著右側的主頁面，樹冠的形狀，像極了人腦。

南舟嘗試著用指尖輕觸樹冠，有萬千金黃色的星塵從樹梢間跌落，像是棲居在樹梢間的螢火蟲。

主頁面上最醒目的位置，是人物姓名、人物照片，以及正在載入計算中的角色屬性條。有武力屬性、智力屬性、貢獻屬性、san 值屬性，還有一些奇怪的技能屬性，包括盜竊、治療、嘲諷、烹飪、鍛造、勞作等等，一應俱全。

右上角有好友列表，點開後，不出意外是空空蕩蕩的 0。

左下角是商店，裡面能買的東西並不很多，大多數的東西是灰的，代表著充滿嘲諷的三個字——「買不起」。

右下角則是任務日誌，點開後，可以看到試玩關卡的進度已完成了 100%。

夾在商店和任務日誌圖示中間的，則是道具槽。目前開放的格子有三

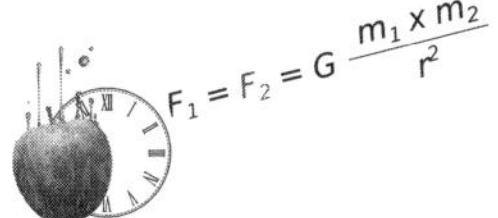

個，其他的五個格子灰沉沉的，是尚未開啟的狀態。

在這種環境下，正常人哪裡看得進面板內容，在驚疑不定中紛紛下車。就連江舫也只是快速瀏覽了一遍，便在旁邊等待南舟。

然而南舟的好奇心強烈到不可思議，點點戳戳，將所有灰著的、亮著的商品都翻閱了一遍，幾乎將面板的角角落落都研究透了。他甚至去確定了一下，連續高頻率點擊樹葉，會不會獲取什麼隱藏獎勵。因此，江舫和南舟是最後兩個下去的。

鋼鐵兔子一眼注意到了南舟與江舫緊銬在一起的手，它的耳朵刺溜一下豎了起來，「你們兩個，一對？」

南舟想起江舫的蠍子辮，大概是引起誤會了，便認真對兔子解釋道：「他是男的。」

此時，江舫的情緒好像完全調節好了。他保持著完美的微笑，對兔子點一點頭，「嗯，是的，我是。」

南舟：「……」雖然江舫的回答好像沒什麼不對，但他總覺得哪裡怪怪的。

兔子的疑問也得到了解答，耳朵垂下晃了晃，發出叫人牙酸的嘎吱嘎吱的鋼鐵摩擦聲：「需要解開嗎？」它指的是兩人的手環。

南舟正要抬手，便聽江舫說：「謝謝，不用了。」

南舟：「嗯？」

江舫的手捏在手環上，摸索到一點，稍一使力，他腕上的手環就輕鬆凹下了一個缺口。

南舟一臉問號地看著他。

「『明日環』。」江舫把解下的手環在掌心掂了掂，「最簡單不過的魔術小道具了。」

南舟自己的手環是沒有一絲縫隙的，又細又窄，最先套上手的時候就有那麼一點吃力。

而江舫的手環比他的還要細一點。兩個手環套疊在一起時，更擠占了彼此的脫出空間。

南舟怕強行解開，會傷到了相對脆弱的江舫，所以南舟才會放棄脫下手環的嘗試，想等到終點再說。

在南舟用風衣袖子墊著手腕、窸窸窣窣地脫下手環時，江舫簡單解釋道：「我們兩個的手環剛好是一對。你的是真環，我的是假環。假環有一處地方是釹磁鐵做的，顏色和銀環本身完全相同。」

「強力撞擊時，只要角度差不多合適，兩個手環就會套嵌在一起，磁性的原理也會讓被破開的手環自動恢復原樣。」

說話間，南舟已經成功把手環取下，他揉著手腕，問：「你知道，為什麼不說？」

江舫雙手背在身後，笑道：「因為我以為你會發現。」

……當然，他絕口不提自己曾用大拇指若有若無地擋住自己手環的磁吸口一事。魔術道具，終歸還是要依靠魔術手法配合的。

江舫把自己的手環遞給了他，「喏，這是一對，送給你做紀念吧。」

南舟的眼睛盯住手環，滿是好奇地點點頭，「……嗯。」

其他人：「……」腦子這麼活泛，臉這麼冷，卻意外的很好哄。

大家站在原地，不知所措地等著兔子的下一步指示。

鋼鐵兔子皮卡看人已經聚集齊了，便蹦蹦跳跳地徑直往某一方向走去。

沒有指示，大家不敢動。

有了指示，有些人反倒更加不敢動了。

在他們躊躇時，江舫和南舟已經緊跟上了兔子……反正他們現在也沒有別的地方可去。

因此在穿過一片砂石路，再一轉彎後，他們兩人先於其他所有人，看到了一處廣場。

夕陽如同融化的奶油，赭石色光像是油彩，深深淺淺，不甚均勻地塗抹在天際。

廣場是巨大的。東側是一片大型購物中心，三層環形建築一路向東南方延伸而去，占地面積無法估量。

西側目之所及，有飯店、書店、電影院，甚至還有幾處零星分布著的酒店。樹木蓊鬱蔥蘢的陰影覆蓋在鵝卵石鋪就的人行步道上。

眾人的正前方，是一處工藝感一流的水池，中央立著一座巨樹形狀的漢白玉雕，周圍的空地上設置了一圈噴泉頭。大概是未到整點的緣故，噴泉還沒有啟動。

除此之外，最重要的，是穿梭其中的人。

一時間，他們像是回到了正常秩序下的社會……要不是他們身邊還站著這個一看就很科幻的鐵兔子的話。

李銀航瞠目結舌：「……這裡是……《萬有引力》的『鏽都』？」

南舟看向她。

「鏽都」，全息遊戲《萬有引力》的玩家出生點之一。因為和現實城市的高度貼近，遊戲將其命名為「鏽都」──過度的繁華，是城市之繡，也是自然之鏽。

對遊戲毫無涉獵的趙光祿急切詢問：「這個《萬有引力》到底是什麼？」

吳玉凱顯然對此更有發言權，他簡單概括道：「是一款全息網遊遊戲。火得特瘋，涼得賊快。」

大約一年半前，「生命樹」公司開發的世界共用開放性互動交流遊戲《萬有引力》經過長達半年的試玩期，正式上線。

他們的賣點是完全貼近現實的物理引擎，接近完美的生態系統，還有探索自由度極高的遊戲副本世界。

要玩這個遊戲，得購買一套完整的交互設備，包括可修改視覺、聽覺神經回饋的頭戴全盔 VR、生物觸感手套、腰部控制裝備，還有一個人形的生物艙。一機一碼，價格昂貴，一套基礎設備就奔著六位數去了。

以李銀航為例，她一個銀行小職員，人生最大目標是脫單和在石苑南區買一套小房子，根本買不起《萬有引力》這種高端電子奢侈品。

但《萬有引力》的宣傳做得鋪天蓋地，包括「鏞都」在內的概念圖，她還是在頭條上刷到過許多次的。

剛推出的時候，這款遊戲幾乎賣瘋了。因為實在太香了。這款遊戲可謂老少咸宜。電影院可以用來觀看電影，片庫極其豐富。書店裡收錄了上億量級的書，可以享受頭戴耳機、手翻書籍、完全靜謐的閱讀環境。

出生點「鏞都」裡的中心水池，還是一個許願池。投下 10 積分一個的硬幣，並許下願望，心願是有一定機率成真的。或是一把高等級武器，或是一張稀有的功能卡。

當然，《萬有引力》最吃香的，是以原創為主，以各類小說、漫畫等文學產品為輔的副本探險設計。

玩家可以進入靈異、魔法、冷兵器、喪屍、瘟疫等各種設定的副本，完成任務，兌換各種道具，實現角色的升級。

副本系統，是玩家升級最直接、最有效的辦法，也是《萬有引力》的主打模組。

不過，如果玩家偏於佛系，懶得去打打殺殺，也可以在另外一個出生點「家園島」占一塊地，玩經營遊戲。

商店裡的種子相比戰鬥道具更便宜。如果氪金購買一些農具，稍微消耗體力，就能開闢出一片屬於自己的農牧場，大搞養殖種植。工廠基建，也可以從購買一臺簡單的紡織機器做起。

究竟是做大農場主，還是開紡織工廠，各有玩法，各憑心願。也有玩家靠精心經營爬上積分總榜前列的。

《萬有引力》是「生命樹」公司唯一的遊戲項目。敢於直接涉足未知的全息網遊領域，他們的野心可見一斑，而他們推出的成品，也對得起他

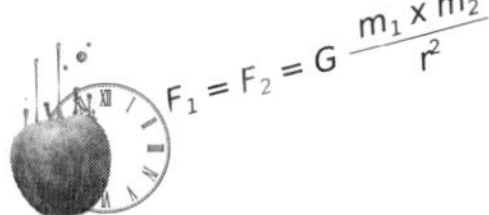

們的野心……

直到半年前，發生的那起嚴重的事故。

吳玉凱說到此處，南舟突然打斷了他的敘述：「也就是說，這個遊戲裡的一切，想要獲得，就必須用積分兌換？」

吳玉凱一句「廢話」還沒出口，就頓覺一陣窒息的昏眩。

他周遭的氧氣，驟然間被抽離得一乾二淨，不消片刻，他的嘴唇便變成了缺氧的紺紫色。

看向眾人痛苦的表情，皮卡咧開鋼鐵的三瓣嘴，笑得神神祕祕。

「你們的 20 分鐘氧氣體驗包使用時間已經結束，請及時用積分兌換氧氣唷！」

但等它看向南舟和江舫，卻見他們兩人神色如常，呼吸平順。

南舟甚至有心思回頭提醒捂著喉嚨不能呼吸的李銀航：「打開商店第七頁。10 積分可以換一個小時呼吸時間。」

李銀航竭力閉著氣，抖著手準備兌換時，居然還有片刻的猶豫……她還懷抱著一絲窮人的倔強。

南舟看透了她的心思，勸說道：「換吧，沒有更划算的兌換方式了。哪怕連著買一百次，也不會給妳優惠一個積分的。」

皮卡：「……」每次接到新人，它都最喜歡這個環節了。新人突然發現自己失去呼吸的能力，於是在驚懼和恐慌中醜態百出，涕泗橫流，是最讓人愉悅的畫面……它感覺自己的例行快樂被這兩個人強行剝奪了。

它強忍著悶氣：「你們，怎麼回事？」難道他們知道氧氣會消失，就提前兌換了？

江舫微微笑了一下，「是這樣的。我們覺得，那三名『鬼』玩家，身上可能有什麼用得著的東西，就試著把他們的屍體裝到道具槽裡了。」

皮卡：「……」草。

南舟：「嗯，這是有用的。他們的背包裡應該還有氧氣。」言罷，他環顧四周投來的奇怪的眼神，好奇反問：「這有什麼不對嗎？」

皮卡：「……」

紛紛兌換了呼吸道具的其他人：「……」變態才會帶三朵人頭蘑菇在身上吧？！

缺氧和恐懼，快速消磨了玩家本就不多的體力，一圈人倉皇跌坐在地，大口大口報復式地喘著氣。好在，氧氣使用權，至少只規定了時限，沒規定用量。

兔子皮卡卻很不開心。「氧氣」在商城兌換頁面的靠後位置，因此，每到這個環節時，玩家沒有一個不嚇得魂飛魄散的。

它曾興致勃勃地欣賞過某位玩家因為慌亂，無法保持正常思考能力而活活憋死的場景……相比之下，這批人實在太輕鬆了點兒。

江舫至少還給它點面子，在原地待著沒動。

而那個南舟，確定大家都不會出事後，居然跑去許願池那邊了，他挺有氣質地半跪在池邊，半長的頭髮從耳郭後滑落下一點來，向水下張望，也不知道他在想些什麼。

剛從缺氧中緩過勁兒來的玩家們歪七扭八地坐了一地，決定不去管這個腦子不正常的藝術家。

趙光祿喘著粗氣，問道：「那個遊戲……究竟出了什麼事？」

吳玉凱艱難吞嚥了幾下，好緩解喉頭的乾澀，同時給出了一個簡單粗暴的答案：「bug 了！」

平穩運行了近一年的《萬有引力》，於六個月前，發生了堪稱災難性的 bug。無法正常登出的情況出現在許多人身上。

最開始，這只是普通的卡 bug。部分玩家在選擇下線時，需要點擊數遍，才能成功下線。

「生命樹」收到玩家投訴，開始爭分奪秒、更新補丁。補丁更新完畢後，問題消失了兩天。在所有玩家都認為問題解決了時，一場可怖的電子災難，直接讓《萬有引力》鬧出了遊戲史上最大的醜聞。

大批玩家出現無法成功脫離遊戲的問題，且在下線後，不約而同地出

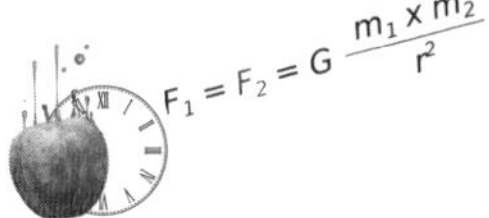

現了頭痛、眩暈、暫時性失明等問題。有幾百名的玩家，甚至直接在遊戲艙內陷入了嚴重的深度昏迷。一夜之間，「生命樹」的股價直接跳樓。

「生命樹」公司被追責期間，天邊出現了一個奇怪的類似系統調試的對話方塊。不過，當時誰也不知道這究竟意味著什麼？直到現在，他們也還是懵懂不解。

謝洋洋戰戰兢兢地問：「那些昏迷的人……怎麼樣了？」

「死了。」吳玉凱發洩似的一扯頭髮，「……他媽的，一個接一個的，都死了。」

在窒息的靜默間，兔子嘎嘎嘎笑了起來。

「好的，資訊交流時間結束。」它鬱悶的心情被眾人絕望的表情治癒了不少，「現在，讓我為你們宣布遊戲規則……」

「叮叮噹噹——」一陣悅耳的音樂聲打斷了兔子皮卡的幸災樂禍。

所有玩家的眼前彈出一個隱藏的排名榜單，底下的世界喇叭上，刷出了一連串資訊。

【恭喜玩家南舟觸發彩蛋獎勵——幸運女神的金幣！】

【獎勵：5 積分。】

【獎勵：幸運女神的金幣。】

【金幣用途：許願時，將金幣投入池中，有幸運加成唷！】

【獲得成就「少女的祈禱」——】

眾人：「……」神 TM 少女的祈禱，看兔子皮卡的臉色，這分明是兔子的折壽。

功臣南極星咬著一枚金幣，濕漉漉地浮出水面，爬上生命樹的白玉雕像，「……吱。」

南舟衝牠張開了手掌。

南極星興奮地抖一抖耳尖上的水，張開滑行膜，徑直降落在主人的掌心，還因為身上帶水，站立不穩，在南舟的手心翻滾了兩圈，才剎住車。

此時此刻，正常人腦中只有一個想法……南舟不僅是個會往自己的儲物槽裡存屍體的變態，在大家討論生死存亡問題的時候，他居然跑去池子裡撈金幣。

皮卡也非常不爽。從副本裡千辛萬苦折返回來的人，都會把珍稀的氧氣拿去休息、補充體力。誰會閒到去撈金幣玩？

它單方面宣布，南舟是它遇到的最沒有素質的玩家。當然，皮卡也不會承認，它厭惡南舟，只是因為南舟剝奪了它機械性工作中來之不易的一點愉悅體驗。

南舟並不關心大家和兔子皮卡的腹誹。他走了回來，對皮卡沉默地攤開手掌，露出那枚刻著生命樹花紋、璨光爍爍的金幣。

南舟：「……」請問這個怎麼使用？

兔子：「……」你 TM 的在對我炫耀？

腦電波沒對到一起去的一人一兔，陷入了詭異的僵持。

南舟沒得到答案，也不想耽誤大家的時間，看看大家都坐在地上，自然選擇了合群，收起硬幣，盤腿坐下了。

兔子皮卡一時沒反應過來：「……」

還沒等它開口，就見南舟抬頭，一臉認真地詢問：「你剛才不是要介紹遊戲規則嗎？」

皮卡：「……」你媽的。

它的語速頓時變得跟大巴車上的蘑菇一樣，彷彿吃了炫邁口香糖：「遊戲規則很簡單，誰的積分最高，誰就可以獲勝。」

這是顯而易見的。

遊戲的勝利機制幾乎已經擺在了明面上：積分為王。

剛剛南舟找到的小彩蛋，觸發了世界喇叭和當前排名。目前位列第一的玩家，積分最高，等級已經到了 23。但他的名字很奇怪，叫做「永生 - 張頤」。

5 級萌新南舟提問：「『永生』是什麼？」

兔子一個字都不想多說：「隊名。」

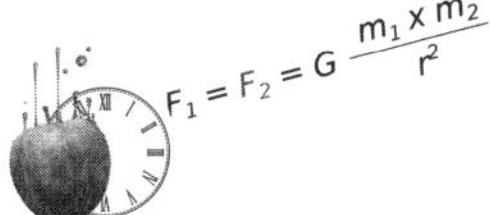

——遊戲是可組隊的？沒玩過《萬有引力》的玩家立即豎起了耳朵。

李銀航倒不驚訝。她曾聽玩過《萬有引力》的朋友講過，《萬有引力》裡有單人模式，也有團隊模式。而兔子皮卡講述的，果然和《萬有引力》的副本模式相差無幾。

單人模式，獎勵無論多少，都歸一人所有。

團隊模式，獎勵共用，同時會獲得一定的團隊積分加成，以及單人模式無法獲得的特殊團隊獎勵，人數限制為二至五人。

「正式遊戲分為 PVP 和 PVE 兩種模式。你們的試玩關卡，隨機到的是 PVP。」

「每關開始，你們都有選擇 PVP 和 PVE 的權利，當然，前提是，你們要擁有『選關卡』。」

經歷過缺氧事件，大家都學乖了。選關卡，價值 100 積分，在商城頁面第一頁。

「玩家在結束遊戲後，就可以返回包括『鏞都』在內的五個休息點，盡情享受了。」

「當然，任何的享受，都是要付出代價的。珍惜你們每一點積分，用好它，它們可是和你們的性命息息相關呢。」

有人帶著一點渺茫的希望，提問道：「我們如果在這個遊戲裡死了，那現實裡……」

這問題其實沒有意義。他們就來自現實。那些現實裡消失了的人，沒有一個回來的。更何況，被簡單粗暴地拉進這樣詭譎的遊戲裡，這已經算是明晃晃在臉上寫著「親愛的玩家，你好，我是你爹」了，還能和他們談什麼條件呢？

果然，兔子皮卡冷笑了一聲，算作回答。

「遊戲，總有打通關的時候。」皮卡一口氣說了這麼多話，糟糕的情緒倒也漸漸緩和過來了，它傲慢地一昂頭，耳朵也跟著吱吱嘎嘎地晃了起來，「遊戲結束，勝者就能實現一個心願。」

「喏，那就是許願池……」話音剛落，它就想起來剛才發生的討厭的事情。它的三瓣嘴往下一耷拉，頗不情願地繼續解說：「現在，你們可以花上 10 積分許下心願。遊戲結束後，只要玩家的最後排名達到第一，不管是單人，還是團隊，你們的心願，就都有實現的希望。」

「當然，你們會想，如果許下『再來一百個願望』，可不可行呢？答案是，你的心願會被跳過，不予實現。所以，請玩家謹慎許願喔。」說著，皮卡不屑地瞄了南舟一眼。

「……此外，擁有幸運金幣的人許下的願望，有一定的幸運加成，願望會被優先實現。」它滿臉都寫著「得了個垃圾技能你得意什麼」。

南舟眨眨眼，並不多麼失望。

果然，彩蛋給出的獎勵不會太誇張。想實現心願，還是得先在積分上奪得第一。說白了，這金幣就是一個純彩頭的小玩意兒。

有人壯著膽子提問：「那……我們還可以去撈金幣嗎？」

皮卡翻了個巨大的白眼，「『彩蛋』是什麼意思？只有第一個拿到的人才能得到獎勵！」

它看起來也厭倦了這一遍遍的重複，扠起兩隻前爪，抱在胸前，懶洋洋地說：「請各位玩家抓緊時間許願吧。」

兔子皮卡就這樣用高冷的儀態掩蓋著抓狂的內心，砰的一聲消失，去接待下一波客人了。

CHAPTER

03:00

恭喜玩家南舟獲得
【玩家江舫 x1】

第一個有動作的人是南舟。

他走回許願池前，毫不吝惜地將金幣重新拋入池水中，小小的落水聲響起的同時，10 積分也隨之扣去。他 5 級剛出頭的經驗條，往後縮去了一小段，看上去隨時會跌落回 4 級。

南舟卻沒有管這些。他閉著眼睛，很虔誠的樣子，許下了一個心願。

大家見南舟許了願，也紛紛湧了上來。他們剛剛已經買過氧氣了，再花 10 積分買個好彩頭，也沒什麼大不了的。

也有人趁機偷偷把手探進池水，想試試看能不能再撈出金幣來……哪怕能賺 5 個積分也是好的。但那些金幣都像是牢牢黏在池底一樣，任人如何摳弄，也自巍然不動。

只有兩個人沒動──江舫，還有李銀航。

南舟完成許願後，看到兩人站在離許願池較遠的地方，便自然地向他們走去。

他問：「怎麼不許願？」

江舫笑說：「不急。許願又沒有限定時間，得好好想想。等到快贏的時候再去許，也不遲。」

李銀航的原因就質樸很多了。

「我想等手頭積分多一點再去許。」她說：「我怕該用積分的時候，積分不夠。」

陸續許願完畢後，大家面臨的下一個問題，就是和誰組隊了。

在座的人，有一個算一個，誰也不想做獨行俠。經歷過一次副本的考驗，他們也算是對彼此有了點兒基本的瞭解。他們靠近、小聲交談，卻都有意無意地忽略了江舫和南舟。

要讓這些人評價江舫和南舟是不是聰明，大家肯定都沒話說。但要說大家多麼信任他們，當真未必。

南舟一看就是個獨來獨往的性格，而且好像是個不怎麼按常理出牌的變態。

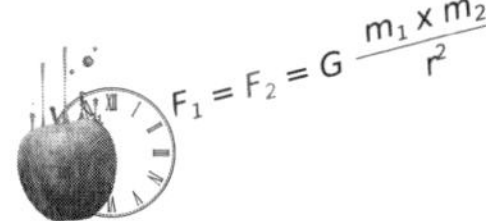

江舫給人的感覺很是舒服親切，但經過大巴上南舟的一陣分析，大家哪怕再雲裡霧裡，也能得出一個最基本的結論……這人是個老陰比。陰別人也就算了，萬一他會陰隊友呢？

大家都注意到，這個遊戲裡可沒有規定，隊友之間不能互相傷害。如果是單純的一場遊戲，有個聰明的隊友還好，現在是生死攸關的事兒，大家誰都不敢輕易去賭。

和太聰明的人在一起，有的時候死了都不知道是怎麼死的。

謝洋洋和那一對一起上車的男女組了隊。

趙光祿居然和剛開始與他發生了激烈摩擦的吳玉凱走了。大概是因為他對遊戲一竅不通，而吳玉凱是這群人裡最瞭解《萬有引力》的。

眼見著大家一個個結隊離開，被晾在一邊的南舟環顧一圈，後知後覺地低低「啊」了一聲：「怎麼都走了？」

李銀航：「……」這兒還有一個呢。

南舟看起來也並不多麼遺憾，自言自語地陳述完這一事實後，就轉頭對李銀航說：「妳要跟誰組隊嗎？」

李銀航向來是最講實用主義的，且十分上道。她的雙手啪的一聲合了十，真心實意地抱大腿道：「大佬，我跟你。我能幹不黏人，聽話好使喚，還做過兩年銀行客服。你相信我，我什麼困難都能克服。」

江舫看向殷切的李銀航，腦中浮現幾個關鍵字：體力上有可能拖後腿。聽話，乾脆，不黏糊。精打細算。

在他這裡，李銀航作為隊友，功能性還算過關。

相比之下，南舟對李銀航的關鍵字判定就簡單多了。

他注視著李銀航，心裡想，多出來了三個儲物槽。

南舟點開好友列表，詢問了李銀航遊戲介面裡的個人序號後，又轉頭看向了江舫。

江舫注視著他，溫柔地抿嘴一笑。

南舟拉住了李銀航的袖子，面對著他，往後退了兩步。隨即，他抬起手，對江舫友好地揮了揮，「那，再見。」

江舫：「……」南舟，好像，根本沒考慮拉他組隊？

「等等。」江舫迅速調整好了心態，跨前一步，「不拉我組隊嗎？」

「唔……」南舟輕輕皺起眉頭，「可以啊。但你沒說。」

江舫：「我以為……我們在車上被銬在一起，下車後又一直在一起，我們應該是一隊的。」

「可你沒有要求我。」南舟流露出不解的神情，「你要說，你想和我在一起。你不說，我不明白。」

那一瞬間，江舫眼裡的情緒，又一次複雜起來。

「我想……」他像是不習慣這樣的直白，略略喘了一口氣，垂下了眼睛。半晌後，他才露出一點笑意，直視南舟的眼睛，將那簡單的一句話補全了：「我，想和你在一起。」

三人選了一處咖啡店歇腳。

店主是一隻戴著花圍裙的漂亮小母雞，熱情地詢問他們想要吃什麼？

李銀航已經麻木了。如果 NPC 是個人形生物，她可能還會禮節性地表現一下驚訝。

她拿出積分，自然詢問：「你們想吃什麼？」

李銀航擅長計算和規劃，但她也不會忘記付出。

她清楚知道，自己是個普通人，除了在體育系沒參加的校運會拿過三公里的女子組冠軍外，她沒有太多可用在這個遊戲裡的資本。所以她不能仗著自己積分低，在抱上大腿後，就兩手一攤，等人來帶。為了不幹完銀行客服後，直接去天地銀行裡工作，她還要竭盡全力地活下去。

好在與必需品氧氣相比，飲食這類消耗品的代價要低上許多。

江舫和南舟也都是懂分寸的。南舟點了一個 15 積分的奶油蛋糕，江

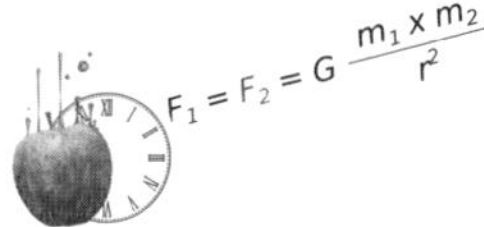

舫要了 15 積分的黑咖啡，都是菜單上最便宜的樣式。

李銀航自己對著菜單琢磨來琢磨去，最終管母雞小姐要了一杯白開水，理由是買二送一。

在等待小點心來時，南舟繼續研究他的遊戲面板。彩蛋呼出了世界頻道這一功能，也將排名榜這個新頁面展示在他面前。

「這是單人榜。」江舫提醒道：「旁邊還有團隊榜。」

南舟「嗯」了一聲，點開了旁側標注著「團隊」的選項卡。

單人榜排名第一的玩家，叫「永生 - 張頤」。團隊榜排名第一的，卻叫「。」一個句號，沒有姓名尾碼，只是一個單獨的符號而已。榜單旁邊有簡單的注釋。

簡而言之，單人榜算的是單人積分，既包括單人玩家的積分，也包含團隊玩家的個人積分。

團隊榜算的是團隊總積分。兩邊的排名是分開計算的，也就是說，可以存在兩個第一。

南舟簡單推算了一下。這樣一來，遊戲的排名，最終有可能出現以下幾種局面：

某團隊獲勝，且該團隊的其中一個人在單人總榜的積分最高。

某團隊獲勝，同時一個不組隊的單人獲勝。

單人獲勝，但此人屬於另一個團隊，不在得分最高的團隊之列。

而在這簡單的三種結局中，因為人心的多變，又必然暗含著無數的變化和潛流。

南舟滑了幾下，瀏覽了兩個榜單玩家的分值後，得出結論：「前排的分值相差不大。」

江舫：「單人榜從第二十七名後落差變大，團隊榜則是從第八名開始落差就大了，應該是差了一到兩個副本的緣故。」

李銀航捧著水，眼巴巴地聽他們分析，問道：「那……我們是不是落後太多了？」

南舟乾脆道：「不多。」

江舫順勢替南舟做好了補充：「既然要靠排名決勝負，遊戲肯定是會有平衡機制的。」

李銀航不大明白：「比如……」

江舫好脾氣地解釋道：「比如，如果這個遊戲始終源源不斷吸納新人進來，到了決勝負的時候，會出現什麼情況？」

李銀航想像了一下，感覺自己明白了一點。

這個遊戲，如果沒有人數平衡，且不斷注入新鮮血液，那後來的人注定就會是炮灰，一點翻身的可能都沒有。因為他們可能還沒過兩個副本，遊戲就開始比分結算了……能競爭個寂寞。

南舟：「所以，以後進入《萬有引力》的人數會有限制，甚至達到一定數量後，就不會再進新人了。」

李銀航聽了，既為那些逃過一劫的人感到慶幸，也隱隱對自己的倒楣感到不甘心：「真的？」

南舟：「我猜的。」

李銀航：「……」

南舟又說：「不僅人數會有限制，副本的數量和選擇也會有限制。」

李銀航學乖了：「這也是猜的？」

南舟點頭：「嗯，猜的。」

李銀航：「……」漂亮。

江舫卻迅速 get 了他的意思：「你擔心的是，最後會強制 PVP，打淘汰賽？或者，副本數量其實是有限的？」

這兩者都是極有可能的。

因為任何遊戲的設置，都要做到基本的平衡才行。這樣才有最起碼的比拚價值。不然，如果人數無限制，副本數量沒有盡頭，那遊戲也沒有決勝負一說了。

高位者難免馬失前蹄，後來者難免居上。顯然，現在分數居於前排的

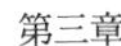
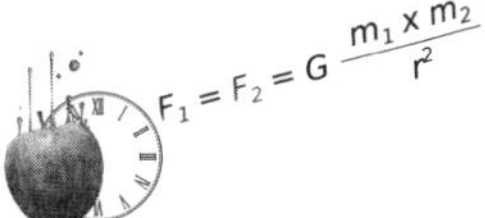

玩家也有這樣一層擔憂。

——副本數量萬一是有限的，那當然是要趁著其他新玩家沒有徹底熟悉遊戲時，先抓緊時間瓜分掉一部分副本，能刮多少油水刮多少。所以才會出現排行榜上，前排玩家分數死死互咬，誰都不甘落後的現象。

針對江舫提出的可能，南舟給出了回覆。

「現在什麼情況都不清楚。」南舟講話帶著股有一說一的清冷俐落：「進一次副本，先打一打，才能知道是什麼情況。」

李銀航吞了吞口水。她總算明白，為什麼那三個「鬼」玩家急於冒險，獲取積分了。恐怕不只是為了呼吸氧氣。

她一邊傾聽，手指一邊滑動，顯然也在調用面板上的某樣功能。

南舟察覺到她的動作，「在看什麼？」

李銀航還沒來得及回答，就聽江舫替她做出回答：「她在找人。」

李銀航：「……」她嚴重懷疑江舫開了透視掛，按理說，每個人不都只能看到自己的遊戲面板嗎？

江舫和她的視線一碰，就彷彿全然讀懂了她的心思，溫和解釋道：「面板裡所有功能，唯一可以翻得這麼快且不用太過腦子的，也就是積分排名榜了。」

他問：「在找誰？朋友嗎？」

李銀航：「……」儘管選擇要做一個沒有感情的大腿掛件，她還是覺得笑著的江舫比冷著臉的南舟更讓人瘆得慌。

南舟好意提醒她道：「積分榜太長了。」

在榜的有上萬個姓名，還不能保證有沒有重名的。李銀航指尖懸停在頁面上，嘆了一聲：「我知道。」

說話間，蛋糕和咖啡端上來了。她迅速打消了傷感的念頭，坐直了身子，「咱們組隊吧。先加好友……」

江舫卻對她打了個手勢，示意她先等等。李銀航順著他的目光看去。

南舟不說話，也不玩他的面板了。他專心地把那一小塊動物奶油蛋糕切割成了五六個大小差不多的奶油小方，隨後用叉子一個個叉起來吃。

南舟吃得勻速而仔細，同時眼睛還直直盯著一角不大精緻的奶油花。他拿叉子把它挪一挪，珍惜地擺正了。這朵奶油花被他留到了最後，一口吃掉。

李銀航第一次發現，南舟擁有一樣非常貼近正常人的愛好。她甚至有種發現新大陸似的驚奇，試探著問南舟：「要不，再來一個吧？」

南舟放下叉子，抽了紙巾，擦擦嘴角，思考一番後，說：「夠了。」

和南舟短暫的相處，讓李銀航知道，他說不要，就是真的不要，不是在跟人假客氣。

她說：「那，加好友吧？」

南舟用腳勾住自己的椅子，身體搖晃了兩下，看起來心情不壞。他問李銀航：「妳的氧氣還夠嗎？」

「我只買了一個小時的，有需要了再買。」李銀航堅定道：「萬一趕上遊戲有特價優惠日呢？」

南舟：「……」

江舫：「……」

從某個方面來講，李銀航也是一個人才。

南舟說：「我背包裡有兩個人。分妳一個？」

李銀航：「……」她嘗試著做最後的掙扎：「……能不能只給我氧氣，不給我本體？」

「我試過。」南舟說：「即使他們是屍體，我們也不能取用他們身上的任何東西。道具卡不行，積分不行，也不能查看他們生前的積分排名和狀態槽。」

他抬起手，抽出了那把被他安放在第三個物品格裡的匕首。只有這把被秦亞東取出來、試圖刺向他胸膛的刀，變成了他的所有物。

江舫給出了一個更加通俗的解釋：「我們只能使用他們沒有耗盡的被動技能。」

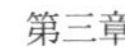

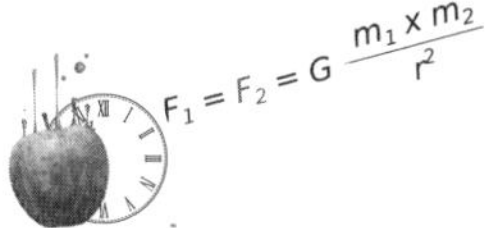

南舟點頭表示贊同。

【氧氣】一欄的注解寫得很明白：此為累計使用的物品，進入副本後，氧氣消耗自行停止；返回休息點後，氧氣消耗自動開啟。

說白了，眼下這三具屍體，只能當氧氣瓶使用。

沒有多矯情，李銀航和南舟交接了屍體，隨即著手和他們組隊。

南舟在發送了好友申請後，江舫第一個通過，李銀航則慢了一步。

南舟注意到，李銀航在自己的姓名欄後的【備註】選項裡，輸入了另一個名字：李 bank。

想到她翻找排行榜上姓名的舉動，南舟沒有多問。

李銀航這樣設置，不過是想讓自己的名字醒目一點。這樣，倘若她失蹤的室友還活在這個遊戲中的某個地方，自己也算是給她報一聲平安了。

為了緩解心中的一點鬱悶，李銀航調整好心態，特意用積極的語調道：「好了，從現在開始，我們就是朋友啦。」

「不是朋友。」南舟糾正：「是合作者。」

李銀航：「……」稍有打臉，但是接受良好。

她向來臉皮厚。這是被無情的生活磨礪出來的。當初，還是萌新的李銀航結束了客服的觀摩培訓後，元氣滿滿地接起了第一通電話，打算開個好頭：「很高興為您服務。」

對方張口就說：「妳高興得太早了。」

李銀航：「……」

從此之後，她知道，這個世界上的物種存在著她難以想像的多樣性。

江舫察覺了李銀航淡淡的窘迫，便打了個圓場，把話題引開了：「我們起個隊名吧。」說著，他轉向李銀航：「bank 小姐，交給妳了。」

李銀航：「……」

她腦海裡頓時浮現出自己大學辯論隊時碰見的各種奇葩隊名——我們說得都隊、猛龍過江隊、江裡有電網隊、拉電網犯法隊、對對對對隊、磕 CP 有什麼不隊、親親這邊建議您退隊。

李銀航叼著吸管，發現江舫和南舟都看著自己。她頓感壓力山大。

最終，隊名定為了「立方舟」。

李銀航覺得，不必把隊名起得太張揚。討打不說，單是引起別人的關注，就很容易惹來各種麻煩。她向來主張悶聲發大財。

南舟和江舫對此沒有意見。雖然知道南舟是因為不怎麼關心隊名這種無關緊要的小事，江舫則是表現得對什麼事情都很好說話，但這種被尊重意見的感覺，讓李銀航的心情放鬆了不少。

組隊成功後，頁面旁的生命樹捲起一陣風，帶著微微螢光的落葉大片大片飄落，春風拂櫻一樣，轉眼間，花葉覆蓋了整片螢幕。

叮的一聲，頁面成功更新，右上角多了一個「查看隊友」。恰好在這時，每個人的屬性槽也都差不多載入完畢了。

李銀航迅速瀏覽了一遍自己的屬性。

這大概是系統根據現實中個人的自身能力，結合自身制定的標準進行的判定。她的數據不出意外的平平無奇。武力是 15，烹飪是 5，勞作是 5，就連代表恐懼的 san 值也是 5。

她連害怕都害怕得不很突出。

江舫倒是誇讚了她一句：「精神很堅韌。」

李銀航說了句「謝謝」，跑去瞄了一眼江舫的屬性值……果然，所謂的誇獎，都是學霸對學渣的垂憐。

江舫各項屬性條非常均勻，完全沒有為 0 的參數。

正面屬性裡，他的「治療」、「鍛造」、「嘲諷」均為 5，「勞作」為 7。負面屬性裡，他就連「盜竊」都有 5 點。

李銀航：「……」哥你到底幹麼的？

最讓她感到意外的是，江舫的武力值是 9。

李銀航忍不住抬頭打量江舫。

他溫柔斯文地往那一坐，連執握咖啡杯的姿勢都是文雅又紳士的。恕李銀航眼拙，除了身高，她完全看不出來江舫有任何能打的痕跡。

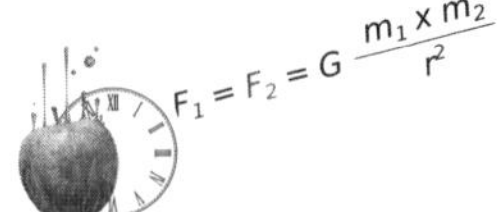

懷著瞻仰的心情，她又戳開了南舟的屬性條。

李銀航：「……」呔。

自己是平庸得很平均，江舫是優秀得很平均。南舟的屬性，則完全進入了另一個極端。

【玩家姓名：南舟】

【等級：4】

【武力：亂碼】

【san 值：亂碼】

【盜竊：0】

【治療：0】

【嘲諷：8】

【烹飪：亂碼】

【鍛造：0】

【勞作：0】

……系統面對南舟的困惑，好像不止一點點。

李銀航難得地和系統達成了「看不懂啊看不懂」的一致觀點。

南舟並沒有打算分給這個屬性條多少眼神。

現在的他，更關注物品格。

之前，南舟的三個物品格裡，兩個蘑菇各占一格，匕首占一格。把一個蘑菇讓給李銀航，騰出一個空格後，南舟把風衣口袋裡已經被啃得亂七八糟的蘋果掏了出來。

一直躲在口袋裡扒著蘋果偷吃的南極星，連著蘋果一道被取出。

南舟把蘋果連南極星一起移送到了物品格中，頁面立即跳出了「物品溢出」的提醒，連帶著一個大大的紅叉。

南舟拿著蘋果，略一思索，把蘋果抖了一抖，南極星沒扒穩當，吧唧一下掉到了物品格裡，頁面馬上彈出了「收納成功」的綠色提醒。

「恭喜玩家南舟獲得【沒有什麼卵用只會吃的蜜袋鼯 x1】。」

南極星：「⋯⋯」一時分不清南舟和系統誰更不是人一點。

牠趴在格子內，短小的足趾反覆抓撓著前方，試圖脫出，可牠的眼前卻像是有一道全透明卻無法開啟的空氣牆，將牠四四方方地框在正中央。

牠委屈得眼淚汪汪，不住對著南舟發出小狗似的細弱尖叫。

見牠抗拒得厲害，南舟沒有繼續實驗，探出手指，把牠接了出來。

南極星重獲自由，怕得不行，唧的一聲，張口就要咬南舟，但當小尖嘴叼住南舟的虎口，猶豫片刻後，牠只是輕輕地咬了一小口，就一頭扎進了南舟的虎口，只留下一個瑟瑟發抖的屁股在外面。

李銀航想，好通人性的崽。

南舟一邊摸著牠露在外面的兩條發抖的小短腿，一邊自顧自得出結論：「活物也是可以放進去的。」

說這話的時候，他冷淡的眼神瞄向了李銀航。

李銀航從頭到腳打了一個大激靈。

還沒等她尋思明白自己到底該不該答應，就見南舟對她伸出手來，「妳試試看，把我關進去。」

李銀航：「⋯⋯」她對南舟敢於把任何東西包括他自己當做小白鼠的科研精神，佩服得五體投地。

但她還未表態，就聽江舫說：「⋯⋯我來。」

南舟看著江舫，不說話，用眼神表示抗拒。他不大信得過這個人，不怎麼想進這個人的物品格。

江舫卻像是完全沒注意到他的反抗情緒，放下空的咖啡杯，把掌心攤向南舟，解釋道：「我的意思是，你把我關起來。」

南舟有些意外。但既然是江舫主動提出，他也沒有多少遲疑，主動握住了江舫的手。

果然如南舟想像的那樣，他的手握感一流，指骨偏軟而修長，骨節處卻格外堅硬有力，小片青筋分布在雪白皮膚下，根根分明。

在他的允許下，南舟手把手地將他拖入了物品格⋯⋯

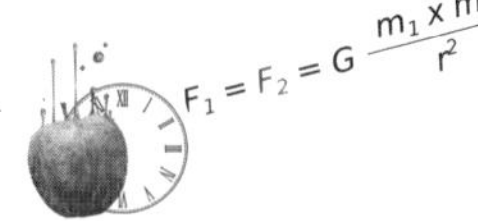

然後系統就卡了。

「恭喜玩家南舟——」

「恭喜——」

「恭——」

物品系統大概鮮少寄存過隊友這種東西，還是活的。經過一番冗雜的計算，它終於勉勉強強地刷出了獎勵提示。

「恭喜玩家南舟獲得【玩家江舫 x1】。」

被納入物品格內的江舫看起來像是一個精巧的、被等比例縮小的人偶手辦，尤其是他頸間的 choker，縮小後，看起來有種脆弱的絲帶感。

江舫在小小的透明囚籠中走動、呼吸，神態自若。

他的動作，帶給了南舟更多資訊。物品格不僅可以收納活物，而且空間可以根據內容物的大小而變化。

江舫和南極星在裡面的活動範圍，看起來都是經過完美計算的——只是剛剛好夠他們待在裡面，不會顯得逼仄，卻也不會提供更多空間了。

而且，每個格子接收的東西，單位只能為「一」，就像南極星和蘋果不能同時存在於一個格子中。

化為蘑菇的玩家屍體，是作為一個整體而被物品格收納的，所以，他們身上的積分、物品不能取用，只能發揮提供氧氣的被動技能……因為他們只是一樣自帶屬性的「物品」而已。

南舟確認了一下，江舫待在物品格裡時，並未出現缺氧、窒息等現象，他們的隊友關係並未解除，他的頭像和姓名也沒有變灰。

在觀察間，南舟發現江舫敲了敲面前的透明牆，說了一句話。

「好的。」根本什麼都沒聽見的南舟接話道：「我這就放你出……」

下一刻，江舫的身形驟然浮現。

他整個人沒能站穩，一個踉蹌往前栽倒，連帶著坐在椅子上的南舟一起向後倒去。

南舟根本連躲也沒打算躲，隨著地心引力的作用向後翻倒而去。

他是有能力不沾身地完美避開的，但那時候，江舫恐怕會摔得很重。這算是自己沒掌握好力度的錯，該承擔起責任來……可預料中的重擊和痛感遲遲沒有到來。

江舫居然在失控的前一瞬強行把平衡拉了回來，單膝和腰部發力的同時，單手捉住他前襟，把即將跌落的南舟猛地拉回到自己胸前。

因為回力，兩個人突破了安全的社交距離，江舫幾縷鬢角的銀色碎髮垂在南舟的臉上和耳朵上，有些癢。

但江舫點到即止，沒有保持這個動作太久，他直起腰來，單腳回勾住半懸未倒的凳子腳，把南舟拉了起來，「抱歉。」

南舟神情沒什麼太大波動。只是他感覺，剛才被拎起時衣服摩擦過的那截皮膚有點熱，且絲絲地透著難言的酥麻。

他並未多想，把風衣脫下後，隨手按按胸口位置，便問江舫道：「你剛才在格子裡對我說什麼？」

江舫輕輕笑，「沒什麼。」

南舟也沒多追究：「嗯。」

「以後，如果碰到危險……」南舟轉頭對李銀航開口，聲音淡淡的，彷彿在陳述一件再平常不過的事情：「妳躲到我的儲物格裡來。」說罷，他又轉向江舫，「你也是。」

李銀航心口一熱，剛想道謝，南舟就反問道：「下副本嗎？」

李銀航：「……」罷了。

她率先表態：「我沒問題。」

李銀航知道，南舟和江舫要通過副本來獲取更多訊息。

雖然她本能地想要學鴕鳥一腦袋扎進沙子裡逃避現實，但現實的困境擺在眼前：她不知道自己的這個蘑菇氧氣罐還能使用多久？她不想白白浪費氧氣。說白了，窮逼沒有選擇權。

江舫也直截了當地拿了主意：「PVE ？」

李銀航和南舟都表示贊同。

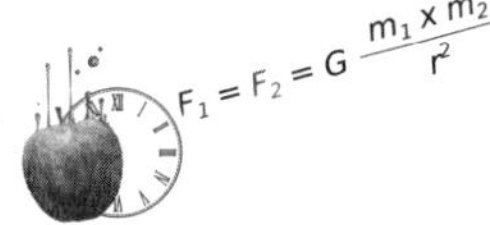

李銀航選 PVE，是因為她剛剛才體驗過玩家之間的搏命。劉驍腦袋原地爆炸前對大家的惡毒詛咒和絕望哭喊，聲猶在耳。短時間內，她不大想體會太直接的自相殘殺了。

而南舟給出的理由則是：「PVE 沒試過，要去積累一下經驗。」

——大佬的思維，果真不同凡響。

江舫花費 100 積分，兌換了一張選關卡，在卡面上「PVP」和「PVE」的兩個選項裡，點選了後者。選關卡的簡介，和兔子皮卡所說的相差無幾。

南舟說：「隨機到哪個副本，只能看命了。」

李銀航：「……」別是靈異就行。

江舫停下手來，看著南舟笑道：「我運氣挺好的。」

南舟看了回去，「你如果運氣好，應該不會被遊戲挑中的。」

李銀航：「……」別是靈異別是靈異別是靈異。

「運氣這種事兒對我來說，不是萬裡挑一，總能選中對的。」江舫把「選關卡」選中，在用目光徵得其他兩人的同意後，按下了「使用」。

延展開的金粉似的幻境，將三人的身影籠罩其中，連同著江舫後半句自言自語的話，一道吞併。

——「是我走了萬里，只要還能遇到那個一，就是頂好的運氣了。」

轉眼間，三人消失在了咖啡店中。

漂亮的母雞店長擦著杯子，對眼皮子底下發生的一切熟視無睹。

金色光芒的盡頭，是無限、無窮、無盡的黑暗。

在經歷了有些漫長的飄浮和失重感後，他們沒有迎來光明，反倒先迎來了一段機械的背景女音：

【親愛的「立方舟」隊玩家，你們好～】

【歡迎進入副本：小明的日常】

【參與遊戲人數：8 人】

【副本性質：靈異解謎】

【祝您遊戲愉快～】

李銀航：「……」這幸運了個紅毛丹啊？！

【小明的暑假日常，和所有正常的小學生一樣。】

【8:00，小明睜開眼睛，迎來了平凡的一天。】

【9:00，小明不想寫作業，但還是不得不打開了書包。】

【12:00，小明做了一頓簡單的飯。】

【13:00，小明躺在床上，做了一個夢。】

【15:00，小明醒了，他要做手工作業，他討厭手工，可作業他非做不可。】

【18:00，小明打開電腦，玩他最愛的遊戲。】

【20:00，小明開始寫日記，記錄他一天的生活。】

【21:00，小明洗頭。】

【22:00，他進入了夢鄉。又是平靜的一天過去了。】

【這就是小明的日常。】

【遊戲將於時鐘指到 24 點時正式開始。】

【遊戲時間為 7 天。】

【在時限結束前，找到離開的大門吧。】

李銀航：「……」太有代入感了，彷彿回到了自己那個被逼著監督小侄子做作業的噩夢暑假。

等到周圍的環境從亂碼逐步渲染析出完畢，南舟才發現，他與其他七個人正站在一間普通民居公寓的客廳中。

這是一間溫馨的家庭房，三室兩廳，一百平方公尺左右。

客廳的牆上掛著一幅手工十字繡，裝裱精美，三朵鮮豔的牡丹間，暗藏了「闔家平安」的針觸。

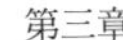

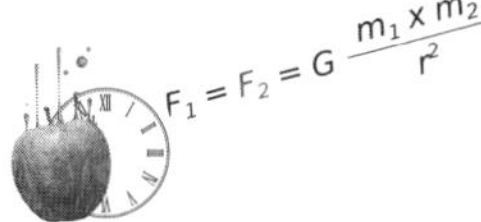

壁紙是統一的柔和的鵝黃色，和燈光的杏黃有漸變的色彩關聯，過渡得自然又和諧。

客廳懸掛的小熊時鐘和窗外的黑寂告訴他們，現在已經接近午夜 12 點了。

這裡的一切都很正常。

唯一的詭異之處是，偌大的客廳裡，沒有一扇通向外界的門。尋找離開的「門」，就是要想辦法離開這間房子嗎？

暈黃的燈影投在每個人的身上，在地上交錯出亂七八糟的黑影。

玩家一共有八人，根據一開始各自的站位，可以輕易判斷出，玩家共分三組。

他們謹慎地彼此觀察著。誰都沒有在第一時間打破沉默。

南舟、江舫、李銀航為一組。

另外的三人組，也是一女兩男的配置。

其中的女人 27、8 歲，從內到外透著股精明幹練的味道。

兩個男人，其中一個高大健壯，身材明顯經過系統的鍛煉，有塊有壘的，像是個健身教練。

另一個人則是精瘦精瘦的猴子樣，觀察周遭環境時，頭不轉，眼睛倒是滴溜溜地轉來轉去，就透出了一股猥瑣的賊相。

剩下的那對雙人組合，性質有些特殊……其中有一個人是坐輪椅的。

李銀航見狀，難免心生憐意。連殘疾人都拉進來，系統真是不做人。

坐輪椅的男人大概 30 歲剛出頭的樣子，冷雪清冰一樣的精英氣質，和南舟有些相近，卻又是兩種迥然不同的風格。南舟是人情淡漠的神祕，他是斯文有禮的穩重。

在這種環境下，他的穿著依然是在休閒中透著格外的體面與風度，身上居然還有寶格麗白茶香水的淡淡香氛。

他對離得最近的南舟開口自我介紹道：「虞退思，律師。過了四次任務。」他介紹完後，身後久久沒有回應。

虞律手扶著輪椅把手回過頭去，頗無奈地丟了個眼神：「叫人。」

比他小了 7、8 歲，正在左顧右盼的高大青年聞言，乖乖「哦」了一聲：「陳夙峰，讀大學，大四。」

青年生著一雙下垂的狗狗眼，一看就是在學校裡很有那麼點人氣的陽光運動型男生，不過還是脫不掉一身學生氣，看人的眼神是乾淨又直白的。

南舟：「南舟，美術老師。第一次做正式任務。」

虞退思點一點頭，又轉向江舫，「外國友人？」

江舫：「是，算半個吧。我叫江舫，國際交換生，學音樂的。」

李銀航：「……」哥你不是無業遊民嗎？但她還是跟著報上了自己的職業和姓名。

瘦猴樣的男人在旁聽著，聞言笑嘻嘻地一拍手，「哈哈，剛好，咱們八個人，八件事，肯定是要一人幹一件事的。美術老師正好可以去做手工。交換生麼，估計幹不了別的，睡個覺什麼的總行吧。」

李銀航眉頭一皺，感覺不大舒服。大家好端端地交流著資訊，怎麼就輪到他來發號施令了？

南舟完全無視了他，繼續和虞退思對話：「我們剛過了試玩關卡。」

虞退思也是目不斜視，「沒事，都是一步步來的。」

江舫也問：「以前你接觸過靈異關卡嗎？」

虞退思：「嗯，接觸過兩次，不過這次比前兩次的場景限制都大。」

被晾在一邊的瘦猴：「……」

高壯的健身教練把略含不滿的目光投向那妝容精緻的幹練女人。

女人環視了一遍客廳，對健身教練耳語兩句。

健身教練點了幾下頭，拍了兩下巴掌，粗暴地打斷了他們的對話。

「安靜一下，你們幾個。」他的口氣像是在訓五個小輩：「現在不是閒聊天的時候，我們得先把任務分配了。」

李銀航有點不忿。然而，當她的餘光在自己的遊戲面板上隨意一掃時，她差點懷疑人生。

任務日誌裡有當前的組隊資訊，可以查看八個副本玩家各自的姓名和等級。

虞陳二人的組名叫「南山」，虞退思是 9 級，陳夙峰是 8 級。

另外的三人小組「順風」，則是齊刷刷的 10 級。

自己是個孤獨的 2 級號。而她身後的兩個大佬，不知道什麼時候都變成了 1 級剛出頭、比她還萌的萌新……她居然還是三個人中目前積分最高的那個。

李銀航以為自己眼花了，忙去查看隊友屬性……南舟把試玩關卡得到的 750 積分，用來解鎖了兩個價值 300 積分的物品格。扣除許願用的 10 積分，再加上發現彩蛋得到的 5 積分，他只剩下了 145 積分，直接掉回了 1 級。

江舫比他還過分，開了兩個物品格外，還兌換了兩樣東西，積分眼看就要到 100 以下了。

李銀航：「……」

儘管這分不是她掙的，她還是忍不住替他們倆肉疼。

鑑於積分排名就擺在那裡，「順風」根本沒把「立方舟」這三隻新人菜雞看在眼裡。他們得抓緊時間，跟僅次於他們一點的「南山」爭奪任務裡的話語權。

這個遊戲的玩法相對來說比較清晰。

八件事，明顯是對應八個玩家的，不出意外的話，應該就是要他們分工合作，在特定的時間段去完成對應的事。

那麼，分歧就來了，八件事的完成時間有長有短，有難有易，時間越長，往往變數越大。譬如說，誰願意主動去做「睡覺」、「做手工」這種時間長、難度高、變數多的事情？

虞退思將手放在腿上，示意給他們看，「我能做的事情不多。」

健身教練打量著他的腿，「你真的是瘸子嗎？」

陳夙峰不樂意了，一步跨出去，「你幾個意思？」

虞退思抬起手，輕擋在了陳夙峰腰腹上，用手背把他往後摁了摁。

健身教練並不怕這個愣頭青，說：「只是問問看而已，怕有人藉口躲懶罷了。」

「喂，你既然不會動，那晚上睡覺的事安排給你吧。」瘦猴說：「反正也不需要你幹其他的。」

虞退思淡淡道：「好啊。」

他答應得太過爽快，反而叫那幹練的女人沈潔皺起了眉。

她是「順風」裡的大腦，必須將事事都考慮得周到全面。遊戲說明裡說得清清楚楚，一過 12 點，遊戲就正式開始了。

「睡覺」，是「小明」第一件要做的事情，因此，它極有可能包含著解謎的關鍵資訊，這麼重要的事兒，如果交給「南山」的人來做，主動權豈不是掌握在他們手裡了？萬一他們隱瞞了什麼重要資訊，那該怎麼辦？

沈潔正在猶豫間，菜雞隊裡那名年輕俊美的混血兒有了動作。

江舫從玻璃茶几下摸出一副嶄新的撲克牌，「這樣隨意安排，總歸會有爭執的，也浪費時間。」

他提出另一個解決辦法：「不如我們抽撲克牌吧。」

他把這一副新牌拆開，從裡面抽出八張牌來，一一展示給眾人看。

「紅桃 A 到紅桃 8，任務裡一共包含了八件事，按時間順位排列。」

「紅桃 A 代表上午 9 點的寫作業，紅桃 8 代表從晚上 10 點到第二天早上 8 點的睡覺。」

「抽到什麼牌，就做什麼事。如果對自己手頭上的事情有意見，就在組內自行交換，不能組外交換。怎麼樣？」

健身教練和瘦猴不約而同地將目光投向沈潔，詢問她的意見。沈潔點點頭，這倒是合理。

見大家都沒有提出反對意見，江舫挺溫和地笑笑，把薄薄一遝牌的牌緣理好，慢慢洗起牌來。

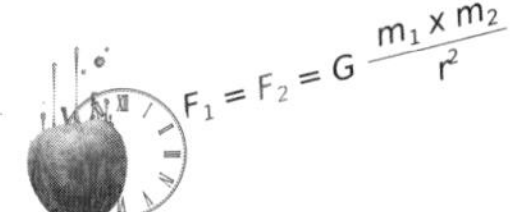

他的手法看起來不大靈活，牌的數量又少，他一開始洗得很慢，後期洗得稍快了點兒，還不小心弄掉了一張。

江舫說了聲「抱歉」，看了南舟一眼，隨即俯身下去，撿起掉落的紅桃 2，隨手插入牌中。

又洗了幾十遍後，他將牌反放在茶几上，單指一抹，牌一溜擺了開來。他後退兩步，「你們選，我最後來。」

眾人看著牌，都有些不大願意去摸。

南舟想起了江舫掉下紅桃 2 時看向自己的那意味深長的一眼，還有快速在紅桃 2 牌背深藍色的花紋旁劃下的一道淺淺指甲印，大概明白了江舫想讓自己幹什麼。

他第一個動手，把那做了記號的紅桃 2 抽了出來。

其他人見有人選了，也各自動手，抽選牌面。

虞退思的牌，則是陳夙峰幫忙取的。

抽到牌後的表情，有人歡喜有人憂。

唯有南舟，望著手裡的牌面，平靜的表情中流露出一點困惑。

他親眼看到江舫拿出了八張紅桃。他也親眼看到，江舫掉落紅桃 2 後，以快而自然的手法在上面劃下了一道印記……那麼，為什麼自己手裡會是一張笑臉的紅色 Joker？

轉眼間，牌已抽盡。江舫取走了最後一張。

沈潔對自己的牌不大滿意，她抽到了「洗頭」，她更想要的是「做飯」，因為時間短，也不像什麼容易出么蛾子的任務。

不過，她的兩名隊友對自己的牌都還算滿意。健身教練抽到了「打遊戲」，瘦猴抽到了「寫日記」，兩人都沒什麼想換的打算。

另一邊，虞退思抽到了「午睡」，陳夙峰抽到了「寫作業」，也還算正常。

南舟還在思考自己該如何展示自己手中的牌時，就見江舫苦笑了一聲，將自己的牌面亮了出來……

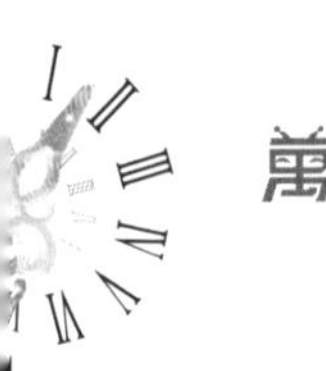

是那長達八個小時、時間跨度最長的「睡覺」。

江舫問他的兩名隊友：「你們都抽到了什麼？」說著，他動作流暢地收走了李銀航和南舟的牌。

李銀航嘆了一口氣：「我抽到的是做手工。」不算什麼好牌。

江舫把三張牌放在手中，瀏覽比較一番後，欣慰道：「也就我們南舟幸運點兒。」

說話間，他手輕巧地一翻。他手中是清一色的紅桃。紅桃 8、紅桃 4，以及一張明晃晃的紅桃 2。

對這個結果，沈潔表示還算滿意。

「睡覺」是時間跨度最長的任務，怎麼想都是個麻煩。而「立方舟」完全是新人隊，新人有弱點，很有可能出現觀察力弱、臨陣慌亂的問題，但不必擔心他們敢藏私，不管發現了什麼，他們肯定會乖乖說出來，現在有人出來頂了這個麻煩，那當然最好。

江舫把牌一一收好，目送著大家各自散開，去房間內查找線索，摸排情況。

南舟看著他的手，問道：「怎麼做到的？」

江舫低笑道：「保密。」

抽完籤，距離零點只剩下半小時，供他們探索的時間並不多。

不過，這間公寓可供他們探索的空間並不大。陽臺上放著一盆大大的龜背竹。客廳和餐廳相連，桌上拉了漂亮的碎花桌布，花瓶裡還有水，養著一小把玫瑰。

南舟扶著半開了紗窗的客廳窗沿，往下看去。往下不見地，往上只有月。天地之間，只有月亮和這戶人家還透著融融的光。沒有左鄰右舍，沒有樓上樓下。

這間房子，像是浮在月色中的 100 平方公尺的孤島。

主臥裡的裝潢還算溫馨，大床、床頭櫃、落地燈、衣櫃，床頭裝設有一個投影機，同時配有一個單獨的衛生間。

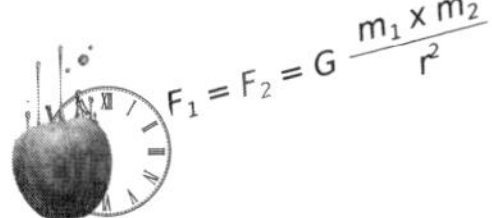

次臥改裝成了書房兼遊戲房，一臺配置不錯的一體式電腦、一張小沙發、一張單人彈簧床，還有一架子書，看來可以很輕鬆地在這裡消磨上一整天。

次臥是用來「打遊戲」的場所，至於兒童房，大概是這次遊戲的主要場地了。

兒童房 20 多平方公尺，裡面有一張藍色小汽車做基座的單人床。床墊相當柔軟舒適。

當把兒童房的燈關閉後，會有一盞星空小夜燈開始運作，在牆壁上投下深深淺淺的星河倒影。

兒童專用的升降小書桌上擺著「小明」的書包和幾本書。因為任務並未開始，「小明」的書包是打不開的，堆在書桌一角的作業也像是用 502 膠水糊在一起，和桌面難捨難離。

簡單查看過兒童房以及和兒童房緊鄰的另一個衛生間後，江舫來到了廚房。

家裡的冰箱倒是可以打開，廚房的櫃子裡也存有足夠 7 天食用的米麵糧油。

他將刀具清點一遍後，一回頭，便發現南舟正站在廚房門口，目不轉睛地盯著他看。

江舫說：「我來看看你的任務地點。」

南舟還是心心念念記掛著那個問題：「……你是怎麼做到的？」

江舫坦然一笑，大大方方地與他錯身而過時，留下一個字：「猜。」

家裡的一切，都是正常而潔淨的，彷彿這家裡的人只是去旅遊了。

經過簡單的搜索後，大家重新在客廳會合。此時，所有人不約而同地抱有了同一個疑問：遊戲任務都在說「小明」，可「小明」的父母去哪裡了？這裡明顯是有大人的生活痕跡的。

然而，遊戲馬上就要開始，沒有太多時間供他們集中探討了。

這一晚上，江舫當然要按指示去睡兒童房。

南舟和李銀航選了次臥，「順風」的人選了客廳。

「主臥最大，虞律師就住在那裡好了。」瘦猴刻意看了一眼他的腿，「尊重殘疾人嘛。」

虞退思也不生氣，彬彬有禮地一弓腰，「那就多謝了。」

此時，離零點到來還有 15 分鐘。虞退思被陳夙峰推進了主臥。

「順風」組在客廳一角，嘀嘀咕咕地開始了隊伍內部的情報交換。

南舟、江舫、李銀航則聚在了兒童房裡。

李銀航憂心忡忡地把自己的手機遞給了江舫，「喏，放在這兒。我手機有鎖屏攝影功能，說不定能錄下點什麼。」

江舫挺紳士地接了過來，放在了床頭位置，「謝了。」

第一次參加任務，李銀航也說不出來個四五六，想提醒江舫注意安全，話到嘴邊才發現這話挺廢的，只好乖乖吞了下去。

察覺南舟站在門口，似乎和江舫有話要說，她很有自覺地站起身，「我找床被子打地鋪去，你們聊。」

她明白，不要輕易加入自己不懂的對話中，省得別人為了關照自己的智商，還得浪費時間。

李銀航走後，南舟來到床邊。

他的好奇心快要爆炸了：「……你告訴我怎麼做到的？」

江舫低下頭，半柔和半狡黠地一笑。

——釣到了一隻好奇的貓。

等他再抬起眼來，眼裡就是十足的真誠了。

他從口袋裡取出了那副撲克牌，數出最上層的八張，還是紅桃 A 到紅桃 8。

江舫用雙手攏著牌面，將八張牌攤開給南舟看，又一把收攏起來。

他開始和剛才一樣切牌。但這回，他切的速度快得驚人，且只用了單手。南舟花了些工夫才看清，他是用單隻食指將牌分作了兩疊，將下面那疊與上層錯開，又快速使巧力，將兩疊牌交錯融合。

這樣高速切動 10 秒鐘左右後，江舫猛然停下手，有一張牌飛了出來，且在落地時，準確無誤地保持了正面朝上。

紅桃 2。

江舫直視著南舟，俯身將牌拾起，並當著他的面，用指尖在牌背面的花紋上劃了一記。

把紅桃 2 收回牌序後，他繼續快速洗牌。

但這回，他開始解釋了。

江舫壓低嗓音說話時，聲音如新酒似的溫和悅耳：「紅桃 8 代表『晚睡』，是大多數正常人最不希望抽到的。午睡相對來說還好一些。晚上睡覺，在生物鐘的作用下，很難完全保持清醒的頭腦，即時做出合理的防禦，而且還會有各種難以想像的威脅出現，比如夢境。」

「你應該還記得，我上一次，洗牌洗得比這次慢很多。大家未必能記住所有牌的位置，但集中全部精力，單去記一張牌的位置，然後不去摸它，就不會很困難。」

「所以，大家都正好避開了我想要的那張牌。」江舫停下手，同時把視線從南舟臉上移開，從掌中牌中任意一抽——不偏不倚，恰好是代表「睡覺」的紅桃 8。

南舟：「你為什麼要選紅桃 8 ？」

江舫眼睛輕輕一眨，說了實話：「因為這個任務有難度，所以我不放心交給別人。」

南舟「哦」了一聲，對這個答案並不感到多麼意外：「那你為什麼暗示我去抽紅桃 2 ？為什麼我會拿到 Joker 牌？」

江舫的答案就在嘴邊……因為紅桃 2 代表的「做飯」，是所有任務裡相對來說最易控制變數的。

說得再簡單一點，他不想讓南舟冒險。但江舫實在不擅長，也不喜歡「吐露真心」這種事情。

他岔開了話題：「你最不想抽到的牌是什麼？」

南舟毫不猶豫：「紅桃 2，做飯。」

江舫手裡的牌差點沒拿穩，「…………為什麼？」

南舟：「因為我做飯難吃。」

江舫：「……」

他將手搭在膝上，悶聲笑了，不知是笑人還是笑己。

——又做了自以為是的事情了。

江舫跳過了南舟提出的第一個問題，他把完全洗好的牌單手抓握在右手掌心，用大拇指斜推開第一張背面還留有細微劃痕的牌，尾指壓住第二張牌的牌角，輕巧一彈——牌原地翻轉，從反面跳到了正面。正是笑臉的紅色 Joker，鬼牌裡的大王。

江舫單手快速一晃。Joker 紙牌落地的同時，他雪白薄毛衣袖口邊緣一傾，滑出了另一張同樣背面帶有劃痕的紅桃 2。

紅桃 2 完美替代了 Joker 的位置，嚴絲合縫。

江舫給出了第二個問題的答案：「因為我從一開始，拿出來的就是九張牌。」

南舟恍然，輕聲道：「啊——」

江舫把掉落的牌撿起，將整副牌理好，全部交給了南舟，「給你玩吧。好好研究研究。」

南舟接過牌來，「唔」了一聲，轉身就要離開，走出兩步後，他又站定了。

南舟回過身來，對江舫清冷且直白地開口道：「你不要心情不好。我知道，你讓我抽紅桃 2，是想要對我好的。」

江舫的指尖一動，連帶著心臟的位置都被輕輕擊打了一下，顫悠悠地酥麻起來。

他臉上重新浮現出笑意，將手放在胸口，對著南舟溫和地一躬身，「謝謝。得到安慰了。」

南舟一點頭，「你小心。不要死了。」

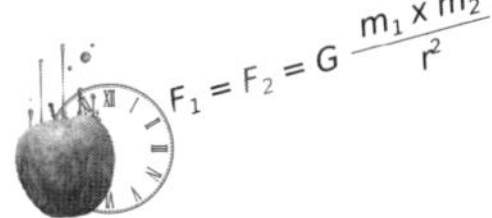

江舫微笑著道：「明天 8 點見。」

南舟替他虛掩上了兒童房的門，同時把牌揣進了自己的口袋。南舟的拇指不自覺在牌上撫了一圈，那副撲克牌上，還殘留有江舫的掌溫。

主臥中。

虞退思把口袋裡的金絲眼鏡取出，垂著手腕，用柔軟的眼鏡布一下下擦拭。

陳夙峰半跪在他身前，壓住他的膝蓋，單手握住他的小腿，抬起一個弧度來，輕輕活動按摩。

「那位李小姐，眼神一直在往南舟的方向看。」虞退思自言自語地分析：「他們隊伍裡，她等級相對最高，卻並不是主心骨。所以，南先生和江先生如果有什麼意見，可以花心思聽一聽，李小姐的話，就不用太浪費時間了。」

陳夙峰：「唔。」

「『順風』他們看起來只是想要指揮權。輕易不要和他們起爭執，否則只會影響我們的任務進度。」虞退思說：「該做什麼，就做什麼，不要做多餘的事情。」

陳夙峰聲音悶悶的：「知道了。」

沉默一會兒，他還是忍不住抬起頭來，頗不服氣道：「你……不要總把我當小孩兒。很多事情我還是看得出來的。」

虞退思微微一怔，旋即笑說：「是，我話有點多了。」

他把手放在陳夙峰的頭上，指尖又稍稍下滑，落到陳夙峰與那人無比相似的耳朵上。

他的手指繞著陳夙峰的耳部輪廓繞過一圈，「……如果系統能讓你哥哥回來，我就能省心了。」

陳夙峰剛想說話，只聽頭頂的燈絲發出一聲輕微的細響，便熄滅了，從門縫下透出的客廳光芒也消失了。

陳夙峰握著虞退思的小腿，還沒反應過來：「跳閘了？」

「是任務時間到了。」虞退思低低「噓」了一聲，把胳膊熟練搭靠在陳夙峰的肩膀，「抱我去床上。」

零點，遊戲正式開始。

客廳裡，三人組各自躺臥著，卻都不敢入睡，巨大的龜背竹像是在黑暗中蹲踞著的人形。

三四支沒有掛衣服的晾衣架，掛在升降晾衣杆上，被半開紗窗外的夜風吹動，發出風鈴般叮叮噹噹的響聲。

此時的任何細響、任何動作，都顯得可怖異常。他們甚至不敢翻身，生怕沙發裡的彈簧聲音招來暗中的窺視。

次臥裡，李銀航精神也緊緊繃著。她躺在柔軟的地鋪上胡思亂想，想著自己要是半夜想上廁所，是該就地解決，還是冒死出去？

不過很快，她的謹慎思考便被一陣異響打斷……床上的南舟沒握住手中把玩的牌，嘩啦啦掉了自己一臉。

江舫獨身一個仰臥在小汽車形狀的兒童床上，雙手交握在胸前，合上了雙眼。他似乎並不在乎自己身處怎樣的環境，在解散了蠍子辮後，很快進入了熟睡狀態。

小夜燈在牆壁上投下宇宙的光斑，也在江舫的鼻尖、嘴唇游移、轉動，像是一下下輕柔的撫摸與點觸。

答、答、答。床頭的小鴨子卡通時鐘，一路走到了2點。

在時針穩穩指向「12」時，江舫平放在枕邊、開著錄音錄影的手機突然亮了起來。

待機畫面是李銀航和室友的合影照片，而手機螢幕上方，正重複著刷出系統提示——

「正在識別人臉。」

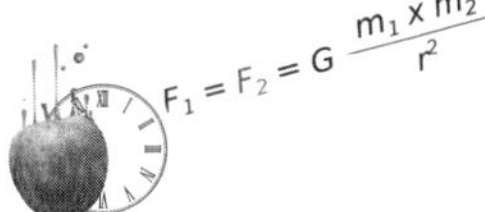

「未識別成功。按兩下螢幕重試。」

「正在識別人臉。」

「未識別成功，按兩下螢幕重試。」

螢幕亮了又滅，滅了又亮，將江舫的半張臉映得明暗交錯，而他躺在黑暗中，睡得渾然無覺。

南舟好像對「女士優先」這種應有的紳士舉動毫不感冒，在床上躺平得理所當然。

打地鋪的李銀航實在睡不著。這精神緊繃的一天過下來，現在真讓她兩腿一伸兩眼一閉，她反倒感覺這一天活像是在做夢。

腦漿炸裂、變成蘑菇的人、浮誇且冷眼旁觀的 NPC、不得不接下的靈異任務……

在被恐懼、不安和孤獨吞噬的前一刻，李銀航壓著嗓子問床上躺著的沉沉黑影：「你睡著了嗎？」

以南舟待人接物的冷漠氣質，她甚至沒敢抱著「他會回應」的打算。

下一秒。

南舟：「沒有。」

李銀航：「……」因為沒抱期望，她甚至沒規劃好自己想說什麼。

在尷尬且漫長的沉默間，李銀航看到南舟的手從床上垂下，南極星順著他的胳膊跑了出來，三跳兩跳躥到他的掌心，豎起上半身，四處張望。

南舟聲音依然沒什麼溫度：「今天晚上你去跟她睡。」

南極星唧了一聲，有點不情願。

南舟凌空丟了樣東西下來。

李銀航眼瞧著一個新鮮的蘋果被扔了下來，徑直砸到自己被子上。

南極星頓時眼睛發亮，奶狗似的汪了一聲，小飛機一樣滑了下來，一下抱住了李銀航接住蘋果的手腕，毛茸茸地蹭動撒嬌。

此時此刻的李銀航看著手裡完整的蘋果，只想知道它的來源。

最後她得出了結論：草，鬼宅水果盤裡的蘋果你都敢揣。

但這樣的舉動，已經將她的精神從失控邊緣拉扯了回來，「謝謝。」

南舟：「不要緊，這是妳應該謝的。」

南舟：「別把牠壓壞了。」

李銀航：「……哦。」嘲諷8，實至名歸。

因為這一段小插曲，李銀航想像中的噩夢並未發生，她甚至做了一個和南極星一起在叢林裡盪鞦韆的夢。

等李銀航睡醒時，天已大亮，南舟也已經不在床上了。

南極星倒是還在，抱著啃了一小半的蘋果，在她的枕頭旁睡凹了一個小窩。

李銀航出了次臥門，才發現自己已經算是起床晚的了。她看了一眼時鐘，現在是副本時間7點40多分。

兒童房的門緊掩著。江舫還沒有完成8點才能結束的任務。

客廳裡的三人組顯然沒怎麼睡好，個個頂了張階級鬥爭的低氣壓臉。但循著他們的視線望去，李銀航發現，這正襟危坐的三人組，正在用看傻逼的眼神看南舟。

南舟坐在餐廳桌邊，膝蓋上放著一個不知道從哪裡倒騰來的上了鎖的盒子，旁邊則擺著一套不知道從哪裡扒拉出來的家用五金工具盒，他正慢吞吞地捅咕那個盒子。

瘦猴自從醒過來就看到南舟在那裡玩盒子，瞪了他半天，才發現南舟對盒子的興趣遠遠大於他們的眼神攻擊。

他忍不住口氣很衝地問：「你幹麼呢？！」

沈潔攔了他一下，又對南舟道：「這種有鎖的東西是要找鑰匙破開的。你用東西撬，不如去找找配套的鑰匙。」

南舟看著沈潔，點一點頭，「嗯，我知道。」然後繼續捅咕。

沈潔：「……」新人玩家，腦子不轉彎，長得再好看也是個蠢貨。

瘦猴對他的隊友比了個口型：「神經病。別理他。」

南舟繼續玩他的盒子。

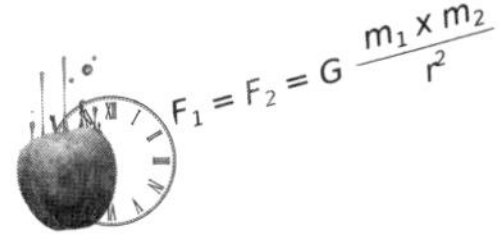

李銀航覺得大佬的思維自己無法揣度，跟南舟對了個眼神、示意自己還活著後，就老實地跑到衛生間洗臉了。

水龍頭出水很正常，水質也很清澈，甚至連那股水龍頭裡的淡淡氯氣味道也是李銀航熟悉的。這一切就和一個正常的家庭一樣……只是此時此刻，越正常，越詭異。

李銀航囫圇洗了個臉，身後突然傳來了篤篤的敲門聲。

兩人組裡的陳夙峰端著一臉盆水，說：「主臥的下水道有一點堵，水流不下去，我來這兒倒一下。」

李銀航給他讓了半個身子。看著正在倒水的陳夙峰，她欲言又止……有個問題，她從昨天起就很在意了。

她悄悄問：「那個……你跟虞先生，是不是……一對啊？」

正常來說，和一個行動不便的人組隊，無論如何都不是性價比最高的選擇。

他們兩人的年齡差放在那裡，不可能是同學，面相也沒有任何相似之處，不像是血脈親人。所以李銀航想，或許是有什麼別的原因，把他們綁定在了一起。

「我和誰？」陳夙峰隨口一問，等反應過來，驀地紅了臉，一個手滑，哐噹一下差點把搪瓷盆磕掉一個角。

他連連擺手，一張臉裡外脹了個通紅，連耳朵都變粉了，「我和他，我們倆不是……」

突然，一聲無奈的輕笑從兩人身後傳來。

「不是跟他。」虞退思不知什麼時候搖著輪椅來到他們身後。

他像是在說吃飯呼吸一樣自然的事情，自然到甚至不需要避諱和忸怩什麼：「是我跟他哥。」

陳夙峰跟著抿了抿嘴，「嗯，我哥……」

虞退思接過話來：「走了兩年了。」

說完，他還不忘跟李銀航對了個「小孩子說話扭捏，別和他計較」的

眼神。

旋即，他轉了轉左手無名指上的男士方戒，淡淡道：「不管其他人怎麼想，這個遊戲的勝利對我來說，是挺有價值的一件事。」

房子本來就不大，虞退思說話的聲音傳到了客廳，三人組對了個眼神。瘦猴小聲嘀咕道：「原來是 gay 啊，怪不得身上那股勁兒和正常人不一樣呢。」

沈潔撇了撇嘴，並不往心裡去，權當是聽到了個沒什麼價值的八卦。

沉迷研究盒子的南舟抬起了頭。

——虞退思所說的「價值」，大概是指在「鏽都」許願池旁許下的心願了。

他想：嗯，那遊戲的勝利，對我來說也挺有價值的。

陳夙峰的神情有點說不出的彆扭，「虞哥，你怎麼過來了？」

虞退思答：「因為時間快到了。」

一語驚醒夢中人。大家紛紛將目光對準牆上的時鐘。

南舟也放下了盒子，盯著兒童房緊合的房門。

……7 點 59 分了。兒童房內仍是一點動靜都沒有，氣氛一時凝滯。

當秒針移過最頂格時，江舫仍沒有從裡面出來。

正當一行人面面相覷，懷疑一開門會見到江舫的屍體橫陳在床上時，南舟已經大跨步來到兒童房門前，毫不猶豫地推門而入——

江舫靠在床頭，面對著重放昨晚錄影的手機，一點點將解散的頭髮重新綁好。

聽到門響，他抬起頭來，對上了南舟的眼睛。

他輕輕笑道：「早安。」

第一夜，平靜得彷彿什麼都沒有發生。

距離 9 點寫作業的任務還有一個小時，足夠他們交換資訊。

聽完江舫對昨晚狀況的簡單描述，沈潔難免失望：「真的什麼都沒有發生？」

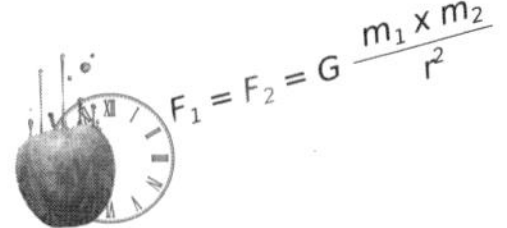

江舫：「床小了點兒，半夜醒了一次，算嗎？」

沈潔追問：「你做夢了嗎？」

「沒有。」江舫說：「我還在床邊留了紙筆，打算如果做了夢，醒過來就馬上記下來。」可惜他什麼都沒有夢到。

沈潔失望地將目光轉向了李銀航的手機，問道：「所以也沒有錄到什麼嗎？」

「啊——」江舫學著南舟的樣子微微拖長了語調：「倒也不是什麼都沒有錄到。」

江舫將五倍速前進的視頻進度條撥到了開始錄製兩小時後的時間點。因為倍速關係，沈潔只覺有什麼東西一閃而過，什麼都沒看到。

江舫卻說了聲「抱歉」，把忘記關閉的倍速切掉，往回倒了半分鐘，準確定了位。

視頻裡。

保持著熄屏錄影的手機對準天花板位置，星空小夜燈呈固定軌跡在緩緩運行。

然而，下一秒，手機周圍的環境光乍然一亮。

捧著手機的沈潔本能打了個寒戰，忍著害怕定睛去瞧。

——可螢幕前除了黑暗，壓根兒什麼都沒有。

而很快，環境光也漸漸消失了，但在消失的下一刻，它又亮了起來。

往返三四次左右後，光亮隨著江舫的一聲輕微的翻身，歸於沉寂。

健身教練皺眉道：「就這？」

江舫不理會他，問機主李銀航：「一般什麼情況下會反覆亮屏？」

李銀航彷彿被什麼東西扼住了脖子，感覺自己要無法發聲了，她艱難道：「……人臉識別。」

現如今手機的人臉識別功能，是只要鏡頭讀取到有臉部進入某個範圍，就會自動掃描，核定是否解鎖。

她腦海中不由自主地浮現出了這樣一幅畫面：

在半夜兩點鐘時，有一個東西走到了江舫床前。它垂下頭，趴在和他咫尺之遙的地方，靜靜審視著江舫的面容。

它用目光無聲詢問。

——你睡著了嗎？

——真的嗎？

其他人也難免做了此等聯想，客廳內是一片壓抑的無言以對。

「這……」健身教練有點接不上話：「這也不能判定什麼吧……說不定就是你翻身的時候，臉不小心進到鏡頭的範圍裡了呢。」他指著螢幕，「你看，你一翻身，這不就不亮了嗎。」

江舫答得很淡定：「也有可能。」

李銀航撓了撓自己胳膊上的雞皮疙瘩，感覺恐懼感緩解了不少，倒不是她信了健身教練的推測。

當事人江舫的反應都這麼平靜，她一個旁觀者，嚇得滋兒哇亂叫，好像顯得特別多餘。

討論的結果是沒有結果，除了手機突然莫名亮起這件小事之外，昨夜確實什麼都沒有發生。

CHAPTER

04:00

你比我大，不能叫我哥

一個小時的討論過後，輪到陳夙峰去完成「寫作業」這一任務了。

任務正式開始後，作業功能得以成功解鎖。

大家把「小明」所有能稱之為「作業」的本子都細細篩了一遍，發現作業根本沒有什麼難點，就是普通的小學三年級的《暑假快樂》練習冊。

沈潔不敢相信居然會沒有線索，又自己動手把所有的作業冊都翻了一遍，終於有了一個發現──小明同學有兩本數學練習冊。

一本是學校發的，撕掉了參考答案。

另一本大概是書店買來的，後面附著參考答案，連 6 塊 5 的標籤都沒來得及撕……簡直是再正常不過的小學生操作。

手頭什麼線索都沒有，陳夙峰有點緊張。

虞退思拍了拍他的腦袋，是十足的保護架式，安慰道：「別擔心，虞哥陪你。」

陳夙峰「嗯」了一聲，摸了摸腦後被虞退思碰過的地方，握著鉛筆，心中溫熱地發著燙。他甚至不敢寫錯，一筆一劃地在空白的本子上寫著英語單詞。

而虞退思就在他背後，拿了一本兒童繪本，一頁一頁地翻。

趁現在，大家開始對 100 平方公尺的公寓展開地毯式搜索。

地毯式搜索的字面意思，就是連地毯都給你掀了。

李銀航跟著三人組，任勞任怨，吭哧吭哧地去翻東西了。

南舟倒是很能穩得住，繼續倒騰他那個盒子，自然又收穫了三人組的不少白眼。

江舫只去廚房走過一圈後，在南舟身旁坐定，笑說：「不去看看？」

「人多，手雜，更麻煩。」南舟說：「等他們搜完一遍，我再去。」

江舫看著他手裡的盒子，「這是什麼？」

南舟答得直截了當：「不知道。」

江舫：「你是想打開它嗎？」

南舟：「打開它不難。我只是想練一下技能。」

南舟：「……就是那個【盜竊】。」

正巧路過的李銀航：「……」

如果她沒有理解錯的話……南舟現在正在恐怖遊戲裡，撬遊戲裡的固定道具，練自己的技能。

但江舫卻沒有任何驚訝的表示，只是笑容更溫柔了一點，「加油。」

南舟頭也不抬，忙裡偷閒地應了一聲：「……唔。」

南舟的思路很清晰——遊戲裡的技能條能顯示出來，就一定有它的用處，如果只是用來測算玩家的初始技能有多厲害，它就沒有占那麼大地方的意義。所以，它一定有提升的空間。

遊戲頁面，總歸是有它設計的道理的。

在南舟專心致力於提升自己的技能時，江舫拉來李銀航，對她說了點什麼。

李銀航聽完，表情有些不解，但她還是照做了。

她從次臥的抽屜找到了一套還沒開封的七彩便利貼，把房間內所有的物品都標上了號。就連沙發墊，她也端端正正地在上面標了「墊子 1」、「墊子 2」。

在李銀航忙碌的時候，江舫態度閒散地四處走動，掀掀這裡，拍拍那裡，好像閒逛一樣。

李銀航在記錄拖鞋數量時，恰好碰上江舫也在看鞋櫃。

李銀航跟他小聲說話：「南哥是不是發現什麼了？我看他好像很有自信的樣子。」畢竟找線索才是當前最要緊的事情，怎麼想，練技能都不應該放在第一位。

……南哥？

江舫著意看她一眼，把鞋櫃裡擺放的幾雙鞋一雙雙反過來查看，「不大清楚。」他又說：「不過我想，他有可能是覺得自己不大擅長找證據，所以選擇邊緣 ob 吧。」

李銀航：「……啊？」

江舫說的是誰？南舟嗎？他不擅長找證據？

李銀航回憶起了南舟在大巴上的極限操作，感覺自己好像是一個學渣，在聽一個學霸點評另一個學霸：「妳就沒發現這道題用拉格朗日中值定理是解不出來的嗎」。

江舫看向了李銀航，「大巴上，他直線距離行車記錄器最近，而且他是被從別的地方傳送來的，如他自己所說，應該最注重對周邊環境的觀察。那麼，妳說，為什麼他沒有選擇利用『行車記錄器』這個最便利的物件來詐出『鬼』？而且在我指出有行車記錄器存在時，還有一些意料之外的緊張？」

李銀航：「……」好問題。她壓根兒不知道南舟什麼時候緊張了。

李銀航明智地放棄了猜測：「……我貼標籤去。」

江舫笑道：「去吧。」

在動手把鞋櫃關上時，他的動作稍稍停頓了片刻。

他發出一聲輕笑，自言自語地重複：「……『南哥』？可真容易招人喜歡。」

南舟沒去管江舫和李銀航那邊的小動靜。

他一邊忙著撬盒子，一邊四下環顧。

他得出的資訊寥寥，因為房間和他昨天的記憶相比沒有太大的變動。陳設沒有改變，物件也沒有加減，在他看來，一切都再正常不過。

更何況，江舫說得挺對的。自己有自己的弱點。在這種搜尋裡，他添亂的機率比找到線索的機率更大。

於是，沈潔三人組在經歷過一番細緻搜尋後，回到客廳，看到的就是三個不幹正事的人集中在客廳裡，遊蕩的遊蕩，摸魚的摸魚。

從昨夜開始積累的不滿，讓健身教練差點沒忍住一個箭步上去把南舟手裡的盒子打掉。千鈞一髮之際，沈潔推著他的胸口，把他攔了回去，「別管他。讓他們過家家去。」

健身教練：「可他不幹事……」

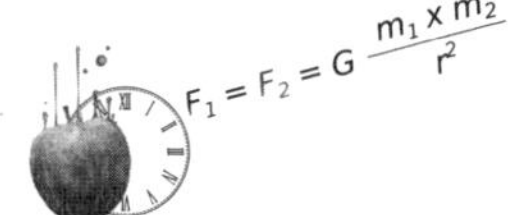

「新人死得快。」沈潔眼神冷酷，用接近比口型的低音道：「他們如果不作為，或者胡亂搞事，觸發了什麼禁制，那正好給我們試錯。」

說完，沈潔的表情重新回歸了雲淡風輕的得體模樣，轉過身去——她赫然發現，南舟正盯著她看。

沈潔心臟頓時被他無感情的眼神看得漏跳了一拍。

但還沒等她調整好表情，南舟就指了指自己耳側的碎髮，做了個「捋」的手勢。

沈潔愣了片刻，方才會意，抬手一抹鬢髮……剛才趴到床底檢查時，她頰側垂下的髮梢沾染了一點灰。沈潔鬆了一口氣，「謝……」

「我沒那麼容易死。錯誤也沒有那麼簡單會發生。」南舟說：「鬼不會因為我玩盒子就出來的。不要小看鬼。」

沈潔噌地一下臉紅到耳根，尷尬得臉都疼了。

——這人是狗耳朵嗎？而且他的口吻，怎麼跟鬼是他遠房親戚似的？

沈潔打了個哈哈，和兩名隊友迅速進入了次臥檢查。

等他們把這個家裡裡外外搜索得差不多時，陳夙峰的作業任務也差不多完成了。

陳夙峰如釋重負，飛快撂下了筆，一秒都不願再保持這種狀態。他後背前胸都被汗水浸透了一片，全程的狀態，都和「小明」形成了完美的共情——不想寫作業，卻不得不寫。

瘦猴從外探出頭，吩咐道：「南老師做飯去了。我們先出來匯總一下資訊吧。」

虞退思拍拍他的肩，寬和道：「等匯總完了，再去洗個澡。」

陳夙峰乖乖點點頭，起身握住了虞退思的輪椅推手。

廚房裡。

南舟繫上圍裙，把略長的頭髮從頸帶裡抽出來，用一個小髮圈繫在腦後，在廚房裡翻出了米麵糧油肉，煞有介事地一樣樣擺在檯面上。

在他和食材大眼瞪小眼時，沈潔不可置信的聲音從外傳來：「……還是什麼事都沒有發生？」

陳夙峰：「真的。」

虞退思也說：「我在旁邊觀察，的確一切正常。」

聽著外間的談話聲，南舟拉開了碗架。

上面擺放著一套廉價碗碟，三個大碗、五個小碗，還有一堆花色不同的盤子，難以判斷家中生活了幾口人。

他又數了數筷籠裡的筷子。看起來是一把把買的，完全不像那些偵探小說裡，幾口人就只擺幾雙筷子。過日子果然不是那麼一目了然的事情。

他聽到沈潔敲了敲桌子，看起來是要發言了。

「據我觀察，這個家生活著兩個人。得出這樣的判斷並不難。儘管這個家裡沒有合照，被褥數量在四五條以上，從碗筷、桌椅板凳上，也很難看出這個家裡究竟生活了幾個人，但有價值的線索還是很多的。」

「我們是從衣櫃裡找到突破口的。主臥衣服全是男裝，內褲都是男款，尺寸比對的結果也是相同的，應該是同一個人在用。沒有化妝品，只有普通的保濕噴霧和一罐快要用到底的男士洗面乳。」

「鞋櫃裡穿過的鞋，鞋號也都是一樣的，分為 43 碼的大號男鞋和 31 碼的小號男鞋。」沈潔得出了結論：「小明和一個男性生活在這裡。有可能是他的哥哥，也有可能是他的父親。」

「任務讓我們體驗小明的日常，或許就是讓我們發現殺害小明或他家人的兇手。小明在這其中會給我們一些提示，我建議往這個方向思考。」思路清晰地陳述了自己的觀點後，沈潔手一攤，大方道：「來，李小姐，說說你們組的發現吧。」

她也就隨口一問。除了貼紙條那些小伎倆外，他們難道還做了什麼別的有意義的事情嗎？

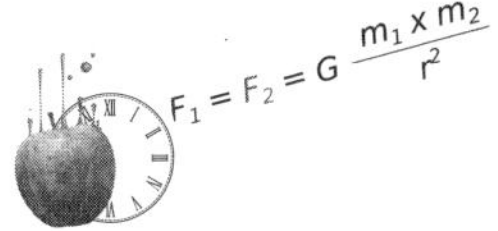

李銀航很誠實：「我這邊是沒什麼的。」

沈潔想，果然如此。

她將驕傲的臉轉向了江舫，朝他揚了揚下巴。

江舫：「沒太多。第一，在這裡，手機是有信號的。」

沈潔三人組：「……」

沈潔失聲：「你怎麼不早說？！」

江舫禮貌道：「早上的時候，李小姐的手機在你們每個人手裡都轉過一圈。這種明面上的線索，我以為大家都會注意到。」

沈潔張口結舌。

雖然是明面上的線索，但過了幾次靈異類任務的思維定勢讓他們堅信，手機是副本裡最派不上用場的東西。反正一不能報警，二沒有信號，只有新人才不捨得扔掉這個累贅。

「發現了有什麼用？」瘦猴潑了一盆冷水：「這裡沒有門，這樓還是浮空的，我們連社區的位置都不知道，難道還能對外求助不成？」

「不急。不是在問線索嗎。」江舫斯斯文文的，一點也不上火，讓瘦猴感覺像是一拳搗在了棉花上。

沈潔有些不甘心地追問：「那江先生的第二點……」

「嗯，這就要說了。」江舫點一點頭道：「第二，在我們到來之前，這個家應該長期生活著三口人。」

沈潔：「……」她有點懵，本能申辯道：「不可能。家裡只有兩個人生活的痕跡……」

為了佐證自己的推斷，她站起身來，徑直走到玄關，拉開了鞋櫃，「你看，明明只有兩種鞋，而且尺碼也只是兩個人的……」

江舫也走到鞋櫃前，示意了一下，讓沈潔護好裙子、避免走光，方才蹲身低頭，將放在鞋櫃最下層、平時看起來不怎麼穿的兩雙男鞋拿出來。

沈潔：「這兩雙的尺寸也是 43 碼……」下一秒，她噤聲了。

大概是因為鞋長期放置不穿的關係，鞋櫃橫板上被鞋壓著的地方四周

長久積灰，鞋底位置的隔板顏色，與其他部位的顏色對比鮮明，哪怕用強效洗滌劑也是擦不掉的。

而其中一雙男鞋下，是一雙 36、7 碼的鞋留下的鞋印。

江舫溫和道：「沈小姐，這才是『痕跡』。」

廚房裡的南舟豎著耳朵，聽得有一點開心。

他無意間碰了一下刀架，發出嘩啦一聲細響。

李銀航為人仔細，把刀也標了號。一把菜刀、一把剪刀、一把水果刀，都插在刀架裡，分得清清楚楚。

這個家裡沒有電鍋，只有一口炒鍋、一口小煎鍋、一口鴛鴦火鍋、一口湯鍋，還有一口高壓鍋。

標準的家庭配置。

斟酌一番後，南舟從櫃子裡取出高壓鍋，把淘好的米放在一旁，揭開鍋蓋……看向鍋裡的一瞬間，南舟微微挑起了眉。

廚房外，江舫又為沈潔展示了其他的「痕跡」。

衣櫃裡有放了四五顆樟腦丸、還沒有成功掩蓋的香奈兒可可小姐香水氣息。

透明菸灰缸底部，出現了兩種大小形狀不一的成人食指指紋，應該是倒菸灰的時候托住底部留下的。

幾乎都是細不可察的微末之處。

「萬一是兩個人離婚了呢？」沈潔不想承認自己的觀察力會輸給一個新手，「這個家裡女人的痕跡很少了，梳子上連女人的頭髮都沒有。」

「就算離婚了，這個家裡也的確有女性存在過。」即使全盤推翻了沈潔三人組的發現，江舫仍是不卑不亢地說道：「我們這邊找到的線索就是這些了。」

虞退思那邊的發現，談不上多麼有價值。

「小明應該是一個心思比較細膩敏感的男孩。他書架上的畫冊很多，我挑了幾本翻得起了邊的畫冊，發現都是藝術性和色彩性很強的。」

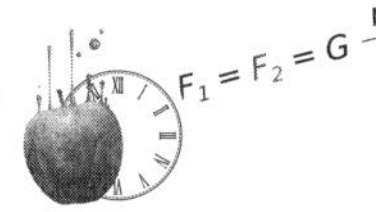

「就擅長的科目而言，他數學、英語課上發呆的機率遠大於其他科目。」說著，虞退思把一本數學課本在眾人面前攤開，「……他會把數字和字母的空格塗抹上，還會在邊角位置做一些臨摹和塗鴉。」

「相比之下，他比較喜歡語文，語文暑假作業已經寫完一半了，而且完成度很不錯，是所有科目裡完成最多的。」

這樣的結論，對他們通關似乎毫無助益。不過聊勝於無，沈潔也不能指望一個瘸子有什麼高明的發現。

一通討論結束後，大家各自沉默，消化著「家裡曾有一個女人生活」的資訊。

此時，許多人開始頻頻將視線投向廚房。

一夜的擔憂、半天的搜尋，加上這一番討論下來，他們已是餓腸轆轆。雖然有人擔心，南舟做的飯是「小明」日常任務的一部分，不能隨便吃，但也多多少少對成品有一絲期待。

不過，一個小時後，他們的期待就徹底破滅了。

破滅之始，是一道被端上桌來的、綠黑相間的雞翅。

眾人：「……」

瘦猴不可思議地指著這盤色澤詭異、還燒焦了邊的雞翅，「這是什麼東西？！」

南舟答道：「可樂雞翅。」

「……為什麼是綠的？」

南舟：「因為沒有可樂。」說著，他把小半瓶醒目汽水放上了桌子，「你們先喝。」

眾人：「……」

先後見識了南舟用這一個小時倒騰出來的黑色菠菜，以及魚頭向天、擺盤是一副死不瞑目相的油炸松鼠魚塊時，大家都以為自己已經古井無波了。但在南舟端飯上桌時，所有人齊刷刷起立，遠離了餐桌。

沈潔顫抖著伸出手，指向湯鍋裡的內容物，「……這是什麼？」

南舟：「主食。」

所有人只有一個感覺：你他媽別侮辱主食這個詞了。

李銀航忍著噁心，觀察了一下裡面的主要成分，「……南老師，黑米為什麼要和麵條一起煮？！」

南舟：「我想用黑米煮飯，但水加多了。水多，閒著也是閒著。還有，黑米加少了，為免不夠吃，我就放了麵條進去。」

南舟：「不行嗎？」

雪白的掛麵被黑米上了色，還燉爛了，稀糊糊混在一起。說白了，活像是一鍋蚯蚓拌飯。

大家的 san 值條齊齊往上提了一個等級，這他媽是他們進入這個靈異副本以來看到的最恐怖的東西。

虞退思吃了一點麵包墊了墊肚子後，準點準時被陳夙峰抱上了兒童床。他還要做午睡的任務。

等陳夙峰返回桌邊，大家還是以餐桌為圓心分散站立，生怕多看桌子一眼，都會控制不住自己的生理反應。

「這一盆泔……」陳夙峰差點說了心裡話，及時剎車，忙咳嗽一聲掩飾過去，「吃的，怎麼辦？」

江舫溫和道：「我做一點吧。」

他去了趟廚房，挑選了幾樣容易變質的菜，「茄子釀肉，麻婆豆腐，土豆絲，蝦仁紫菜湯，再加一個米飯？」

見大家都沒有異議，江舫對南舟點點頭，示意他進來幫廚，順便瞄了一眼那看起來像是彙集了一整個元素週期表的一桌菜，吩咐南舟道：「把鍋端進來吧。騰個湯鍋出來。」

廚房門一關，順利將凝滯的氛圍隔絕在外，兩相沉默下的洗洗刷刷

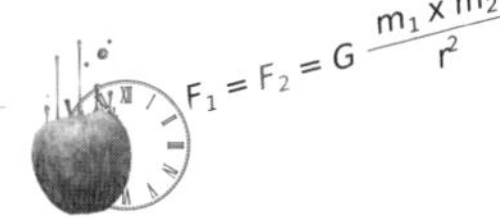

聲，有些說不出的溫馨。

今天，南舟已經為這頓飯使出了渾身解數，因此對眼下的結果有些沮喪。

南舟說：「我家其實一直是我做飯。」

江舫：「……」他沉吟了片刻，寬慰他道：「親情是很偉大的。」

南舟：「我做飯做成什麼樣，他們都會吃。」

江舫停下了刷鍋的動作，偏頭看向他，「……想家了？」

南舟搖搖頭，目光裡並沒什麼特殊的懷戀的感情。

江舫突然開口：「那個雞翅，讓我嘗一點。」

南舟一愣，想遞雙筷子給他，卻發現他雙手都沾了水，扶在洗碗池的指尖正在一滴一滴地往下滴水。

於是南舟很自然地夾下一點綠色的雞翅肉，送到了他的口中。

江舫態度平靜地接受了這口投餵。

挺好。熟的。

「下次加糖和醒目汽水不要太多，不好刷鍋。」江舫頓了頓，模仿著李銀航的稱呼，笑著叫他：「……南哥。」

南舟微皺著眉糾正：「你比我大，不能叫我哥。」

江舫看起來有些吃驚：「李小姐都這麼叫你了。」

南舟在某些細節上格外地固執：「不行。你年齡比我大。」

江舫把從碗架上取下的新盤子擦得鋥光瓦亮，眼裡卻泛著循循善誘的微光，「那不如，你叫我？」

「嗯。」南舟挺乖地應了一聲，清清冷冷地開口：「……舫哥。」

江舫低低「嗯」了一聲，嘴角勾起一點點來，「……舫哥給你做個蛋糕吧。」

南舟一直靜如古井的眼中驟然亮了一亮，「這裡可以做嗎？」

江舫打開冰箱，一一檢視食材，「有鍋就可以。你不知道嗎？」

南舟：「我跟你說過的，我不擅長做飯。」

江舫著意看他一眼，粲然一笑，「我知道。」

——如果不是知道，我不會讓你抽中最簡單的紅桃 2。

——如果不是知道，我或許還要等很久，才有理由讓你再吃一頓我做的飯。

江舫調整好呼吸，動手打開了一旁的高壓鍋。

「別用那個。」南舟的聲音從他身後傳來：「……高壓鍋的鍋底和皮圈裡，有水。」

在南舟出言勸阻時，江舫已經將鍋蓋掀開。

和其他的鍋不一樣，高壓鍋內總是存在許多清潔不到的死角，而且因為其密閉性強的特點，水分非常不容易蒸發。

鍋內的情況，和南舟所說的完全一樣。剛才南舟端菜出去時，並未來得及向眾人提起這件事。

江舫回過頭去，看向南舟，「……前不久，有人用過高壓鍋？」

南舟：「有可能。還有，你摸摸看鍋裡。」

江舫將手指探入鍋內。鍋洗得很乾淨，但是，內壁上細微的手感是騙不了人的……有些說不出的、令人作嘔的滑膩。

江舫將手指抬起，放在陽光下細細觀視。

坐北朝南的廚房內，充斥著午後照得人昏昏欲睡、渾身發酥的陽光。江舫的手指在燦爛的日光下，泛著淡淡的光釉……是油。

一個從家裡被抹去了痕跡的女人。

一口帶著細膩油花的大號高壓鍋。

江舫迅速抽取了兩三張廚房用紙，擦掉了手指上的殘留物。

南舟拍了拍他的後背，「先做飯嗎？還是做完飯，再去確認？」

江舫：「先把疑問解開吧。」

南舟挺乾脆：「行。」

南舟又問：「你想的事情，和我是同一件嗎？」

江舫和南舟短暫對視幾秒，同時脫口而出。

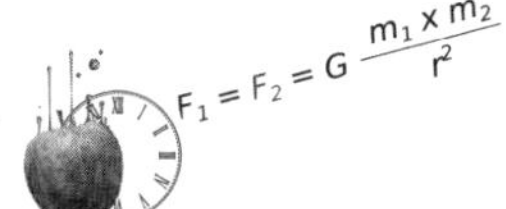

南舟：「排水孔蓋。」

江舫：「水費。」

南舟：「……」

江舫：「……」

沉默之下，江舫一低頭，爽朗地笑出聲來：「哈，還是差一點默契。」

南舟打量著他嘴角的弧度，有些好奇。因為那唇線上揚時的樣子實在太完美，他有種想上去戳一戳的衝動。

江舫和南舟同時從廚房裡出來時，客廳裡或坐或站的人，一時間都沒能反應過來。

健身教練和陳夙峰不在。前者去盯著睡著的虞退思了，因為沈潔不放心陳夙峰這個愣頭青，怕他粗心，注意不到線索。後者則在虞退思的溫言勸說下，去主臥浴室裡沖涼了。

沈潔：「飯……」

江舫對她輕輕一擺手，示意稍安勿躁，緊接著走到李銀航身前，問：「家裡有水費單子嗎？」

李銀航雖然不明就裡，但反應總算是能跟得上的：「沒有找到。」

江舫：「家裡還有沒有沒找過的地方？」

李銀航搖搖頭。一個上午的時間，已經足夠他們把 100 平方公尺的小公寓翻出三個底朝天。

瘦猴覺得他們搜尋的成果被一而再再而三地質疑，不服氣地在旁插嘴說：「你們想找，自己動手去。反正就剩地板和壁紙後面還沒……」

這時，南舟的腳步已經往主臥的衛生間去了，聽到瘦猴這樣說，他輕輕嘖了一聲，快步折返，從餐桌的角落拿起那個被他自己暫時擱置了的帶鎖的盒子。

瘦猴：「……」

因為南舟一直拿著這只盒子，他們反倒忘記了盒子的存在了。思維盲

區，就是這個道理。但在他看來，南舟拿了這個盒子也沒用。

「我們還沒找到鑰匙……」

話音未落，只見南舟一手握緊盒子，單手發力，像捏紙皮核桃似的一攥——啪喀喀——在眾目睽睽之下，被他握在手中的木製盒子活活塌陷下去一半。

南舟另一隻手扯住搖搖欲墜地掛在另一半完好盒子上的黃銅鎖片，以及上面還沒被他捅開的小鎖，連帶著給盒子裡的東西開了個天窗——一遝發票和各類帳單，立時映入大家的眼簾。

沈潔驟然倒吸一口涼氣。她還記得，早上的時候，自己半提醒、半嘲諷地對南舟說的話：「這種有鎖的東西是要找鑰匙破開的。」

南舟的回答很簡單：「我知道。」

當時，沈潔還以為他在敷衍。

現在看來，他那句回應，真的是再尋常不過的字面意思——知道了，妳別吵了。

南舟看起來並不在意這些，只是單純過來搭把手，捏個盒子罷了。

他似乎是急於要確認什麼東西，把盒子暴力拆卸完畢後，拔足便走。

然而走到一半，他又第二次匆匆折返，拿起被他隨手放在桌上的盒蓋，揪住小鎖，拉扯幾下後，輕鬆將鎖頭和與它藕斷絲連的盒蓋分離開來。他把尚未開啟的鎖仔細揣進了口袋，淡淡看了眾人一眼，旋即再次向主臥浴室走去。

思考了一下他這動作背後的含義，瘦猴一口氣差點沒倒上來。

——你搞得好像誰要偷拿你的鎖一樣幹毛？！

江舫動作迅速，接過了南舟的班。

他將一遝單據在掌中顛來倒去、簡單整理出一條對齊的邊緣後，便快速清點起來。

李銀航在銀行工作過，見過前輩是怎麼手動清點鈔票的。

但是，江舫的動作和她見過的任何一個經驗豐富的前輩都不同。江舫

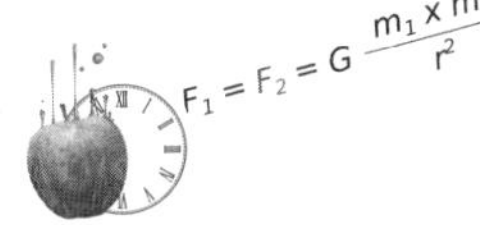

的手很特別，大拇指的修長程度超出了正常成年男性的水準。

他用無名指和中指穩穩夾住厚約一個半指節的單據，大拇指用來翻頁點驗，他的動作和點鈔機一樣精確且迅速。但機器並沒有他這樣的辨識力，因為他很快從單據的中間位置，抽出了他想要的水費單子。

他對李銀航伸出了手，「手機。」

李銀航被兩個大佬一套行雲流水的操作秀得頭皮發麻，看得呆了，此時又聽到江舫的吩咐，急急忙忙把手機從倉庫裡取出的時候，不慎一個手滑……

不等她慌亂，江舫一把凌空抓住跌落的手機，還不忘對李銀航紳士地一點頭，「多謝。」

在滿格的信號下，他依據著一張水費單子下方標注的供水熱線電話，在這處根本不知道門棟、方位、樓層的空中樓閣中，撥通了與外界聯繫的第一通電話。

「喂。」

「您好～」悠悠的女音從電話那邊傳來：「有什麼可以幫助您的嗎？」

禮貌的，帶著笑的聲音，卻透著股虛假的質感。像是一個非人類，硬要裝出親切的人類模樣，青天白日下，這聲音聽得人一陣陣冒雞皮疙瘩。

江舫的神情絲毫未變。

他凝視著單據中的另一串代表著「戶號」的號碼，哪怕是對著電話那邊不知是人是鬼的生物，依舊是一派從骨子裡透出來的彬彬有禮：「您好。我想查詢我家本月的水費帳單，戶號是……」

就在江舫搜索水費單據時，南舟沒有敲門，直接推開了緊閉的主臥浴室門。

一絲不掛的陳夙峰：「……」

他脫了個赤條條，正用毛巾汲了水，給自己做人工淋浴。

瓷磚地面上積了半釐米深的水，將他的腳淹沒了一小半。

離開虞退思身邊，陳夙峰身上那股青澀的氣息竟然退卻了不少，眉眼裡多了一點銳利和警惕，「你要幹什麼？」

南舟在他面前半蹲下來，「我對你的身體沒有興趣。」

陳夙峰：「……」倒也不必這麼直接。

南舟仰起頭，眼神一片清澈，好像陳夙峰穿沒穿衣服，在他眼裡並沒什麼不同。

他問：「早上那句話，是你說的吧？」

陳夙峰忙著給自己圍浴巾，「……什麼？」

說話間，南舟擰開了排水孔蓋的白色開關。開關表面潔淨，沒有任何雜物殘餘。

南舟毫無嫌惡之色，將食指探入了排水孔蓋深處，來回攪弄摸索著什麼。

少頃，他指尖一挑，拉上來了一樣東西……一枚小小的銀色鑰匙，橫卡在了排水孔管道之中。

由於和盒子打了一上午的交道，南舟一摸即知，這鑰匙的鋸齒輪廓，是和被他捏碎的單據盒子完美契合的。

這把鑰匙大概是在無意間遺失的，這也是眾人久尋鑰匙不著的原因。

排水孔蓋的縫隙比較大，而鑰匙的形制相對細巧，如果角度特殊，是有可能滑入其中的。

也是在特殊角度的作用下，鑰匙落入排水孔蓋時，並未直接滑落下去，而是橫向卡在了當中。

眼下，和這鑰匙糾纏在一起的，是一大團細軟而潮濕的女人捲髮。

看到這團頭髮，陳夙峰汗毛倒豎之時，不免瞠目。他耳畔迴響起自己早晨去次臥倒洗臉水時提到的那句話——「主臥的下水道，有一點堵。」

就在這團捲髮的末端，勾連著一小塊血紅的頭皮狀物體，正隨著水滴從髮端滴落，一搖一晃。

與此同時，江舫那邊也得到了他想要的答案。

本月，該戶號耗費水量達 11 噸。

就在江舫掛斷電話的那一刻，所有人都聽到了系統的提示音。

【滴——】

【恭喜玩家江舫收集到線索「菸灰缸下的指紋」】

【恭喜玩家江舫收集到線索「鞋櫃裡的陳灰」】

【恭喜玩家江舫收集到線索「11 噸的浪費」】

【恭喜玩家南舟收集到線索「高壓鍋裡的油脂」】

【恭喜玩家南舟收集到線索「下水道裡的頭皮」】

【5 條線索收集完畢，正在合成成就——】

【恭喜「立方舟」隊玩家江舫、玩家南舟，獲得「小明的日常」主線劇情獎勵 x1，各獎勵經驗值 500 點——】

沈潔一張俏臉風雲變幻。

糟糕。她這次走眼走得有點誇張。

南舟聽到這樣的播報，臉上並沒什麼喜色。

非同隊的玩家，是能聽到獎勵播送聲的。這回的副本是需要共用線索的副本，倘若以後碰到帶有多隊對抗性的副本呢？豈不是直接暴露了他們手裡的成果和底牌？南舟覺得這不是什麼好事情。

他擦著手從衛生間出來時，恰和江舫四目相對。

江舫越過他的肩膀，看到了正匆忙往自己大腿上裹浴巾的陳夙峰，眼神略暗了一暗，但也只是一瞬而已。

當前的五條線索，拼湊出了一個叫人毛骨悚然的可能。

這個看似平和寧靜、溫馨美好的三口之家中，在小明看似無聊的日常中，有一個女人曾死於非命。可能是他的母親、可能是他的姊姊，也有可能是一個長期寄住在這裡的遠房親戚。

她的指紋留在菸灰缸底，她的鞋印留在鞋櫃深處，她的頭髮留在下水道內，她的脂肪留在高壓鍋中。除此之外，她的所有都被 11 噸水帶走了……在小明的暑假剛開始不久的時候。

電話那邊的 NPC 告訴他們，上個月，該戶用水量達 12 噸。是正常的用水量。

今天是 7 月 3 日，該戶用水量已達 11 噸。

11 噸水，足夠洗掉這個家裡曾經發生的一切。

遊戲主線在第一天就往前推進了一大步。但問題是，下一步呢？他們就算發現一個女人曾經死在這裡，他們又該怎樣找到出去的門？

在眾人相顧無言時，兩個最大的功臣卻顯得有些無所事事。

江舫回到廚房，繼續做飯。

南舟則在客廳裡，教李銀航做手工。

「小明」的手工作業是有命題的，叫「我的一家」。

之前不知道的時候，大家還能平常心對待這個命題作業，現在……鬼他媽知道「小明」的一家是個什麼配置。

南舟並不把這些多餘的擔憂放在心上，他說：「先搭一座房子吧。」

說著，他從電視櫃抽屜裡取出了好幾盒擺放著的安全火柴。

從菸灰缸和茶几下半空的菸盒可以判斷，這家有人有抽菸的習慣。雖然火柴早已退出主流的打火市場，但不排除有人就是喜歡火柴磷頭摩擦過砂紙的那種感覺。

南舟拿著從家用五金箱裡找到的鑷子夾起火柴，從基底開始，縱橫交錯著搭建起來。

在南舟手下，火柴棒是梁椽，火柴頭是榫卯。經過層層搭建，一個小巧結實的火柴立方體變魔術似的誕生在他手下。

南舟把嵌托好的數根火柴一一向上推出，梯次排布，又支起了一個小小的屋頂。深紅的火柴頭，雪白的火柴棒，在他手裡逐漸延伸出一個「家」的雛形來。

他一邊撥弄火柴，一邊道：「……我也給我學生布置過『家』主題的手工作業。」

李銀航只顧著驚豔了：「……啊？」

南舟用鑷子輕輕把裝飾成煙囪的火柴棒高度調低，同時提醒李銀航：「妳忘了？我是美術老師。」

其他旁聽者：「……」

看過他徒手捏盒子的樣子後，他們並不很想信他的邪。

靠著廚房門，將這一切聽入耳中的江舫，含笑在圍裙上輕輕擦手，「南老師，開飯了。」

江舫的飯做得實在出色。

一道茄子釀肉，吸飽了肉汁的茄子硬是做得比肉還香；麻婆豆腐細嫩焦黃，辣子調得剛剛好；澄黃的土豆絲是手削的，點綴了兩三顆剁碎的紅辣椒，格外好看；蝦仁湯鹹淡適口，飯軟糯噴香。

他甚至用微波爐和水果做了一個簡易版本的奶油水果蛋糕。

但是……大家一想到可能有人拿高壓鍋在那個廚房裡對某個女人做了什麼，一股噁心感就頂著胃直往上泛。更何況，家裡所有的利刃都集中在了廚房。

一想到刀架上那把閃閃發光的菜刀可能派上的用途，正常人誰都不會對這桌菜產生胃口。

不過，南舟除外。

他在桌邊坐下，把蛋糕用水果刀切成八份後，非常自覺地用小盤子取下了自己那一份。

江舫指指自己那份，對南舟搖頭，「……我不吃甜。」

於是，南舟又獲得了一份額外的蛋糕。他面無表情地開心著，忙著用

叉子把手裡的兩塊蛋糕均等切分成小塊。

在眾人躊躇不前時，沈潔竟然選擇坐了下來，陳夙峰也跟她做出了相同的舉動。

瘦猴想拉一把沈潔，可她反倒一把抓住了瘦猴的胳膊，用力說：「過來吃飯。」

瘦猴噁心得直咧嘴，「這家裡能分屍的東西也就是菜刀了。妳還敢吃用菜刀切過的東西？」

沈潔：「就算這個家裡發生過分屍案，用的也不會是菜刀。」

「嗯。」陳夙峰認同了沈潔的判斷，「用菜刀的話，不方便。」說著，他身體力行地夾起一箸豆腐，送入口中。

遠超想像的好滋味讓他吃驚地頓了一下，抬頭看一眼江舫，又很快夾起了下一箸。

「如果分屍的話，用的應該是手鋸一類的工具。」陳夙峰說：「不然的話⋯⋯『小明』不會發現不了的。」

瘦猴：「⋯⋯啊？」

「你不動腦子的嗎？」沈潔有點恨鐵不成鋼：「你忘了？小明最後一篇日記上的日期？」

「我記得啊。不是 7 月 2 號⋯⋯」瘦猴話音未落，呆愣片刻，後背心刷的一下沁出了冷汗來⋯⋯

電話那邊的 NPC 告知過他們，今天是 7 月 3 號。

在這之前他一直以為，小明的日記是胡編亂寫的，畢竟裡面的內容看起來粗製濫造，充滿了「編完完事兒」的敷衍氣息。但他忽略了一點。日記的內容可以是假的，但日期卻是真實的。

小明的日記終結於 7 月 2 日。

他 7 月 2 日的日記裡寫的是，自己想不出該做什麼手工，就打電話問了小紅，結果小紅也沒做。

對小明來說，7 月 2 日是乏味但和平的一天。

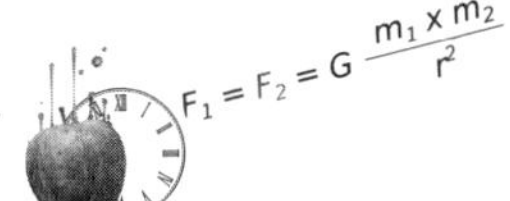

而目前的副本時間是 7 月 3 日。

假設這間屋子裡真的發生過殺人和分屍的惡性案件，那麼只有可能是在用水量異常驟增的 7 月。

迄今為止，7 月只過去了 3 天。換言之，日記裡的時間點，和副本時間是重疊的。

倘若殺人是在 7 月 1 號發生的，小明在 2 號的日記裡，為什麼是一片雲淡風輕，好像什麼事情都沒有發生過一樣？

倘若是 2 號的話……2 號，正是他們昨夜被傳送過來的時間。

可那個時候，他們有對屋子做過簡單的搜尋，並沒有在屋子裡發現任何痕跡。屍體、血跡、頭髮，什麼都沒有。

況且，假使兇手是在昨夜分屍的話，他們為什麼沒有聽到任何動靜？這裡可是有八雙耳朵、八雙眼睛。有人睡在主臥、有人睡在次臥、有人睡在客廳。

如果有人在這個時候分屍、清掃、把所有與女人相關的物品丟出門去的話，他們又怎麼會察覺不到？

儘管「7 月 3 日」這個時間點確定了，但他們究竟處於哪一條時間線，還是不得而知。

平行世界？抑或是他們現在就身處凶案現場剛剛發生的時候？

但至少，當下他們可以得出的結論是，女人不是被用菜刀分屍的。原因很簡單。這個副本是講究線索和現實邏輯的。

第一，在前期調查時，大家都進過廚房，著重調查過刀具。

人體的骨骼是很堅硬的。如果菜刀用來劈砍過骨頭，它要麼會留下過度使用的痕跡，要麼就會被直接廢棄，刀架上會被換上一把嶄新無傷的新菜刀。而顯然，這把菜刀並不是新的，有經常使用的痕跡，但沒有豁口，沒有捲刃。

第二，菜刀剁肉，會發出很大的聲音。

不管分屍是 1 號發生還是 2 號發生的，剁肉和骨頭都會發出異常巨大

的聲響。用手鋸一類工具的話，一來，操作會更方便，二來，相比之下，切割聲要比砍剁聲更容易被忽略。

第三，既然女人所有的物品已經被從家裡清空，還有特地留涉案凶器在家的必要嗎？

綜上所述，用菜刀做飯，沒什麼大問題。

「正吃飯呢。先不提這個了。」陳夙峰埋頭扒了兩口飯，「吃飽了，腦供血足，思路說不定能更清楚。」說著，陳夙峰揉揉鼻子，問江舫：「有飯盒嗎？我想給我虞哥留一點。」

「留了。留了兩份。」

取下圍裙的江舫在客廳茶几邊觀察著南舟新建的火柴小房子，望著火柴盒，若有所思。

他說：「慢慢吃吧。」

放下心來後，瘦猴也端著飯碗加入了飯局。

陳夙峰有句話說得倒是很令人踏實，不吃飽的話，腦子都轉不起來。

寂靜的餐廳內，只有筷子碰撞飯碗的細微輕響，飯香和淡淡的香薰氣息瀰漫四周。

大家儘量把注意力集中在美味的食物上，逼著自己不去深想，在過去的某個時刻，這間 100 平方公尺的公寓內，是如何一幅令人血腥欲嘔的地獄景象。

一頓飯的時間後，虞退思被健身教練推出了兒童房，他的臉色看起來不大好。

「我做了一個夢。」虞退思的情緒管理能力很強，即使在明顯不舒服的情況下，還是準確抓住了重點，簡單扼要地描述道：「沒有什麼特別具體的內容，只是隱隱約約地聽到，有類似鋸木頭的聲音，一直在耳邊響。」

吱——吱——這樣細微的、叫人牙酸的拉鋸聲，在虞退思的夢境裡持續了整整兩個鐘頭。

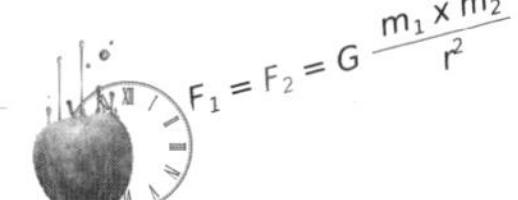

李銀航咬了一下手指關節，深吸一口氣，踏入了兒童房。

接下來，是她的手工任務了，這次換江舫陪在她身邊。

在此期間，江舫重讀了一遍小明的日記。日記是從暑假第一天，也就是 6 月 15 號開始的。

之前，他們讀得不算特別仔細。如今重讀，江舫倒是在犄角旮旯裡找到了一點線索。

那是在 6 月 18 號的時候，小明的日記裡提到了「家」，只是短短的一句話。

「家裡又沒有人，好無 liao。」

6 月 28 號的時候，他又提到了一回。

「韓梅梅和我一起去看了電景，電景很好看，我想講給人聽，但家裡沒有人，我做了一碗綠豆 zhou 給自己吃，加了兩塊冰唐，很好吃。」

在頗具小學生特色的錯字、注音和流水帳式敘事之下，有價值的資訊著實寥寥。而且，大概是受副本謎題安排的影響，日記裡一點也沒提到這個家裡有幾個人、家庭結構和關係如何。

江舫合上日記。

但是……也不算是毫無收穫。

兒童房外。

虞退思在聽陳夙峰講述他們中午時的發現，眉頭輕皺，陷入思考。

瘦猴和健身教練在次臥研究電腦。

出人意外的是，瘦猴是個水準相當出色的電腦達人，他飛速打開一個個文件，查找線索。

南舟則盤腿坐在了玄關位置，緊盯著面前的那堵白牆。誰也不知道他在想什麼。

南極星蹲在他的肩膀上，捧著吃剩下的一小截蛋糕，小口小口地啃著，很珍惜的模樣。

沈潔悄悄在南舟身側坐下。她剛想說話，等看清他的動作時，不免又是一窒……他居然還在用鐵絲撬那只小小的鎖頭。

沈潔強忍住吐槽的心，問：「你在想什麼？」

南舟很誠實：「為什麼會沒有門？為什麼我們要找門？」

要是之前的南舟問出這樣的問題，沈潔估計會翻他一個白眼。但在看到他的實力後，沈潔對他尊敬了很多，她耐心解釋說：「這是副本的安排。副本總會要讓我們完成一件過關任務的。」

南舟接著問：「那任務為什麼不是讓我們調查這件殺人案？而是讓我們找門？」

沈潔：「……」她被問倒了。

南舟也並沒打算從沈潔這裡獲得解答，他繼續對著白牆發呆。

沈潔咬了咬嘴唇。在簡單的醞釀後，她開口了：「是我的錯。之前，我說過讓你們這些新人去送死的話，是我不對。」

南舟把視線挪到了她的臉上，淡淡道：「唔。」

沈潔笑了。她笑起來，那股精明嚴肅的勁兒就被沖淡了不少，「『唔』是什麼意思？」

南舟：「是我接受妳的道歉了的意思。」

沈潔：「……你真是個一板一眼的怪人。」

南舟沒再接這句話，重新將目光對準了白牆。

沈潔繼續說：「我有一個女兒，今年 8 歲……或許和這個『小明』差不多大。」

南舟：「嗯。」

沈潔：「聽新進來的人說，她應該被送到專門的兒童避難所去了。」

南舟：「嗯。」

沈潔直直看向南舟的側臉。她發現，這個人看似冷淡，其實非常單純。要想和他交談，直來直去是最好的方式，於是，她開口道：「你，還有江舫，和我們合作吧。」

「系統規定，一個隊伍可以有二到五人。我們的『順風』隊裡還有兩個位置，留給你和江舫，剛剛好。」說著，沈潔的語氣變得急促起來：「和我們在一起吧，活下去的機率會更大。那個姓李的姑娘，並不能幫到你們多少。但我們可以給你們更多。」

「我可以不做這個領頭的人。讓給你，或是江舫，都可以。拜託你們，只要你們能獲勝，我們什麼都可以聽你的。」

南舟看向了掌中的鎖芯。

沈潔的提議，意味著更多的儲物格、更高的隊伍等級、更有經驗的隊友。將好處一一盤算過後，他輕輕擺了擺手，「不要。」

沈潔一早就做好了被拒絕的準備，倒也不很沮喪，問道：「我能問為什麼嗎？」

「因為我喜歡我現在的隊名。」南舟說：「還有，我不喜歡妳。」

「因為我想犧牲你？」

「是的。」南舟一點也不掩飾：「我記仇。」

沈潔一時不知道該笑還是該尷尬，最終還是笑了，「太直接了吧？」

南舟潛心研究他的鎖去了，並道：「我不去，妳還可以去問問江……」想到了廚房的對話，他認真修正了自己的稱呼：「……舫哥。」

「不了。」沈潔施施然起身，「他更不會跟我走。」

「沒問怎麼知道。」

「沒問也能知道。」沈潔看著南舟頭上微翹起來的一小撮呆毛，笑道：「因為你不會來。」

南舟：「……唔？」

沒等南舟想明白，沈潔就起身往次臥走去，找她的隊友去了。

於是，南舟腦內想不通的問題，又增加了一個。

做手工的任務，完成得磕磕絆絆。正如沈潔的評價所說，李銀航在動手方面的能力的確不大行。

她的腦子：妳學會了。

她的手：妳放屁。

但好在和前面所有人一樣，她算是順利過渡，潦潦草草地搭完了一個「家」，沒出現什麼意料之外的麻煩。

接下來的電腦遊戲任務，健身教練迅速跟進。

「小明」愛玩的遊戲機制類似吃雞。健身教練遊戲水準相當有限，完美打出了各種小學生水準的專屬操作。

瘦猴嘴巴刻薄歸刻薄，在做隊友這方面發揮得還算可以。他趁著遊戲讀條的間隙，指點著健身教練繼續做自己剛才搜索電腦時沒來得及完成的任務——掃蕩電腦的各個犄角旮旯，查找有用的資訊。

遺憾的是，電腦被打掃得極其乾淨。

社交軟體，沒有。

資源回收筒，空的。

家庭合照，沒有。

瀏覽記錄，沒有。

隱藏資料夾，沒有。

瘦猴恨自己的本事派不上用場，氣得想砸電腦。眼看任務交接時間將到，他只得離開次臥，來到兒童房，捧起日記本，開始如實記錄這一天的行程。

拿慣了鍵盤滑鼠、許久不拿筆的瘦猴，文字能力和小學生也差不多了。他咬著筆桿，冥思苦想，他媽的，「今天吃了蛋糕」的「糕」字怎麼寫來著？

寫到一半，他最討厭的那個姓虞的律師搖著輪椅進來了，在後面看了一眼他完成到一半的作品，低低笑了一聲。

瘦猴：「……」笑雞毛啊。

虞退思促狹道：「你模仿小學生模仿得挺像的。」

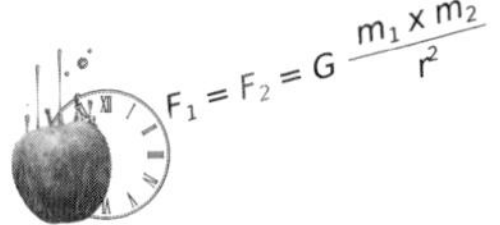

瘦猴：「……」

偏偏在這個情境下，他說的算是好話。

瘦猴被噎得翻了個白眼，小聲嘀咕道：「你跑這兒來幹麼？」

虞退思單手拉動輪椅，轆轆行到兒童房門邊，抬手摁住門框，作勢要把門關上。

瘦猴：「……喂！？」

虞退思笑說：「有事。」

兒童房門的門板上，有用尺子比著畫的三四道痕跡，從離地面 90 公分的地方開始記錄，最高劃到了 128 公分，旁邊詳細標注了測量的日期。

虞退思在午睡時就發現了這一點細節。由於身體原因，虞退思和其他人的視野不同，也經常會和周圍的環境事物發生遠超正常人的接觸頻次。所以他能發現一些從正常人的視角難以輕易捕捉的東西。

在虞退思準備拉著輪椅往後退去時，門外響起了規規矩矩的敲門聲。

虞退思：「請進。」

南舟探了頭進來，「在做什麼？」

虞退思莞爾。

不到一天的相處下來，虞退思便發現，南舟雖然長了張異常高冷淡漠的臉，但習性就像貓一樣，無論別人做什麼，他都想過來看一看、摸一摸。

「那位先生在做好孩子，乖乖寫日記呢。」虞退思笑說：「至於我呢，正好需要一個幫手。」

好孩子瘦猴：「……」

南舟從門縫擠進來後，兒童房裡頓顯逼仄。瘦猴不敢說太多話，只好憋屈地當這兩個人不存在。

虞退思摸了摸門板後面的刻度，「你看這裡。」

南舟：「這是什麼？」

虞退思略頓了頓：「一般家裡都會有的，給孩子量身高用。」

南舟嗯了一聲：「我們家沒量過這個。」

虞退思沒過多追問什麼，撫摸了一下門板，「聞聞看。」

南舟湊近，輕嗅了嗅。一股淡淡的原木漆味道飄入鼻端，不刺鼻也不濃烈，但有一股不大好聞的味道似有還無地盤桓著。

「家裡所有的門板上，用的都是這款原木漆。一款現實裡存在的原木漆。」虞退思說：「幾年前，我和我愛人給新房裝修的時候選用的就是這種漆，是我們親手選、一起塗的，但當時只圖漂亮，漆好了，才發現甲醛味道非常難散。過了兩年左右，才稍微好了一點。」

南舟明白了他的意思：「這間房子，在兩年內裝修過？」

「應該是這樣。」虞退思看起來是一個脾氣很好的前輩，極有耐心地羅列著他的發現：「壁紙談不上很新，但還沒有受潮的痕跡。從客廳沙發套的磨損程度，以及沙發墊起毛球的情況來看，沙發也應該是置換不久的，一年、兩年，都有可能。」

南舟看了一下門板上離地 1 公尺左右、最早出現的身高測量日期。它離最近一次測量日期，隔了一年零八個月。

他合理推測道：「這間房子是大概兩年前買的新房？」

虞退思搖了搖頭，把輪椅又往後退了一退，指著緊貼著牆壁一側的地板縫隙，說：「你看，這裡的美縫痕跡。」

南舟再次提問：「什麼是美縫？」

虞退思：「……」他發覺，南舟的聰明好像有點劍走偏鋒的意思。

他仔細解釋道：「家裡的瓷磚用久了，會有縫隙變大、變色、塌陷的問題，所以需要進行縫隙美化……應該算是一種小型的家庭裝修吧。」

說著，虞退思俯下身，用指尖刮蹭了一下牆壁和地板交界處的縫隙。

他繼續解釋：「美縫的成果，全看師傅的手藝，難免會出現一些細枝末節上的小問題，比如填充不全、填充溢出之類……靠牆的部分，最容易出現這樣的問題。」

他花了點力氣，將靠牆的一小段溢出凝固的物體掰了下來，在掌心盤

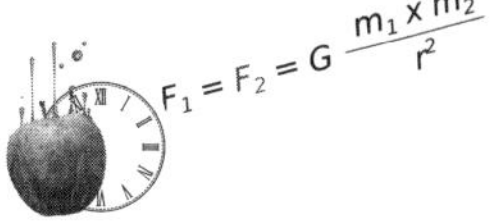

弄，「你看，表面上填充的是環氧樹脂，但底下又粘黏了一點乳膠色的油性美縫劑。這是兩種不同的美縫材料。」

南舟順勢得出結論：「家裡起碼做過兩次以上的美縫？」

「沒錯。」虞退思說：「按理說，每次美縫，都要間隔一段時間，直到地板縫隙重新出現一定程度的磨損，才有再次美縫的意義。」

虞退思：「因此，要麼小明家買的是二手房，要麼小明家已經在這裡住了很久了。」

南舟：「嗯⋯⋯所以呢？」

虞退思：「有勞，請你把這裡的壁紙撕了。」

一直在旁聽席上的瘦猴悚然一驚：「⋯⋯喂！」

虞退思對他一壓手掌，示意他不要說話，同時對南舟道：「先不要撕太多。把門後面這一片撕了就行。」

南舟卻沒動。

虞退思：「有什麼問題嗎？」

南舟毫不避諱，道：「我在想，你為什麼要讓我來撕？」

虞退思沉默了。

南舟說：「你的隊友陳夙峰就在外面，可你不叫他。」

南舟又說：「你雖然坐著，也不是完全做不了撕壁紙這種事。」

在久久等不到虞退思回應後，南舟了然地一點頭，「你怕撕了會出事。你想坑我。」

虞退思扶著額歎笑。他就說這傢伙的聰明，實在是劍走偏鋒。

「是，我的確有這點擔心。」被拆穿心機的虞退思迅速整理好表情，說：「我這個人是有這樣的毛病，容易瞻前顧後，考慮過多。沒有八分以上的把握的話，我很難下決定讓我和我的隊友涉險。」

南舟不為所動。

虞退思繼續道：「但是，如果門後真的有我推想的這條線索，你撕開壁紙，線索就歸你發現，積分也是你的。」

南舟反應極快：「這是你說的。」

虞退思：「……」他懷疑南舟是不是早就等著自己說這句話。

他把輪椅往後搖一搖，給南舟讓出了充足的空間。

南舟動作很俐落，將門後的一片壁紙幾下扯了下來。

在精美壁紙包裹之下的白色牆壁上，殘留著七八道陳年的痕跡。同樣是測量身高的刻度，但刻度旁注明的時間，最早是 12 年前。時間跨度、身高高度，也比門板後新標的刻度高上許多。

【叮——】

【恭喜玩家南舟收集到線索「另一個家庭成員」。】

【恭喜「立方舟」隊玩家南舟，獲得「小明的日常」主線劇情獎勵 x1，獎勵經驗值 200 點……】

南舟在靜靜聽完獎勵後，才抬起手指，拂過那沁入牆壁的記號筆筆跡——如獎勵提示所說，這家裡曾經住過另一個成員。一個比小明年紀大很多的孩子。

他（她）曾經也住在小明的房間裡，被父母拉到門後站著，一次又一次測量身高。

他（她）烏溜溜的眼睛四處轉著，想要看清自己長到多高了，又被父母笑著按住肩膀，叫他（她）不要亂動。

他（她）最後一次測量身高時，是一米六五。

按照正常孩童身體成長的基本標準以及時間跨度，再加上小明身高測量時標注的年份推算，這個孩子現在應該是有 20 歲左右。正是上大學的年紀。

對於損失了 200 積分這件事，虞退思也只是聳聳肩而已。相比積分的增減，他更傾向於安全和保守。

他講出了自己為何會做出門後有線索的判斷：「從頭髮判斷，家裡消失的第三人是名女性。那麼，她有可能是小明的姊姊，也有可能是小明的媽媽。」

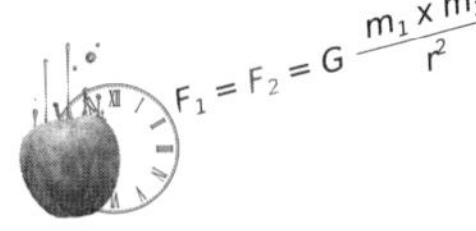

「我想，假若這間公寓裡人住的時間足夠久，甚至翻修過多次的話，那麼這間兒童房，姊姊也有可能住過。」說到這裡，他輕輕喟嘆了一聲：「……衣櫃裡那個可可小姐的香水，果然還是年輕女性更喜歡的香味。」

「在這個家裡生活過的，更有可能是姊姊。不是媽媽。」

這一天，他們的發現還算不少。但他們經歷的恐怖卻是乏善可陳，簡直就像是一段真正的小學生日常一樣，流水帳似的快速過去了。

隨著自己任務時間的迫近，沈潔的焦躁越來越溢於言表。她咬著指甲，撐在膝蓋上的手肘連著腿一起打著輕微的哆嗦。

這個房間裡是死過人的。而且如果要找一個最合適的分屍地點，莫過於浴室了。半夜 9 點，她卻要去這樣一個地方洗頭……

健身教練看沈潔面色灰白，面露不忍：「沈姐，要不我去吧。」

沈潔定了定神，擺手道：「沒事。」她是「順風」的領頭，該負的責任要負起來。

看時間已經差不多了，她站起身來，「我先去準備。」

得了 200 積分的南舟正在研究商城列表裡的物品，聽到沈潔略顯生硬的語氣，不免抬頭，注視著她的背影。

他問江舫：「她為什麼要緊張？」

「一般人洗澡的時候，都會有各種各樣的擔心吧。」江舫解釋道：「擔心有鬼從鏡子裡伸出手，擔心泡沫覆蓋到眼睛上的時候，有人從背後摸上你的脖子……」

南舟：「我嗎？鬼為什麼要摸我脖子？」

「我沒穿衣服，他看到我了，男人還好，如果是女鬼呢？」南舟認真地糾結起這個問題來，「那算誰耍流氓？」

江舫：「……」

剛走出不遠的沈潔：「……」

南舟繼續發問：「鬼這種東西，如果會在衛生間裡出現，它平時就一直待在衛生間嗎？」

江舫：「如果是地縛靈的話，是有可能的。」

南舟：「它沒有娛樂嗎？」

江舫挑眉，「或許沒有吧。」

南舟：「它會躲在哪兒呢？鏡子裡？馬桶裡？如果沒人照鏡子，它會感到無聊嗎？如果有人上廁所，它又該怎麼辦？」

南舟：「還有，碰上家裡裝修怎麼辦？」他還結合了新學到的知識：「如果修抹水泥、做美縫的時候，它也會在嗎？」

江舫已經有點忍不住笑意了：「……或許。」

南舟點點頭，「那它就算討厭甲醛也沒法躲了。」

沈潔繃到極限的精神，在南舟反覆的提問中，竟然慢慢鬆弛了下來。不管南舟是不是有意在幫她疏導恐懼，她還是在心裡說了一聲「謝謝」。

由於主臥的排水孔蓋裡發現了女人頭皮，沈潔自然選擇了兒童房旁的衛生間執行任務。但是，她的任務出現了一點小問題。

這個衛生間裡的淋浴噴頭壞了，只能呲出稀疏的幾股黃水。眼下，她不可能去主臥，更不可能動用浴缸。如果躺進浴缸，她的活動限制會更大，如果遇到什麼危機，是根本來不及反應的。

所以，她選擇了和陳夙峰中午洗澡時一樣的方式——用洗臉臺洗頭。

她擰開水龍頭，轉到熱水模式。氤氳的霧氣蒸騰而起，鏡子內沈潔的身影漸漸模糊，看不清楚了。

沈潔發力抹開鏡子上的水霧，凝視著鏡中的自己，咬緊牙關。

她一定要回去，她的女兒還在等她。

沈潔咬著牙關，俯下身去，將頭髮完全浸濕在半滿的洗臉臺中，也讓發麻的頭皮在熱水的撫慰中一點點平靜下來。

沒事的，一定沒事的。

一天下來，誰都沒有碰到鬼，沒道理就讓她碰上。

勉強將心神安定下來後，沈潔動手去擠放在手邊的洗髮精，被溫水稀釋後的洗髮精變得流動性很強。

宛如太陽一樣的浴霸，讓搖盪的水波上反射的光芒有些刺眼。為了避免直視鏡面似的水面，也為了防止洗髮精流進眼睛，沈潔忍不住挪開了視線，不去看水面。

她保持著彎腰低頭的姿勢，把雙手都搭上了頭髮，準備動手揉搓。

就在徹底俯下身去的這一刻……

從腋下的空隙，沈潔看到，一雙蒼白的腳，正一動不動地站在自己身後不遠處。

從浴室裡傳出的一聲尖銳慘叫，讓客廳裡的人險些跳起來。

瘦猴一馬當先，衝到門口，「沈姐！」

他抬手去按門把手，卻發現門被從裡面鎖住了。

沈潔聲音發顫：「別……」

不明就裡的瘦猴熱血上頭，急得差點撞門，幸好及時被門內的沈潔喝止了。

「別不動腦子……」沈潔低低喘著，「門是我自己鎖的……我堵的不是你們。我堵的是我自己……我萬一一個衝動跑出去，任務算沒完成，那該怎麼辦？」

李銀航有些佩服沈潔在這個關頭對自己的這份狠勁兒。

她趴在門上，小心地敲了敲門，「姐，我進去陪妳吧。」

沈潔沒說什麼，扭開門鎖，為她敞開了一條門縫。

CHAPTER

05:00

你的 100 積分想對你說晚安

一個小時後。

沈潔裹著毛巾，有驚無險地帶著一身冷汗從浴室裡走出來——這澡洗了個寂寞。

她儘量簡單描述了自己的遭遇。

因為那雙腳出現得太快，沈潔又是以頭朝下的姿勢看到的，她沒能來得及窺見身後人的全貌。

她只能抓住那點細節描述：「那雙腳不算大。」

南舟問她：「是小孩的腳還是成人的腳？」

沈潔一張臉白慘慘的，「像是……女人的腳。」

客廳裡一時無言。

第二隻靴子終於落下來了，但誰都沒有因此輕鬆哪怕一點點。

恐怖遊戲裡，一旦劇情發展到了某個臨界點，或是調查進入了重要階段時，鬼就會出現。

在普通遊戲裡，這是個再常見不過的套路，不過，哪怕再難的遊戲，也可以無限回檔。

但對現在的他們來說，踏錯一步，就有可能再也回不去了。

在眾人齊齊陷入死寂時，南舟突然抬頭提問：「為什麼是女人？」

其他人不約而同地：「……哈？」

南舟重複了一遍：「為什麼出現的會是女人？」

眾人：「……」這不是廢話嗎？目前明確死在這家裡的就只有一個女人啊。

關鍵，南舟的表情還特別較真，看起來是在真心思考這個問題的。

雖然知道南舟是個聰明人，而且是目前這個副本裡拿到積分最多的人，但他的思路委實過於跳脫且難以捉摸。

實在跟不上他的思路的健身教練有些不耐了：「你奇奇怪怪的問題能不能少一點？」

「江先生呢？」他扭著頭去找江舫牌翻譯機，「江先生去哪兒了？」

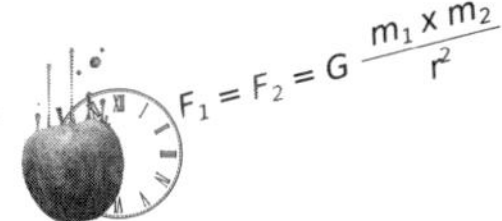

瘦猴「嘖」了一聲，拍了一把他的腦袋，又指了指兒童房的門……江舫早就進去了。

此時。

江舫獨自一人躺在兒童房的床上，雙手交疊在胸前，反覆扳弄著手指，借此催動思維高速運轉。

因為身高問題，他無法在狹小的兒童床上躺平，因此只能把腳垂下床邊，踩著床邊的拖鞋。

門外，南舟的聲音隱隱隔著門板傳了過來：「為什麼出現的會是女人？」

江舫聞言，突然從床上坐了起來。

一點靈感從他腦海中流星似的一閃而過，可惜他沒有來得及抓住，等意識到時，思維中只剩下了流星的光尾。

江舫凝眉，略感不快。

等他確認自己確實沒能抓住那點靈感、只好重新躺回到床上時，兒童房的門從外被叩響了。

緊接著，一個身影順著門縫兒溜了進來——是抱著被子和枕頭的南舟。江舫沒有動。他和蹲在南舟肩膀上的南極星一樣，目不轉睛地看著他自顧自在床下窸窸窣窣地鋪好被子。

「李小姐跟『順風』他們睡客廳了。我來這裡睡。」

南舟陳述事實道：「他們聽不懂我的話。」

很平淡的語調，但江舫從裡面聽出了一點委屈。

在江舫反覆試著捺下自己的嘴角時，南舟反省道：「還有，可能是因為我撕了壁紙的原因，沈潔才會碰上浴室裡的事情。我想，今晚也許會發生一些事情。」

「所以？」在遊動的小夜燈的微光中，江舫看向南舟，「你搬進來，是想保護我？」

「是的。」南舟想也不想：「保護隊友，會有積分的。」

這是南舟在大巴上積累的寶貴遊戲經驗，保護了同立場隊友的話，一個人可是值100積分的。

江舫：「……」

南舟：「你怎麼不說話了？」

哭笑不得之餘，江舫朝床下一伸手，說：「你的100積分想對你說晚安。」

南舟看著伸到自己眼前的手，輕輕往他掌心上搭了一下，「晚……」

江舫突然握住了他的手。

不是強硬的那種控制感和侵略感，而是攏著、捧著，動作很輕，但很堅決。他也沒有牽很久，觸碰了片刻，便自然而然地鬆開了。

江舫笑道：「今天有點用腦過度，回回血。」

南舟不大理解為什麼握自己的手能回血，但他還是低低「唔」了一聲，示意自己知道了。

翻了個身後，南舟想，江舫的手心真的很軟，和自己想的一樣。

想著想著，南舟便睡著了。

他做了個夢。

南舟已經記不清自己多久沒有做過夢了。

夢境裡的他，在一處小鎮的中心街上騎著自行車。身邊是穿梭往來的人流，還有熟悉的孩子衝他揮手，喊他「南老師」。他點頭向孩子示意，腳下不停，一直往前騎去，一直騎到人煙的盡處、道路的盡頭，才猛然剎下車來。

天邊的夕陽是千篇一律的烙鐵紅，淡黑的群山蟄伏延綿到天邊，道旁枯樹枝宛如細長的鬼手，直直抓向天空。

他坐在自行車座上，靜靜看著血痕似的夕陽在天際消失，慢吞吞吃完

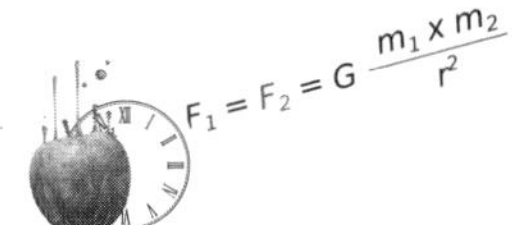

了一整顆蘋果，才調轉車頭，披著被璀璨星光襯得格外黯淡朦朧的月色，回到小鎮裡燈火通明的家中。

母親含著笑容，「回來了？」

南舟：「嗯。」

妹妹探出頭來，「回來了？」

南舟：「嗯。」

父親溫和慈愛：「回來了？」

南舟：「嗯。」

一一回應過後，他放下裝滿顏料的書包，將袖子挽好，走進廚房。

但他發現，有一個陌生人居然在他家的廚房，正端出熱氣騰騰的蘋果餡餅。

大概是聽到響動，那人回過身來，笑道：「……回來了？」

夢裡，南舟看不清他的臉。

他用盡各種辦法，使盡渾身解數，想要知道他是誰。繞到他的身前、扳住他的肩膀、嘗試著捧起他的臉，但他就是看不清他是誰。

南舟問：「你是誰？」

那人卻始終在一團氤氳中微微笑著，怎麼都不肯告訴他。

南舟就在急促的呼吸聲中猛地驚醒了過來。

窗外透入了融融的暖光，天色既明了。

升高的體溫逐漸正常，紊亂的呼吸逐漸平穩，但他的精神還處於恍惚當中。

南舟在做夢方面有一點問題……他不大容易從夢境中脫離。

南舟注視著眼前的天花板，試圖把注意力聚焦在某樣現實的事物上，加快思維整理的進程。然而他看著看著，眉頭皺了起來……他覺得好像哪裡不大對。

正在此時，外面傳來了健身教練的一聲經典國罵：「臥槽！！」

南舟從地上彈坐而起。

直到將身體坐穩，他才確信，眼前這一切不是他的錯覺。

他們眼前的房子，出現了奇妙……不，詭譎的畸變……房子整個兒變小了。

南舟站起身來的時候，頭頂幾乎已經可以碰到天花板。

他做了一晚的夢，又被天花板不輕不重地懟了一下，眼前驟然泛過一陣黑，向後跌坐在了床上。

在南舟遲遲回不過神來時，他被一隻手攬住，揉了揉髮頂。

南舟看向身旁甦醒的的江舫，乍然間覺得他的樣子很熟悉。但夢境的內容，他在醒來的那幾分鐘內，就已經漸次淡忘了。

南舟直直地看了江舫一會兒後，指指天花板，小聲道：「……掉下來了。」

「沒事兒。」江舫拍拍他的後背，笑著安撫，「就算天塌了，好在我個子還算高。」

被健身教練的罵聲驚醒的眾人，也紛紛察覺到了異變。

瘦猴急得直咬牙，「這到底是怎麼回事？！」

整個公寓等比例縮小了一圈，幅度不算誇張，只有南舟和江舫這種高個子人士在行進時需要低頭彎腰。但是，如果按照這個趨勢發展下去，用不著 7 天，他們就會被活活擠死！

沈潔煩躁道：「安靜！」她竭力逼自己冷靜下來，一邊咬著拇指指甲上的倒刺，一邊喃喃自語：「為什麼會變成這樣？是我們做錯什麼了？」

虞退思冷靜道：「也有可能是我們接近真相了。」

沈潔和虞退思對望了片刻。

很快，沈潔下達了指令：「撕。」

怕自己再猶豫下去會徹底喪失勇氣，沈潔提高了聲量，明確對自己的隊員重複了一遍任務：「先把家裡所有壁紙都撕下來！」

健身教練面露難色。

靈異副本裡，人們往往束手束腳，既怕查不到線索，又怕太過冒進，

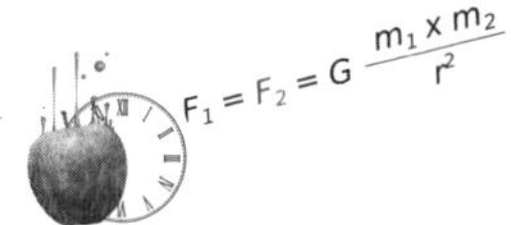

第一個觸霉頭。要知道，昨天浴室裡的那雙腳就是在南舟撕開兒童房壁紙後出現的。

他期期艾艾道：「沈姐，咱們⋯⋯」

沈潔霍然起身，把客廳電視牆一側的壁紙刷的一下扯下來了一大片，「都變成現在這樣了，不找線索，難道坐著等死啊？」

健身教練一咬牙，「得嘞。」

健身教練身體素質不錯，幹活也麻利實在，再加上屋頂已經下降到了一米八幾的高度，大大降低了這項工作的難度。

瘦猴和沈潔負責撕低處的壁紙。

虞退思也道：「夙峰，幫忙。」

回到虞退思身邊的陳夙峰一掃昨天獨自行動時的能動性，直到得到他的指示，才馴從地點點頭，「嗯。」

沈潔把撕下的壁紙捲起，走到兒童房門口，叩一叩門，剛想囑咐南舟和江舫先別急著出來，以完成任務為要，就聽到了從房內傳來的輕響⋯⋯他們已經開始動手清理壁紙了。

沈潔鬆了一口氣後，感覺有些好笑。自己何必操心他們？

沈潔正要繼續動手撕扯壁紙，一轉頭，卻發現一旁虞退思的舉止稍顯古怪。

她柳眉一挑，「你在幹什麼？」

虞退思並沒有即時回應她的發問。

他雙眼閉合，手指一下下，規律敲打在輪椅扶手上。

篤、篤、篤、篤、篤。

每五次敲擊過後，他會換下一隻手繼續，動作和頻率一樣穩當，一下下的敲擊，堪稱精密的鐘錶。

沈潔分析著他動作背後的含義。

半晌後，她心中驟然明朗，看向了虞退思正對著的那面懸掛在牆上的時鐘。

隨著虞退思的敲擊，沈潔的心也越跳越快。

直到 30 下敲擊後，虞退思睜開眼，核對了一下時鐘上的走秒數。

兩人異口同聲地得出了結論：「時間流速變快了。」

言罷，沈潔迅速轉過身去，指示正在忙碌的瘦猴找線索：「侯，去看電腦！」

瘦猴突然被點名，一時沒能反應過來：「姐，不是要先撕……」

沈潔言簡意賅：「分工合作！你看電腦去！」

瘦猴一個激靈：「欸！」

看著彎著腰一路小跑進次臥的瘦猴背影，虞退思若有所思，問沈潔：「有點冒昧地問一句，沈小姐是他們的什麼人？」

瘦猴和健身教練都不算是性格很好的人，如果不是認識的人，或是親戚，他們為什麼會這麼聽沈潔的話？

「之前不認識，現在是差點一起死過的朋友。」沈潔嚴厲的表情還未來得及收回，一個眼刀飛了過來，「有問題嗎？」

虞退思稍稍舉手，笑道：「沒有。」

他現在有些理解，儘管存在諸多的不完美，沈潔他們的「順風」仍能爬到 10 級的緣由了。

一個人的家裡，往往隱藏著許多連他自己都無法想像的痕跡。

撕開溫馨的牆紙後，背後斑駁的牆壁才顯露出來這個家經歷過的歲月真容。

鵝黃色的牆漆有小片剝蝕脫落的痕跡，牆壁轉角處有搬運傢俱時磕磕碰碰造成的擦傷，客廳的一處牆角甚至被空調水溽爛得烏黑一片。

江舫已經結束了他的任務，從兒童房中出來了。

南舟則選擇留在兒童房裡，陪陳夙峰一起寫作業。

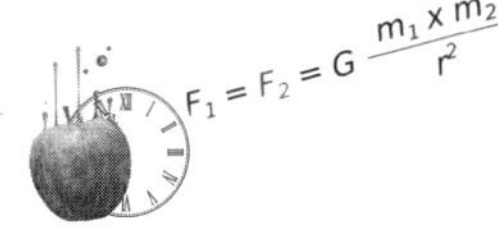

虞退思對江舫講起他們的發現：「時間流速加快了。現在每分鐘比正常快了 5 秒。」

房屋畸變後，任何不合理的變化都會發生。因此江舫只是聳聳肩，「意料之中。」

沈潔認同他的判斷：「是，而且不能盲目積極了。房間只會越縮越小，時間只會越走越快。」

「想要結束一切，就是要找到門……找到門。」虞退思重複著任務的最終目標，「究竟什麼是『門』？」

江舫沒有接他的話，而是注視著客廳茶几上擺著的、李銀航昨天搭的火柴小房子……半成品的「我的一家」。

這是江舫從兒童房裡帶出來的東西。

虞退思問：「你在想什麼？」

江舫：「我在想，這個小房子用了 211 根火柴。」

虞退思：「嗯？」

江舫反問：「你吸菸嗎？」

虞退思搖頭：「我是反感尼古丁味道的。我愛人倒是有一點吸菸的習慣，後來就戒掉了。」

江舫嗯了一聲：「他還在吸菸時，更喜歡用打火機還是火柴？」

虞退思：「打火機。火柴是挺有儀式感的，但終歸有點不方便。」

江舫轉向李銀航，「昨天南舟是從哪裡拿到的火柴？」

李銀航還是有點印象的，「電視櫃的抽屜。」

江舫坐在沙發上沒有動，「勞駕，幫我拿一下。」

李銀航一愣，才想到他的身高已經不方便在這樣的環境下正常行走，急忙小步跑到了電視櫃前，把裡面儲藏的火柴全部取出。

十三個火柴盒，包裝還算高級，整整齊齊擺在抽屜的一角。

虞退思雖然謹慎，也想不到江舫為什麼突然對火柴這麼有興趣。

他並不奇怪小明家裡有這麼多火柴盒。小明家裡有菸灰缸，所以很有可能有人抽菸。

而在抽菸這件事上，每個人都有自己的喜好。有的人喜歡抽 5 塊錢一包的廉價菸。有的人幾十年如一日地癡迷同一個品牌。有的人喜歡把菸嘬到菸屁股，有的人就是喜歡反向抽菸。

愛好用火柴點菸，也不是什麼奇怪的癖好。況且，火柴和打火機不同，是消耗品，對於有吸菸習慣且更喜歡使用火柴的人來說，在家裡多儲備幾盒火柴，是非常正常且完全合理的行為。

江舫打開了一盒還沒被拆開過的火柴，盡數傾倒出來。

沈潔粗略點了點，發現火柴一共有 40 根。不過，她很快意識到，江舫對火柴的數量並不感興趣。

他把一整個火柴盒徹底捏扁，又裁開了火柴盒的一角，將火柴盒徹底從一個立體的面，變成了一張展開來的薄紙。

沈潔：「你在找什麼？」

「沒有。」江舫說。

沈潔：「哈？」

「……什麼都沒有。」江舫說：「沒有廠商、沒有品牌、沒有生產日期。」

健身教練恍然大悟：「對對對！」

他拿過另一個空火柴盒，學著江舫的樣子拆開來，向根本不抽菸的沈潔和虞退思解釋道：「火柴也是商品，商品該有的東西，它上面應該一樣也不會少的。」

但眼前的火柴盒，只在正面醒目處印著繁複美觀的花紋，除此之外，什麼都沒有。

如江舫所說，它完全沒有出售的商品應該具備的一切要素，可這又能代表什麼呢？

沈潔正嘗試將線索整合起來，得出一個像樣的結論，就聽江舫發出了一個簡短的語氣詞：「……啊。」

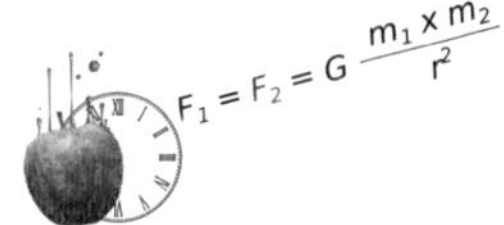

在火柴盒完全解體後，江舫在火柴盒內部短邊的側面上，發現了一個用花體字刻在上面的暗紋。這暗紋是浮凸無色的，實在太過隱蔽，如果不把火柴盒拆開、對著光看，完全不可能發現得了。

那是一個設計獨特的 logo，「Family」。

江舫揚聲道：「侯先生！」

次臥裡的瘦猴正趴在電腦邊，漫無目的地搜索著根本不知道在何處的線索，找出了一肚子火，原本混亂的思路被江舫這麼一打斷，語氣頓時不善起來：「做什麼？！」

沈潔接過了江舫的話：「侯，給我們查查，市面上有沒有一種品牌名叫『Family』的火柴！」

瘦猴的氣焰立即弱了八度：「……哦。」

因為要玩遊戲，所以這臺電腦是能夠上網的。

他在搜尋欄鍵入「Family」時，考慮到這個詞彙的普遍性，在後面又打了兩個字「火柴」。

經過反覆確認後，瘦猴給出了答案：「沒有！」

沈潔：「火柴廠有沒有？」

5、6 分鐘後，瘦猴再次給出答案：「沒有！」

沈潔相信瘦猴的能力，他說沒有，那就是沒有。

她難免失望地看向江舫。

然而，她卻看到了江舫眼中閃過的一絲光芒。

——誒？

「……這就對了。」江舫輕聲道：「就像某些飯店提供的薄荷糖、某些賓館提供的一次性拖鞋，還有某些……」說到此處，他微妙地一停，略過了後面的描述，繼續說了下去：「這些地方會為客人提供類似包裝自製的小物品。這種物品更強調設計感，而不會具備市售商品的資訊。」

「因為這些都是贈送的、可以免費取用的小禮品。」他的雙手手指交疊在一起，彼此按壓、活動，以此讓自己的思路平穩運轉下去：「這個家裡除了小明之外，有一個喜歡抽菸的人。他從某個地方，拿了十幾盒帶有『Family』標識的火柴。」

「當然，不能排除這是他一口氣拿來的。就像在飯店裡，總有人會抓上一大把薄荷糖或者牙籤揣進口袋。但更有可能的是，他會長期且穩定地去到某個固定的場所，而這個固定的場所，會提供火柴一類的物品。所以，他會偶爾帶上一盒火柴回家來。」

而這一點，恰好和小明的日記對應上了。

——家裡又沒有人，好無 liao。

——我想講給人聽，但家裡沒有人。

小明的家人總是不在家。他一個人起居、一個人做飯，已經習慣了。

如果小明的爸爸是一個普通上班族的話，會忙到這個程度嗎？

因此，小明的爸爸究竟去了哪裡？小明的姊姊為什麼會死亡？或許對他們找到出去的那扇門，是有著很大幫助的。

兒童房內。

陳夙峰一邊做作業，一邊側耳細聽著外間的動靜，「他們好像討論出了點成果。」

南舟則更關心眼前。他盤腿坐在被挪開的床頭櫃邊，看向床邊牆上大片大片的塗鴉痕跡。這些塗鴉痕跡的位置都很低矮，稚拙的筆觸，應該是小明更小時候的畫作。

他沉吟道：「小明很愛畫畫啊。」

陳夙峰簡短地「唔」了一聲：「虞哥昨天就發現這點了。小明喜歡畫冊，還經常在書本上塗塗畫畫。」語氣裡帶著點對他家虞哥的誇耀。

南舟沒注意到他的這點小心思。

如果昨天南舟就將兒童房裡所有的壁紙撕開的話，得到的線索會更加

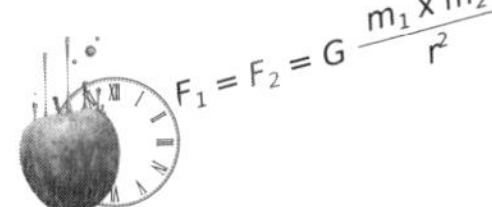

全面。

牆紙之後，展現出了這個家庭的基本構成。

這個家裡沒有全家福一類的照片，但現在，他們擁有了一幅兒童式的蠟筆全家福。

畫面中的男性個子高大，留著拉拉碴碴的鬍子，站在正中央的位置，一手攬著一個孩子。

年輕的女性個子大約到男性胸口，穿著紅裙子，留著衝天的馬尾辮，站在畫面左側。

右邊的應該就是小明了。他穿著背帶褲、剃著小平頭，手裡拿著一個巨大的棒棒糖，個頭才到男性腰部的位置。

紅色的蠟筆把每個人的嘴角都往上提拉著。每個人的笑容都很大，每個人嘴裡都齊齊露著兩排白色的牙齒，十分幸福的模樣。

南舟微微歪頭，和畫面中的小明對視。

——你究竟在想些什麼呢？

他探出手，試圖去觸摸畫中小明的臉。

就在此時，陳夙峰手腕一挪，放在桌邊的卡通橡皮擦被不慎碰移了位，轉著圈兒地滾了下來，徑直滾入了床下的空隙中。

南舟又恰好坐在床邊，陳夙峰喲了一聲：「南先生，幫我撿一下吧。」

南舟從自己的思緒中抽離開來，「嗯。」

他俯下身去，找準橡皮擦的位置後，將自己的手探入床底那段陽光照不到的地方中。

倏然間，一股奇怪的觸感攀上了他的小臂。

南舟低頭，循著那道縫隙望去，他看到了一隻手……一隻漆黑的手，從床底伸出，抓住了他。

下一瞬，一股堪稱恐怖的拉力，讓南舟的身體猛地向床下滑動而去！

一切只發生在剎那。

如果是一個孱弱的人坐在這裡，恐怕會被直接拖入床底，在那條狹小的縫隙裡，被擠碎骨頭。

可南舟表情絲毫未變。他一手按住床沿，同時矮下身去，被抓住的那隻手反手一擰，死死擒握住了對方的手臂！

床下的東西：「……」操？

不等它反應過來，南舟腰腹發力，反把床下的東西向外拖出！

然而，下一瞬，抓住他的東西便煙消雲散了。

他一個落空，整個身體向後栽倒，腦袋咕咚一聲撞在了地板上。

躺在地上的南舟：「……」痛。

一切都發生在電光石火間，陳夙峰甚至只來得及把頭扭過來，「……南先生？」

南舟仰面躺著。

他後腦杓還是很疼，不大想動，因此他注視著天花板，說：「剛才有東西在床底。」

南舟的語氣太過平靜，以至於陳夙峰在聽清楚他話中的內容後，花了數秒才明白他說了些什麼。

陳夙峰胳膊上的汗毛刷的一下豎了起來。

相較於勃然變色的陳夙峰，南舟抬起了自己的胳膊，擼起了風衣的袖子……他小臂的皮肉上，多出了五個指甲扎出的淺淺血洞。

——鬼的攻擊性和惡意都大大增強了。

在江舫給南舟的手臂上藥時，聚集在他們身後的眾人，都得出了如上的結論。

南舟關心的重點卻和其他人不大一樣：「藥是哪裡來的？」

將傷口仔細消毒後，江舫把藥盡可能輕地在他傷口上推開，並解釋道：「積分兌換。」

南舟注視著他熟練的動作，「……啊。」怪不得他進入副本時積分比自己還少一點。

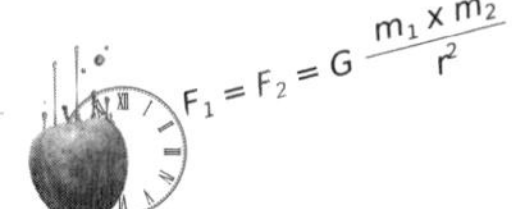

「要加快速度……」在鬼物暴走和房屋壓縮的雙重壓力下，沈潔手心開始難以控制地發汗發潮，滑得幾乎握不緊，「昨天我是第一個碰到怪事的。那個時候，鬼離我還有一段距離，還沒有傷害我的意思……可現在它已經開始傷人了。」

南舟：「第一個不是妳。」

沈潔：「嗯？」

江舫朝他的傷口上輕吹了吹氣，翻譯道：「他的意思是，任務裡第一個碰到怪事的，有可能是我。」他提醒眾人：「……半夜的時候，我床頭的手機不正常地亮過兩次。」

沈潔幾乎要淡忘了這件小事，被江舫和南舟這麼一提，雞皮疙瘩才遲遲地從心裡泛出來，迅速占領了兩條胳膊。

讓手機螢幕兩次亮起的，如果是一個立在床邊、凝視著江舫的鬼……

假如把江舫的遭遇算作第一次遇鬼的話，那麼他是根本沒有察覺到鬼物的侵入。

第二次，沈潔親眼看到了鬼影。

第三次，它已經開始對南舟下手了。

的確，這樣循序漸進的發展，才有道理。

後怕心悸之餘，沈潔對自己的隊友決然道：「以後絕對不可以單獨行動了！」

南舟想說點什麼，不過話到嘴邊，又自行嚥了下去。

他用舌尖頂頂腮幫子，注視著手臂上纏繞的一圈繃帶，說：「……時間要到了。」

眾人這才發現，不知不覺間，陳夙峰的作業任務已經接近尾聲了。

除了無端縮小的房間、目的不明的鬼魅，他們還面臨著第三重危機。時間流速的加快，讓他們任務的交接變得異常緊迫。

這次的任務，叫做「小明的日常」。

如果玩家在指定時間內沒有完成、或是沒來得及去做系統規定的日常任務呢？

……誰也不敢去嘗試這種可能性。

面對這一重重危機，南舟的選擇是先去幹活。

他把袖子捋下，走入廚房，慢吞吞地擺弄起鍋碗瓢盆來。要知道，他現在比其他人還多了一重煩惱：今天做什麼菜呢？

身後江舫的聲音傳來，適時地解決了他的猶豫不決：「選你不喜歡的菜做。」

「唔……」南舟思忖一番，認真道：「你說得對。」

於是他準備做點簡單的。一個爆炒香菜、一個炒薑片、一個涼拌秋葵，再加一個西葫蘆燉芹菜。三菜一湯。

江舫看著面不改色地把一大把薑片往鍋裡撒的南舟，嘴角噙笑。

他問：「你是不是有什麼沒說出口的話？」

南舟：「……」

江舫：「剛才在客廳，你好像有話要說。」

南舟一邊查看被炸得滿鍋亂飛的薑片，一邊擰開水龍頭淘洗香菜，「我有可能是看錯了。」

江舫：「說說看。」

南舟：「我說出來，他們肯定都會說我看錯了。」

江舫抱著胳膊，含笑反問：「我和他們一樣嗎？」

江舫說這話時表情格外輕鬆，但他的手指卻掐著胳膊內側，逼迫自己始終保持讓人愉悅的笑顏。

對南舟可能給出的答案，他控制不住地緊張。就算是從頭再來，起碼，自己在他心裡也要和別人有那麼一點不一樣吧。

經過謹慎思考後，南舟得出了結論：「嗯。是不大一樣。」

江舫小小鬆了一口氣，連慶幸的幅度都控制得恰到好處。

他用偽裝好的、堪稱完美的自信語調追問道：「所以，可以跟我說說嗎？」

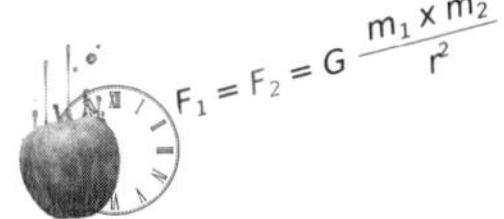

南舟把香菜一股腦倒進鍋裡，一邊拿鍋鏟戳來戳去地切菜，一邊說：「想把我拉進床底去的那隻手，其實我看到它是什麼樣子的了……那個不是人的手。」南舟冷淡的神情裡流露出一絲困惑，顯然也是想不通為什麼會是這樣，「毛茸茸的一大隻，像是動物的爪子。」

說到這裡，南舟閉嘴了。他其實還想說得更詳細一點。

他覺得像狼爪子，但就連南舟這種在生活常識上格外鈍感的人，都能意識到這個發現透著一股滑稽感。

如果被江舫笑話，也是理所應當的。

江舫卻只是輕輕「嗯」了一聲：「怪不得。我就說，假如是人手來抓你，為什麼你手臂上是被刺傷的血洞，而不是指甲的抓傷。」

南舟向來不喜歡把話憋在心裡，如今釋放了出來，他有種被他人理解的開心：「謝謝。」

然而，道過謝後，真正的問題並沒有得到解決。

南舟想嘗試著打開思路。

南舟說：「我昨天問過他們，為什麼出現在沈潔背後的是女人。」

江舫說：「嗯，我聽到了。」

南舟說：「我想不通這點。」

江舫想到了自己一閃而逝、未能來得及抓住的靈感，便追問了下去：「在這個家裡，有證據證明死去的人的只有小明的姊姊，為什麼你覺得出現女鬼是一件不合理的事？」

南舟：「可鬼做的事情，本身就是很不合理的。」

江舫：「為什麼？」

「因為沈潔什麼都沒有做。」南舟說：「她從頭到尾並沒有發現任何線索。鬼並沒有針對她的理由。」

「不。」江舫通過反駁，試圖將思維鏈整理清楚：「所有遇見鬼的人，都是在做『小明的日常』的任務過程中出現了問題。」

南舟跟上了他的思路，和他一起盤點：「昨天，你在做『睡覺』任務

的時候，手機出現了閃光。」

江舫說：「那個應該是有『東西』來到我的床邊，觸發了臉部解鎖的功能。」

南舟：「昨天沈潔在做『洗頭』任務的時候，看到了一雙腳。」

江舫補充：「今天。如果你沒有幫『做作業』的陳夙峰撿橡皮擦，可能被拉入床底的就是他。」

「所以……」江舫嘗試推翻南舟的猜想，「沈小姐有可能只是不走運而已。至少從目前看來，鬼選擇的恐嚇對象，都是在做『小明的日常』任務的玩家。」

南舟凝眉看著鍋裡泡在香油中、一臉死不瞑目模樣的香菜，沉吟良久後：「還是不對。」

「哪裡不對？」

南舟：「如果按你的說法，這個副本裡的鬼設計得不行。」

這等在光天化日之下公然侮辱鬼的行為，讓江舫都不由得為之一愣。

南舟刺啦一下把鍋裡沸騰著的油爆香菜倒進了盤子裡，動作瀟灑利索，「首先，副本裡的鬼根本沒有一個固定的形象。」

「按出現順序做個記號。你碰見的就叫做鬼①吧——李銀航的手機一直在拍，卻沒有拍到具體的影像，也就是說，它很可能沒有一個具體的形象和肉體。」

「鬼②，浴室裡的鬼，出現了一雙腳，是有形象的、可以被看見的。鬼③，就是我碰到的鬼，竟然是一隻狼爪。」細細數過一遍後，南舟說：「你看，鬼的種類一直在變，都沒有停過。」

聽著南舟的分析，江舫心中的一片疙瘩解開了——對了，這就是他昨晚沒能捕捉到的那一絲不對勁。

南舟的話還沒說完：「唔……還有，公寓裡鬼的行動沒有邏輯，完全隨機。」

「針對你還有理由，但它還針對了沒有什麼實際貢獻的沈潔和陳夙

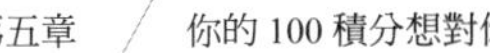
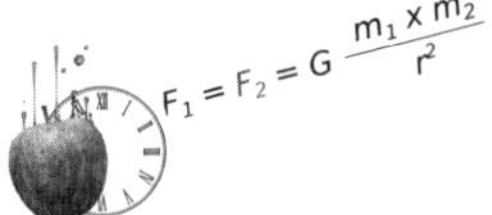

峰。就算鬼要完成每天嚇人的 KPI，經過第一天的觀察，也該清楚，先針對我和你，或者虞律師，會更有價值一點。」

說到這裡時，南舟的表情非常從容地點點頭，對自己被鬼殺的價值十分認可。

「但現在已經是第二天了。今天如果我不在兒童房裡，被拖到床底的只會是陳夙峰，因為做作業是陳夙峰的任務。」南舟一本正經道：「畢竟鬼也料不到我會給陳夙峰撿橡皮擦。」

南舟問江舫：「你要是個聰明的鬼，是會選擇在陳夙峰的任務裡害他，還是來廚房裡害我？」

南舟冷著一張臉，說「KPI」、說「你要是個聰明的鬼」的樣子，讓江舫花費了巨大的心力去忍笑。

南舟看著他微顫的嘴角，有些困惑——我說的有哪裡不對嗎？

廚房其實並不隔音，南舟和江舫的對話，在客廳裡的人也能聽得一清二楚。

被明確指出沒有什麼實際貢獻的沈潔、陳夙峰：「……」

虞退思則撫著下巴，細細聽著。

南舟的推理思路角度清奇，非常新鮮。他的思維模式完全是從副本設計的角度出發的。

而被他這麼一說，鬼到目前為止做出的行為，確實沒有一個完善的內在邏輯支撐。

廚房內的南舟繼續道：「因為第一次出現在你旁邊的鬼沒有被錄到實體，所以我昨天才會問他們，為什麼出現在沈潔後面的，會是一個能輕易分辨出特徵的女人？」

江舫注視著他，「你想到鬼為什麼會這麼做的原因了嗎？」

「沒有，我還在想。」南舟開始用菜刀給西葫蘆無情分屍，「總之，這樣設計是很差勁的，線索太雜亂了。而且鬼也沒辦法給人眼前一亮的記憶點，很不好。」

外面的眾人：「……」神他媽「給人眼前一亮的記憶點」。

點評完鬼的行為，南舟端著自己的作品出了廚房，試圖尋求到一絲認同。他想，總會有喜歡吃秋葵和香菜的人吧。

但被所有人禮貌地拒絕一輪後，南舟的美好想法破滅了。

南舟坐回餐桌旁的椅子，臉上沒有什麼表情。

雖然沈潔剛剛被南舟扎過心，但她愈加肯定，南舟這個人心裡很有想法，只是性格古怪，得讓人引著才肯說話。

只要能獲勝，她不介意被人多點評幾句。

她跟李銀航咬耳朵：「妳是他的隊友，能不能去跟他聊聊天？」

李銀航看向南舟。

南舟正低著頭，踩著凳子下方的凳腳，橘貓坐。

李銀航：「……」

她直覺，南舟可能並沒有在思考副本的事情。

他只是單純因為做的飯得不到認同而不開心，但她覺得，即使自己這麼說，沈潔也不會信。

於是李銀航來到鬱悶的大佬身邊，醞釀一下後，小聲勸他：「我還挺喜歡吃西葫蘆的。」

聞言，南舟快速抬起了頭來。

李銀航：「……」

她發誓，剛才她看到南舟眼裡亮起了光。

南舟開口說話了：「我教妳做手工。」

——真的非常好哄。

昨天，他們已經瞭解了小明的家庭構成。所以「我的一家」這個手工作業，相對來說就不算特別難了。

南舟將火柴頭剪斷，用膠水為李銀航演示該如何製作一個立體的火柴小人。

另一邊，廚房裡的江舫自然接過了南舟的工作。

現在屋頂的高度對他的身高而言確實是過低了，他只能低著頭工作。

他打開了冰箱門，取出了一顆洋蔥，在冰箱裡凍過的洋蔥不會再那麼嗆眼。他環顧冰箱，清點了一下剩下的肉與菜，在心中簡單默記了一遍……除了甜點之外，原來南舟還比較喜歡吃這些啊。

折返回案板邊後，江舫拿起菜刀，溫柔一哂，另一隻手扶住脖頸上的choker 側面，撫摸了兩下，他從沒想到，自己居然會有喜歡做飯的一天。

江舫做出的菜餚仍舊是意外的豐盛美味。這算是糟糕的任務中值得慶幸的好事情了。

今天用來給南舟補充糖分的甜點是蛋撻。

李銀航一邊吃，一邊犯嘀咕。

在大巴車上，江舫自稱是在母親去世後回國旅居的混血兒。在眼下的副本裡，江舫的身分又變成了中烏的音樂交換生。

他的廚藝、禮節、社交經驗、思維水準都是拔尖的……千言萬語匯成一句話：哥你到底幹麼的？

不過李銀航的嘀咕也就持續了片刻。只要對方願意帶著她，那就是爹，她一抱大腿的還挑三揀四，委實腦子有病。

一邊的健身教練一點芥蒂都沒有，吃得滿面紅光，真心讚道：「真行，你這手藝可一點都不像外國人。」

江舫注視著正一心一意咬蛋撻的南舟，臉上的笑容完美到無可挑剔，「謝謝。」

眾人享受著這短暫的放鬆時刻的同時，虞退思已經進了兒童房，他的任務仍是「午睡」。

想到這床底下有可能還盤踞著一個怪物，陳夙峰心緒不寧。他提議：「虞哥，我替你做這個任務吧。」

虞退思順手捋了一把他的頭髮，笑說：「孩子話。」

陳夙峰想要爭辯：「我不是……」

虞退思含著笑，手伸在半空，等著陳夙峰去接，聲音裡卻是不允任何

反駁的堅決：「抱我上去。」

陳夙峰收了聲，不再多說，接住了他的手。他明白虞退思沒能說出口的話——如果可能的話，我連作業都想替你寫。

虞退思是無論如何都要保護他的，因為他是陳夙夜的弟弟。

為此，他寧肯放棄撕開壁紙後極有可能獲得的 200 積分，也要確保自己和他的安全。

他的決心是如此強烈，以至於陳夙峰除了接受這樣的好意、除了守在他的床邊，沒有任何別的能做的事情了。

看似風平浪靜的一個中午過去了。

兒童房裡並沒有傳出什麼特別的動靜，但在任務結束，再次出現在眾人面前時，虞退思面色慘白的樣子，著實嚇了其他人一大跳。

虞退思來不及做解釋，對陳夙峰揮了揮手，「鹽水。」他補充道：「……淡鹽水。」

調好的淡鹽水很快來了。

「我又做了一個夢。」虞退思快速接過，把一口淡鹽水含在嘴裡，猛地吞嚥下去後，才概括道：「……我夢到了燉肉的味道。」

眾人先是惘然，此後紛紛明白了過來，燉肉背後代表的含義，再清晰不過了，僅靠想像，他們的臉色就一個個變得鐵青起來。

南舟想，果然，這個副本還在提供給他們線索。

虞退思抽到的「午睡」任務，是唯一一個在任務說明裡就提到，他會「做一個夢」。

事實也的確如此。

第一天，虞退思夢到的是鋸東西的聲響。

第二天，他夢到的是燉肉的香味。

他夢中的線索，恰好和這間發生過凶殺案的凶宅完美吻合。這樣一來，就算他們的水準比現在遜上一籌，沒能發現下水道裡的頭髮、帶油的高壓鍋這些蛛絲馬跡，單從虞退思的夢境中，他們也能窺見一二痕跡。

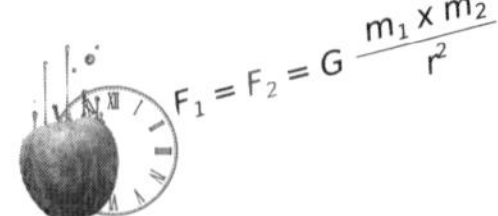

作為副本設置的提示之一，虞退思的夢非常有邏輯。

但相應的，鬼的出現根本沒有邏輯。

這兩件事一經對比，後者就顯得更不合邏輯了……所以，為什麼呢？

虞退思可來不及想這些。他中午沒吃東西，胃裡空空蕩蕩，在濃烈又詭異的肉香中熬了許久，現在處於一種想吐又吐不出來的尷尬狀態。沒辦法，他只能用淡鹽水刺激舌根，逼自己嘔吐出來。

很快，他有了反應，被陳夙峰推進了衛生間，少頃，裡面傳來他悶悶的乾嘔聲。

因為這個夢，虞退思接下來的一天都沒吃什麼東西。

但接下來，一切都推進得異常順利。

李銀航的「手工」任務，平安過渡。

瘦猴和健身教練交換了任務，各自平安過渡。

沈潔的「洗頭」任務，平安過渡。

一天下來，大家除了完成小明的日常任務外，實質性進展寥寥。主線沒有絲毫推進，虞退思的夢也不過只是對主線的側面佐證，意義不大。

唯二有價值的，就是江舫從火柴推斷出這個家的人會經常前往某個固定地點，以及南舟對鬼的行為邏輯的分析和評價。

中午的夢對虞退思的精神造成了一定的影響，再加上他身體素質本來就差，不到 9 點，他就已經昏睡了過去。

南舟和江舫好像對眼下的處境也不是十分著急，雙雙去兒童房裡睡覺了。

瘦猴卻睡不著。他打算再把電腦裡的東西盤點一遍。

沈潔並不贊成這樣的危險行為，但瘦猴很堅持。

他說：「電腦放在那裡，一定是副本設定有用處的，不然放臺電腦在那兒幹麼？好看啊。」話一出口，再一細品，瘦猴才發現，自己的邏輯透著一股南舟的味兒。

瘦猴：「……」就尼瑪離譜。

最後商量的結果是，沈潔和李銀航留在客廳休息，健身教練陪瘦猴刷電腦。

結果不到 12 點半，健身教練就在密集的鍵盤敲擊聲中呵欠連天起來：「小侯，還不睡啊……」

瘦猴緊盯著電腦螢幕，「我再找找。」

下一秒，健身教練的悶鼾就響了起來。

瘦猴看他一眼，並沒做聲。他也沒指望他陪自己刷夜，只要身邊有個活人就成。

他把自己的夾克脫下來，隨手扔到了健身教練身上，算是囫圇著給他蓋了個被子。

他不知道第多少次打開電腦的各個資料夾。

電腦中有一個電影檔案夾，動作、冒險、科幻、喜劇、恐怖、歷史，什麼片都有。剛發現這一點時，他以為裡面有什麼線索，就拖著進度條把所有電影都快篩了一遍。

結果那真的就只是電影而已，並沒有把不相干的視頻故意修改成電影名稱。其中還有幾部電影，是他在現實裡看過的……這種現實和虛幻的連接感，讓人格外不舒服。

瘦猴關閉了資料夾頁面，無意義地將電腦桌面重新刷新過幾次後，他突然想到了白天江舫關於火柴的分析。

於是，抱著一絲希望，他在搜尋欄再次鍵入「Family 火柴」。

毫不意外的一無所獲。

但大約是福至心靈的緣故，瘦猴並沒有馬上關閉搜尋網頁面，他試著把後面兩個字刪掉了——搜尋「Family」。

搜尋欄下跳出一行小字：為您找到相關結果約 100,000,000 個。

瘦猴懊惱地小聲操了一聲，往電腦椅上一靠，就知道這種大眾詞彙搜了也白搜。

但不消片刻，瘦猴的眼睛驟然亮起——他坐直了身體，接連下載了好

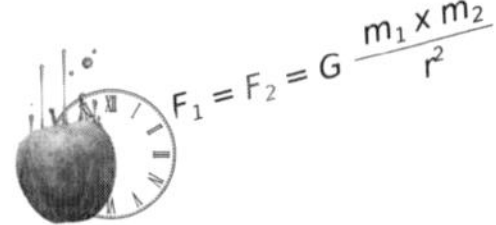

幾個開發工具。他甚至有點恨自己的蠢，混副本混久了，竟連自己擅長什麼都忘了。

他指尖不停，迅速鍵入一行行代碼，在瘦猴熟悉的領域裡，他眼裡是有光的。

漸漸的，一個簡單的應用小工具逐漸從他指尖脫胎而出。

儘管電腦中的一切記錄都被清除了，但網路世界是不同的，雁過留聲，踏雪有痕。

之前，因為網路過於龐大，瘦猴自然是束手無策、無從下手。但現在，瘦猴至少擁有了「Family」這個關鍵字。

將近一個小時的忙碌後，瘦猴小聲為自己喝了聲彩：「Yes ！」他迅速啟動了程式。

這幾行代碼，能從那 100,000,000 個結果裡，定位、篩選，最終顯示出這個固定的 IP 位址裡曾打開過的、與「Family」這個詞彙相關的網頁。

不過是區區幾十秒，瘦猴的額頭已經浮出了汗珠。

他已經失望太多次了，這次就給他一點希望吧……

很快，他的付出和祈禱，得到了回應。

【叮——】

【恭喜玩家侯清收集到線索「家庭的祕密」】

瘦猴激動地一握拳，正要側耳聆聽自己的獎勵，眼前的螢幕就發生了奇怪的變化。

起先，瘦猴以為自己看錯了。但當他反覆確認過後，他的半個身子在恐懼中迅速麻痹了……

螢幕內側的右下角，出現了五個雪白的指印……有一隻手，從裡面按住了顯示的液晶螢幕。

一秒，兩秒……

不，它隨時有可能爬出來……

極度恐懼下，人是無法發出聲響的。

瘦猴的眼角瞥著熟睡中的健身教練，身體無法抑制地顫抖。

救我……救我啊……然而他發不出一絲聲音來。

他的喉嚨裡泛起咕咕咯咯的悶音，喉結像是被劇烈彈跳的心臟頂著、噎著。

一哽，又是一哽。

——為什麼是我？

——我現在並沒有在做任務，正在做任務的明明是江舫，為什麼找上我……

瘦猴渾身僵硬、動彈不得，他眼睜睜看著整片螢幕轉為黑灰色。

他眼睜睜看著在黑色的螢幕上，那隻按在螢幕上的手，正慢慢移向螢幕中央，顯示出整個手掌的形狀。

他眼睜睜看著，螢幕被一張女人血紅的櫻唇完全占據。

那張唇呢喃著，耳語著。

瘦猴的眼神逐漸變得迷離起來，他發現自己的手在向螢幕裡的嘴唇緩緩伸去。可最恐怖的是，他的意識分明還是清醒的。

不，不要……不要這樣……瘦猴無聲地哀求著、尖叫著。

——饒過我吧！我不想死，我想活著……

——救救我，誰能來救我……

瘦猴的指尖已經觸摸上了螢幕，他甚至感受到了一種獨有的溫軟，那是人類嘴唇的觸感，冰冷的、有彈性的、柔軟的。

然而，在絕望和嘴唇將他完全吞食之際，瘦猴耳畔傳來一聲轟然巨響。緊接著，一股難以想像的巨力，把瘦猴連椅子帶人掀飛上了牆！

瘦猴薄得一張紙似的後背撞上牆壁的那一剎那，他五臟六腑一齊在體內翻湧起來，叫他眼前一片漆黑。他趴在地上緩了好半晌，眼前籠罩的黑暗才漸次退去。

電腦已經恢復了正常。

熒熒的白光，在地面上圈出了一個白框。

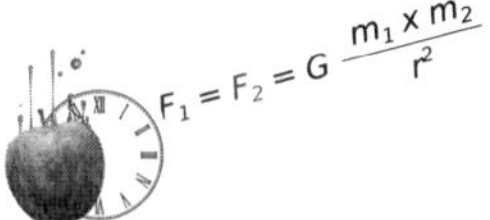

被驚醒的健身教練看著飛出去的門板、解體了的電腦椅，還有地上半死不活的瘦猴，雙目呆滯，想不通自己打盹兒的這段時間內，到底發生了什麼事？

瘦猴挪了一下身子，感覺自己腰間盤都要給踹出來了。

他痛苦萬分地從帶著血腥味兒的嗓子眼裡，擠出了一聲微弱的呻吟：「操——」

而發現瘦猴不僅活著，還能動後，被系統提示音叫醒並及時趕來的南舟略微開心地輕輕一握拳。

瘦猴不想做白眼狼，可這次劫後餘生的體驗太過糟心，劇烈的痛感完全壓過了撿回小命的輕鬆。

「操你大爺啊……」瘦猴虛弱罵道：「踢我幹什麼，踢電腦啊！」

無端被罵的南舟：「嗯？」他誠實道：「電腦如果壞了，明後天的任務怎麼做？」

瘦猴：「……」說得還真他娘對。

「他媽的……」瘦猴一邊喃喃地罵著，一邊一點點弓起後背，在地上努力形成了一個跪趴的姿勢。

他面對著南舟，把一個頭磕在了地上，忍痛啞聲道：「……謝謝。」

南舟眨眨眼睛。

聞聲趕來的李銀航和沈潔見到這亂七八糟的景象，不覺瞠目。

沈潔急問：「怎麼回事？！」

南舟回過頭去，小聲回應道：「腦子好像被我踢壞了。」

瘦猴：「……」幾個意思啊你？

他喘了幾口氣，弱聲道：「沈姐，我有發現了……」

螢幕上的紅唇消失無蹤，網頁恢復了風平浪靜。

上面正顯示著這個 IP 位址常訪問的、含「Family」關鍵字的網頁。

摔得七葷八素的瘦猴被健身教練就近搬上了次臥的床，稍事休息。

沈潔在電腦前俯身，低念出聲來：「成住壞空，生往易滅。基督神功

門，聖母成梨，聖主張永吉，行人間正道，退客身奸邪，揚上帝威名於四海……」

聽到這半古不白、狗屁不通的措辭，健身教練大皺其眉，問：「什麼玩意兒？」

他和沈潔下意識地回頭去找南舟，想聽聽他的高見，卻發現門口已經沒有了他的身影。

江舫抱著南極星，正靠在床頭，藉著扭亮的小夜燈，翻閱小明放在桌旁的課本。

小明非常喜歡在各種地方塗塗抹抹。他愛畫的內容，包括但不限於時鐘、人臉、烏龜、蘋果。

且他越是討厭的科目，塗鴉的數量越多，種類越雜。

比如在數學暑假作業本的扉頁，他就畫了一個大大的時鐘。

他還在日記裡寫：希望時鐘撥到頭，數學作業就能自動寫完……

充滿了小孩幼稚卻真誠的奇思妙想。

但這回重翻課本，江舫有了新的發現。

他的英語課本裡，有大塊大塊的塗黑。小明喜歡塗黑漢字和英文的字格，但在英語書上這種現象尤為氾濫，整個單詞都被塗黑了。有的文章裡甚至還有較為密集的黑塊。

聯繫上下文可以判斷，被他多次塗抹掩蓋的單詞就是「Family」。

——他很恨這個詞嗎？是恨他的家人，還是……

此時，虛掩著的門被人從外推開，南舟快步走了進來。

本來耷拉著腦袋快要睡著了的南極星大眼睛一亮，以江舫的肩膀為跳板，唧的一聲撲了上去，親親熱熱地抱著他的脖子轉了一大圈。

南舟輕輕揉著牠柔軟的頸毛，作為回應。

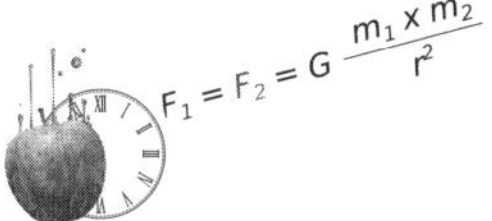

江舫問他：「外面怎麼了？」

南舟沒說別的話，張口就來：「成住壞空，生往易滅。基督神功門，聖母成梨⋯⋯」

江舫：「啊？」

直到一字不差地背完後，南舟才問江舫：「這是什麼意思？」

「聽起來⋯⋯」江舫合上手裡的課本，「像是哪個邪教的教義。」

他問：「有沒有更具體的內容？」

南舟：「我沒看，是聽沈潔念的。」

江舫：「後面的呢？」

南舟：「沒聽她念完，我就回來了。」

江舫：「⋯⋯為什麼？」南舟明明是好奇心非常旺盛的。

南舟指指他，「不是說過了嗎？人是不能落單的。」

落單的江舫：「⋯⋯」

他忍俊不禁：「你不是都留下南極星陪我了嗎？」

南舟淡然道：「你和牠一樣，都很⋯⋯」他歪著頭，注視著江舫漂亮的臉，思考一番，選出了一個相對適合的形容詞：「脆弱。」

江舫微微一怔，旋即失笑：「⋯⋯你說我嗎？」

南舟認真點了點頭。

在他眼裡，1 江舫的戰鬥力基本約等於 1 南極星。兩者並沒有什麼本質上的不同。

所以儘管對網站上的內容十分感興趣，他還是要即時趕回來保護價值 100 積分的隊友。

南舟忍住往外跑的好奇心，在書桌邊坐下，自我安慰道：「沒事兒，我們還有李銀航。」

說李銀航，李銀航到。

十幾分鐘後，她拿著個小筆記本，敲開了兒童房的門。

根據網站上的內容，她整理出了一份簡單的筆記。

網頁是「基督神功門」的官網，logo 就是花體的「Family」，和火柴盒內部的印紋一模一樣。

這個教全稱是基督神功門，教義叫做《真理發表》。宗教背景基本照抄自基督教的耶穌重生故事，加上天馬行空的個人創造，形成了一套粗看不明覺厲、細看你他媽逗我的土洋結合式綱領。

教義聲稱，他們的主是在耶路撒冷復生後的耶穌，而成梨和張永吉分別是該教正統純血的後代。

作為神的子民，這對夫妻不遠萬里，發揮人道主義精神，踏上這片土地，為愛傳教。

他們主打的服務專案，是治病、免災、長生，以及復生。

想要治病，就要定期來上福音課，聆聽教主的指示，和教徒們一起呼吸吐納，背誦教義。

想要免災，就要往「福音銀行」裡存入赦罪符，1 赦罪符折合人民幣 10 塊，而且還有匯率的浮動，浮動情況視今日福音是否顯靈；逢年過節，還要繳納「節期費」。

想要長生，就要執行上述兩種操作。修滿一定課時，存夠一定赦罪符後，就能升任幹部，只有幹部才擁有長生的機會。

想要親人復生，條件如上。而且不僅要攢夠你的那份兒，也一定要把親人的那份兒攢夠才行。

教義上還不忘給人打了預防針：如果你看我們教義，渾身難受，如喪考妣，那麼是你心有奸邪，需要我們教來給你驅一驅。

把情況大致講述完畢後，李銀航眼巴巴地等著兩位大佬的分析。

南舟的表情卻比李銀航還要困惑。

他轉向低眉沉思的江舫，「這些話，難道不是騙人的嗎？」

李銀航：「……」這不是當然的嗎？

一聽「基督神功門」這麼神獸的名字，就該知道是那種騙錢不眨眼的斂財組織啊。南舟怎麼像是第一次聽說似的？

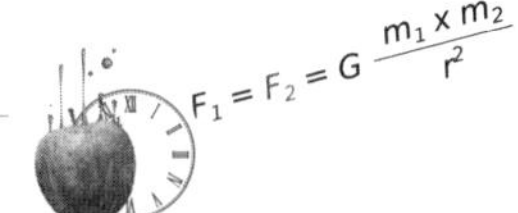

「嗯。是騙人的。」在李銀航努力說服自己，藝術家是一種比較不食人間煙火的生物時，江舫已經耐心地為他解釋起來：「但人心總有弱點和執念。一旦碰見自己無法釋懷、極其渴望實現的願望，比如長生，或者讓死者復生，哪怕有一點點實現的可能，也會去試試看的。」

「不過，這一試，就有可能再也出不來了。」說著，江舫又無意識碰了碰自己 choker 的一側。

他耳畔又一次響起女人歇斯底里的尖叫、咒罵，和脫力過後無助的哭泣。

「明明是你害死的他，你為什麼還要我忘掉他？！」

「你是不是已經忘掉他了？！」

「你給我記起來！記起來！」

隔了多年，陳年的、充滿疼痛和恐懼的幻覺還是會時時困擾著江舫。

他曾經見識過什麼叫做沼澤一樣可怖的執念，並一度以此為恥。

他有著無數的愛好，他做過無數的工作，他見過無數的人。

但只是遊戲人間罷了，直到……

江舫望向了正翻著李銀航筆記的南舟，神情柔和下來。

疼痛退去，幻覺消失。

他重新回到了有他的現實。

為了分散注意力，江舫將目光轉移向床邊牆壁上的兒童塗鴉。

三個執手並肩的家人，齊齊露著白慘慘的牙齒，對著江舫展開幸福的笑容。他想到了那十三盒印著教會 logo 的火柴，想到他如此頻繁地造訪。

面對著這樣一幅和美的親子繪圖，江舫目不轉睛道：「這個家有一個父親、兩個孩子。但是，女主人是一直不在的吧？」

與此同時，次臥裡的沈潔和瘦猴他們也在研究網頁內容。

「這他媽不扯犢子呢嗎？」

聽完沈潔的簡單概括，瘦猴忍不住罵道：「還耶路撒冷，這狗屁教主能說出耶路撒冷在北美洲還是歐洲就算他牛逼。」

健身教練也很是贊同：「這些信教信上頭了的都是瘋子。我以前去街上發我們健身房傳單的時候，也有個老太太攔著我，死活要跟我聊聊，讓我入她的什麼教。」

健身教練接著說：「我沒聽她的，說我堅定信仰人民幣，妳給我人民幣我就信。結果她罵我是個熊瞎子精，死後會遭報應的。」

沈潔沒有接他們的話。她緊盯著網頁上一段話，遍體生寒。

子是父母的骨、血、肉。

子有父母引領，方降於世，父母於子有聖恩大德，可支配其身，此乃天之公理。

羔羊反哺，烏鴉反哺，聖子引路，凡有至孝子引路，心至誠時，單魂去，雙人歸。神力將賜亡者與孝者福音，復活於世，有如耶穌再臨。

這句話的本意，站在撰寫教義的人的利益上，其實很好理解。

能上「基督神功門」這種低級惡當的，多是心靈脆弱、輕信盲從、有一定經濟能力的人，中老年人群尤甚。

所以他們才鼓吹，子女是爹生父母養的，沒有權利管父母如何花錢。

這樣一來，教內如何巧立名目、征拿錢財，都成了父母天賦的自由。子女要是過問，就是不孝，就是辜負了「聖恩大德」。

而如果想要親人復生，就得要一個「孝子」在前招魂「引路」。倘若信徒沒有子女，或者子女不肯，那「復生」自然是無法完成的。

就算信徒真有這麼一個「孝子」，信徒也為了達到「復生」的標準散盡家財，即使最終沒有成功「復生」，教會方也可以輕輕鬆鬆把責任推到「心不誠」的子女身上。

這本來應該該是一樁包賺不賠、怎麼解釋都是對教會有利有理的好買賣。然而，想到下水道的那綹連著頭皮的頭髮，沈潔握著滑鼠的掌心全汗

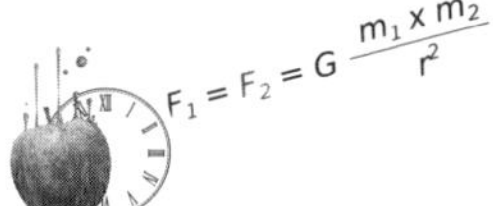

濕了。

假如，這家的男主人信以為真，真的按照教義這樣做了呢？

下水道裡的長髮、牆後的塗鴉、消失的姊姊、打著「復生」旗號的邪門教義……

零零散散的線索拼湊起來，都指向一個最可悲的結局——早在看到壁紙後的全家福塗鴉時，沈潔就覺得哪裡有些不對勁。

她有孩子，所以她知道，大多數孩子在畫畫時，追求的不是完全的寫實。孩子寫照的，往往是他理想中的畫面。

但小明的畫作裡，仍然只有爸爸和年輕的姊姊。沒有母親。

CHAPTER

06:00

那你不要看別人，只看著我就好了

兒童房裡的「立方舟」隊，也已經停止討論，熄了燈，他們還要讓江舫完成今夜的任務。

李銀航很自覺地趴在桌子上睡去了。

南舟則躺在地鋪上，藉著小夜燈斑駁的光芒，看向了牆頭那幅溫情而略顯畸形的塗鴉。

他從小畫畫，當過美術老師，同樣知道小孩子的繪畫喜好。

小明的畫很可能根本對母親沒有印象，也沒有什麼嚮往。

他的母親，或許是在他有記憶前就去世了，在他小小的世界裡，只有父親和姊姊。

因為他對母親沒有概念，所以，他完全不符合教義規定的「至孝子」要求。

南舟想，這大概就是男人沒有選擇年幼的兒子獻祭的原因了。

他又想，小明的姊姊，那個青春年少、用著可可小姐香水的長髮女孩，真的是無知無覺地送了命的嗎？小明的日記裡說，他家總是沒有人。

小明塗黑了所有和「Family」相關的詞彙，這是迴避和厭惡的表現。

小明一個人做飯、一個人打遊戲、一個人洗澡、一個人睡覺。哪怕看了好看的電影，他也沒有一個可以分享情節的人……這種時候，小明的姊姊去哪裡了？

小明的姊姊是擁有過母親的。她究竟是被父親強行獻祭的，還是會因為童年和母親的那段不可割捨的幸福記憶，心甘情願獻出自己的呢？

南舟把手搭上額頭，閉目沉吟。

他竟然分不清這哪一種可能更可悲。

基督神功門是沒有能夠起死回生的神力的。這一點毋庸置疑。所以，哪怕男人捐夠了錢，成為了幹部，他們也不會真的去殺死一個少女。

他不知道男人在殺死女兒的時候，有沒有和她達成一致？但那時，他肯定滿懷著溫情的期盼。

那場死亡，來得無聲無息。

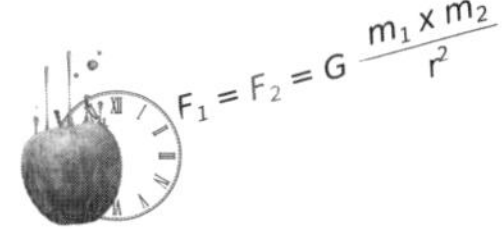

至少在他們來的那天，在7月2日的夜晚，7月3日的凌晨，他們和小明都沒有聽到屠殺的慘叫。

沒有掙扎、沒有響動。

一切都是出於盲目的愛。

男人目送著女兒死去，或者是自縊，或者是吞下了過量的安眠藥。

他靠著床鋪，注視著她的臉龐，等待著一個奇蹟。

但隨著時間的流逝，他逐漸焦躁起來。

床上的女兒沒有帶著引路燈，領回她母親的魂魄，反倒是漸漸燃盡了她剛到濃時的芳華。

他碰碰女兒的嘴唇，是冷的。

他摸摸女兒的手心，是硬的。

鼻下沒有氣流，胸膛沒有起伏，脈搏不再跳動。

不需要一個晚上，男人就足夠意識到他被騙了。

小兒子還在兒童房裡安睡。

因此，男人的崩潰也只能是沉默的。

妻子不會再復生了。

女兒也沒有了。

但是……如果被兒子發現……

那時，這位帶大了兩個孩子的父親，站在他的立場上，會如何選擇呢？作為縱容並默許了女兒死亡的父親，他會被員警帶走，小明一夜之間會失去所有親人。

更重要的是，男人怕承擔責任。

這種慘烈的結果，他承擔不起。

他要逃避。他只能逃避。

於是，放有手鋸的工具櫃打開了，排水孔蓋揭開了，高壓鍋的蒸汽閥安好了，女兒的衣服、鞋子打包裝好了。

一夜之間，這位父親戰戰兢兢、滿懷絕望地掃清了女兒在家裡的所有痕跡。

與此同時。

同處一個空間的沈潔想得渾身發冷，狠狠閉了閉眼睛，才從這樁令人如浸寒潭的人倫悲劇中脫身。

瘦猴和健身教練都在等著她拿主意，沈潔用力眨了眨眼睛，起身拍拍瘦猴的一頭亂毛。

他找到的這條線索，值 400 積分。一個副本推進到這個程度，主線恐怕已經到頭了。

沈潔說：「睡吧。明天一早，說不定門就自己出現了。」

瘦猴艱難挪了挪腰，看著電腦的目光還是飽含著恐懼，「要不咱們去客廳睡吧？」

「你身上有傷，別動了。」沈潔看著他的狼狽相，把電腦椅拉到他身邊，一向精明的目光在注視著瘦猴的時候難得軟化了，像是在看著她生病的孩子，「我和小申都在這兒陪你。」

事實證明，沈潔太過樂觀了。

昨夜發現線索的驚喜，在天亮後化為泡影。

一覺睡醒，門並沒有出現，房子再次縮小了一大圈，而且發生了詭異的形變——鋸齒狀的磚縫，波浪形的天花板，人類臼齒一樣嶙峋起伏著的門把手。

整間房子，像是在窯爐裡被高溫熔化了的失敗品、被熊孩子隨手揉亂了的紙盒子，歪七扭八地浮在半空。

更糟糕的是，原先變形的只是房屋。現在，縮小的加劇，導致所有的擺設都縮小了！

就連牆上的塗鴉也發生了形變。人物的嘴唇扁平地歪斜著、向外拉扯

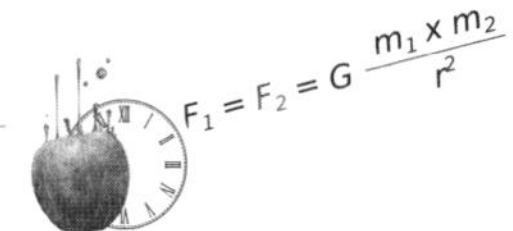

著，從普通的塗鴉變成了讓人難以直視的恐怖滑稽畫。

電腦、暑假作業、日記本，都縮小了。暑假作業乾脆就剩下了巴掌大小，成了縮印版的小冊子。

只有他們玩家還是原來的體型，現在的他們像是誤闖了玩具城或是小人國的成年人。

完全可以預見的是，如果這種情況持續下去，明天、後天，他們會在不斷的壓縮中，成為罐頭裡的一堆爛肉。

時間的流速也肉眼可見地再度加快。

儘管昨天時間也有加速，但還算含蓄，花了大概 20 小時，跑完了原本的 24 小時。

而現在的秒針已經毫不掩飾它要命的節奏，答、答、答，彷彿是厲鬼索命的足音。

虞退思昨天晚上吃了一點安眠藥，睡得很沉，因而沒有被弄出的響動吵醒。

陳夙峰倒是聽到了，但為了護著虞退思，沒有出門。

聽過沈潔對昨晚情況的概述，虞退思眉頭微擰，心有所思。

健身教練急得沒頭蒼蠅似的團團轉，「怎麼回事？！我們還漏了哪裡？門要怎麼才能開？！」

沈潔噓了他一聲。

她知道，眼下的情況已經全然在她能力範圍之外了。

她問虞退思：「你怎麼看？」

「……還是南舟提出的那個問題。」虞退思說：「昨天晚上，做任務的並不是侯先生，為什麼鬼會對侯先生下手？」

一旁的南舟對著手中的日記本認真點點頭，「……沒有邏輯。」

聽著南舟沒頭沒尾的話，沈潔頭都快禿了。

那邏輯在哪兒呢？！生命的倒數計時擺在眼前，肉眼可見的，他們沒有多長時間來打啞謎了。

證據是，陳夙峰沒在窄小的書桌前坐很久，南舟就必須要進廚房準備午飯了。

在他一一擺好鍋筷、構思今天的菜餚時，他身後傳來了輕微的叩門聲，是李銀航。

被江舫陪了兩天，南舟再自然不過地問道：「舫哥呢？」

李銀航張了張口：「還在兒童房裡……」

南舟單刀直入：「妳有話說？」

「我從昨天開始就有個想法，想去驗證一下。」李銀航也不是忸怩的性格，南舟要她說，她就說了。

南舟：「需要我做什麼？」

李銀航：「我來就好。因為只是一個想法，還不能確定是不是無用功……等我確定了再跟你們說吧。你和江舫想你們的，我做我的，兩邊都不耽誤。」

南舟也不細問：「好，我做個菜犒勞一下妳。」

李銀航：「……」大可不必。

她飛速婉拒：「不用不用，借一下南極星，壯個膽子就好。」

李銀航用手端著東張西望的南極星進了次臥，把處於休眠狀態的電腦喚醒。

原先的電腦螢幕只剩下了 iPad 大小，簡直像是一套縮小版的模型。

她輕吁了一口氣，掏出紙筆，在電腦前擺好，不甚熟練地操作起來。

瘦猴上了個廁所，歪著身子一瘸一拐地出來時，瞥見李銀航一個人坐在次臥電腦前，一瞬不瞬地盯著螢幕，嚇了一大跳。

「喂！」見李銀航扭過頭來，他才鬆了一口氣。他還以為李銀航也被魘著了。

瘦猴問：「妳幹麼呢？」

李銀航指指眼前的網頁，「我再看看這個網站。」

瘦猴哦了一聲，腹誹著離開。

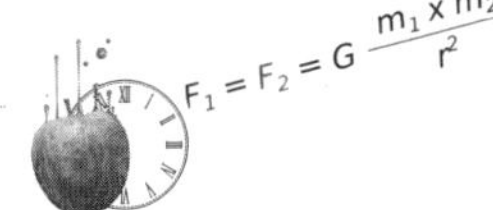

——膽兒夠肥的。

李銀航的膽兒可一點都不肥。

她盯著螢幕，死死咬著大拇指，耳朵高高豎著，任何一點風吹草動，都能讓她一個激靈連著一個激靈地打。

不知怎的，離開南舟，南極星精神就懨懨的，抱著細細的尾巴蜷在李銀航的手邊打瞌睡。偶爾睡醒了，就抱著李銀航的大拇指，小孩兒抱奶瓶似的，不輕不重地啃幾下。

不過有牠陪著，李銀航也不算是很害怕了。

她把全副精力都投入了進去，連手工任務都是南舟替她做的，畢竟現在憑她那點蹩腳的手工技巧，已經無法精細地處理好那一根根頭髮粗細的火柴了。

她甚至幫健身教練做完了打遊戲的任務。

見李銀航一心沉迷電腦，瘦猴自覺自己的專業遭到了挑戰，頗不服氣地來看過她好幾次，強調自己什麼東西都找過了，勸李銀航不要在這上面浪費時間。

李銀航脾氣特好，軟硬不吃：「好，你說得有道理。我再看看。」一副標準的客服口吻。

直到天色全黑，快到沈潔洗澡的時間了，李銀航才微舒了一口氣。

她拿著筆記本，把所有記錄下的內容默讀一遍，匆匆踏出次臥。

今天險些遭到毒手的是虞退思。

虞退思中午夢到了悠遠的唱詩聲。很美，很悠遠。

他剛剛進入夢境，就有霧氣化成的一雙雙蒼白且有流動性的手臂，指引著他往前走，再往前走。

夢裡的虞退思腿還有知覺。

他進入了一處偌大的、類似教堂形制的大廳。

在大廳正前方的唱詩臺上，他看到了一張張孩童的面孔，宛如白板，沒有五官。本該長有嘴巴的地方，只有皮下輕微的蠕動……不知道他們是

如何發出聲音的？

此時，背對著他的、身著神父寬鬆黑袍的指揮回過頭來。

據虞退思描述，那是他過世的愛人。

那時，他感覺思維像是被吸入了漩渦，一個聲音反覆告誡他，沉淪吧、沉淪吧。

虧得他精神強韌，一邊擰著自己的大腿逼自己清醒，一邊注視著那虛假而溫暖的笑顏，一步步倒退著，走出了大廳。

身體踏出大廳的一瞬，他才帶著一頭淋漓大汗猛然驚醒。

此時，他正和沈潔在客廳，討論接下來該怎麼辦。

沈潔見李銀航路過客廳，便順口問道：「有什麼發現嗎？」

李銀航搖搖頭，認真說道：「沒有。要是我發現什麼的話，應該會有系統提示音的。」

沈潔覺得這話也對，便轉過身去，繼續冥思苦想。

李銀航緊繃的精神稍稍放鬆了些。

孰料，視線剛剛一轉，她就發現，虞退思正平靜地盯著自己。

他目光淡淡的，卻像是直直看到了李銀航的臟腑裡去。

她的臉刷的一下紅了。

但虞退思沒有為難她，很快便挪開了視線，揮了揮手，示意她快去找她的隊友。

幾乎是逃進兒童房的李銀航迅速關好了門，背靠著門板，才敢吁出那口堵在胸口的氣。

江舫和南舟同時看向了她。

江舫挑起一邊眉毛，用口型無聲道：有發現？

李銀航默然地點了點頭。

這是合作，更是競爭。眼前，「立方舟」、「順風」和「南山」的確是短暫的夥伴，需要相互扶持，但是，這是一個競技類遊戲，最終總是要爭先後的。

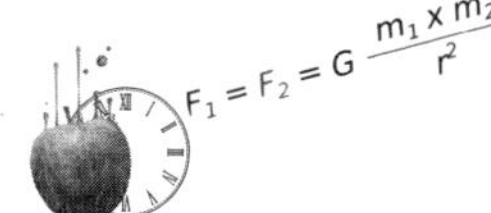

所以，習慣了精打細算的李銀航選擇向著自己人。

她握著筆記本，在兩人面前坐下，把聲音壓到最低：「我好像弄明白……為什麼這裡的鬼出現完全沒有邏輯的原因了。」

李銀航的筆記本上畫著簡單的時間軸，後面附有簡單的文字注解。

「是電影。」李銀航開宗明義：「目前我們碰到的所有恐怖現象，都是電影裡的情節。」

說起來，李銀航之所以會聯想到電影，完全是因為昨天瘦猴的遭遇。

她小時候曾在電影頻道看過一部老港片。具體講了什麼她早就淡忘了，但裡面曾有過一段讓年幼的李銀航怕得鑽媽媽被窩的情節——

一個男人站在電視前，被裡面一張不斷開合的殷紅女唇迷了心。紅唇張開，將男人整個吞入電視，最後探出舌頭，饜足而滿意地舔了舔唇。

這導致在相當長一段時間內，李銀航都不敢在電視這類電子螢幕前停留駐足太久。

沒想到，瘦猴的遭遇竟然和她的童年陰影有了微妙的對應，這才讓她有了一點點追根究柢的依據。

「但是，只憑著小時候的這點記憶片段，我不敢下定論。」李銀航苦著臉說：「……所以我把電腦裡所有恐怖電影都看了一遍。」

瘦猴也看了電影，但他的觀影重點並沒有放到電影的具體情節上。

李銀航翻開筆記本，攤到了南舟眼前。

《人形》，一個溫情恐怖片，故事情節大概是有個小孩總覺得家裡鬧鬼，跟別人說也沒人信，其實是他死去的父親回來了。

他會站在床頭看睡著的兒子，陪他上學放學、陪他一起打籃球，直到他眼睜睜看著兒子跑去寺廟祈禱，希望自己這個「無名的鬼魂」消亡。

《浴室》，韓國片，29 分多一點的時候，女主在洗頭，餘光瞟到身後出現一雙腳。

《夜嗥》，一個美國片，狼人偷偷藏在孩子床下，孩子玩的時候，遙控汽車滑進了床底，他伸手去搆，就被狼人扯進了床底。這個情節在電影剛開頭，3 分 25 秒左右。

李銀航提到的電視吞人的老港片《猛鬼入侵》也在其列。

李銀航解釋道：「今天虞律師碰見的情況，電腦裡也有，叫《唱詩班》，一部加拿大片，一個惡魔帶領沒有臉的孩子們在教堂裡唱歌，引誘虔誠的信徒，抓來吃掉靈魂。」

南舟恍然。

這樣一來，一切就都說得通了。為什麼鬼的出現毫無規律？為什麼現身的時機，攻擊的對象更加隨機？為什麼鬼的種類兼有無形、有形，甚至還有狼爪？

被觸發的臉部識別，浴室裡的腳，電腦螢幕上的吃人紅唇，夢裡的引誘……

電影裡出現過的恐怖情節，不斷向內壓縮畸變的房屋，消失的門扉……

與凶案時間幾乎完全同步，卻不見兇手形影，也不見鮮血屍塊的時間軸……

種種線索，匯聚一處，指向了一個有些匪夷所思，但唯有此才能解釋的可能。

李銀航說：「這裡是電影世界。」

江舫說：「這裡是小明的世界。」

李銀航：「……啊？？？」

她花了半天多的時間，硬著頭皮 2 倍速回顧了二十多部恐怖電影，還試圖避人耳目，不讓其他組發現她在幹什麼。她最終得出的結論是，這是一個多重電影混合的世界。

結果江舫聽完她的分析，用了 20 秒，給出了完全不同的答案。

她有種考完試後信心滿滿和學霸對答案，結果被學霸告知她還有一面沒寫的悲憤感。

她緩了好幾秒，才有心思去思考江舫剛才說了什麼。

——什麼叫「小明的世界」？

南舟盤膝坐在地上，面前擺著他為小明做的手工作品，那是南舟在今天之內完成的。

他覺得，如果到了明天、後天，時間流速再次加快，手工作業可能根本來不及做，所以他打算提前搭好，到了明天，只要稍微添上寥寥幾根，就算是完成任務了。

現在，小明夢想中的家庭已經具備了雛形。

三個高矮不一的火柴小人牽著手，站在房子前。燈光讓火柴桿散發著淡淡的木質釉光，不細看的話，像是幾尊微縮的牙雕，精巧又溫馨。

南舟用牙籤粗細的鑷子夾起細如頭髮的牙籤，放在其中一個小人空蕩蕩的身側……這是火柴小明的手臂。

他的手很穩，甚至還能分出心神，輕聲為李銀航答疑：「『小明的世界』，指的是我們現在身處小明的思想裡。」

在李銀航一頭霧水時，江舫接過話來：「銀航，還記得那通電話嗎？就是我們去詢問水費的時候。接線員告訴我們，今天是 7 月 3 日。6 月份的時候，這個家還是正常的三口之家的用水量，12 噸。可 7 月才過了 3 天，用水就驟增到了 11 噸。」

李銀航試著跟上節奏推測：「所以，分屍要麼發生在 1 號，要麼發生在 2 號？」

因為高壓鍋裡的油很新鮮，還在發亮。

江舫說：「具體時間不可考了。不過，很有可能就是在我們穿來的那天晚上，他才剛剛送走他的女兒。」

南舟調整了一下火柴小明的方腦殼。

他在想，一個擁有手鋸、浴缸和寬敞衛生間的壯年男人，在意識到自己的錯誤後，把一具人體分解到可以運出去扔掉的程度，需要花費多久。

分段鋸開不好隱藏的骨頭，分批放進鍋裡煮軟，再裝作壞了的排骨，扔進樓下的廚餘垃圾裡去，又需要多久？

答案是，四、五個小時足夠了。

這樣想著，他說：「也許，小明的父親真的在殺完人的那個夜晚來過小明的床邊，站在床邊，盯著小明看過。」

輕描淡寫地說完一番讓李銀航毛骨悚然的話後，南舟繼續低下頭搭建著小明的家，徐徐道：「……但是，如果這個遊戲是角色小明正在同步經歷著的現實，那麼這個遊戲就不該這麼設計。」

「小明的爸爸應該還在家裡，我們應該和小明的爸爸這個 NPC 發生交集，我們的任務應該是發現他殺人的事實，然後設法逃離，而他會提著手鋸在後面追殺我們……而不是像現在這樣，把我們扔進一個空房子，出現一些莫名其妙的鬼，讓我們找一扇不知道在哪裡的門。」

「從一開始，我們所有人都在扮演小明，按照小明的習慣，起居、洗漱、娛樂、寫作業，在這個家裡活動。」

「從那個時候起我就想不通，小明只有一個，為什麼要集中八個人來參與這個副本？」

「現在我大概知道為什麼了：人數並不重要。因為我們全部都可以是小明。」

「這個副本，就是小明腦內的世界。」

在南舟和江舫的協力啟發之下，李銀航終於打開了思路。

如果現在他們在小明的思想中，那麼，姊姊被分屍的那一天，對剛剛從睡夢中醒來的小明來說，不過是再正常不過的一天。從他的視角，他什麼都沒有察覺。

所以從一場幸福的甜睡中甦醒的他，沒有嗅到血腥味、沒有聽到分屍的聲音。

而身為玩家的他們，也什麼都沒有聽到。

等到他在 7 月 3 日的 8 點鐘甦醒過來，開始新的一天時，地上已經被打掃過，血被沖入下水道，新風系統和洗滌劑的味道將血腥氣全部掩蓋。他或許只能聞到空氣中殘留的一絲燉肉香。

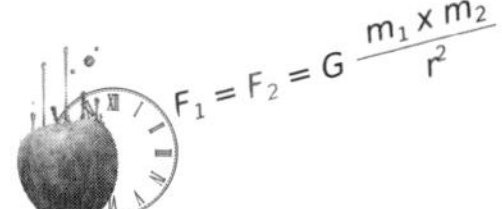

現實裡的爸爸有可能還在家，換了一件新的衣服，神情憔悴，像是一夜未眠。

小明就在無知無覺中，開始了他平淡的日常。

而第一天的玩家，也在這樣一片虛假的平和中開始了搜查。

中午，小明大概做了一個夢。

儘管小明本人完全不知道昨晚發生了什麼，但他的意識已經接收到了足夠的訊號，於是他夢到了手鋸的切割摩擦聲。

於是虞退思也夢到了。

這個夢或許讓小明的心情有點糟糕，以至於在晚上洗澡的時候，想到電腦中恐怖片的某個情節，他十分害怕身後會出現一雙女人的裸足。

而沈潔就看到了那雙蒼白的腳。

臨睡前，一天沒有見到姊姊的小明，會怎麼問父親呢？

「姊姊去哪裡了？」還是「爸爸，姊姊呢？」

任何一個有一絲良知的父親，在親手分解女兒後，精神恐怕都很難再維持正常。

他會說「姊姊出去玩了」，還是會說「姊姊去找媽媽了」？總之，那不會是一個令人愉快的答案。

因為隔了一個晚上，江舫他們所在的世界就發生了異樣的扭曲。

如果這裡是小明的內心，他應該是在緊張了。他發現了某種異樣，也許是姊姊的東西在一夜之間消失了，也許是他也如他們一樣，看到了幾根帶血的頭髮，甚至，他在午睡時夢到了那縷肉香。

小明的心房劇烈收縮著，強烈抗議著，正常的那部分越縮越小，畸形的那部分越放越大……這就是他們的第三天，時鐘瘋轉，瘋狂越盛，整個家扭曲成了窯變的模樣。

以前，小明只是孤獨，他孤獨地抱怨著，為什麼他們都不陪著我玩？唯一能照亮他敏感內心的，是萬家燈火中屬於自己的那一盞，現在這盞僅存的燈火，也慢慢熄滅了。

過關的關鍵字，從一開始就安插在副本的名稱上了。

他們要完成的任務，是「小明的日常」。

是他再尋常不過的日常，也是在痛苦、不安、恐懼中逐漸掙扎、變形的日常。

「所以……」南舟再次得出了結論：「我們正在小明的世界裡。」

一個遭遇了意外凶殺案的小孩子的內心演變而成的世界。

一層層向黑暗跌落的世界。

這裡藏著孩子害怕的鬼，藏著噩夢、藏著不為人知的祕密。

唯獨沒有一扇可以逃離的門。

所以他們才一直找不到門。

經歷了發現真相的片刻欣喜後，李銀航突然又重新沮喪起來，即使發現了身處世界的真相，他們仍然找不到門。

她的發現的確有那麼一點價值，但與主線無關，所以連獎勵提示音都沒有響起。

打個比方，她發現的是一個找到鎖孔的契機。但沒有鑰匙，依舊是無濟於事。

江舫誇讚她：「妳已經做得很好了。」

李銀航：「……」

——儘管我拿到線索就馬上想錯方向了，但還是謝謝鼓勵。

江舫轉而問南舟：「你有什麼想法？」

南舟沒說話，只是抿著薄唇，眉頭微蹙。

片刻後，他說：「今天是我們來的第三天。如果能在今天 24 點之前出去，能獎勵很多積分吧？」

江舫眉尖輕微一動，「你想到了？」

「不難。」

李銀航：「……」她感覺自己的智商在被兩個大佬輪流摩擦，一個象徵性的溫柔點，一個簡直是簡單粗暴。

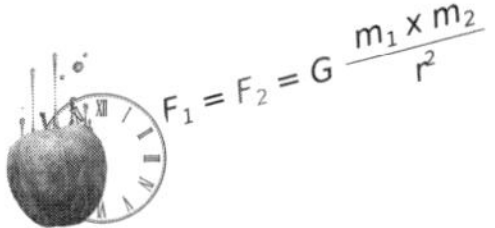

南舟轉向李銀航，確認道：「……積分會多一點，對吧？」

看見了脫離這個鬼地方的希望，李銀航已經激動得紅了臉，連聲道：「對對對。」

於是，南舟把想說的話嚥了下去。

他伸手拿起了小明的數學暑假作業，翻開封皮，映入他眼簾的，是小明在作業本的扉頁畫下的一個大大的時鐘。

小明在日記裡寫「希望時鐘撥到頭，數學作業能自動寫完」。

南舟的指尖劃過微涼的書頁。

在小明的內心深處，他到底渴望著什麼呢？怎樣帶著小明一層層往下墜去的希望，找到一扇從痛苦脫身的門呢？

南舟將手指輕輕搭在了塗鴉時鐘的時針之上。

這個家他們已經搜遍了，不大可能再有別的線索了。縱觀目前他們的所有發現，唯有這面虛擬的時鐘，明確地寄託著小明的心願。

它不屬於現實，屬於小明的內心。

南舟將手指放在時針之上，試著倒逆著返回撥動而去。

而那原本停滯在原地、用水筆勾成的時針居然真的動了。

一圈，又一圈。回返往復的簡單操作。

如南舟所說，真的不難，非常簡單。

小明想要的，是回到過去。

回到沒有發生慘案的那天，回到父親和姊姊都還在的時候。

南舟的指尖越撥越快，眼睛卻注視著在小房子前執手而立的三個小小人形。倒轉的時間，隨著他的指尖飛速流動而去，帶著他們離開這間心的牢籠。

假如時光可以倒流，人會許下什麼心願呢？

回去看看父母親年輕而健康時的樣子？

買一張彩票，完成自己暴富的心願？

向年少無知時傷害的那個人說一聲對不起？

南舟不知道。

他並沒有什麼特別想要做的事情。如果一定要有的話……

一陣悅耳的系統音樂適時響起，打斷了南舟的遐思。

音樂過後，所有人都聽到了相同的內容：

【叮叮叮咚——】

【祝賀「立方舟」隊完成副本「小明的日常」！】

【恭喜「立方舟」隊員南舟、江舫、李銀航找到「逃生之門」，分別獲得 2000 積分！】

【恭喜「立方舟」隊員南舟發現 A 級道具「逆流時針」！】

【恭喜「立方舟」隊、「順風」隊、「南山」隊完成基本任務，獲得獎勵「小明被全部完成的日常」，各獲 500 積分！】

【恭喜 3 支隊伍，在 7 日遊戲時間內，提前 4 日找到出口，各獲 800 積分！】

【當前任務主線探索度達 98.7%。完成度 95% 以上，即可判定完美 S 級！】

【滴滴——S 級獎勵為各 1000 積分和任一隨機道具，道具將會在 3 日內發送到各位玩家的背包】

【請各位玩家在 3 分鐘內離開副本——】

南舟頓時消去所有多餘的念頭，把帶有時鐘的暑假作業揣到懷裡的速度快到李銀航來不及眨眼。

三人推門而出時，剛準備去洗澡的沈潔正站在客廳中央。

沈潔雙手微微發抖，狂喜難言地問三人：「怎麼回事？！」

南舟任李銀航跟他們簡單解釋去，自己則看向周圍。

牆壁依然是扭曲的，只是玄關裡本該有門的地方，出現了一扇用孩童的蠟筆歪歪扭扭繪就的門。

——小明的心，終究還是變成這個樣子了。

南舟本來還想，如果沒有時間獎勵積分，他想在接下來的 4 天裡留下

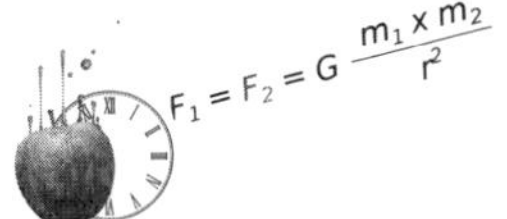

來陪陪小明。但這樣看來，受過傷的心，不會再輕易痊癒了。

李銀航憑自己的能力勉強描述了一下他們的推理過程。

沈潔完全沒聽懂，她顧不上心裡對「立方舟」的小小嫉妒和豔羨，指揮著健身教練趕快去把行動不便的瘦猴背過來。

能出去就好，她顧不得那麼多了。

陳夙峰推著剛吃過安眠藥的虞退思從主臥裡出來。後者撐著頭，昏昏欲睡。

沈潔問李銀航：「你們出去後，要去哪裡？」

李銀航：「我們從『鏽都』來。」

沈潔盛情邀請：「來『紙金』吧，我們是從『紙金』來的。」

「紙金城」，也是遊戲「萬有引力」的一處傳送點。

和鏽都高度成熟化的後現代都市不同，「紙金」金碧輝煌，光彩流離，是個在設定中盛產金礦和鑽石，擁有高級裝備兌換市場和無數風月場的銷金窟。

陳夙峰在研究那扇怪異的門。

江舫在遠遠觀望門的構造。

南舟進了小明的房間，想看看還有沒有什麼隱藏道具。

沈潔和李銀航在最後的 3 分鐘裡，確定離開後的去處。

門廳處的虞退思注視著正匆匆商量著去處的幾人，以及背著瘦猴、從沙發處往沈潔方向走來的健身教練。

他瞇起因為藥效而有些模糊的眼睛，「……怎麼多了一個人？」

說時已遲。

江舫驀然回首，一具不知何時出現的怪物，出現在健身教練身後。

那是一具下巴上滴滴答答流著腐液的男性裸身喪屍！它扯著半枯爛的聲帶，尖銳暴吼一聲，朝著健身教練後背抓去的胳膊裡，密布著猙獰斷裂的人筋與肌肉。

誰能想到，小明的恐怖臆想，居然在他們離開的前一刻刷新了？！

李銀航一瞬間大腦完全空白了。

有一長串訊息，在她眼前迅速閃現。美國喪屍電影《喪失》，這個情節大概 2 小時左右，在所有人都以為完全消滅了喪屍的時候，主角的家裡還潛伏著一隻。

——他媽的還是個開放式結局。

客廳實在太狹窄，大家根本躲無可躲。

陳夙峰反應最快，一把拉住虞退思的輪椅扶手，憑空穿越了那扇繪出的門，消失了影蹤。

健身教練甚至還不及回頭，就被沈潔一把扯住了胳膊，大吼了一句：「跑！！」

健身教練對沈潔百分百信任，頭也不敢回，聽令跑得飛快，幾步就躥出了門。

李銀航本來已經打算跑了，沒想到該她命裡背時，健身教練背著瘦猴撒腿狂奔時，由於前者抱著後者的膝彎，面積增大，李銀航被狠狠刮了一下，踉蹌兩步，在內心反覆尖叫「別摔、別摔」，還是沒能抵抗住地心引力，一跟頭摔趴在地。

江舫因為身高問題，反倒跑不開，所以他根本沒打算跑。他活動了一下手腕，大拇指將雙手中指關節按住一聲輕微的骨響。

眼見丟了健身教練，喪屍勃然大怒，放開手腳，歪斜著腦袋，朝江舫瘋狂撲來！

李銀航剛想尖叫，忽見一個身影驟然出現在喪屍身側。

她甚至沒能看清他是從哪裡冒出來的。

下一瞬，南舟的左手托住了屍體下巴的底端。他的右手放在了屍體腦袋右側上端。

李銀航還沒想起來為什麼這個動作這麼眼熟，就見他雙手雷霆似的向兩側一錯。

喀嚓——一聲脆亮的骨響後，喪屍的脖子直接脫開了頸椎與腦袋的連

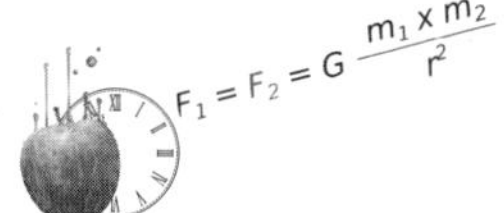

接，向後轉了 180 度。

喪屍：「……」他可能也沒鬧明白，剛才自己臉朝著門口，為什麼現在臉朝著廁所？

李銀航：「……」沒尖叫出來，怪卡嗓子的。

喪屍自然沒有死亡，沉默地原地打起轉來，似乎要鬧明白東南西北。

南舟看了看自己沾滿不明黏液的雙手，迅速扯過衣架上的一條圍巾，擦了幾下手。

他一邊擦手，一邊抬頭對江舫說：「下次不要害怕，記得要跑，你打不過，我行。」

江舫把雙手插進兜內，完全掩蓋了自己剛才的進攻姿態，笑說：「是，南老師。」

簡單清理過後，南舟走到李銀航身邊，「快走。」

雙重驚嚇下，李銀航盯著還在打轉的喪屍，有點腿軟。

南舟見她不動，索性一把揪住她後脖頸的衣服，拎小雞似的把她從地上半提起來。

「快走。」南舟言簡意賅：「我要洗手。」

「紙金」的名字，取自「紙醉金迷」。

比「鏽都」更堂皇，也更浮華糜爛。

「紙金」是晝短夜長的設定，上午 10 點日出，下午 3 點日落。

下午 3 點過後，「紙金」就變成了聲色犬馬的不夜城。

入夜後，「紙金」的天邊就會掛上一輪圓月，在滿城的喧囂聲色中，像是被水滴不慎暈染開的油彩畫，邊廓並不分明，透出一圈濕漉漉的朦朧月暈。

「紙金」的設計別出心裁，呈同心圓狀，內裡的一圈是中心城區，多為尖頂，黑金相間的主色調，瘦尖的屋頂利劍似的直直指向天空，裡面匯聚了酒吧、舞廳、情報鋪子、高檔酒店、物資交換點等場所。

在同心圓周邊的另一個大圈，則環繞著九龍砦城一樣的破敗城寨。在《萬有引力》原本的遊戲設定中，這裡是三教九流的匯聚地點，有牙醫、神婆，也有賣叉燒的。

在這裡走路要格外小心，如果碰掉了 NPC 的晾衣杆，或是撞到了走路顫顫巍巍的 NPC 大爺，都會收穫一串嘰裡咕嚕的咒罵。

在城寨裡，玩家有可能用極低的價格拿到有價值的物品情報，也有可能花了大價錢，只能得到一件不退不換的辣雞藍武。

但現在，被未知力量改造過的「紙金」正在發生著微妙的變化。

因為在脫出副本前意外遭遇襲擊，八個人不約而同地生出了一點團體感。現在，他們一同坐在「紙金」的一間咖啡廳裡休息。

系統時間顯示，現在是下午 4 點。

副本時間的流速，和安全點的時間流速是相一致的。但與陽光燦爛的「鏽都」不同，現在的「紙金」，已經進入了夜狂歡的前奏。

這裡的物價要比「鏽都」貴得多，NPC 也都是人形。為他們端上茶點的女侍應笑容完美、妝髮精緻，完全是真人模樣，幾乎讓人疑心他們回到了正常的世界。

進入安全地帶，大家在鬆弛狀態下，也各自展露出了最真實的一面。

沈潔並不怎麼愛說話，靜靜往座椅上一靠，略顯疲倦地望著外面流離的燈火。

健身教練悶頭幹了三杯濃濃的咖啡後，又一口氣點了三明治、漢堡之類的廉價速食，靠快吃猛吃解壓。

瘦猴連 NPC 的臉都不敢看，卻在 NPC 離開後，從後望著她完美的腰

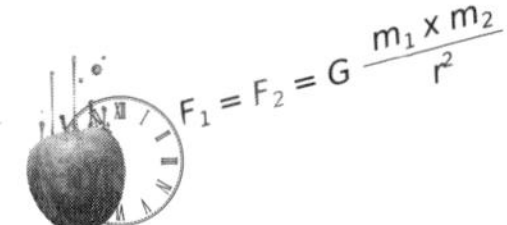

線，一臉嚮往。

虞退思是個極其講究周到和體面的人，即使吃了安眠藥，也是用手撐著頭，強忍著不睡。

李銀航用餐巾紙悶頭計算積分。

江舫展開胳膊，搭著南舟坐著的椅子，姿態乍看之下很是舒展，但如果從旁人視角看，完全是個不動聲色霸占獨攬的姿勢。

只有南舟，他的狀態和在副本內完全沒有什麼不同。就連他剛才擰斷人脖子的時候，和現在挑甜品的表情也沒什麼區別。

洗完七八遍手的南舟把菜單認真審視一遍，點了一個奶油塔、一個雪媚娘。

李銀航接過菜單，剛掃了一眼，眼皮就狠狠一跳。這價格對她一個節儉慣了的人來說，簡直和當眾搶錢差不多。

兩小塊甜點，值 150 積分？

可她對救命恩人也不敢太過囂張，再加上花的又不是她的積分，所以只敢小聲嗶嗶：「太貴了⋯⋯」

「我想獎勵一下我自己。」南舟一本正經地表揚自己：「我剛才表現很好。」

李銀航：「⋯⋯」有理有據，無法反駁，你說得對。

糕點端上來前，南舟又被咖啡廳斜對面一座富麗堂皇的三層華樓吸引了注意力。那裡格外喧鬧，彷彿中心城裡所有的人聲都集中在了那裡，一起鼎沸。

南舟：「那是什麼？」

健身教練咀嚼著食物，含混道：「你們沒有聽說嗎？那裡是『斗轉賭場』啊。」

李銀航：「⋯⋯」《萬有引力》裡什麼時候有了這種公然違背當代價值觀的元素？

沈潔補充道：「這是一個叫曲金沙的玩家自己建立的。」

李銀航：「……」還真有人在這個遊戲裡走經營流啊？！

但她在吐槽之餘，很快意識到，曲金沙這個名字有點眼熟。

與此同時，南舟已經點開了玩家排行榜單，找到了這個名字。

曲金沙，單人玩家，榜單第二名。

在副本裡跟在沈潔身後、鮮少發表個人意見的健身教練，正常狀態下居然是個話癆。不用細問，他就竹筒倒豆子似的開始介紹：「這個曲金沙是最早進入的一批玩家，聽說是個打 PVP 的高手。」

「他這個人經營頭腦很好，也豁得出去，一口氣連過了不知道多少個副本，攢了十萬積分，在紙金城中心包了一個小門面，大概就 50 多平方公尺大小，硬生生把所有積分都砸進去了。要知道他當時可是單人排行榜的前三名，這一筆買賣，馬上跌到了底。」

健身教練咋了咋舌，「……結果你看吧，沒過多久，這整棟大廈都是他的了，他的排名也回去了，還升了一位。」

江舫從他的話裡品出了些意思來。

他問：「你們自從進入這個遊戲，大概過了多久？」

健身教練張口就來：「不算過副本的時間，單在各個安全點輾轉休息，就有三個多月了吧。」

面對李銀航震驚欲絕的眼神，健身教練的表達欲更旺盛了。

「沒錯，這裡和正常世界的流速完全不一樣。」他說：「我們跟其他新進副本的人交流過，真實世界那邊應該才過去 5、6 天，對吧？」

江舫和南舟各自不語，李銀航則乖乖點頭。

「我、侯，還有沈姐，都是大規模失蹤事件的第三天進來的。像曲金沙這種第一天就過來的人，從他的角度計算，他在這兒創業起碼得有半年多了。」

神 TM 創業，但細究起來又沒什麼毛病。

南舟把注意力從斗轉賭場外的漸變色霓虹燈上轉移回來，一開口就是大實話：「那你們的積分也攢得太少了一點。」

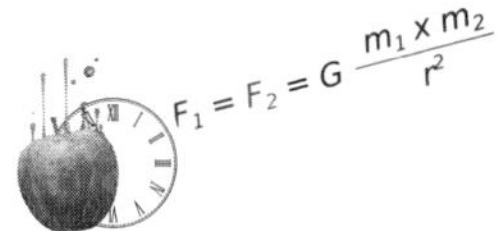

正侃侃而談唾沫橫飛的健身教練：「……」會不會聊天啊。

所幸，江舫即時替健身教練緩解了尷尬。

他溫聲道：「這很正常。」

除了買甜點這件事外，南舟在積分的數量上格外較真：「在安全點待著，會消耗氧氣，還要在衣食住行上花費積分，太不划算。」

江舫耐心解答：「你還記得許願池嗎？」

南舟點點頭，「嗯。團隊榜和個人榜排名第一的人才能許願。」

江舫：「你許的什麼願望？」

他的態度非常自然，全然看不出是在刺探南舟的內心。

南舟口風緊得要命：「不告訴你。」

江舫也不逼迫他，轉而問李銀航：「銀航，妳呢？妳到時候想許什麼願望？」

李銀航：「如果要許的話，當然是希望這個遊戲消失，大家都回到正常的世界啊。」

她看向大家，遲疑道：「應該都會這麼想吧……」

沈潔回應道：「我們隊裡的三個人均分了願望。我許的願望是我女兒一輩子健康，侯許的願望和妳一樣，小申沒有許，他的願望需要保留到最後。」

虞退思也說：「我許過願，夙峰還沒許，我也讓他保留願望了。」

江舫問過眾人，才對南舟說：「你看，許『一切都結束，所有人回歸正常世界』這個願望的比例還是很大的。」

「名次排在前面的人，哪怕有一個人許下類似的願望，其他人就不用費心爭取第一名了。他們要確保的，只是掙到足夠維持氧氣和基本生活需求的積分，儘量避免進入副本，然後活下去，苟到決出排名的時候，和第一名一起離開遊戲。」

這個時候，南舟的甜點上來了。

「賽制不是還不完全清楚嗎？」

南舟一邊叉起草莓口味的雪媚娘，一邊問：「如果是 PK 淘汰的賽制，只有最後活下來的單人和團隊才能許願呢？」

「當然，有這種可能。」江舫道：「但遊戲規定，是可以保留願望、留到最後再許的。只要最後有人許願『所有曾玩過這個遊戲的玩家復活』，現階段大家就不用去冒險了。」

「把希望寄託在別人身上是不對的。」南舟不贊同地搖搖頭，「誰知道得第一名的是什麼人？如果他們只許願讓自己離開呢？如果許願這個遊戲生生世世持續下去呢？」

江舫笑說：「不要小瞧了人追求安逸的心和自我說服的能力。」

他看著南舟吃著東西、豎著耳朵仔細聽的樣子，想伸出去捏他耳朵的手幾番猶豫，最終還是摸上了自己的嘴唇。

「最開始進來的時候，人總會想，要攢夠積分，要爭第一，就像我們的試玩關卡遇見的那個劉驍。」

「還記得他說了什麼嗎？他剛做完第一個任務，就是想多升幾位排名，所以才花積分選了 PVP 模式。」

「他們是初玩者，所以才有緊迫感。但是，經歷幾次副本之後的玩家呢？一次次險死還生，親眼看著別人死，隊友死，正常人能這麼輕鬆地接受嗎？是會更積極地參與任務，還是想辦法能逃避就逃避？」

「人不是機器。就算最開始滿負荷運轉，但總要吃飯喝水，總要放鬆享受的。這一享受，一放鬆，就更不想動了，就更容易寄希望於別人。」

「反正對於有些人來說，他們無論怎麼努力，也不可能到第一的位置，還不如讓自己在有限的條件下過得舒服一點。」

隨即，江舫指向了對面的斗轉賭場，溫和道：「那個就是讓人舒服、讓人沉迷逃避的地方。」

江舫的口氣雖然輕鬆，卻說得沈潔三人組起一身雞皮疙瘩。

他們的心路歷程，何嘗不是如此？

他們都經歷過從一開始的積極應對，到現在略感麻木的心理過程，以

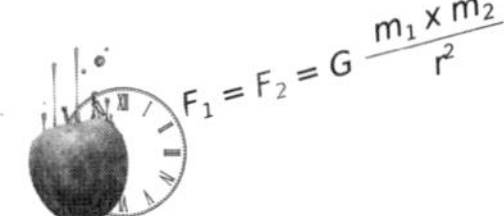

至於現在一回到安全點，就想埋頭大吃，倒頭大睡，休息個十天半個月，才滿懷不甘地選擇執行下一個任務。

南舟擦掉嘴角的淡奶油，絲毫不見動搖：「我不管他們怎麼想。我是要拿第一的。」

江舫笑了，給他遞了張免費紙巾。

南舟捧著奶油塔，再次瞄向對面的賭場，「曲金沙開賭場，是怎麼做到排名第二的？」

「……通過交易系統交易積分。」說話的是虞退思。

他從藥勁兒裡緩過來了，而且，他顯然也和南舟一樣，對曲金沙的發跡之路相當感興趣。

南舟發問：「什麼是交易系統？」

因為知道他們是貨真價實的新人，虞退思很耐心地對南舟進行了講解：「交易系統不是系統自帶的，需要在進入『鏞都』、『紙金』這樣的安全點後，找到一家店鋪的 NPC，和它對話，從它那裡買一點東西，它會跳出一個確認頁面，等互通交易規則後才能啟動，它會免費為你們開啟交易系統。」

南舟明白了。

他們隊裡，只有李銀航之前在「鏞都」買過東西，所以他和江舫的交易系統都未開啟。

「交易系統一旦開啟，就可以在雙方都同意的前提下，展開單對單、隊對隊的交易了。」他看向南舟：「比如，我想用 1000 積分換取你手裡的 A 級道具，只要我們談妥價格，進入交易系統，把 1000 積分和 A 級道具分別放入各自的交易格，確認過後，就能實現交易，也沒什麼中間商賺差價。」

「不過，負責引導的 NPC 並不會告知玩家這一點，需要玩家自行去探索。這也是我和夙峰進來之後，把相當一部分時間花在探索各個安全點的原因。」

虞退思喘了一口氣，繼續道：「至於曲金沙……他的賭場裡只賭積分。在賭場門口，會有人收取一定數量的入場費，每人 200 積分。進去後，誰贏了，賭場就會從中抽成，按照遊玩的專案不同，大概會抽取 1% 到 5% 不等的佣金，他就是靠這個盈利的。」

「如果我使用道具呢？」南舟拿出自己那頁還沒來得及細細研究的、身為 A 級道具的暑假作業本，好奇問：「用這個，不是可以一次又一次倒轉時間？」

虞退思搖搖頭，否定了南舟的想法。

「第一，道具的使用往往都是有次數的，浪費在一局賭博上面，並不合算。」

「第二，在所有安全點裡，都不能使用道具。」

南舟恍然：「啊……」

但他的問題還沒有問完：「曲金沙的生意為什麼這麼好？」

江舫接過話來：「因為賭的是積分。」

虞退思輕輕頷首，表示肯定：「畢竟下副本做任務是要命的。在這裡輸了，大不了兩手空空；贏了，就是一本萬利。有坐等盈利的機會，有鯉魚躍龍門的機會，誰還想去冒生命危險呢？」

除此之外，虞退思還有沒說出口的內容。

「紙金」裡可以實現交易的場所，還不只是賭場。

在這座城如其名、紙醉金迷的都會，最不缺為了 100 積分就出賣肉體的男男女女。

江舫把手抵在唇邊，輕笑一聲，「賭徒心態。都是這樣。」

虞退思看向他，說：「也確實有大贏的人，積分從 100 名開外漲入了前 20。」

江舫平靜道：「那是曲金沙允許他贏的。」

虞退思：「也有可能是運氣。」

江舫：「你跟賭場談運氣？」

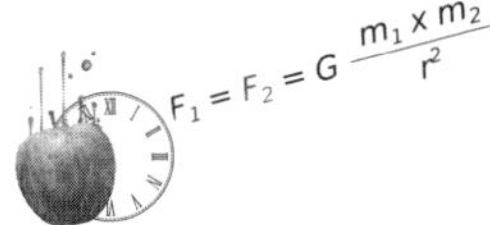

虞退思微微瞇起眼睛，「你很瞭解賭場嗎？」

江舫：「烏克蘭那邊是有賭場的，我在那裡打過工，見識過一點。」

旁聽的李銀航：……好，現在江舫的身分在回國旅行者、音樂交換生的基礎上，再次喜加一。

擅長好奇的南舟玩家又一次舉手提問：「既然這樣，曲金沙為什麼只排名第二？」按理說，他完全有實力躋身第一的。

「一是因為他每月還要支付高額的租金和雇傭 NPC 的費用。『紙金』中心地帶寸土寸金的，直接雇傭系統 NPC 來，可以最大限度地維持秩序。一方面不讓某些輸掉的玩家賴帳跑路，一方面也能制約和監督曲金沙。算是絕對公正的存在。」

虞退思頓了頓：「……二是因為進入後，賭場會免費提供啤酒飲料和甜點小吃，很多人進去，是為了蹭吃蹭喝，然後就會順手賭上一兩把。不得不承認，賭場的氣氛確實很容易讓人沉醉其中，如果是定力不強的人，進去一次，就會有第二次、第三次。」

南舟用小叉子刮盤底奶油的動作一停，眼裡的光陡然亮了起來。

李銀航問出了所有人心中的疑問：「……這不就是吃自助嗎？」

虞退思不再細談，笑說：「你們真的好奇的話，去看看就知道了。」

簡單的聚會就這樣結束了。

江舫、南舟去付帳，順便開通了各自的交易系統。

虞退思和陳夙峰打算找處地方休息。

剛才的談話勾起了健身教練的興趣，他躍躍欲試地想去「斗轉」裡長長見識，結果被沈潔的一個眼刀果斷勸退。

眾人心裡各自清楚，他們終究不是一路人。

這回分別之後，恐怕以後再見的機會就近乎於無了。

站在咖啡店門口，江舫詢問虞退思：「有沒有想過和我們組隊？」

虞退思是個難得的聰明人。如果有發展的可能，江舫也不吝於拉他們一把。

虞退思單手搭在自己的腿上，笑道：「想過，但還是不了。我已經很拖累小峰了，不想再麻煩別人。」

陳夙峰在旁邊小聲應答：「……沒有很麻煩的。」

江舫了然，點點頭，不再多問。

沈潔在旁邊聽到江舫邀請虞退思，不由得想到自己那次失敗的邀請，不禁失笑。

她下意識望向南舟，發現他正一言不發地站在所有人身後，低頭擺弄著某樣小物件。

沈潔覺得他這個動作很是眼熟。

下一刻，她就露出了不可思議的神色。

——南舟居然把那把小鎖頭從副本裡帶出來了。

——他居然還在孜孜不倦地練習開鎖。

瘦猴和健身教練在研究今晚去住哪裡，而沈潔走到南舟身邊站定，啼笑皆非：「你怎麼還在玩這個？」

南舟的回答也是一貫的惜字如金：「練技能。」

沈潔呼出一口氣，「沒能拉到你們入隊，實在可惜。」

說著，她壓低了聲音：「……我想最後再努力一把。」

南舟：「……嗯？」

沈潔：「你和江舫可以跟我們走嗎？這個隊長的位置讓給你、讓給江舫，都可以。」

南舟：「為什麼？」

沈潔：「我當然是想讓我們活下去的機率變高一點。」

南舟終於抬頭看向了她的眼睛，「我問的是，妳兩次問我這件事，為什麼兩次都沒有想過要改變條件呢？」

沈潔一愣：「……什麼？」

南舟反問：「如果我、舫哥、銀航，都加入妳的隊伍，前提是妳要從妳的隊伍裡踢走一個人，妳答應嗎？」

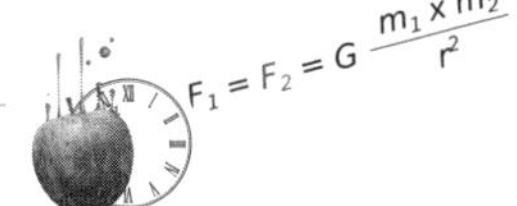

沈潔愣了許久。

正巧此時，瘦猴揚聲叫她：「沈姐，我們去東城的帝龍酒店，那個地方便宜點兒！」

沈潔「哎」了一聲，朝她的隊員走去。

走出幾步開外後，沈潔沒有回身，挺瀟灑地對南舟擺了擺手，算是沉默的回答。

……那就算了。

其他兩組人從不同的方向消失在了夜色當中。

站在人聲鼎沸的華燈霓彩下，李銀航有了一種不知何去何從的迷惘感：「我們去哪兒？」

南舟簡單有力地給出答案：「吃自助。」

李銀航：「……」

她心裡那點剛萌芽的茫然和無助被這三個字直接掐死。

南舟又問江舫：「你吃嗎？」

江舫注視著對面流光溢彩的「斗轉」招牌，「可以啊。」

說完，他就往賭場方向走去，卻被人從後一把抓住了胳膊。

南舟說：「你不願意，可以不去的。」

江舫微怔，不禁摸了摸自己的臉。

他有點想不通南舟是怎麼看穿自己的？自己表現得還算主動，表情管理也很完美。

他笑說：「我沒有不願意。」

南舟堅持道：「你不願意。」

雖然也不知道是什麼原因，江舫臉上也沒有任何波瀾，但南舟有種感覺：他不喜歡。

江舫本來還想否認，但話到嘴邊，他停住了。

片刻後，他改換了態度，不大熟練地選擇了坦誠：「我……的確不大喜歡賭場裡的人。不過如果只是去吃東西，還是可以的。」

南舟點了點頭，「好。那你不要看別人，只看著我就好了。」

江舫的心像是被一根手指輕輕捏了一下，酥癢的感覺，讓他緩了片刻，才笑說：「你說得對。」

轉過身去時，江舫的眼睛和嘴角都是彎著的。

他費勁力氣想要控制住，但根本忍不住滿心的笑意。

他們各自繳納了 200 積分的入場券，領取了腕帶模樣的識別器，隨即在衣冠楚楚的 NPC 侍者的帶領下，踏入了層層朱門。

這腕帶繳費後才可發放，人手一份，進門佩戴，出門作廢。

賭場裡有特製的掃描器，只要出現沒有腕帶的人，NPC 就會迅速將私入者帶出，並強制扣除 500 積分，以示懲罰。

這是防止有人把隊友放在物品格裡夾帶進去，逃避 200 積分的入場費用。儘管正常人不會這麼做，但這卻正好防住了有過這個想法的南舟。

南舟：「……」唉。

走入賭場後，南舟的好奇之心像是被小貓爪子輕輕撓著，忍了又忍，還是忍無可忍：「為什麼不喜歡這裡呢？」

江舫：「……哈。」

南舟：「笑什麼？」

江舫：「我正在心裡賭你多久會問我。」

南舟：「啊？」

南舟：「所以為什麼呢？」

江舫他們往電梯處走去。

在等待電梯下降的時候，江舫簡潔地概括了自己對賭場的厭惡感來源於何方：「賭場本來就是吃人的，把賭場搬到這種地方，是要把人吃乾淨後，再踩著人骨頭爬上去。」

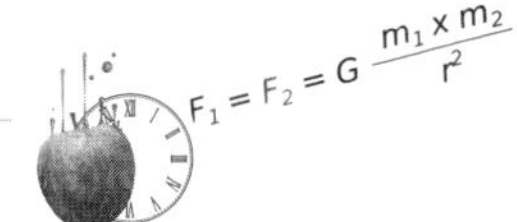

南舟：「但這是你情我願的。有人來賭，賭場收錢。」

江舫：「不是你情我願，是一廂情願。」

南舟抱著南極星認真傾聽。

「老虎機、小鋼珠，全部由賭場設定機率，設定多少，全看老闆心情；賭大小，手熟的荷官想搖到什麼數就是什麼；炸金花、德州撲克，完全可以玩成手彩魔術。」

「這些賭場當然不會告訴玩家。玩家以為的公平，全是假象而已。」

李銀航試探著說：「我聽說，賭場會對新人有優待，一開始是會讓你贏的。只要贏了就走，不沉迷不就行了？」

「很難。」江舫說：「賭博破壞的是人對金錢的感知能力。」

李銀航：「……」聽不懂。

「這樣說吧。」江舫問道：「銀航，妳一個月工資多少？」

李銀航：「不好說，我們做客服的底薪挺低的，得看接電話的數量。如果每月數量超過了 3000 通，那每接一通電話就是 8 毛；滿意度到 80% 變成 1 塊錢；滿意度到 95% 一通電話就 1 塊 5。月底結算。」她認真扳著手指計算。

客服崗位一般會有獎勵機制，員工接電話到一定的數量，就可以拿到獎品，電風扇、彩電、投影機之類的。

萬年優秀社畜李銀航把這些東西放到閑魚上賣一賣，還能有一筆額外收入。

她將這些收入在心底的小帳本上加減乘除一番，很快得出結論：「平均每個月 9000 多一點吧。」

電梯來了，三人走進電梯。

電梯只有二層這一個選項。

按下後，江舫問她：「妳辛苦一個月，掙到了 9000 塊錢。現在妳去賭場，運氣不錯，本金一夜之間翻了十倍，掙了 90000。」他問：「這個時候，妳怎麼想？」

李銀航代入了一下，果真爽到。

她說：「這不是挺好的嗎？」

江舫反問：「那妳之前一個月的努力，相比之下又算什麼呢？」

李銀航回味了一下這話，突然後腦杓一陣發寒。

江舫：「就是這樣。妳還會安心工作嗎？妳會覺得，努力毫無意義、沒有價值，還不如去賭場一夜來得輕鬆。」

「人的根基，就是這麼被慢慢打垮的。」

「到了遊戲裡，到了隨時可能要命的時候，還想著要這樣挖人的根基⋯⋯」江舫說：「我不喜歡。」

江舫話音落下，電梯門徐徐打開。

喧囂的聲浪混合著一股冰啤酒氣味的涼風迎面撲來。

和南舟他們一樣，特地來蹭小吃、啤酒的人不在少數。

雪白的餐臺一字排開，甜點精緻，類別豐富。

南舟很滿意，他一邊取用自己喜歡的，一邊環顧審視著賭場的布局，他的心裡漸漸有了數。

這裡的甜點確實免費，小吃則多是瓜子、乾果、小零食一類。這就代表，雖然會提供啤酒，能下酒的東西不多。

不過這裡是可以點熱菜熱飯的，只需要花費一點積分，物價在整個「紙金」裡算是性價比不錯的了。

但問題是，這裡除了賭博區外，沒有椅子，也沒有電視。入目的，除了不斷變動著的本日賭博排行榜和各色攢動著人頭的賭博用具外，沒有其他娛樂設施。

想吃想喝，只能站著，一邊看著別人玩。

所以，許多抱定心思來蹭吃蹭喝的人，只能一個個端著啤酒，嗑著瓜子，捧著杯麵，去圍觀別人的賭局。

看多了，就難免技癢。

除了在餐廳設計上的小心思外，「斗轉賭場」還有別的巧思。

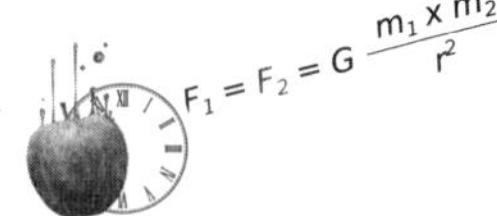

賭場總計三層。一樓和二樓都是賭場，想上樓，必須坐電梯，根本沒有樓梯。

而三樓一整層，是專供客人住的客房。入住的條件很寬鬆，只要是客人，賭過一小把，就能以相對便宜的價格入住。

然而，從二樓到三樓，沒有電梯，只有樓梯。

電梯和樓梯離得很遠，想要從電梯走到樓梯，必須要穿過人聲鼎沸的賭場。這也就意味著，有無數的誘惑，會在回房的過程中赤裸裸地引誘著來客。

江舫說得沒錯。斗轉賭場，是一個致力於抓住玩家每一絲細微的心理變化、精心設計的吞金無底洞。

這種無底洞的引力，就連李銀航都沒有放過。

「600 積分啊。」李銀航總算反芻過味兒來，痛心疾首地小聲嘀咕：「600……」

他們上一關得到了 S 級獎勵，才每人 1000 積分，現在大幾百轉眼就扔出去了，連個響都沒聽見。

肉痛難耐的她忍不住把目光投向不遠處的麻將室……她以前過年也是陪三姑六婆打過麻將的……

在她的思維控制不住滑向危險邊緣時，南舟清清冷冷的聲音在她耳側響起：「妳在想什麼？」

李銀航猛然一驚。

她剛才居然在思考靠賭博回本的事情？！

她忙餵了自己一口蛋糕壓壓驚。

虞退思說的沒有錯。賭場的氣氛確實很容易讓人沉醉其中，她只能竭力遮罩周圍的聲響，發誓要把本給吃回來。

南舟比她專心得多，且目標明確。周圍不管再吵嚷，他都只專心於面前滿滿一碟子的奶油小蛋糕，只會偶爾抬一下眼，找找江舫去哪裡了。

江舫自從到了二樓，就放他們兩個在這裡乖乖吃自助，一個人去查看各個賭博區域了。

李銀航很是納罕：「他不是不喜歡嗎？怎麼還在看？」

南舟吃掉了一整個完美的奶油花，心情正好，於是耐心解答道：「曲金沙是目前單人榜單的第二名。雖然暫時不會影響到我們，但是誰也不知道他後來會不會和人結盟，舫哥是想去看看情況，以防萬一。」

李銀航一邊聽，一邊專挑著價格偏貴的開心果和長山核桃剝，不住連連點頭。

CHAPTER 07:00

我看起來很孤獨，需要人陪嗎？

人們總會想，靠經營發家、位列單人排行榜第二名的曲金沙，得是怎樣一副黑道大佬的腔調，最起碼也該是西裝加身，墨鏡不離的。

但實際的他，外貌平庸，身材微胖，穿著寬鬆的深灰色衛衣和牛仔褲，是個笑容一團和氣的中年人。

他袖手看著不斷即時變換著的排行榜，眉眼間很是溫和。要是再端個保溫杯，就更像那種家庭幸福、嘴碎嘮叨的鄰家大叔了。

突然，一點銀色闖入了他的視野。注意到那異常的髮色，曲金沙感興趣地一挑眉，主動迎了上去。

江舫想來看看這裡的老虎機構造和外面的有什麼不同，突然被人從後面搭了搭肩膀，「兄弟？」

他回過頭去。

江舫的五官帶有較明顯俄化特徵，這讓曲金沙更加興致勃勃，問道：「外國人？」

江舫回答：「一半一半。」

「我就說呢。」聽到字正腔圓的漢語，曲金沙的笑容更盛，「以前我猜，外國人應該是進了他們自己的區服，要不我在這裡待了這麼久，怎麼會連一個外國人都沒見過？瞧見你這頭髮顏色，我可嚇了一跳，還以為我猜錯了。」

江舫溫文地一笑，有點靦腆的樣子。

曲金沙看向他剛才觀察的老虎機，「想玩嗎？」

江舫婉言謝絕：「我愛人不讓。」

順著他的目光看去，曲金沙看到了正沉迷甜點的南舟，還有沉迷長山核桃的李銀航。

姑娘還挺清秀，不過看起來挺老實的，沒什麼主意。

他不著痕跡地收回目光，打量起面前看起來高大卻青澀的漂亮青年來。他循循善誘：「不難，試試看唄。」

江舫面露難色，「我……不會的。」

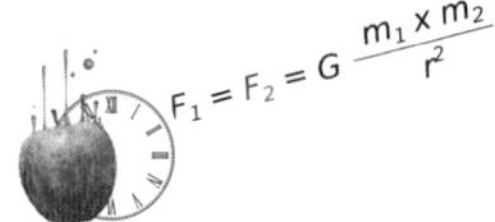

曲金沙露出慈和的微笑，他聲音不高，說起話來輕聲細語的：「要是怕輸，我可以借你一點。」

江舫啊了一聲：「這……」

「不要你還，也不收利息。」

曲金沙慷慨道：「來者是客，到了這裡，只是看著，一把不玩，實在太可惜了，也浪費了那 200 個積分，不是嗎？」

江舫眨眨眼睛，「您是……」

「我是這裡的老闆。」曲金沙柔和一笑，自我介紹：「叫我老曲、曲老闆，都行。」

江舫注視著眼前笑容和煦的中年男人。他見過很多賭場老闆。

曲金沙這樣的，他也見過。

他們總會慷慨解囊，借一點賭資給初入賭場的年輕人，讓他們嘗到賭博無本萬利的甜頭，然後便是一發不可收拾。

到最後，他們只會微微笑著對跪地哭求的賭徒說，你看，不是我不幫你，你欠了這麼多，我也沒辦法呀。

想到這裡，江舫迎著那張和氣的笑臉，恰到好處地露出心動的神情，「這樣……可以嗎？」

在江舫四處遊蕩時，南舟捧著兩個蛋撻，圍觀了一下老虎機。他覺得老虎機上的漸變彩燈設計得挺好看的。

吃完兩個蛋撻的工夫，南舟眼睜睜看著那名操縱老虎機的玩家往裡面扔了 800 多個積分。

他身旁的女伴眼眶急得發紅，直拽他的胳膊，「算了，別玩了，我們走吧……好不容易攢起來的分……」

然而賭上了頭的賭徒是聽不進人話的。

他正亢奮到充血的腦袋裡，各種負面情緒正在連環爆炸，聞言一聲暴喝：「少他媽跟老子嘰嘰歪歪！我輸了這麼多把了，疊起來，下一把肯定能回本！前面的分妳想白扔？！」

南舟好心出聲提醒：「機率是不會累積的。」

他剛想說，這應該是在初中數學課本裡就能學到的，賭得紅了眼的男人就言簡意賅地對他表達了自己的看法：「滾！」

南舟：「嗯？」

南極星從南舟的袖子裡探出頭來，還沒來得及對那男人齜牙，就被南舟捂住了嘴。

他輕聲道：「不至於。」說著，南舟看了一眼牆上「禁止鬥毆」的小漫畫。

鬥毆，就會被趕出去。為了蛋糕，不至於。

南極星輕咬著南舟的手指，懵了片刻，探出小舌頭乖巧地舔了兩下，縮回去，安靜了。

南舟繼續回餐臺補充糖分。

看到和曲金沙對話過後的江舫向他們走來，他放下了手裡的紙杯蛋糕，他直覺江舫有話要對他們說。

果然，江舫開門見山：「我想玩兩把。」

李銀航一驚：「不是說不玩嗎？」

江舫：「曲老闆送了積分給我，想請我玩。」說著，他看向南舟，「可以嗎？」

南舟想了想：「曲老闆送了你多少？」

江舫：「100 點。」

南舟：「唔，挺大方的。」

作為誘賭的籌碼來說，算是相當誘人了。

南舟又問：「你已經答應了？」

江舫注視著南舟，「我跟他們說，想和我家妻子請示一下。如果你不同意，我就不玩。」

南舟想，這個藉口不錯，進可攻，退可守，如果想反悔，也沒問題。

李銀航想，怎麼感覺江舫好像在占南舟的便宜。但當事人南舟都沒說

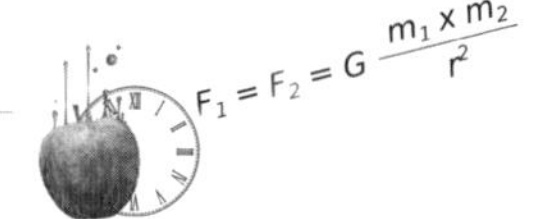

什麼，她也識時務地選擇閉嘴。

在三人對話時，場邊一個站得離他們很近的人不動聲色地走開了，好像只是賭累了，在場邊隨意地站著休息的賭客。

江舫微微斜過視線，看向那人離去的背影。

南舟也早就發現了竊聽者的存在，「那是誰？」

江舫面不改色：「在烏克蘭賭場，叫 око（眼睛），在澳門叫『疊碼仔』，是賭場老闆雇傭的，做的是攬客拉客、探聽情報的活。」

說著，他微微翹起嘴角，「雖然原因不明，但這麼看來，曲老闆對我這個客戶還挺重視。」

見南舟還在權衡利弊，江舫溫和詢問另一名隊友的意見：「銀航，妳覺得呢？」

「我……」李銀航不怎麼抱希望地問：「把他送你的籌碼輸光，咱們就不玩了，行嗎？」

江舫答應下來：「行。」

南舟想著李銀航付入場券時肉疼的樣子，「把吃自助的積分贏回來，行嗎？」

江舫的目光停留在南舟的小盤子上，判斷著上面放過哪些甜品，好確定他喜歡哪些口味，同時頷首笑答：「行。」

南舟看他答應得這樣爽快，試著接著提了個更過分的要求：「不輸，行嗎？」

聞言，江舫抬眸，看向南舟的眼睛。

片刻之後，他眨眨眼睛，爽朗道：「行啊。」

離得近了，南舟才發現，江舫的睫毛顏色淡且長，眨眼的間隔時長也不短，不顯輕佻，反倒給人一種情深凝視的錯覺。

南舟努力忍住去數數他睫毛的衝動，「去玩吧。」

江舫含笑：「信我？」

南舟：「不然？」

江舫笑著，單手拍拍南舟肩膀，旋即轉身，向等在不遠處的曲金沙走去。南舟和李銀航緊緊跟上。

而在轉身的一瞬，江舫臉上的笑容從自信從容，迅速轉為了靦腆青澀。青澀得有三分虛偽。

早就等候在不遠處的曲金沙袖著手，打量著江舫的背影，笑咪咪的。

他的耳麥裡傳來「疊碼仔」的通報聲：「他們三個是一組，剛才他們的確在商量玩不玩。」

「三個看起來都是生手，沒什麼經驗。」

「那個黑色長頭髮的男的絕對是第一次來，一點規矩都不懂，剛才還去插手別人的賭局，被罵了。」

「那個女的挺謹慎的，一直在吃東西，也不去看別人怎麼玩的。」

曲金沙和善道：「女孩子會比較謹慎一點，也不會太自以為是，這是正常的。」

「疊碼仔」繼續通報：「那個外國人倒是挺想玩的，一直在鼓動他的隊友……」說到這裡，他頓了頓，猶豫道：「那倆男的……看起來應該是一對。」

曲金沙的眉毛突然一動。

「疊碼仔」試圖形容他們之間的氛圍，道：「感覺挺黏糊的，勾勾搭搭的……」

曲金沙拖長聲音「哦——」了一聲，抬起眼睛，剛好看到江舫轉身，笑容不禁更盛。

這樣高大漂亮的年輕人，單看休閒褲下透出的輪廓，硬體就是一流水準，標準的毛子規格。

他很喜歡。如果是同性戀的話，那他就更喜歡了。

等他輸到一無所有，自己也不會要了他的命，而會把他養在自己房間裡，每天都給他買一點氧氣，給一點食物。

讓這麼一個氣質優雅，時刻帶笑，一看就沒有受過太多生活磋磨，驕

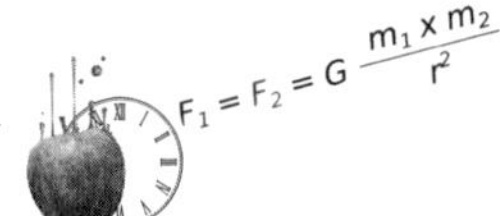

傲又美麗的人，淪落到只能仰人鼻息過活的日子，多麼有意思。

這樣想著，曲金沙對江舫揚了揚手，慈祥得像是一尊彌勒佛。

曲金沙帶著三人組，穿行在花樣眾多的賭具賭盤間，一一介紹規則。

21 點、德州撲克、百家樂、麻將……

他溫柔地詢問：「想玩哪個？」

南舟看向江舫，發現他帶著一臉難以決斷的無措躊躇。

江舫謹慎地東看西看，面露難色，連南舟都有點想問他怎麼了。

人精曲金沙果然敏感地察覺到了他的情緒變化：「怎麼了？」

江舫臉頰微紅，「是這樣的……我和同學玩過橋牌、紙牌，但這些新的玩法，我都是第一次見。您跟我講了這麼多規則，我也不大清楚……」

美貌的人，連笨拙起來都這樣讓人賞心悅目。

曲金沙心曠神怡之餘，愈發耐心：「那我們玩老虎機？」

說著，他坐到了一臺空閒的機器前。機器顯示，要 50 籌碼才能開機玩一次。

斗轉賭場裡，1 點積分可以兌一個籌碼，籌碼面值分別為 10 點、50 點，最大面值是 100 點。

曲金沙從口袋裡取出一枚面值 50 點的藍色籌碼幣，「玩法很簡單。看到了嗎？機器介面上有三個玻璃框，框內的花色圖紋不同，投進籌碼後，一拉拉桿……」

他按流程操作後，拉動拉桿。介面上的花色頓時開始了令人眼花繚亂的高速運轉。

「如果最後搖出的三個花色完全相同，能得 5 倍籌碼；如果搖出來特定圖案老虎，就能拿走獎池裡積累的籌碼……」

說話間，三個飛速轉動的圖案開始依次定格。曲金沙運氣不錯，前兩個圖案花色完全一致，都是憨厚的小熊。可惜，最後的花紋是一條蛇。這就算曲金沙贏了，投入的一枚籌碼翻倍。

他從出幣口拾起兩個藍色的籌碼幣，謙遜地一笑，「說白了，就是拉

拉桿，比運氣，特別簡單。」

當然，他不會說，老虎機的獲勝機率，早就由電腦設定好了。輸贏的槓桿，從來就不握在玩家的手中。

南舟平靜地想，是挺簡單的，但副作用就是吃玩家的腦子。

江舫淡灰色的眼睛濕漉漉的，甚至有幾分真摯的仰慕，「曲老闆運氣真好。」

曲金沙胖心大悅，引誘道：「想玩嗎？」

出乎他意料的，江舫搖了搖頭。

江舫說：「我想和曲老闆賭一賭。」

他又解釋：「是您帶我玩的，也是您借籌碼給我。我以前沒在賭場玩過，您要是能一直帶著我，我心裡踏實。」

「好哇。」曲金沙答應下來：「德州撲克？」

「太難了。」江舫軟聲道：「我們玩一點簡單的遊戲吧。」

「那你……」

「曲老闆運氣這麼好，我想和曲老闆賭賭運氣。」江舫沉吟片刻，說：「就……賭大小，怎麼樣？」

曲金沙突然覺得這氣氛有哪裡不對，著意看了他一眼。這個人……

但曲金沙還未深思，就見江舫燦爛一笑，雙手合十放在唇邊，「拜託老闆了。」

李銀航：「啊？」

南舟：「嗯？」

他呆呆看著江舫，出了神。

撒嬌，可愛，像南極星，想摸摸頭。

曲金沙被他的模樣晃了一下眼，點了一下心。

不過，他理智仍在。笑著應允下來後，他環顧四周，遺憾道：「哎呀，沒有多餘的桌子了。」

江舫也跟著他環顧一圈，面色微帶失望，「是啊……」

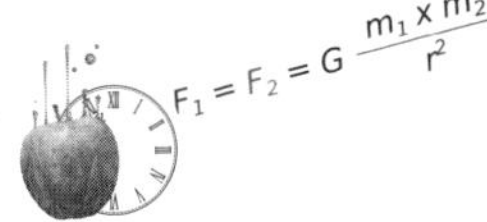

「沒事兒。」曲金沙抬手招來另一位「疊碼仔」，吩咐道：「去搬張新桌子來。」

曲金沙很少親自開賭。這回，他難得下場，自然招來了不少關注。

桌子剛搬來，就已經有一大票人聚攏過來，圍著小小的四方賭桌，竊竊地交流起來。

「聽說是比大小。」

「不會吧。這麼簡單的？」

「怎麼不打接竹竿呢？」

在一片竊笑和議論聲中，曲金沙神色如常，詢問江舫：「比大小你應該是玩過的吧？」

得到江舫肯定的回答後，他擺出絕對公平正義的姿態，「再確定一遍規則吧，免得兩邊兒規矩不一樣，出了問題。」

江舫身體前傾，作認真傾聽狀，「嗯。」

比大小，抽撲克牌，是最一目了然的玩法。顧名思義，兩個人一人抽一張撲克牌，然後比較大小點，大者勝。

「一副完整的撲克共計 54 張牌，去掉大小 Joker，2 算最大的，能壓住一切牌，A 次之；最小的是 3，然後從小到大，依次是 4、5、6，一直到 K。」

江舫靜靜問：「如果都抽到 2 了呢？」

曲金沙笑道：「黑桃 2 最大，能壓制其他的 2。紅心 2 次之，然後是方塊 2、梅花 2。」

他摸了摸牌桌一角，「機器洗牌，不經人手，絕對公平。」

江舫淡淡「嗯」了一聲，轉頭看向用來活躍氣氛的美女荷官。

用來吸引玩家目光的兔女郎荷官硬是被江舫瞧得紅了臉。

江舫卻對她的穿著並不很關心。他不過是透過她的身影，看到了過去的自己。

剛進賭場打工的那一年，他的年紀按烏克蘭法律，誰雇誰犯法，但地下賭場並沒有那麼強烈的法律意識。

簽下了一紙雖然粗劣，但能為他帶來豐厚收益的合約，江舫經歷了兩週緊張的封閉訓練，熟悉了所有棋牌和機械的祕訣後，被拉到化妝間，被化上了用以掩飾他青澀面孔的妝容。

左眼眼尾塗藍，右眼眼尾塗紅，帶著亮片細閃的光，一直沒到耳後髮梢間。眼角一滴粉色桃心形狀的淚，像極了賭場撲克牌裡的 Joker 牌。他被妝扮成了一個美麗的小丑。

江舫從回憶裡脫身，垂目看向荷官送上的一副新牌。

曲金沙挑出了兩張用不著的 Joker，擺在一旁。

每個出色的荷官都能擁有自己的花名，這是地下荷官的榮耀，是對其能力的認可。

最性感火辣的荷官女郎叫做「Queen」（女皇），最可愛甜美的荷官少女叫做「Heart」（紅心），至於最沉穩老練的荷官老手叫做「King」（國王）。

在賭場工作兩年後，16 歲的江舫已有了超過 180cm 的身高。

他的骨骼還在這污濁的地下茁壯成長。

他的面孔，也逐漸長成了賭場可以拿來變現的模樣。

在洗去小丑妝容的那天，江舫得到了他的花名。

那一天，江舫一身深黑西裝，銀白的頭髮向後梳去，在腦後綁成公主頭。在荷官的技巧表演中，他帶著標準的微笑，熟練地將手中的牌一張張彈飛，又將雪花似的落牌一一接穩在手中。反手展開後，原本被洗亂的 53 張牌，在他掌心恢復了正常的順序。

而他口中銜咬著一張單獨的牌。雪白的牙齒，自然的紅唇，嘴角紳士地往上彎起。一切配合得那樣完美。

後來，那張牌成了他的花名。鬼牌，Joker。

江舫在那美豔的兔女郎荷官的身上，看到了當初那個被關在訓練室裡，在十個小時內，把包括假切、斜對角控牌、底部滑牌的入門技巧重複

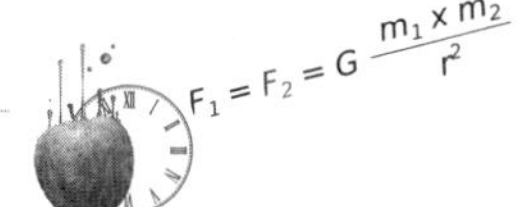

演示了 456 次的自己。

時代變了。現在的荷官，只是用來炒熱氣氛的道具，已經不需要扎實純熟的基本功了。

江舫收回目光和一切思緒，慣性地來回扳動著手指。

長度稍長的拇指彼此相抵，柔軟地貼合在一起，乍一看並沒有什麼力道和靈巧可言。

為示公平，曲金沙主動把挑出了 Joker 的新牌遞給江舫，「這是我們的牌，你可以看看，沒有做記號，也不是道具牌。」

江舫笑說：「謝謝。」

說著，他接了過來，認真地挨張查看。

曲金沙凝視著江舫的動作，神情略帶玩味。從剛才起，江舫給他的感覺有點異樣。

但是，曲金沙一點都不怕他檢查出什麼來。因為真正的祕密，藏在桌子裡。所謂的全自動洗牌，「絕對公平」的牌桌，才是最大的笑話。

這張桌子，就是專為「比大小」設計的。新牌的確不是道具牌，也沒有做任何記號。但這是進入桌子之前。

在進入洗牌階段後，它會根據牌內的磁性碼，自動識別出牌面數字的大小，並在牌背面繁複的花紋上提供一定的熱溫，使得牌後的花紋出現特殊的細微變化。

只有完全瞭解這種牌的製作工藝的人，才能從花紋中發現那一點點微乎其微、近乎於無的變化。

原理就是如此簡單，但大家的當，也都上得如此輕而易舉。

所謂「公平」，就是賭場最大的謊言。

曲金沙雙手交叉，把雙下巴搭在手背上，笑道：「咱們第一局別玩太大。就賭 10 籌碼，然後你再看著往上加，行嗎？」

曲金沙的這個要求，也是淬著心機的。

他送給江舫的是 100 點籌碼。先賭 10 籌碼，無論他是輸是贏，這

100 籌碼就算被拆開了，這樣一來，他一旦贏得興起，或是輸得興起，就很有可能主動提出增添籌碼。

那就是沉淪墮落的開始。

江舫修長的拇指一一搓過牌面，像是在清點牌數。聽到曲金沙的提議，他微微笑了，「好啊。」

說話間，他把所有牌合攏在掌心，捏住所有牌，精確挑準一個偏上的中心點，輕巧一握——整副牌被捏作了一個略不完整的 C 型。

這不過是個尋常的捏牌動作，卻捏得曲金沙的臉色驟然一變。

他這個動作，會破壞牌裡的磁性碼！

在曲金沙倏然驚覺時，江舫對他微微笑了，把幾乎被完全破壞了磁性碼的牌整理好，禮貌地推回了牌桌中央，問道：「完全沒有問題了。現在開始嗎？」

曲金沙喉頭一冷，隨即，喉嚨隨著逐漸加快的心跳，一縮一縮地緊張起來。

——這人難道是個懂行的？！

曲金沙笑臉依然和善，心裡的算盤珠已經打得落雨似的。

江舫折牌的位置和手法極度精準。這副精心設計的磁碼牌中，恐怕其中的絕大多數已經淪為普通撲克牌了。

眾目睽睽之下，如果現在提出換新牌，未免太過刻意，也不夠體面。

按賭場規矩，一副剛拆封的新牌如果沒有出現明顯損毀，起碼得用過三輪後才能更換。

目送著幾乎完全失效的撲克牌被送入機器中，耳旁傳來無序淘洗、刷拉刷拉的機械運轉聲。

這聲音，曲金沙聽過千百遍。聽著聽著，他的心就靜了下來。

本來，他打算在第一局讓江舫嘗點甜頭的。

現在看來，已經沒有必要了。

年輕人，難免氣盛，吃點虧也是好事。

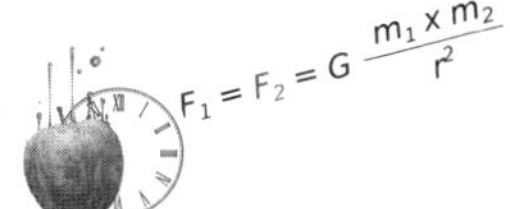

江舫似乎對他即將面臨的一切渾然不知：「有莊家嗎？」

曲金沙不敢再小覷他，但面上的態度還是一樣隨意，隨口道：「你還懂『莊家』？」

「德州撲克的規則裡提過，您剛剛教的。」

「這個可以有。輪流坐莊吧。」

「一輪換？」

「一輪換。」

「莊家賠率多少？」

「輸贏都是三倍。」

「誰第一個坐莊？」

「我先？」

「……好。」幾番拉鋸對話間，江舫的笑容已經褪去了青澀和靦腆。

他坐得很舒展從容，單手搭在膝蓋上，鋼琴家一樣的修長手指跟著賭場內流淌的交響樂，在膝關節上緩緩敲動，「您先來。」

曲金沙心中暗笑。他已經看出，這個年輕人是有幾分本事的，知道點賭場的小技巧，懂基本的賭博術語，而且雄心勃勃，想要大撈一筆。

不過，就算要扮豬吃老虎，這表現得也太著急了。還沒忍上一時半刻，就急不可耐地炫耀他的本事，簡直像隻小孔雀，根本不捨得藏起牠漂亮的尾巴。

重新理好微亂的陣腳後，曲金沙把江舫豢養起來的欲望水漲船高。

馴服狗有什麼樂趣？把一條自認為狼的、驕傲又自矜的小狗綁縛起來，一點點磨掉他的尊嚴和理想，難道不有趣嗎？

南舟也看出，江舫的氣質有了他說不出的變化。

之前，他身上的攻擊性很淡，始終是謙沖有禮、笑意盈盈的，給人的感覺很易親近。

但現在的江舫，獨身一人坐在那裡，是一團冰封的火，看著熱烈，內裡卻是傲然冷漠的。

這個他和那個他，唯一的共同點是，他始終是笑著的。

南舟上前幾步，碰了碰江舫的胳膊。

已經隱約找回過去狀態的江舫心頭驀然一動，轉過頭來。

遇上南舟的目光，他小臂上不自覺緊繃起來的肌肉線條驟然放鬆。

江舫笑問：「怎麼了？」

南舟低下頭來，用不大不小的音量問他：「什麼是莊家？」

這個問題在賭場裡，堪稱智障，稀稀落落的噓聲從四面八方響起。

但江舫沒有一點不耐煩，細細跟他解釋道：「賭桌上，坐莊的一般是上一局的贏家，叫莊家；其他玩家叫閒家。賭大小的莊家與閒家，是可以輪番來的。他一次，我一次，然後再輪到他。」

「那『輸贏都是三倍』，指的是？」

「做莊家贏了，閒家要輸給他籌碼的三倍；同樣，做莊家輸了，也要賠付三倍籌碼。」

南舟沒什麼表情地了然了，「啊——」

然後他站在了江舫身側，沒有離開的意思。

江舫：「還有什麼問題嗎？」

南舟：「沒有了。我想要在這裡站著。」

江舫探詢地看他。

南舟：「……陪陪你。」

簇擁在周圍的喧囂人群，柔軟溫暖的紅色天鵝絨地毯，水晶燈的璀璨華光，還有對面蓄勢待發的對手。被這些四面八方圍在正當中的江舫笑問道：「我看起來很孤獨，需要人陪嗎？」

「我不知道。」南舟低下眸光，淡淡道：「……我只是來這裡站一下。」

被南舟這記微妙的直球直叩心門，江舫心口一悸。

他定定注視著南舟，直到牌桌中央拓開一個四四方方的洞，送出一疊牌面朝下、已經完全洗亂了的牌。

兔女郎荷官端來滿滿一盤籌碼。

10 點籌碼是黃色，50 點是藍色，100 點是紅色，高低錯落地擺成寶塔狀。

李銀航見狀，嚇了一跳。

——不是說好只賭 100 點嗎？

但賭桌上的江舫對此沒有異議。

兔女郎拿出銅製的手杖形小牌鉤，抬鉤一抹，將徹底洗勻的牌面一字排開。

曲金沙的目光迅速在牌面上掠過。他並沒有看到有特殊紋路的牌面……磁性碼沒有發揮作用。

當然，對這樣的局面，他早有預料，並不多麼意外。他著意檢查了一下，江舫剛才拿牌時，有沒有趁機往牌上做記號。

曲金沙自恃眼力過人，但檢視一圈後，他發現，江舫手腳還挺乾淨。這一發現反倒令他有些失望。

斗轉賭場的規矩，「玩客」一旦出千，被抓了現行的話，要倒償十倍賭資。

曲金沙喜歡這個文字遊戲。客人們才是「玩客」，而他是「玩主」。主人作弊，怎麼能算作弊？

只要等三局之後，再換上一副新牌就是。到時候，江舫沒可能再碰到新牌分毫。

江舫很快指定了一張牌。

曲金沙心態穩健，隨便取了一張最末的牌，挪到自己眼前，翻開查看。梅花 7，一個不大不小的數字，沒什麼驚喜。

曲金沙笑問：「加碼嗎？」

江舫面前籌碼格裡，擺放著一枚孤零零的、面值 10 點積分的黃色籌碼幣。

查看過牌底過後，他的表情依舊滴水不漏，看不出什麼端倪來。他答：「不加。」

曲金沙笑意更盛。對方抽到的牌面，想必也不是很大。

不出曲金沙所料。

江舫翻過牌來，是黑桃 9。

52 選 2，就是這樣毫無趣味、純賭運氣的遊戲罷了。

第一局，江舫贏得不痛不癢。

圍觀的人群爆發出一陣不大熱情的歡呼，還有幸災樂禍的起鬨：「哦——老闆輸了！」

曲老闆不怒不惱，笑微微地把牌擺回了原位。

這一盤，江舫儘管贏了，卻贏得很殺士氣。

「哎呀呀。」曲金沙看著自己的三枚面值 10 點的籌碼幣被銅鉤撥弄到江舫的籌碼格內，擺出十足的惋惜口吻：「要是小江剛才有點自信，加注了就好了，現在能翻三倍。」

聞言，本來還沉浸在歡喜中的李銀航心頭一哽。是啊，9 這個數值其實還算大的，要是剛才稍微自信點，跟注一把……

南舟的聲音，把她的遺憾生生打斷了：「那曲老闆為什麼不加呢？因為不夠自信嗎？」

曲金沙也不惱，溫和地打了一把太極拳：「哈哈，我這個年紀的人，拚不動了，喜歡求穩。沒想到年輕人也是小心翼翼的，沒什麼衝勁啊。」

江舫對曲金沙話裡的軟刀子全然無視，將手中的黑桃 9 歸攏入牌堆中，再次將一整副牌拿在手中。

因為牌內的磁性碼已經被他破壞大半，曲金沙並不惱他，只不疾不徐地提醒：「小江，要開第二輪了。」

江舫目光一一掃過牌上數字，頭也不抬道：「我看看。」

曲金沙心裡咯噔一聲。

——他會記牌？

不過須臾間，曲金沙就笑開了，「不用看它。只要進了洗牌機裡，它

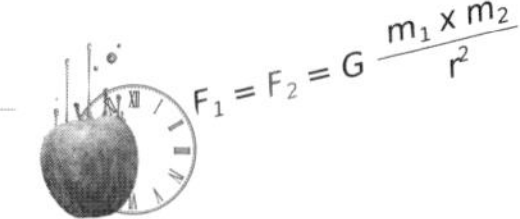

就又洗亂了。」

「不會亂的。」說話間，江舫從扇形的牌面上方抬起眼來。

被擋住下半張臉後，江舫的眼睛裡沒了笑意。

他輕聲道：「曲老闆，什麼牌都是有規律的。」

「不管洗成什麼樣子，該看到的都會看到。」

曲金沙失笑。沒想到這個漂亮青年還挺會裝腔作勢，看來是打算動什麼手腳了？

但江舫迅速合攏牌面，再次露出了帶著誠摯淺笑的下半張臉。這讓那帶了幾分認真的話語變成了一個無關緊要的小玩笑。

52 張牌，又一次被餵入機器。

經歷一番千淘萬漉後，桌面又一次緩緩從中開啟，托出一副牌來。

這回輪到江舫坐莊。他如果想要出千，那就只有抓住剛才那次碰牌的機會了。

曲金沙銳利的目光迅速掃過牌桌上攤開的牌背，試圖尋找出江舫做下的痕跡。

誰想，搜尋之下，他有了意外收穫。

磁性碼！左數第十三張牌，出現了磁性碼被識別後獨有的細微變色！

那差別微小得像是辨別色塊的小遊戲裡的第七、八十關。

細微到了什麼程度呢？細微到哪怕把這張作了弊的牌單獨挑出，放在眾人面前，告知他們這是一張有問題的牌，普通人也難以識別到底是哪裡作弊。

江舫那一折，果然沒能破壞所有的磁性碼！

第一次，輕微受損的磁性碼沒能被機器識別出來。

第二次，磁性碼成功通過了磁篩。

歡喜下的曲金沙，面色不改，斟酌一番後，依前樣自然取出了那張代表著勝利的牌面。

幸運女神是站在他這邊的！

思及此，曲金沙氣定神閒，並不忙於揭牌，問對面的江舫道：「小莊家，選好了嗎？」

江舫將選好的牌端正倒扣在面前，旋即側身，從籌碼盤裡取了一枚紅色的 100 面值的籌碼，連著上一局的 40 點籌碼，一併放入籌碼格。

曲金沙在心中嗤笑。靠運氣贏了一局，再受自己一激，果真就自信爆棚了。

曲金沙也跟他添上了一樣的籌碼，邊添邊道：「還加碼嗎？」

「啊……」江舫學著南舟的恍然語氣，又取了一枚紅色籌碼，夾在右手拇指與食指間，作執棋狀，摩挲片刻，將籌碼再度放至籌碼格內，說：「加碼。」

曲金沙絲毫不懼，跟他添上一樣的籌碼，好心提醒道：「小江啊，少加點兒，要是輸了，你是莊家，得賠三倍呢。」

聽他這樣說，江舫把手舉到耳側，掌心面對著曲金沙，指尖輕輕一晃——他的尾指和無名指間，居然還夾著一枚紅色籌碼！

他把那枚代表著 100 點積分的紅色籌碼丟入格中，「加碼。」

曲金沙見他如此篤定，心口猛然一緊。

磁性碼只會說明牌桌從 52 張牌中識別出規則中最大的那幾張。

難道他也抽到 2 了？且在花色上取勝了？抽中了最大的黑桃 2 ？

曲金沙正欲悄悄翻開自己那張牌檢視確認，就看到，連加兩次碼的江舫翻過了他的牌面。

赫然入目的，是一張紅心 9。

曲金沙：「……」他差點沒忍住嗆到自己。

短暫的驚愕後，他費了巨大的力氣，才控制住放聲大笑的欲望。

——就這？不過是抽到了和上次一樣的 9 而已！

曲金沙怎麼能預料到，自己那句隨口的激將法居然這樣有用？

眼見到了必勝之局，他濃濃的玩樂之心再次生起。

江舫不是喜歡扮豬吃老虎嗎？不如自己也扮一回，讓他嘗嘗被吸吮到

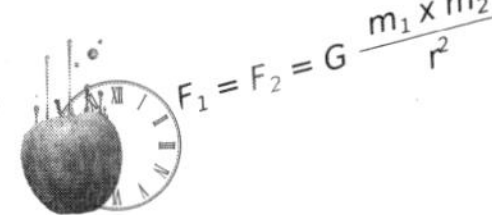

骨頭渣都酥掉的滋味。

強行按捺著上揚的嘴角，曲金沙把籌碼格裡的籌碼一一補齊，如同一位寬厚老實的長輩，訕訕笑道：「手氣真不錯。那……我也看看我的牌吧。」

他掀開了自己面前的勝利之牌。

曲金沙沒有看牌。

他牢牢盯著江舫的臉，想第一時間從這個氣盛的青年人臉上看到錯愕的灰敗、不甘的惱怒，以及慘敗後渴望翻盤的病態狂熱。

但是，沒有。

他期望出現的表情，什麼都沒有。

江舫嘴角的弧度沒有任何改變，像是經過精密訓練的儀器，一切都是穩穩的恰到好處。

在周遭越發幸災樂禍的歡呼中，曲金沙脊背驟然一冷。

——不對！！

他猛地低頭，喉間一陣抽縮。從天堂跌下的心理失重感，差點讓他失態地打出一聲「咕嚕」的悶嗝來。

映入他眼簾的，是當前整副牌中，最小的那一張。

梅花 3。

——怎麼會？！怎麼會變成這樣？！

在曲金沙放大的瞳孔中，江舫抬手托住了腮。

江舫不會說，自己剛才在四處參觀時，就發現了賭場統一使用的撲克牌背後的祕密。

他更不會說，自己在巡視時，曾順手從荷官拿下去的、已經被掃描使用過的廢牌中，摸下了一張梅花 3。

做了 4 年荷官，江舫有留各地的賭場撲克牌做打卡紀念的習慣。

而在被曲金沙邀賭時，江舫心裡就有了計劃。

這張梅花 3 在被第一次使用的時候，它是那一局中最需要的、最大的牌面之一。

而在賭撲克牌大小的比賽規則中，梅花 3 永遠是最小的那一張。

所以——

「我們玩一點簡單的遊戲吧。」

「曲老闆運氣這麼好，我想和曲老闆賭賭運氣。」

「就……賭大小，怎麼樣？」

在第二次拿到牌、清點到梅花 3 的位置時，江舫手腕微斜，將這張背面已帶有磁性碼印記的牌輕鬆滑入序列當中。一翻一覆間，就做了變換。

果不其然，曲老闆只關心他是不是做了記號，對自己借他的手挖出的磁性碼陷阱，渾然不察。

江舫托腮而笑，淺色的瞳孔裡，盛著謙恭又冷淡的光。

他說：「曲老闆，什麼牌都是有規律的。」

「不管洗成什麼樣子，該看到的都會看到。」

說著，江舫指尖拂過被兔女郎的銅鉤手杖鉤來的三枚鮮紅籌碼，似笑非笑地反問：「對不對？」

曲老闆連輸兩局了。雖然賭金只能算小打小鬧，圍觀的人卻越來越多。能看老闆吃癟，哪怕是小虧，也有趣得很。

曲金沙體面的笑容像是面具一樣，膠黏在他臉上，沒有絲毫動搖。只有微微放大的鼻孔稍稍出賣了他內心的起伏波動。

他來不及想到底出了什麼狀況，他只知道，自己決不能聲張。

就算江舫真的出了老千，但那張有標記的梅花 3，千真萬確是自己親手摸的。

在局外人看來，難道江舫還能腦控他曲金沙選哪一張？

這一波，曲金沙被江舫打了個有苦說不出。不過，他也有必要採取一些措施了。

曲金沙溫和地叫了他一聲：「小江？」

江舫把觀望寶塔狀的籌碼盤的視線收回，用目光詢問他，想說什麼。

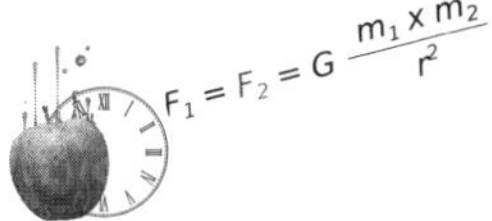

曲金沙自然問道：「喝點飲料嗎？」

江舫從容笑道：「是曲老闆請嗎？」

曲金沙笑說：「當然。」

他勾一勾手指，同賭場侍者耳語了兩句。

不久後，剛才離開的侍者穿過擁擠的人群，口中頻繁說著「讓一讓」。他帶來了一杯伏特加、一杯石榴汁，都用精巧的大口玻璃杯盛著，內裡浮動著圓形的冰球，杯口凝結了一片白霜。

濃重的酒息讓江舫不引人注目地皺了皺眉，「我不大喜歡喝酒。」

「唉──」曲金沙的話音拐了個陰陽怪氣的彎兒：「你有點俄國那邊的血統吧？毛子哪有不喝酒的？」

面對勸酒，江舫倒也沒有強硬拒絕，接過酒杯，輕嗅了一下，又含了笑意，「這一杯不便宜吧？」

曲金沙也不隱瞞：「150 積分一小杯，是場裡最貴的酒了。」

江舫斜過酒杯，輕品一口。醇香的辣在舌尖上綻放，起先是冰涼，然後是火焰似的燒灼熱感。

「菲軒，波蘭產的。」江舫建議道：「不加冰，或者加幾滴青檸汁的話，會更好一點。」

曲金沙看向他的目光更多了幾分其他的內容，「……多謝建議。」

侍者本打算把石榴汁放到曲金沙那一側，誰想身後急著看熱鬧的人群撞到了他的胳膊，赤紅的石榴汁從托盤裡倒翻出來，將絲絨質地的綠色賭桌沁出了一大片深色。

侍者神色一變，忙抽出手帕，覆蓋在被弄汙的地方，不住道歉。

曲金沙性格寬厚，自然不會在意這點小小的失手。

「沒事沒事。」曲金沙把被沾了一點石榴汁的牌拿了起來，朝下放入侍者的空盤，「換副牌就行。」

見狀，江舫把杯口抵在唇邊，神情沒有太大波動。

甚至在聽了曲金沙的話後，他也衝侍者招了招手，「勞駕。有小青檸

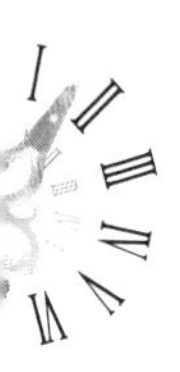

的話，也幫我拿一個。」

侍者被吩咐得一愣，下意識看向曲金沙。

曲金沙對他輕輕一點頭，他才收起托盤，說了聲是，轉身離開。

不多時，一副新牌和江舫的小青檸被一併送上。

曲金沙動手拆開新牌，江舫動手擠小檸檬。

曲金沙著意問他：「還驗牌嗎？」

江舫對此興致好像不很大。他品了一口他新調製的酒，略滿意地一瞇眼，「曲老闆先吧。」

曲金沙用胖短的手指把牌理好，他理牌的動作很有水準，只是慢條斯理的，自帶一份憨厚的樸實。

他還笑著自嘲：「反應慢，比不上年輕人了。」

江舫：「曲老闆不要太自謙了。」

曲金沙將自己理過一遍的牌遞給江舫，「小江不也挺謙虛的。還說不會喝酒呢。」

「不喜歡，不是不會。」

江舫接過曲金沙的牌，卻沒有像第一次拿新牌時那樣，用拇指一張張點過去。他一手握著酒杯，另一手的大拇指和尾指配合默契，拇指單將最上面的一張牌搓出，尾指打了個花，反接過來，將牌面正反顛倒，滑到最下方。

這把單手洗牌的絕活，看得身後一干賭棍兩眼放光，恨不得當場拜師學藝。

南舟在旁邊歪著頭，左手背在身後，默默地學習他的動作。

江舫一邊洗牌，一邊問：「下一輪是曲老闆坐莊吧？」

曲金沙：「是呀。」

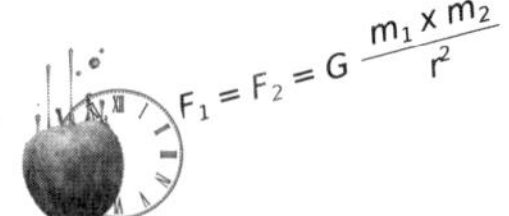

江舫對他一舉杯，「……那我可得做好準備了。」

曲金沙用石榴汁回敬。而他回敬的那隻手的袖子裡，正揣著一張牌……賭大小中最大的黑桃 2。

剛才，第二局結束時，曲金沙就迅速鎖定了黑桃 2 的位置。在動手整理時，他刻意將黑桃 2 抽放在所有牌的最上方。

而將被石榴汁弄髒的舊牌遞給侍者時，他是壓著腕，把所有牌攏在掌心，將牌扣放回托盤上的。

就在這間隙，他粗短的無名指微微向後一勾一滑，最上方的黑桃 2 就穩穩落入他的袖口。

這是曲金沙的保底牌。如果江舫故技重施，繼續對牌動手腳，那麼，他並不介意用這張牌給江舫一個小小的教訓。

把所有牌從反面單手洗到正面後，江舫將它放下，單指一抹，牌面呈漂亮的扇面，完美展開。

江舫略略瞄了一眼，隨即用尾指勾住末牌，將展開的扇面再度完美合攏，「可以了。」

曲金沙有些疑惑。

這回他為什麼沒有做出任何試圖破壞磁性碼的動作？

曲金沙看不懂，想不通。

在一切未卜的疑惑中，新牌被送入了洗牌機中。

第三局，開。

直到牌面被荷官的銅鉤抹開，親眼看到有兩三張牌已經在背面暈開了自己無比熟悉的特殊著色，曲金沙還是想不通，江舫動了什麼樣的手腳。

儘管說要「做好準備」，然而對這一局的勝負，江舫似乎根本不走心。他很快選定了他想要的牌，抽出後，便用只剩下冰球的玻璃杯將牌壓在底下。

選擇完畢後，他紳士地對曲金沙一伸手——輪到您了。

眼前是被機器篩選過、確保生效的新牌。那麼，他袖口裡的保底牌，用，還是不用？

短暫的糾結後，曲金沙探手，從牌堆中挑出了一張帶有暗記的牌。

為了避免出現和上次一樣的尷尬，曲金沙在牌到手的一刻，馬上悄悄查看了數字。

是紅心 2。大小僅次於黑桃 2 的牌面。

他徐徐吐出一口氣，臉上笑意愈加慈祥溫和。

——可以安心了。

抽牌完畢，荷官就依規矩將其他牌收攏起來。

江舫抬起牌面一角，他身後的七、八個人都探著腦袋要去看。然而江舫手法極快，一開一合，轉瞬間便迅速將無數道目光隔絕在外。

曲金沙盯著他的眼睛，笑問：「押多少？」

江舫看向自己的籌碼格，裡面放著他至今為止贏得的所有籌碼。

第一局贏來的 30 點、第二局贏來的 340 點，再加上曲金沙贈送給他的 100 點。加起來，一共 440 點。

他想了想，從籌碼盤裡取來一枚紅的、兩枚黃的。他把這一局的賭注確定在了 560 點。

曲金沙一邊動手把自己的籌碼也添成等同數額，一邊笑著感嘆：「怎麼還有零有整的？」

江舫問他：「加注嗎？」

曲金沙反問：「你加嗎？」

江舫：「加。」

江舫再次看向籌碼盤。

曲金沙好整以暇，看他打算加上多少。不管他加多少，曲金沙都有餘裕與他奉陪到底。

但只是一瞬間，他便徹底笑不出來了。

江舫從盤子裡挑出三枚黃籌、一枚藍籌，將這些放在賭桌一側。

兔女郎荷官柔聲提醒：「所有籌碼都要放在籌碼格內才能生效的。」

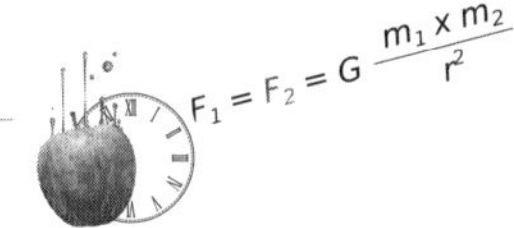

江舫回以溫暖的淺笑，「謝謝提醒。」

說罷，他將去掉那四枚籌碼的籌碼盤拿起，穩穩當當地放在己側的籌碼格之上。

江舫對曲金沙笑道：「麻煩您另拿一盤吧。」

曲金沙臉色先是一白，旋即轉為淡淡的鐵青色。

他指甲抓緊椅子柔軟的皮革扶手，強笑道：「這……你確定？」

「我數過了。」江舫泰然自若，「去掉那四枚，這一盤的積分面值一共 12000 點。」

言罷，他優雅地點點頭，「我和我的同伴付得起。」

李銀航的腦袋轟然一聲炸開了，怎麼突然要玩這麼大？

她下意識跨前一步：「江……」

南舟卻向後一伸手，將她擋在一臂開外的地方，對她輕輕搖了搖頭。

李銀航呆了半晌，眼前一亮。

對了，南舟就站在江舫身邊，他肯定是看到了江舫的牌底！

所以，江舫抽到的牌，這回一定是壓倒性的絕勝！

滿滿一盤籌碼押在眼前，像是一座山突然橫在曲金沙的心上，叫他抑制不住地汗出如漿。

他想用麻紗手帕擦擦額頭，掏出來後，卻又只能攥在掌心裡吸汗。

他聽到自己用乾啞且平穩的聲音吩咐侍者：「再取一盤過來。」

話是這樣說，實際上，他的底氣早被抽乾了底。心臟每跳一下，就彷彿有一隻鉛錘在重重撞擊他的肋骨，眾多擔憂爭先湧入他的腦中。

——江舫抽中了什麼？他怎麼敢這樣賭？他是不是又出了老千？

剎那間，一道靈光閃過。

——難不成，他抽中了黑桃 2 ？

短短半分鐘，石榴汁的甜味兒在他口中迅速發酵成酸苦的腐味。

空氣裡伏特加的洌香，混合著圍觀人群身上的菸臭、汗臭，將曲金沙本來還算清醒的頭腦沖得暈暈乎乎。

荷官已經將不用的牌收了起來，曲金沙無從查證還有幾張帶有印記的大牌。

江舫那邊也用伏特加的玻璃杯壓住了牌背。

如果他抽中了黑桃 2……不，他肯定已經抽中了！

那麼……那麼……自己這一輪是莊家，是要賠三倍的！

賠三倍，對他來說意味著什麼？

在這種境況下，曲金沙甚至感到了幾分慶幸。

如果自己真的出千，用了袖子裡藏著的那張黑桃 2，江舫剛好也抽中了黑桃 2，那就會出現一副牌裡有兩張黑桃 2 的窘況。

真到了那個地步，一旦搜身，斗轉賭場的老闆公然出千，還是在賭大小這樣幼稚園級別的撲克遊戲中出千，那斗轉賭場好不容易積攢來的客源和名聲……

但眼下的情況也好不到哪裡去。

事實就是，他如果出千，會和對面的黑桃 2 對沖。

如果不出，他手中的紅心 2，連帶著他用心血掙來的 36000 積分，會被一張小小的黑桃 2 一口吃下，骨血不留。

眼看侍者端著另一座籌碼寶塔步步逼近，刺骨的冷意也逐漸將曲金沙整個包裹起來。

腎上腺素迅速分泌，讓他手腳冰冷，腦袋嗡響。

在侍者端著籌碼盤，距賭桌只餘數步之遙時，曲金沙猛然抬起頭來。

「我……棄牌。」

兩人對賭，莊家棄牌，意味著放棄早先壓下的所有賭注。這是自認牌面大小不足以對抗對手，是及時止損、壁虎斷尾之舉。

聽曲金沙突然這樣宣布，周遭立即響起了一片大呼小叫的噓聲。

「行不行啊？曲老闆腎虛啊？」

「好不容易來了把大的，呿。」

大家想看的熱鬧沒能看成，當然要嘴上幾句，這無疑是大大下了曲金

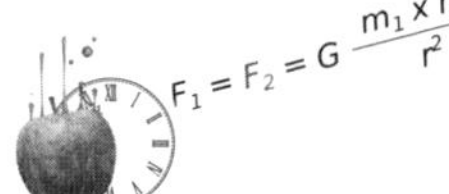

沙的臉面，讓他一張白生生的面皮活活脹成了豬肝色。

江舫挑了挑嘴角，眸光低垂，看不出是遺憾還是高興。

曲金沙強撐著一張笑臉，翻過了自己的牌面，同時道：「江舫，讓我看看你的好運吧。」

「好運？」江舫重複了一遍曲金沙的用詞，餘光輕輕落在南舟身上，他眉眼彎彎道：「沒有那種東西。我的運氣早就被用完了。」

話畢，他把壓在指尖放在牌桌上，單指壓住那價值 12000 積分的牌的一角。施加了一個下壓的巧力後，牌身輕巧地彈入了他的掌心。

他把紙牌舉了起來。

以他為圓心，四周倏然死寂。片刻之後，譁然一片！！

他手裡的是梅花 4……數字大小，僅優於最小的 3。

「……你瘋了？！」

眼見他拿到了這樣的牌，曲金沙一直勉力維持的風度頓時失控，霍然起身，幾近失聲道：「你怎麼拿這樣的牌和我賭？」

「為什麼呢……」江舫站起身，雙手撐抵桌面，迎面迎上曲金沙驚駭的目光，「……興許是喝醉了吧。」

他把一整盤籌碼挪到旁側，眼看著滿眼駭然的美女荷官顫悠悠地將 560 點籌碼掃入自己彀中，粲然一笑，將所有的籌碼一手抓起。

「多謝曲老闆的招待。今天，我們就到這裡吧。」

還未褪去的腎上腺素還在刺激著曲金沙，讓他險些像個賭上了頭的愣頭青一樣，脫口而出「再來」兩個字。

好在，他控制住了。

江舫並不打算管他，一轉身把籌碼全部交給李銀航，「去兌了吧。」

江舫的梅花 4，讓李銀航後知後覺地起滿了一身雞皮疙瘩。

人生的大起大落，同樣對李銀航的小心肝造成了嚴重的摧殘。她麻木地應了一聲，去接籌碼的時候，手還有點抖。

曲金沙沒有要求再賭，也沒有強留，甚至還禮貌地同他們道了別。

在目送江舫一行人踏入電梯後，曲金沙仍久久盯著合上的電梯門，神情莫測。

有「疊碼仔」怯怯和他搭話：「曲老闆⋯⋯？」

曲金沙：「嗯？」

「疊碼仔」問：「就這麼讓他們走了？」

曲金沙側目看他，「你還記得這是什麼遊戲嗎？」

「疊碼仔」立即噤聲閉嘴了。

他們租用的是「紙金」的地界，當然要受到基本的約束和管轄。

「紙金」之內，自有 NPC 維持秩序。

他們至少不能在明面上做些什麼。

即使是他們，輸了也要乖乖交錢。更何況，區區 1000 點損失，對曲金沙來說算不上太肉痛。

曲金沙抱著手臂。在他看來，不出意外，江舫一定會在這場遊戲活得很久。

既然他們都在《萬有引力》這場遊戲中，那麼，隨著遊戲的推進，他們今後必然還會有競爭。

「⋯⋯他還會回來的。」曲金沙喃喃自語，臉上的笑意也越擴越大。

這回，他大概瞭解江舫是什麼樣的人了。就是不知道下一次再見，會是什麼時候了。

江舫靠在電梯廂壁上，脖頸上仰，調整頸間的 choker。

他的呼吸有點重，因此被 choker 抵住的喉結上下滾動的幅度也愈發清晰。

李銀航還沉浸在剛才劇烈的情緒起伏中，根本回不過神來。

南舟則定定望著江舫。

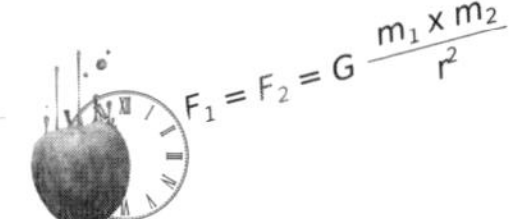

他答應的三件事，都真正做到了。

他沒有輸掉曲金沙送他的 100 點籌碼。

他讓這回的自助餐費回本了。

他也沒有輸。

江舫看了一眼雙眼發直的李銀航，嘴角噙了一點笑意。

他看向南舟，「你對這個結果，不驚訝？」

「因為你翻牌的時候我看到了。」南舟答道：「是梅花 4。」

江舫：「看到了，還相信我？」

南舟反問：「我知道你想做什麼，為什麼不信？」

「不覺得我拿一萬多點去賭，是個瘋子？」

南舟想了想：「有點。」

南舟：「還好。」

南舟：「沒關係。」

江舫又一次笑著別過臉去，閉上眼睛。他怕自己再看下去，會忍不住親上南舟。

南舟還有疑問：「第二局的時候，你剛才是不是做了什麼？」

叮的一聲。電梯到了一樓。

李銀航直直向外走去。

南舟好奇追問：「是作弊嗎？怎麼做到的？」

江舫：「覺得我是作弊嗎？」

南舟誠實地點頭。

江舫輕勾了勾手指，示意他把耳朵交給自己。

南舟主動湊了上去。

新酒一樣的嗓音帶著冰冽的酒香，貼著他的耳朵滑了過去：「……Prove it。」（那就證明一下啊。）

南舟一怔。

江舫大笑，大踏步走出電梯，原本搭在側肩上的銀白髮尾隨著走動從他肩膀滑下。

南舟摸了摸自己微燙的臉頰和耳朵，搞不大明白，為什麼自己也有點熱騰騰的感覺。

大概是那種伏特加的度數太高了，聞聞也會醉。

儘管深深受了一場精神衝擊，但李銀航的省錢雷達並沒有罷工。

他們離開霓虹璀璨的浮華賭場，一路來到包裹著整個繁華「紙金」的都市邊緣。

充斥著賽博朋克風的港式城寨，是負債者、在逃犯和赤貧階級的最後溫床。這裡的住宿價格絕對低廉。

在嬰孩的夜啼聲中，他們連續問過幾家懸著「住宿」紅燈的旅社，總算找到了一家衛生條件和裝潢相對不錯的。

三個人都表示很滿意。

帶他們看房的年輕小夥計哈欠連天，敲響了老闆娘的屋門。

南舟他們需要和老闆娘交易積分，換取住宿。

門響三道，一個長了一雙淡黃色貓眼的老太太幽幽探出頭來。

李銀航一看對方尊容，險些當場去世。

南舟向前一步，將江舫和李銀航若有若無護在身後，「看房。」

老太太臉上密集的褶子動了動，聲線滄桑，目光渙散，不知是行將就木，還是已經就木。

「住多久？幾個人？」

南舟看江舫。

江舫看李銀航。

李銀航鼓足勇氣，從南舟身後露了個腦袋出來，「三個人，一個晚上，多少錢？」

老太太顫巍巍伸出三根手指，「300 點。」

李銀航跟著伸出五根手指，「50。」

沒跟別人殺過價的南舟：「嗯？」

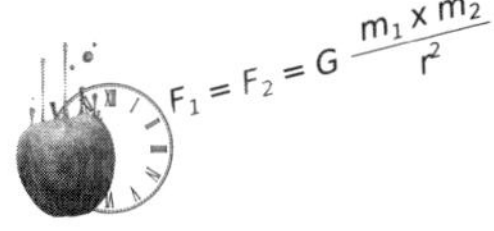

習慣了揮金如土的江舫：「啊？」

別說他們，老太太作為一個 NPC 都當場給幹懵了。

現在李銀航就是狐假虎威裡的那個狐。

如果單就她一個人，借她仨膽都不可能選擇跟這麼一個貓眼老太太深夜叫板。

李銀航吁了一口氣，開始自由發揮：「我們三個都是年輕人，隨便找個地方都能囫圇睡一覺。您的房白白空著多浪費啊，不如讓我們睡。」

「那你們去睡公園吧。」老太太說：「250 點可以。少一點，你們愛去哪兒去哪兒。」

「250 也不是個好數啊。」李銀航逐漸進入狀態：「50。」

老太太作勢就要關門。

李銀航直接擠了上去，順便用腳勾了走廊邊擺著的一只小木凳，連木凳帶人一起擋在門口。

她堵住門，擺出完全通曉行情的架式，「我們問了這裡其他幾家住宿，有 100 的，也有 50 的。」

老太太：「那你們住他們的去，這條件能比嗎？」

李銀航：「周邊都差不多，那家 50 的還挨著早餐店呢。」

經過將近半小時的拉鋸戰，李銀航生生把 NPC 老太太嘮出了一臉菜色。聲線也不滄桑了，眼神也不渙散了，精神抖擻，怒髮衝冠。

老太太惡狠狠地瞪著她，瞳仁幾乎縮成了一條黑線，「100 點，不能再少了。」

李銀航嘆了一口氣，施施然站起身來，「那算了。我們去之前那家 50 的看看。」

老太太：「……」

她怒而暴起，一把薅住轉身欲走的李銀航的胳膊。她的指甲是淡黑色的，貓爪似的，根根尖細。

南舟一挽袖子，做好了上去把動手襲擊的老太太敲暈的萬全準備。

然後，他聽到老太太磨著後槽牙，冷冰冰道：「成交！」

南舟：「……」啊，這樣也行。

李銀航居然沒有絲毫放鬆，立刻抓住機會，討了最後一道價：「接下來我們有可能還要續住幾天，您記住這個價，可別漲啊。」

老太太：「……」

最終，他們花了 50 積分，入住了一間還算乾淨的雙人房。

這一晚上，精神始終處於高強度運作的狀態，讓李銀航一進入房間就當即罷工，五體投床，再起不能。

在迷迷糊糊間，她看著南舟拿了些屋內配備的洗漱用品，向外走去。

她腦中閃現了個沒頭沒尾的念頭——南舟的衣服……怎麼都不髒的？

但她下一秒就徹底斷片了。

南舟去公共浴室簡單沖了個涼。

凌晨 3 點的浴室空無一人。

南舟習慣把自己包裹得嚴嚴實實，所以把衣服一件件褪下來著實花了些時間。

他也不急著去洗澡，一絲不掛地站在設了防盜柵的窗邊。

城寨的月光沒了霓虹的喧賓奪主，顯得格外清澈明亮。

他看了好一會兒月亮，才在月光下擰開水龍頭。

月光混合著流動的溫水，從他身上每個角落潺潺流去。

薄薄的水光覆蓋了他腕間的蝴蝶刺青，洗過他身上的無數深深淺淺的傷疤，肩膀、鎖骨、側腰、小腿，都有怪異的傷痕。

南舟對這些傷疤司空見慣，沒什麼顧影自憐的意思。但在洗頭時，他撩開頭髮，指尖摸到後頸位置時，他的神情微妙地一動。

他又摸到那個傷疤了。

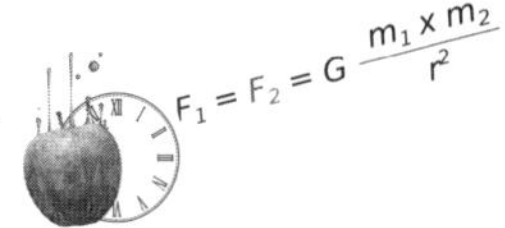

因為南舟頭髮偏長，平時隨意捲著披著，再加上襯衫領子遮擋，他時常會遺忘這個傷口的存在，只在不經意碰觸到時才會察覺。

它與其他傷口的不同，在於南舟根本不記得它是怎麼來的。

無奈，南舟又沒有辦法把自己的脖子擰過 180 度來查看情況。

南舟垂下手，不去想它。

沖洗完畢後，他一抬手，讓趴在暖水管上蹭蹭的南極星飛撲上來。

他把牠護在掌心，捏著兩側的皮膜，翻來覆去洗了個乾乾淨淨。用小毛巾給南極星包裹起來後，南舟也把衣服一層層穿回去。

他重新將自己打扮成嚴密優雅的整齊模樣，只是沒穿外套，將外套隨便挽在臂彎間。

如果仔細看的話，可以發現他身上的白襯衫雖然還算合身，但下緣部分較他的身材來說有些長了。

步出浴室，他發現江舫不知什麼時候站在外面。

江舫對他笑，「我也要洗澡。」

「剛才為什麼不進去？」南舟說：「一起洗也可以。」

江舫溫和地點點頭，斗轉賭場裡的恣肆瀟灑好像被他全然拋卻：「怕你不習慣。」

他把手自然搭在大腿位置，又補充了一句：「……也怕嚇到你。」

由於江舫的態度過於紳士、眼神過於真誠，南舟沒聽懂他話中在暗指什麼。

南舟「嗯」了一聲：「回房等你。」

目送著南舟消失在狹窄昏暗的走廊彼端，江舫獨自踏入浴室。

他第一次解下 choker，隨手和脫下的衣物放在一起。

江舫站在了南舟剛才使用過的淋浴頭下。

月光一樣照在他的身上，無比清晰地映出他頸側的痕跡，在靠近動脈的地方，烙著兩個字母。

K&M。

乍一看，像是刺青。但細看之下，那分明是刀刃粗暴劃割下的痕跡！

傷疤顯然是在事後用刺青精心修飾過的，但 M 的落筆，距離他微微凸起的動脈僅半寸之遙。

江舫指尖擦過浮凸的傷口，輕笑一聲。

這可不是能夠給南舟看的祕密。

太不完美了。

CHAPTER

08:00

夢果然是最沒有邏輯的東西

南舟回房時，李銀航早已睡熟。

他爬上了靠窗的那張空床。

不多時，江舫也回來了，帶著一身清爽的水氣，繞到南舟床側，無比自然地掀起他的被子一角。

南舟抬頭看他。

江舫低聲跟他解釋被子的分配問題：「兩床被子，銀航一條，所以我們兩個得……」

南舟也不很介意，知道緣由後，也只輕輕「唔」了一聲，表示自己知道了，主動給江舫挪出位置。

事實證明，李銀航挑房間的眼光不錯。

城寨遠離「紙金」的喧囂浮華和光怪陸離，反倒帶著一股從心底裡發出來的沉靜意味。

床墊非常鬆軟舒適，和城寨裡其他那些一屁股坐上去彈簧亂響的床完全不同。

不過，柔軟也是有副作用的。

江舫剛一躺上來，南舟的身體就不自覺朝他滑去。

南舟往回挪了挪，同時看向江舫。

一眼看去，他有點困惑。

他指指江舫的choker……不摘下來嗎？

在任務世界裡不肯取下隨身物件，應該是怕遺失，可以理解。可現在明明已經是可以放鬆的環境了。

江舫摸摸頸側，笑得神祕，「這個不可以摘。是祕密。」

江舫不給看，南舟哪怕再好奇，也就不打算再看了。

江舫：「不過，可以用祕密來交換祕密。」

南舟馬上豎起耳朵。

江舫問：「你手腕上的蝴蝶，是什麼？」

南舟搖了搖頭。

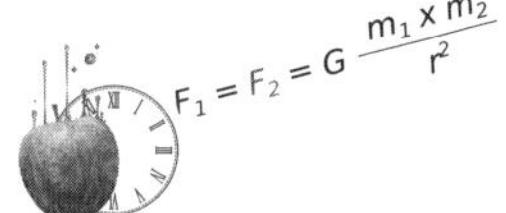

江舫：「也不能說？」

「不是。」南舟說：「我的意思是，這沒什麼大不了的，是我自己刺上去的。」

聞言，江舫凝起了眉。

「刺青很疼。還刺在這種地方……」因為怕吵醒李銀航，江舫的聲音如同耳語，聽起來別有一番讓人耳廓發熱的曖昧意味。

「……為什麼？」

「沒什麼理由。」南舟說：「想畫就畫了。」

江舫沉默了許久。

「啊，對。」他笑著為南舟找好了藉口：「你是美術老師。」

南舟：「是。我是美術老師。可哪個又是你？」

江舫：「嗯？」

「回鄉探親的人、音樂生、擅長賭博的人……」南舟問：「哪個才是真正的你？」

江舫輕輕一點頭，話語裡是帶了些鋒芒的自信：「都是我。」

南舟問：「你還是什麼人？」

「很多啊。」江舫居然沒有再顧左右而言他，娓娓道來：「在地下賭場當過 1 年學徒，4 年荷官。」

「曾在基輔音樂學院幫學生代聽課，所以擅長手風琴，會一點鋼琴和風笛。」

「基輔州騎兵冰球隊的 Enforcer（執行者），拿過州冠軍。」

「當過三個月長途貨運司機，玩過兩個月長板，喜歡到處走一走，看一看，錢花光了，就去當地的賭場玩幾把，或是打點沒玩過的零工。現在，算是回鄉探親的無業遊民。」

南舟微微瞪大了眼睛，「你……」

「嗯，這些都是我。」江舫及時截斷他刨根問柢的欲望：「我說了我的祕密，應該可以對你提一個要求？」

南舟：「你說。」

江舫：「睡覺。」

南舟眨眨眼，乖巧閉好雙眼，「那晚安。」

江舫定定望著他的面容，「晚安。」

南舟在認真執行江舫的要求。

不一會兒，他的呼吸就變得均勻綿長起來。

而柔軟的床墊，也讓南舟陷入熟睡的身體不受控地順著引力，緩緩向江舫靠攏。

江舫沒有挪動分毫，南舟便自然而然地落入他的懷抱。

南舟的額頭輕抵住江舫的肩膀後，完全憑靠著本能，貓似的蹭了蹭。

江舫注視著南舟平靜的睡顏，同時抬起手來。

他的手指靈活分開他柔軟微捲的黑髮，撩開他漿硬的襯衫衣領，兩指滑入幾寸後，準確無誤地找到了那處困惑了南舟許久的傷疤。

——那是一圈齒痕。

江舫修長拇指的指腹帶著微熱的體溫，一一撫過那橢圓形的齒痕。

那一口咬得很深，也很重。

江舫還記得有一滴血淌出創口、沿著南舟勁瘦挺拔的脊骨蜿蜒流下的模樣。

他一顆一顆地數著齒印的痕跡，動作很輕、很慢，力道拿捏得恰到好處，決不會把南舟弄醒，察覺到他的冒犯和越界。

一、二、三……江舫用口型輕輕數了一遍，又一遍。

在無聲低數時，他的唇齒紅白分明，與南舟後頸的齒痕嚴絲合縫，完全對應。

南舟一夜無夢。

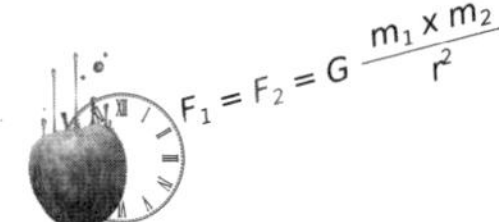

但他以為自己做夢了。

他覺得後頸酥癢，好像有電流在沿著脊椎曖昧地上下流動。

南舟並沒有感覺到惡意，所以他放任了電流對他的侵襲。

然而，過了一會兒，一隻手探進被子，輕輕捉住他襯衫下襬，揑住下緣，好像是在確定和測量什麼。

結果，那隻手的指節不慎蹭到了他大腿的皮膚。

南舟不大習慣別人碰他，哪怕是在夢裡。

他立即將那隻手逮捕歸案，捏一捏，發現好像是江舫的。

他曾經仔細研究和觀察過江舫的手。

所以他沒有選擇扭斷它。

南舟輕輕皺眉，拉著那隻手墊在枕頭底下，並含混著聲音教育對方：「睡覺要把手放在枕頭底下。」

很快，他聽到江舫含笑的應答：「是。」

於是南舟就放心了，翻了個身，把後背露給他。

引力又將南舟慢慢送到江舫懷裡。

南舟並不知道這一切。

南舟這一覺睡得很沉。

等到他睜開眼睛，就看到了窗外半輪圓滿的薄月。

他花了半個小時醒神，然後才坐了起來，「早。」

李銀航正穿著浴袍洗自己的衣服，聞聲回頭，表情頓時複雜萬分。

「不早了。」她甩甩手上的泡沫，「下午六點半了。」

南舟：「啊？」

李銀航倒也沒多想。她也有過在忙碌過後、倒頭悶睡了整整一天一夜的經歷。

那個時候，她一覺醒來，一看鐘錶，再一看日曆，她還以為自己在睡覺時，時間線發生了量子波動。

不過，在南舟睡過去的這十五個小時裡，倒是發生了一件好事。

他們上局遊戲獲得了 S 級評分，獎勵除了 1000 點積分外，還有每人一件隨機道具。

經過一個晚上加半個白天的計算，道具總算發放到每個人的背包裡。

李銀航拿到的是 B 級道具，一個小豬存錢罐形狀的玩意兒。

【道具名稱：鬼推磨】

【用途說明：你是不是在苦惱，積分只是數字呢？】

【哪怕在最便利的斗轉賭場，也沒辦法直接用積分交易，還是需要兌換籌碼。】

【那麼，不妨試一試我們的「鬼推磨」吧，可以將看不見摸不著的積分實體化。】

【一分一幣，儲存量無上限，可實體化數量無上限。】

【使用方法很簡單：要麼，用滿滿一罐積分賄賂敵人，畢竟有錢能使鬼推磨；要麼，用滿滿一罐積分，砸中敵人的腦袋，送他去推磨。】

【備註 1：一次性物品，破損後無法重新使用。】

【備註 2：實體化後的積分數額會從積分中扣除，不可重新恢復至資料。】

——整挺好。還給斗轉賭場打了個廣告。

在看到最後一行前，李銀航還在構想該怎麼使用才好。畢竟蚊子腿再小也是肉。

當看到備註 2 後，李銀航第一時間找到了城寨裡的寄賣點，把這個雞肋玩意兒掛上玩家商城。

走好，再見，不送。

沒有任何東西能從她手裡拿走積分。

李銀航問南舟：「你抽到了什麼道具？」

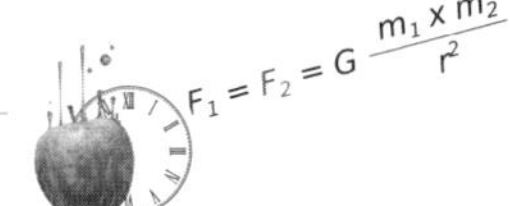

南舟把道具說明從頭到尾看過一遍後，並沒有回答她的問題，而是問道：「舫哥呢？」

李銀航：「在外……」

南舟站起身來，徑直向外走去。

李銀航喊他：「衣服！我給你洗洗——」

「不用。」南舟簡短扼要地拒絕了她的提議，快步走到門口。

但他卻像是意識到了什麼，驀然轉過頭來，直直看向李銀航。

李銀航以為他有什麼重要的話要說，急忙挺直腰板，等他開口。

兩人視線正式相交了約 5 秒鐘後。

南舟鄭重道：「謝謝。」

李銀航：「……啊？」

等她看了一眼自己浸滿泡沫的衣服，才明白南舟在感謝她要為他洗衣服的提議。

李銀航嘴角抽動，「不用客……」

等她抬起頭，南舟已經消失在門口。

李銀航努力說服自己，大佬行事都是這麼奇怪的。

南舟前腳剛離開，昨天那個帶他們看房的 NPC 小夥子就跨入他們的房間，笑嘻嘻地對她吹了聲口哨，接著把兩卷花花綠綠的雜誌往兩張床的枕頭下一塞，又往滿是菸疤的木製床頭櫃上放了一張名片，然後就自顧自地離開了。

李銀航：「……」搞什麼？

她攤開滿是泡沫的兩隻手，走到自己床前，用胳膊肘頂開枕頭。

一本粗製濫造的黃色雜誌赫然入目。

封面上居然是兩個野男人，還在做不可描述之事。

其中一個還被按在鏡子前，場景一時間不堪入目。

李銀航再一偏頭，發現床頭櫃上的名片上印著應召女郎……或許是男郎的電話號碼。

南舟和江舫的枕頭底下擺著的也是同款封面、同款雜誌。

李銀航的第一念頭是，肯定要收錢。

這個發放名片的 NPC 估計還能從中拿到抽成，不知道能賺多少？

她本來想把南舟和江舫枕頭底下的雜誌取走，但她轉念一想，他們兩個都不是下半身指揮大腦的人，倒是不用太擔心。

尤其是南舟。李銀航簡直無法想像他那張冷淡絕欲的臉動情起來是什麼樣子。

她聳聳肩，折返回洗衣盆邊。

可在她重新開始搓洗衣物後，她突然意識到一個問題：等等。為什麼房間裡住了一女兩男，小夥子卻全放了男性雜誌？

南舟雙手插兜，捏著自己口袋裡的小鎖頭，漫步走出旅舍房間，環顧四周。

「紙金」的夜晚早在下午 3 點就到來了。

角落裡有老鼠一閃而過，南舟只來得及看到牠和貓一樣粗細的尾巴。

布滿污漬的灰牆上貼著治療香港腳和白喉的廣告。

懸掛在逼仄走廊上的燈泡各自亮著。各家門前燈泡顏色不一、形狀不一，紅黃藍綠，圓方長扁，明明暗暗，整個城寨彷彿就是一個巨大且怪異的彩燈世界。

天際上掛著一輪滿月，比昨天南舟在浴室裡看到的更加完滿一點。

那麼，今天應該就是每個月的 15 號了。

南舟仰頭看了半天月亮。

然後，他就看到月光下的江舫。

江舫坐在本層樓較為寬敞的樓梯口，正在和三個 NPC 打麻將。

他解散了頭髮，探著手腕摸牌、看牌時，神情和動作仍然是賭場裡的

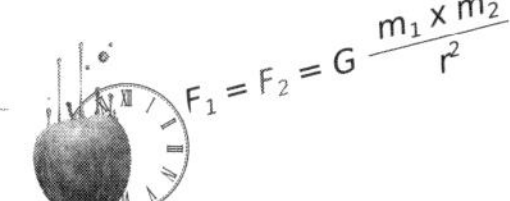

那副從容隨意，卻化消了賭場裡那股張狂的瘋勁兒，和周圍的煙火氣完美融合。

江舫念牌時發音很準確，確保他對面每個年邁的牌友，都能聽清楚他的聲音。

南舟又想到自己昨天那個被摸了襯衫的夢。

江舫是個很優雅紳士的人，不會做出這樣的事。由此可見，夢果然是夢，是最沒有邏輯的東西。

似乎是察覺到了身後的視線，江舫回過頭來。

和南舟視線相接的瞬間，江舫眼角微彎。

他用口型對他說：「稍等。」

於是南舟就在原地等待，一會兒看看月亮、一會兒看看他。

南舟看到江舫拿到一張麻將牌後，推倒了他面前的所有牌面，雙手合十，對三個老人抱歉且溫柔地笑了起來，好像對自己的獲勝深表歉意。

南舟把下巴壓在胳膊上。

他在想昨天那個在賭場裡張揚熱烈的江舫，和眼前這個自如地和老人撒嬌的江舫，究竟哪個是真實的他？

江舫告別老人，結束賭局，向他走來。

還沒等南舟有反應，南極星就像是察覺到了什麼，刷地一下從南舟的衣領處鑽出，興奮地唧唧兩聲，小飛機似的撲向江舫。

江舫含笑抬起手來，用左手一把接住了牠，用拇指摩挲著南極星柔軟的頂額。

南極星嗅到了甜美的果香，想從他左手爬出來，到右手去偷吃……但牠卻發現自己被江舫牢牢控制在了掌心。

南舟問：「你贏到了什麼？」

「贏了一個蘋果。」江舫一手溫柔地捏住唧唧亂叫的南極星，一邊將背在身後的右手舉到南舟眼前。

那是一顆鮮潤飽滿、水霧欲滴的紅蘋果。

他溫聲道：「送給你。」

南舟眼睛亮了一亮，接過蘋果來，「怎麼會賭這個？」

「這三位老先生零花錢不多，乾脆賭水果。蘋果又是最貴的。」江舫說：「連贏十局的人，才能得到最好的蘋果。」

南舟把玩著蘋果，「謝謝。」

南極星終於掙脫了束縛，順著生銹的鐵欄杆一路跑回南舟懷裡，仰著腦袋學小狗叫，試圖蹭到幾口蘋果。

南舟一本正經地同牠講道理：「我的。」

南極星生氣了，一掉頭鑽進南舟的袖子裡，氣鼓鼓地不動彈了。

南舟握著那顆鮮紅欲滴的蘋果，和江舫並排站在城寨十二樓的欄杆邊，眺望夜景。

南舟問：「你抽到什麼了？」

江舫說：「B 級物品，『小丑的祕密』，一副完整的撲克牌，四面是刀棱，是攻擊性的消耗品，用一張少一張。」

江舫問：「你呢？」

南舟直接把系統發放的道具給他看了。

【恭喜玩家南舟收到 S 級評級獎勵道具——馬良的素描本（3 頁）】

【道具等級：B】

【道具性質：次數限制（限 3 次）】

【用途說明：畫一張餅吧——雖然它吃下去後會在 3 分鐘內消失在你的胃裡。】

【畫一隻滅絕的渡渡鳥吧——雖然牠在 3 分鐘後又會滅絕。】

【畫一個愛人吧——雖然他只能牽住你 3 分鐘的手。】

江舫：「……wow，很致鬱的說明。」

結合他們三人收到的獎勵來看，雖說是「隨機獎勵」，但又意外地符合他們每個人的性格以及能力。

江舫說：「應該是演算法吧。」

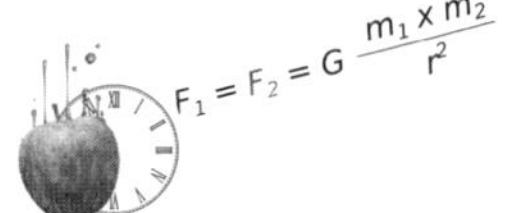

遊戲演算法在他們遊戲的過程中，盡可能地收集他們的資訊，再分配屬於他們的道具。

策劃這一切，把世界上這麼多人拉入一個龐大到無邊無際的恐怖遊戲，開啟一場曠日持久的死亡競爭，並對每個遊戲者建立行為分析機制。

——背後的主謀者究竟想要做什麼？

南舟暫時想不到答案。

江舫顯然也是，所以他問了更務實的問題：「你的卡片有三次使用機會，想畫些什麼？」

「我不知道。」南舟說：「大概會畫一扇門吧。」

江舫同意他的看法：「如果第一個副本裡你就有這個道具的話，我們應該會過得很容易。」

南舟續上了後半句話：「……再畫一個小明。」

江舫眉尖一動。

南舟說：「如果能帶他從那裡走出來，哪怕只有 3 分鐘，也很好。」

南舟又說：「可惜，做不到了。」

江舫注視著南舟，神情一分分柔軟下來。

南舟握著蘋果，雙臂架在銅銹斑斑的走廊護欄邊，神情淡淡地四下張望。他甚至沒意識到自己的溫柔。

對他而言，這只是有感而發的一句話而已。

但這種無意識，對江舫來說卻是致命的誘惑。

南舟突然問：「那是什麼？」

江舫將視線從他臉上轉移開來，順著他的目光看去。

下方有一名穿著麻衣的僧侶，在城寨一樓中央污水橫流的青磚廣場上緩步行走。

他手撚著一串佛珠，打著一雙赤腳，走得很慢。無論是氣質與打扮，他都與周遭的繁華格格不入。

南舟問江舫：「這個 NPC 在做什麼？」

「應該是玩家。」觀察半晌，江舫答道：「他的行為模式和 NPC 完全不一樣……他大概在超度和祭奠什麼人吧。」

南舟問：「祭奠他的隊友嗎？」

「有可能。」江舫想了想，又補充道：「也有可能是在祭奠遊戲裡已經死掉的所有人。」

南舟沉默。

片刻後，他問：「我們什麼時候做下一個任務？」

江舫笑：「這麼急？」

南舟：「我想趕快拿到第一，然後完成我的心願。」

江舫：「你的心願是什麼？」

南舟頓了頓：「不能告訴你。」

江舫笑道：「我們不是朋友嗎？」

「不是朋友。」南舟微微皺眉，強調道：「是合作者。」

此話一出，江舫嘴角的笑容凝滯了。

這番對話似曾相識，曾經出現在南舟和李銀航之間。

當時，江舫並不覺得這有什麼。

可現在……

兩人之間原本還算融洽的氣氛忽然僵硬了起來。

江舫的表情還是笑著的，只是眉眼間的神情有了微妙的銳光，低聲道：「為什麼？」

南舟：「我的心願不能告訴你，我有我自己的原因。」

江舫：「我不是指這個。」他跨前一步，壓縮了安全距離，「……為什麼我們不是朋友？」

南舟絲毫不肯讓步，也不準備修正自己的說法，固執道：「因為本來就不是。」

「我以為……」江舫淡色的眼睛裡始終帶著禮貌的笑，「我們在一起經歷了很多事情，你，我，還有銀航，至少應該是朋友。」

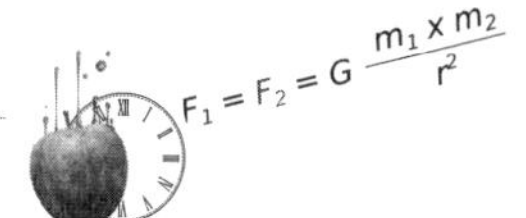

他是如此彬彬有禮，以至於讓他身體裡暗湧著的侵略性沒有流露在外。南舟卻察覺到了他的異常。

他困惑地問江舫：「你怎麼了？不舒服嗎？」

江舫不是沒有意識到自己的失態。

他攥住生滿鐵銹的欄杆，給了自己 6 秒鐘，通過在內心默數來克制住自己的情緒。

很快，江舫主動將話題重新拉回到他們之前的對話內容中：「你說，想馬上去做任務？」

南舟點一點頭，「是。」

江舫注視著他，說：「至少今天不行。」

南舟：「為什……」

城寨裡的居民多數是 NPC，活動範圍和智慧程度依角色屬性而定。

譬如，旅舍老闆娘會和客人討價還價，賣早點的會做包子，小工會偷偷為客人分發黃色雜誌掙取外快。

而一群不重要的小孩 NPC，只會定期從走廊的另一端刷新出來，追逐打鬧著成群跑過。

走廊是格外狹窄的，狹窄到兩個纖瘦的主婦迎面而來時，都要側身閃避對方。

南舟面對江舫，橫站在走廊靠中央的位置，被領頭橫衝直撞的小孩狠狠撞了一下腰。

本該紋絲不動的他，竟然在一個小孩的奔跑撞擊下，一個踉蹌，往前跌去。

在他的身體即將重重撞到鐵欄杆的時候，一隻手臂攬住了他的腰，把他穩穩回扣在自己懷裡。

那隻手緊環住他的腰身，用力之大，甚至將他柔軟的腹肌壓得往下凹陷了幾分。

在稀薄的月光之下，江舫橫攬住南舟的腰，聽著他在自己耳畔的微微喘息，輕聲細語道：

「……你看，我說了，至少今天不行。」

「……你今天睡了太久了。」

在孩童漸行漸遠的喧吵和近在咫尺的逐燈之蛾的振翅聲中，江舫攬著他的肩膀，充耳不聞地溫言細語：「睡得太久，精神也會不好的。」

南舟咬緊牙關，緩過從身體內部泛起來的一陣酥麻和疲倦。

他將難受的氣流緩緩從齒關中擠壓出去，努力不發出一聲低吟……他今天的確很不舒服。

所以醒來之後，他只是站在門口，克制住自己對這個光怪陸離、五臟俱全的城寨小世界的好奇心，哪裡也沒有去。

他甚至沒有湊近去看江舫打麻將。

南舟竭盡全力地壓低紊亂的呼吸節奏。

江舫也抱著他，包容又溫柔地撫摸著他第二節脊椎骨——距離南舟後頸的齒痕僅僅一指之遙的地方。

他假裝聽不到耳邊過堂風一樣清晰而破碎的呼吸聲。

南舟疑心江舫發現了自己的祕密。

但江舫沒有再問，南舟也沒有證據佐證自己的判斷，只好將疑問自行默默吞下。

等到南舟完全緩過來後，他離開江舫，往後退了一步，神情是沒什麼波瀾的平靜，「我們回去吧。」

江舫也沒有持反對意見：「好。」

江舫和南舟回到房間時，李銀航剛剛放下手中的紙筆。

她順手把筆夾在耳朵上，「咦，你們這麼快就回來啦？」

她還以為，憑南舟的貓貓屬性，會在城寨裡到處轉悠探索，玩到後半

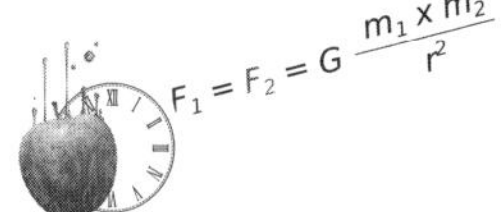

夜再回家。

江舫笑說：「他找到了我，我們就一起回來了。」

李銀航沒有多想。

三個人坐在一起，開了個小會。

作為一個非常有自知之明的工具人，李銀航對目前所有人手中的積分、道具和等級進行了簡單整理。

經她核算，南舟的積分是 4815 點，等級 12，共有五個儲物格可使用，手上持有 A 級道具「逆流時針」、B 級道具「馬良的素描本」。

「馬良的素描本」已經介紹過了。

「逆流時針」則是南舟從小明那裡摸來的暑假作業殘頁。

【道具名稱：逆流時針】

【道具等級：A】

【道具性質：次數限制（限 1 次）】

【用途說明：看到逆流時針，是不是覺得很牛逼？想去記下彩票號碼，再撥動時鐘？】

【不，清醒清醒吧，它只有 A 級。】

【它會重置時間和空間，也會重置你的記憶。】

【時間是世間最不可玩弄之物。】

【該發生的事情，永遠會發生。】

除了兩樣道具外，他的儲物格裡還放置著一把匕首，以及一具氧氣還沒完全消耗乾淨的蘑菇屍身。

把他們在斗轉賭場吃喝的花銷抵消後，江舫淨賺了 400 點積分。

這 400 點積分會用於這幾天他們的消費，是公用的財產。

江舫的積分，目前是「立方舟」中最高的，共計 4890 點，等級為 12。他同樣有 5 個儲物格可供使用，持有 B 級消耗類道具「小丑的祕密」。此外，在他的儲物格裡，還放著他進入第一個副本前用積分兌換來的兩樣物品。

一小鐵皮罐的水果軟糖，價值 10 積分，共計 20 顆。

物品說明：可以給低血糖患者補充高品質糖分的必備良品。

如果說兌一罐子糖，還屬於正常人能理解的範疇，那麼，江舫花了 50 點積分兌換來的另一樣東西，就超綱了。

他兌來了一株蘋果樹苗。

物品說明：想吃新鮮的蘋果嗎？把樹苗放在儲物格裡，過上一年試試看。

——神他媽過上一年試試看。

在《萬有引力》原本的遊戲世界觀裡，種田流也算是主流玩法之一，因此商店有蘋果樹苗賣也不足為奇。

但這不妨礙李銀航覺得江舫是在搞行為藝術。

李銀航抱大腿的成果也頗為卓著。

她目前的積分為 4660 點，等級 12，持有 B 級廢物道具「鬼推磨」，正在掛牌出售中，希望能賣出個好價錢。

聽完李銀航的總結後，南舟關心的是另一件事：「我們的排名現在是多少？」

李銀航看了一下自己做的記錄，「團隊的話……我們現在的排名是全服第 172 名。」

當前，他們所在的中國區服，累計線上玩家為 16800 名。

「立方舟」團隊排名第 172。

個人排名的話，南舟第 723 名，江舫第 720 名，李銀航第 888 名。

由此可見，遊戲中的大多數玩家都掙扎在幾千分上下，正為一口氧氣、為一口食物窮盡心思。

他們或者硬著頭皮去闖關，賺取少得可憐的積分，或者出賣自己，換取微薄的生活物資，或者乾脆咬咬牙，去斗轉賭場裡搏一個單車變摩托的機會。

但無論如何，他們是線上的。

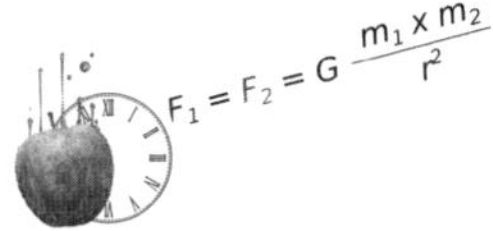

線上，至少意味著活著。

多的是在第一關甚至試煉關卡，就被從排名序列上抹去的人命。

對於這樣的結果，李銀航想不通，疑惑道：「為什麼我們團隊排名這麼靠前？」

按理說，多數正常人進入遊戲後的第一選擇，都會是組團，而非單打獨鬥，所以團隊的數量必然可觀。

團隊人員上限最多可以達到五個。

他們是三人組，在人數上並不占優勢。

人越多，分數理論上不就應該越多嗎？

而且，單就遊戲局數來說，「立方舟」甚至還應該被歸類為新人。他們才剛過了一關而已，怎麼就這麼靠前了？

聽完李銀航的困惑後，江舫解釋道：「銀航，妳說的是理想狀態。」

李銀航一頭霧水。

南舟坐在床邊，用腳尖描畫著地磚的縫線，接過江舫的話：「因為團隊裡人越多，意見越多，死人的機率越大，分數波動的可能性越大。」

李銀航：「……」

雖然這說法簡單粗暴，但是她順利秒懂。

說著，南舟抬起頭，認真道：「所以我們『立方舟』不能死人，一個也不行。」

看著南舟平靜卻莊重的面容，李銀航難免動容。

但還沒等她把「我們誰都不會死」這句宣言鏗鏘有力地說出口，江舫就抱出了他那只漂亮的小糖罐，「我有糖，吃嗎？」

南舟馬上回頭，「吃。」

李銀航：「……」呔，吃東西也要稍微看看氣氛啊。

另一邊，南舟一邊勻速咀嚼著軟糖，一邊補上了他剛才沒說完的後半句話，成功把本就不剩什麼的溫情氛圍徹底打消：「一旦死人的話，我們也會掉段。」

這話他是看著李銀航說的，顯然是覺得自己和江舫都還算安全。

李銀航悲傷地想：大佬說得對，我努力不死，不拖後腿。

「還有，銀航──」說到這裡，南舟把尾音略略拖長，好像要強調什麼重要的事情。

李銀航馬上打起精神，豎起耳朵。

「妳為什麼會說我們靠前？」南舟真誠發問：「我們團隊排名才在前 100 多名，非常不行。」

李銀航：「……對不起，是我太飄了。」

「不要著急。」江舫安撫兩人：「我們先在這裡休息幾天。」

南舟和李銀航異口同聲地對他提問：「幾天？」

南舟關心的是排名。

李銀航關心的是房錢。

在江舫能妥善處理自己的情緒的時候，他仍是那個溫文爾雅又好脾氣的江舫。

他笑一笑，「今天就不用去做任務了。」

李銀航：「今天肯定不行了呀。每天中午 12 點前才能退房，今天的房費已經續上了。」

南舟含著軟糖，聞言微微鬆了一口氣，從床側挪到床中，躺了下去。

察覺到他的意圖，李銀航有些驚訝：「又要睡了嗎？」

南舟：「嗯，天黑了。」

李銀航窸窸窣窣地拉開床頭櫃，「吃點東西吧。我早上去買了一點包子，5 積分一個，我殺到 10 點積分 3 個……」

南舟閉著眼睛輕聲拒絕：「我在吃糖了。」

他很累，沒力氣，從骨頭縫裡往外沁著寒意。

他不喜歡這種感覺，然而無可奈何。

這是南舟的病，無藥可醫。

所以，他才會有那樣的心願吧……

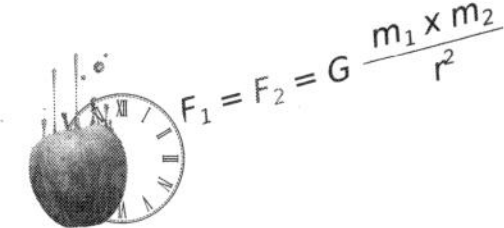

然而，他的腦袋才剛剛沉到枕頭中沒多久，就猛然彈坐起來。

李銀航嚇了一跳：「怎麼了？」

南舟睜著眼睛，沒頭沒腦道：「……枕頭。」

江舫：「……嗯？」

南舟回過身去，「枕頭底下有東西。」

李銀航這才想起來江舫和南舟的枕頭下面，還壓著一本男男性知識推廣雜誌。

她正要解釋時，江舫已經將雜誌從枕頭下取出。

一看封面，他就微微挑了眉。

李銀航忙交代了小黃書的來源。

江舫果然不大感興趣，聽過來歷後，就隨手放到床頭櫃上。

而在李銀航說話時，南舟始終揉按著太陽穴，視線餘光卻落在雜誌封面上的兩個男人身上，神情間難掩好奇。

大概是不喜歡這種辣眼睛的東西被放在可以隨便看到的地方，南舟主動拿過雜誌，重新放回枕頭下，然後自顧自躺了回去。

這不過是一件再普通不過的小插曲，並沒人把這件事放在心上。

南舟也沒再把那本書從枕頭下取出來。

接下來，他們在城寨中休整了三天。

一切平穩，並沒有發生什麼怪事。

除了南舟在第二天早上 6 點準時醒來，一掃昨天的嗜睡倦怠，把環狀城寨的二十八層樓上上下下逛了個遍外，沒有什麼特別的事情了。

休整期間，江舫、南舟和李銀航的人肉氧氣瓶先後告罄。

他們把氧氣餘額續上後，在附近的公墓裡找到了三處空位，把三位玩家的屍體葬入其中，並為他們象徵性地手刻了三座墓碑。

直到現在，他們也只知道當時第一個被他們捉到的「鬼」，真名叫做劉驍。

他們不知道胖子的真實姓名，也不知道秦亞東究竟是不是叫秦亞東。

當然，他們也許一輩子都不會知道了。

安葬了三具陪伴過他們一些時日的屍體後，南舟來到商城頁面，選中了新的一張價值 100 點的選關卡。

這一回，他們依然打算選擇 PVE 模式。

江舫問南舟：「確定嗎？」

南舟：「嗯。」

李銀航同樣表示認同，並分析道：「在 PVE 模式裡好像獲取道具的機率更大一些。」

這回，南舟的應答遲了片刻：「……唔。」

南舟選擇 PVE，倒不完全是為了積分和道具。

在猶豫要不要選擇 PVP，看看和 PVE 有什麼不同時，他莫名想到了那個赤腳而行的青衣和尚。

一旦想著他可能是在為誰誦經、向誰道別，南舟就不很想去和其他玩家對抗了。

這樣想著，南舟點選了「使用卡片」選項。

千轉光華頓時瀰散開來，將旅舍房間裡或站或坐的三個人從頭到腳吞沒殆盡。

【親愛的「立方舟」隊玩家，你們好～】

【歡迎進入副本：沙、沙、沙】

【參與遊戲人數：7 人】

【副本性質：靈異、校園、角色扮演】

【祝您遊戲愉快～】

南舟看著這個副本名稱，想，鬧老鼠了。

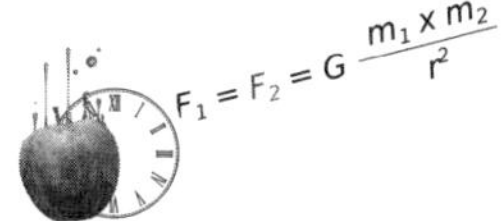

在進入副本前，玩家會有一段無所著落的真空期。

人浮在無窮的、如有實質的潮水一樣的黑暗中，像是被放在一個充斥著黏膩營養液的生物艙中。

在這個過程中，玩家沒有任何自主性可言，只能被動接收副本資訊。

但是這回，在南舟耳邊響起來的，不是【小明的日常】副本開始前，那帶有機械感的旁白式介紹，而是一段沒有畫面的純聲音。

高速的奔跑足音和恐懼的喘息聲交織在一處。

「呼……呼……」

狂亂、無節奏的呼吸聲，讓人僅僅聽著，就能被傳感到激烈運動時喉嚨火灼一樣的痛感，以及血氣從肺裡往上泛的腥澀味道。

那人一路狂奔中，突然像是絆到了什麼東西，一跤撲倒在地。

在那人身體狠狠撞擊上地面的一瞬，南舟聽到了一聲細響。

「沙——」

他說不好那是什麼聲音，是摔倒後衣料和地面的摩擦聲？還是是電磁干擾的聲音？

因為太短，根本無從判斷。

但可以知道的是，發出聲音的人正在逃命。

或許是在逃避死亡，逃避一件很可怕的事情，因為南舟在他跌倒時，聽到了一聲清晰的牙齒碎裂聲。但錄音裡的人連呻吟都沒有時間發出，那人翻身起來，繼續向前沒命奔逃。

他狼狽地逃進了樓梯間。

——因為腳步產生了比剛才更大的回音。

他下了兩層樓後，闖入了電梯間。

——因為有不間斷的按鍵聲和焦躁的來回踱步聲。

——叮。電梯到了。

一聲按鍵選層聲響起後，緊接著就是一連串鋼鐵匣子慢慢合攏的機械運作聲。

南舟正疑惑那人為什麼要把自己關進一個逃不出去的鋼鐵牢籠，他耳邊就出現踮著腳走路的細細足音。

——那人利用電梯，給了追擊者一個誤導。

他召來電梯，只按下了樓層數字，但人卻沒有進去。

如果追著他的東西也來到這一層的電梯間，看到正在運行中的電梯，很有可能會直接追過去，他就能躲過一劫了。

細碎的躡手躡腳聲離開電梯間，來到了本層的某個房間前，悄悄擰開了門把手。

四周極靜。因此，門簧正常而微弱的摩擦聲，就像是貼著人的牙神經劃過去一樣，格外尖銳。

吱扭——

這又是鐵皮櫃子的關閉聲。那人總算把自己藏在一個安穩的地方。

藏好之後，他終於開始說話了，是個年輕的男聲，聲息混亂、壓抑而短促。

「救我，救我救我救我……」

「我們不該去那裡，那個地方是不存在的，所以我們也都不能存在了……」

「胡力死了，他死了，我記得，你們怎麼都不記得了呢……」

沒有邏輯的喃喃囈語，透著股半癲不狂、即將崩潰的意味。

他是在和誰打電話嗎？還是神經質的喃喃自語？

倏忽間，一切都安靜了下來，連緊張的喘息聲都被那人生生扼在喉嚨裡。因為他費盡千般小心關好的門，毫無預兆地從外面開啟了。

「沙——」

「沙——」

「沙——」

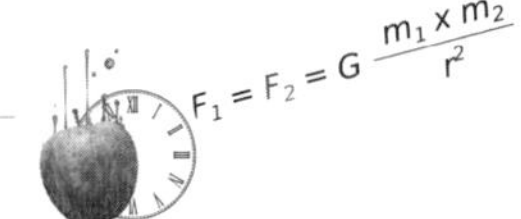

像是某種生物在地上爬行的聲音。

窣窣……沙沙……

聲音由遠及近，一路響到鐵皮櫃子前。

南舟聽到了櫃中人雙腿的震顫。

他發抖的腿腳不住撞擊著櫃底，連帶著整個櫃子都發出恐懼的顫慄。

隱藏已經沒有意義了……大勢已去。

吱呀——門開了。

接下來，是漫長的無聲，沒有慘叫、沒有尖嗥、沒有臨死前絕望不甘的悲鳴和嗚咽。

一切的聲音都被抽離開來，只剩下單純的寧靜，彷彿剛才驚心動魄的追擊只是一場夢境。

南舟豎起耳朵，想從這一片死寂中得到些殘餘的資訊。

乍然間，一個字正腔圓的男聲在他耳邊響起，就在剛剛，這個聲音還在狂躁而小聲地囈語。

現在，他就在這一片無垠的黑暗中，站在南舟身邊，貼著南舟的耳朵，對他說話。

聲音不大不小，卻足夠叫人毛骨悚然。

「——我去了。」

「南舟，你什麼時候來？」

【遊戲在 30 秒後正式開始。】

【遊戲時間為 120 小時。】

【在遊戲時間結束前，不要瘋掉，活下來。】

——這是限時存活的遊戲？

不給南舟細想的機會，一大片綿密的沙沙的響動聲就洶湧而來，像是

被電磁干擾的悶響。

也像是一大群老鼠從他腳底和頭頂一窩蜂湧過。

他的雙腳重新踏到了堅實的土地上。

周圍的環境光漸次亮起來時，南舟先聽到湧入耳膜的尖叫歡呼聲和裁判哨聲。

然後他嗅到籃球的膠皮味道和淡淡的汗味。

南舟閉著眼睛，可以看到眼皮上被陽光映出的淡紅色血管痕跡。

確保自己的眼睛不會被突然亮起的光線灼傷後，他才緩緩睜開了眼睛。

「逐夢起航，敢為後浪！」

「玩出精彩，玩出勝利，玩出未來！」

入目的先是兩條鮮紅的標語，緊接著是在一方場地內相持的兩支隊伍，以及顯示著建築系與數學系 70:71 的比分牌，和僅剩下 23 秒倒數計時的大螢幕計時器……

他在看一場籃球比賽。

原本和他一同進入副本的李銀航和江舫都不在他身邊。

南舟沒有急於尋找他們。

他坐在原地，翻過手腕，確認了手腕處的蝴蝶紋身，低頭看向自己腳腕骨骼的形狀，隨即抬手摸了摸耳朵輪廓。

嗯，臉還是這張臉。

只是他身上的衣服換了，換成了一身白襯衫和深紅的毛衣夾克，脖子上繫著一條休閒風的領帶，是典型的學院風。

周圍是青天白日，鼎沸人聲，看起來不具備任何能讓人掛掉和瘋掉的因素。

南舟正在整合資訊時，那邊的籃球爭奪已見分曉。

穿著橙色秋衣的建築系隊成功進球。比分牌上的 70 跳轉到了 72，倒數計時還有 4 秒歸零。

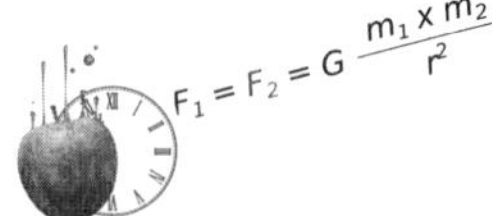

大局已定，極限反超。

南舟所在的這片看臺頓時掀起一陣山呼海嘯。

根據周邊觀眾的反應，南舟迅速做出了判斷。

——我是建築系的，對面是數學系。

建築系大概是從開場一直被數學系吊著打，在離比賽結束僅剩幾秒時終於成功反超，自然是一掃頹態，揚眉吐氣。

南舟旁邊的一個矮個子學弟上來就捏住南舟的肩膀，又跳又罵，叫得酣暢淋漓：「牛逼！學長我們牛逼了！」

南舟被他搖來搖去，也沒反抗。

雖然他用的是自己的臉，但顯然副本中的NPC已經被成功修改記憶，完全把他們當做了他們原來認識的那個人。

剛剛想通這一點，南舟就見學弟出了個拳頭，拳心向內，直直伸到自己眼前。

男生期待地看著南舟學長，想和他上下扣個拳，好好發洩一下憋悶的鬱氣。

南舟有些納罕。但他還是伸手握住他的手腕，調整了一下他的發力方向和握拳姿勢。

學弟：「啊？」

南舟肯定地一點頭，用目光告訴他：這樣打人就能比較疼了。

耐心教育完學弟，南舟站起身來，準備去找他的隊友，毫無預警的，他的耳畔突然傳來一聲模糊的細響。

「沙——」

南舟停住了腳步，向後看去，他什麼都沒有看到。

他揉了揉耳朵。

不知道是不是他的錯覺，那沙沙的碎響，就像是從他耳道深處傳來的一樣。

這次的傳送的確是隨機的。

聽過一段怪異的錄音後，江舫出現在一部正在下降的電梯中。身旁是兩個說著俄語的留學生。

江舫一邊聽著他們的對話，一邊打開了提在自己手上印有【津景大學管院留學生部】字樣的提包。

他快速將幾本教材一一翻過，抬起頭來，在略有反光的電梯廂壁上確定了自己的面容沒有發生變化。

走出留學生公寓時，江舫舉目四望，正思考要去哪裡尋找南舟，就聽到公寓樓旁本來播放著舒伯特鋼琴曲的公共喇叭裡，響起了一條臨時插播的內容：

「各位同學，建築系的南舟同學迷路了。有誰認識建築系的南舟同學的，請速到廣播室接人。」

江舫和李銀航幾乎是前後腳到達廣播室的。

南舟一個人坐在廣播室的木板凳上，後背挺得直直的，手上握著那只他從上個副本裡順來的票據盒鎖頭。但原本牢牢鎖死的鎖扣竟然已經彈了出來。

江舫敲了敲玻璃，南舟聞聲抬頭，站起身來，從廣播室裡探出頭，開門見山地宣布道：「我盜竊一級了。」

被隊友成功認領後，南舟和他們交換了資訊。他們聽到的音訊內容大同小異。

一個人被追緝——試圖用電梯引開對方——躲入房間鐵皮櫃——被發現。

唯一的不同，就是男人最後那段貼耳低語的主語不同，基本句式就是「XX，你什麼時候來」。

聽到這句話時，李銀航的 san 值當即掉了兩個點，直到現在還沒緩過

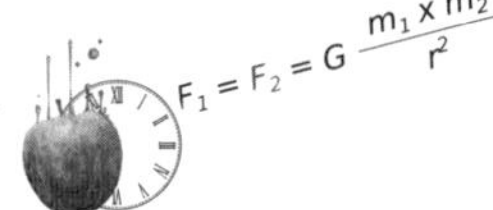

來。她只能聽南舟和江舫這兩個彷彿沒長恐懼神經的大佬，就眼下的情報發表意見。

江舫說：「那個人能叫出我們每個人的名字，說明他認識我們。」

南舟嗯了一聲：「可以先從這個查起。按設定來說，我們是一起去了某個地方，招惹到了某種東西。」

很有可能就是那種會發出沙沙響聲的東西。

南舟又說：「有一個叫胡力的人死了。我們可以從胡力查起。」

江舫卻在這時候提起了另一件事：「你沒問題吧？」

南舟挑眉——我應該有什麼問題？

「任務時間是 120 小時，危險係數比較高。」江舫說：「就算不死，也有可能會對精神造成影響。」

說著，江舫看向南舟，「我有些擔心⋯⋯」你。

但那個字他懸在舌尖，欲言又止，說不出口。

南舟覺得江舫提出的問題的確值得重視。

等到 san 值歸零再亡羊補牢，肯定是來不及的了。

怎麼才能即時判斷隊友的精神狀態是不是出了問題？

於是，經過短暫的思考後，他提議道：「我們約定一個安全詞吧。」

李銀航：「啊？」

這個詞是這麼用的嗎？

南舟注意到李銀航複雜的神情，會意地一點頭，「銀航大概不知道安全詞是什麼意思。」

李銀航：「⋯⋯」

南舟：「就是⋯⋯」

李銀航急忙阻止他用這張清冷無欲的臉說出更多虎狼之詞：「知道知道知道。」

江舫舉了一下手，笑咪咪地插話：「可我不知道是什麼意思，想聽聽解釋。」

李銀航：「……」江舫你成心的是不是？

南舟果然正直地給予了解釋：「舉個例子，我的安全詞是……」

他眼角餘光一瞥，看到了走廊上張貼著的「請勿喧嘩」警示牌下方的一句英文。

南舟繼續道：「而你的安全詞是……」

江舫主動接了上去：「先生。」

南舟點一點頭，一本正經說道：「我的安全詞是『please』，你的安全詞是『先生』。當我發現你的精神出現比較嚴重的動搖的時候，我會叫你 please，只要你還能回答我一聲『先生』，就證明你還存有理智。這就是安全詞。」

李銀航：「……」這是個錘子的安全詞。

這不就是「天王蓋地虎，寶塔鎮河妖」的暗號嗎？

但江舫居然不糾正，反倒陪他玩起來了：「那我們試試看。」

南舟：「please。」

江舫笑意滿滿：「先生。」

李銀航：「……」江舫你就是成心的吧？

偏偏南舟對此沒有什麼概念，和江舫對接暗號成功後，又來問她：「銀航，妳要用什麼……」

話音未落，他猛然刹住腳步。

為了方便交談，不知不覺間，他們已經走到了清淨無人的樓梯間，邊說話邊往下走去。

南舟覺察到了某種不和諧的東西，攔住江舫與李銀航，食指貼在唇邊，小小噓了一聲。

上面的動靜突然消失，下面等待的人果然就按捺不住了。

三道身影離開下方樓梯的陰暗處，緩步上樓，不客氣地横在了三人離開的路上。

為首的男人肌肉虬結，一看就是健身房常客，第一個副本裡他們遇到

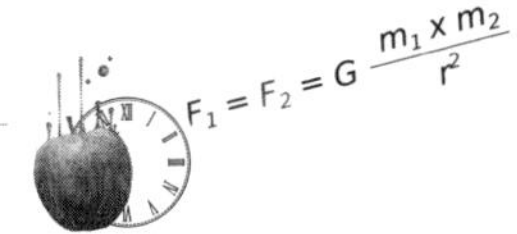

的健身教練小申恐怕會很喜歡他。

其他兩個也不差，身材可比《魂斗羅》裡那兩個端著槍衝鋒陷陣的鐵血硬漢。

為首的男人似笑非笑道：「我們也聽到你的廣播了。居然會有學生在學校裡迷路？這也太奇怪了。」

他下了結論：「你們也是副本玩家吧。」

南舟對這個結果並不意外。他敢用廣播站，本來就有把其他玩家一併集合來的打算。

因此他坦蕩答道：「是。我們三個都是。」

對方一咧嘴，「那就好。」

這次是七人副本，他們本該有四個隊友。

但看到他們不懷好意的表情，就連李銀航都意識到，這回他們碰到的不是沈潔帶領的「順風」，只是單純地想要副本中的最高話語權和指揮位，也不是虞退思主導的「南山」，溫和保守，以穩取勝。

可不管是「順風」還是「南山」，至少是想要與他們尋求合作，一起過關的。

但眼前三名身材壯碩的男人，可是一點想和他們「合作」的意圖都看不出來。

南舟動也不動地看著一步步緊逼上來的三人，「你們想幹什麼？」

沒了長款風衣的加成，南舟那股不好惹的神祕氣質被削減了三分。

他的長相是文質風流的藝術格調，皮膚白得透光，迎著樓梯窗戶灑下的駁光，清冷冷地往那裡一戳，讓這意圖不軌的人也忍不住想輕佻地「嘖」他一聲。

「我們沒想幹什麼，就是想給新人上堂課。你們不會以為，在 PVE 模式裡就沒有風險了吧？」

男人冷笑著，露出了一口鯊魚樣的牙齒，把閃亮亮的瑞士刀口對準了南舟，模擬著挑他下巴的動作，在他小腹上下流地隔空挑動兩下，「身上有什麼道具，都交出來吧。」

南舟站在原地沒動。既沒還擊，也沒還嘴，而且也沒有要交出什麼道具的意思。

男人和他僵持了半天，才後知後覺地發現，自己彷彿被他無視了。

男人：「……草泥馬你卡碟了啊。」

不乾不淨地罵過一句，他往上跨了兩節臺階，用匕首尖抵住南舟小腹，獰笑道：「做個交易。大家都是想活命的，別不識抬舉。」

南舟低頭，看向那道寒鋒。他真誠地誇讚了一句：「刀不錯。比我的那把強。」

男人：「啊？」

他還沒來得及將猙獰嘴臉進一步展露，說出威脅的話，就突覺握刀的手腕一陣痠軟麻木。

下一秒，他就看到原本好端端握在自己手裡的刀，居然瞬間落到南舟的手裡。

而他還沒能即時消化這一事，自己腦袋右側就襲來一股巨力，將他整個腦袋直接推撞到樓梯扶手上。

Duang——整個樓梯間，從六樓到一樓的鐵扶手都被撞出了低沉的蜂鳴聲。

南舟把刀鋒折回原位，丟給身後的江舫，「拿著，防身。」

說罷，他側身從無力軟掛在樓梯扶手上、捂著流血耳朵說不出話的男人旁邊走過，動手將襯衫的寶璣袖扣解開，袖口往上疊了幾疊，露出了帶著放射狀電流傷疤的小臂。

魂斗羅一號見勢不妙，當即選定倉庫裡的一樣道具卡，提拳猛地朝南舟衝來！

南舟被他指尖閃耀著的指虎晃了一下眼。

南舟探手要去抓男人揮來的手腕，但在即將碰觸到他的皮膚時，南舟似乎察覺到了什麼，驟然收回手去，膝蓋一彎，直接矮身避過。

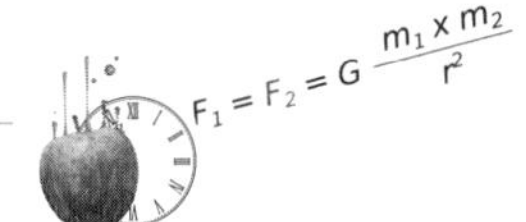

在發現南舟想去抓自己手腕的動作後，魂斗羅一號心內一喜，把身上全部力量都傾注到這一拳上。

沒想到南舟是蜻蜓點水，虛晃一招。

一號剎不住車了……覆水難收。

於是，他那一拳徑直砸到樓梯上。

以指虎落地處為圓心，樓梯上竟然綻開一片半圓形的裂紋！

不可思議的是，他們只聽到了拳頭碰觸堅硬物體的悶響。

樓梯被打到開裂時，沒有發出任何搖撼或是碎裂的響動，就只是無聲地裂開。

【道具：無聲爆裂】

【道具等級：S】

【道具性質：次數限制（限 5 次）；時間限制（10 秒）】

【用途說明：是不是感覺到有一股力量注入身體？】

【但是力量是沒有聲音的。】

【他們聽不見，他們看不見，他們感受不到這一拳的力量。】

【等到他們發現，他們早已無聲爆裂。】

一拳落空，一號滿心不甘。

這可是他們唯一的 S 級道具，而且到他們手中的時候，只剩下兩次使用機會了。

他很疑惑，為什麼南舟可以躲得這麼快？

此時此刻的南舟也很疑惑。他不明白，這麼厲害的技能，為什麼要交給一個只會馬步衝拳的人使用？

還沒等一號爬起身，他就感覺有一隻手捏了捏他頸後的一處穴位。

「無聲爆裂」只能增強 10 秒鐘輸出的力量，身體防禦如果脆皮，那還是脆皮。

魂斗羅一號當場被捏得酥倒下去，被閃身到他身後的南舟捏住了命運的後頸皮。

在外人李銀航看來，魂斗羅一號非常之沙雕。

牛逼轟轟地一拳轟上來後，他就面朝下栽進了自己剛才轟出來的一圈裂紋裡。

丟人。

一號腿麻腰軟，但還想藉著餘勁反抗一把，卻突然感到一隻手從後扳住他的咽喉，另一隻手托上他的下巴。

一時間，動物的本能讓他手腳冰冷，血液逆流……他直覺，南舟是想扭斷他的脖子。

瀕死的恐懼和橫衝直撞的腎上腺素讓他四肢立時僵直，就連剛剛被樓梯棱角磕了一下的下巴都感覺不到疼痛了。

在高速湧流的血液造成的耳鳴中，他聽到南舟低聲說：「對不起，習慣了。」

接下來，擰住他脖子的一雙手就撤開了，南舟甚至還挺抱歉地拍了拍他的肩。

魂斗羅一號還沒反應過來，就被南舟揪住頭髮，就近往樓梯棱角上猛磕一記。

他慘遭補刀，癱在了樓梯上。

南舟收回跨坐在一號身上的腿，回頭看向魂斗羅二號，他頓時有點困惑——人怎麼沒了？

不得不說，二號的危機意識遠超其他兩個人，在一號被摁倒時，他就已經撒丫子了。

廣播室在五樓，短短幾秒，他已經躥到四樓去了。

剛才還象徵性害怕了一下的李銀航，現在趴在樓梯扶手上，看著跌跌撞撞向下逃竄的二號，心裡只有幾個大字：閃現遷墳。

南舟縱身翻過樓梯扶手，一腳蹬在樓梯對面的瓷磚縫上，借力之餘，一低頭越過上層樓梯和本層的相交點，踏在對面的瓷磚縫上。

他總共跑出了五步，就把已經跑到二樓半的魂斗羅二號一腳撂翻。

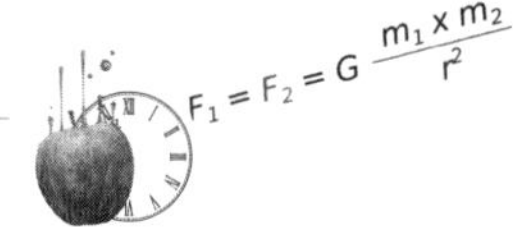

南舟好奇地蹲下，對面朝下撲倒在地、微微抽搐的二號問：「你跑什麼？你又跑不掉。」

說完，他就拎住那人的衣領，把他拖了回去。

三個攔路打劫的被他歸成一堆，實現了史上最狼狽的匯合。

為首的肌肉男腦瓜子還是嗡嗡的。他可沒有差點被擰了脖子的魂斗羅一號的死亡體驗，還蠢蠢欲動地想要還手。

但江舫只用一個眼神就把人摁平了。

江舫什麼都沒有做，只是提著那把瑞士軍刀，笑笑地盯著男人看，就把他活活看老實了。

此人雖然肌肉長進了腦子，但他有種本能的直覺。

南舟下手麻利，卻並不會動手殺人。

但這個毛子有可能會。

南舟問他們：「你們叫什麼名字？」

為首的肌肉男左右看看那兩個萎靡的同夥，硬著頭皮狠聲道：「有種你就殺了我們！殺了我們，你什麼道具都得不到。」

南舟：「……我沒想得到你們的道具。」

肌肉男：「你他媽哄鬼嗎？」

南舟輕輕嘆一口氣，從倉庫裡取出匕首，抵在那人的下巴頦上，冷聲道：「把你們所有的道具交出來，然後告訴我你們叫什麼名字。不然我就不要道具了。」

1 分鐘後，三人的道具扔了一地。

李銀航蹲在一邊，宛如物流分揀中心的快遞員，一一清點。

南舟坐在臺階上，隨便拿刀口對著悲憤欲死的三人，象徵性擺了個毫無威脅性的 pose。

根據他們自行交代，為首的肌肉男叫孫國境，魂斗羅一號叫羅閣，二號叫齊天允。

在現實世界裡，他們就是關係不錯的鐵哥們兒，同一所大專畢業，畢業後湊了湊錢，在小吃一條街開了燒烤攤，生意剛起步沒多久，《萬有引力》就打包把他們仨一起運了進來。

但他們很快在遊戲裡開發了嶄新的財富密碼……搶劫玩家。他們更喜歡 PVE 劇本，這意味著玩家不會太過提防隊友。

仗著系統評級為 7 的武力值，他們成功打劫了七、八名玩家。他們打劫的中心思想，就是欺軟怕硬加上撿漏。

那個叫做【無聲爆裂】的道具，也是他們從一個被鬼重傷、無力反抗的玩家手裡搶來的。

這次，他們敢貿然動手，一是覺得利用廣播，實名制公開說自己在學校裡迷路的人，必然是個蠢 B。二是看到他們隊伍裡有個女的，三個打兩個半，肯定沒問題。

南舟問：「你們怎麼想到在這裡等我們？」

孫國境老實說：「……我們怕坐電梯出問題，一旦碰到鬼躲不掉，就走樓梯了。」

南舟啊了一聲：「所以說，你們是不小心在這裡碰上我們的，不是蹲我們點？」

三人默不作聲。

他由衷地發揮了 8 級嘲諷的實力：「那你們真倒楣。」

對面三人紛紛哽了一口血在喉嚨眼裡，敢怒不敢言。

孫國境心如死灰：「道具也交了，你們還要怎麼樣？」

南舟收起匕首，「你們走吧。以後不要搶別人了。」

孫國境不置可否。

南舟想了想，又補充了一句：「如果實在想搶，可以兩個人來，把道具放在第三個人身上。不然又像今天一樣，全被別人搶了怎麼辦？」

孫國境、羅閣、齊天允：「……」

打劫不成，又被侮辱了一頓，三人百感交集，只想趕快離開。

南舟回頭跟李銀航交流了兩句，又出了聲：「等等。」

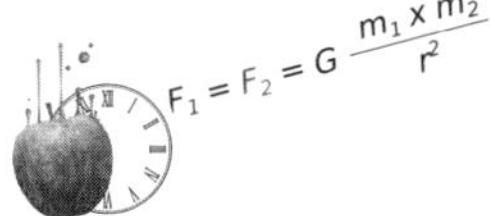

三人汗毛紛紛一豎，還以為南舟打算反悔。

沒想到，南舟將幾樣C級、D級道具往前推了推，「這些我們留著有點占地方，你們拿回去吧。」

三個人拿了道具，滾得飛快。

他們生怕滾得不快，自己會控制不住情緒，衝上去和不停對他們開嘲諷的南舟拚個魚死網破。

校園裡的林蔭大道上種滿了楓樹。

南舟、江舫和李銀航坐在林蔭大道邊的長椅上。

深秋時節，漫天的紅葉將午後微暖的陽光大部分隔絕在外，樹葉將陽光切割成瑣碎的溫暖，灑金一樣灑在三人的肩膀上。

經過一番比較後，李銀航把S級的【無聲爆裂】，以及等級為A，敏感脆弱、一旦出現危險就會立刻碎裂的【第六感十字架】留給了南舟。

李銀航本來想把兩個A級道具留給江舫，但江舫只留下了一個A級，自己挑走了一個C級道具。

A級的【真相龍舌蘭】，攝入100ml就能讓人吐露真話，喝完即止，但有兩個限制條件：一、對方心甘情願喝下；二、對方是人。

C級的【沒有冰鞋的後果】（使用次數2），讓對手百分百滑倒。

李銀航則忍痛給自己開了兩個儲物槽，當起了團隊裡盡職盡責的倉庫管理員。

A級的【不要在揚沙天氣出門】，給單體對手造成瞬間致盲效果，持續時間30秒，使用次數1。

之所以這玩意兒沒有派上用場，大概是因為拿著這個道具的孫國境是最先被摺倒的那一個。

B級的【存在感歸零器】，能瞬間降低自己的存在感，持續時間1分

鐘，使用次數 1。

B 級的【san 值恒定器】，能短時控制下滑的 san 值，持續時間 3 分鐘，使用次數 1。

B 級的【來打我呀】，能把攻擊者的所有仇恨值吸引到持有者身上，持續時間 5 分鐘，使用次數 1。

除此之外，還有一些用不上的雞肋道具，李銀航就給退回去了。

這次反打劫，可謂收穫頗豐。更讓南舟開心的是，他從自己口袋裡發現了一張校園卡，裡面還有 200 多塊餘額。南舟特地去超市買了一打雞蛋糕獎勵自己。

分贓完畢後，李銀航問了個她從剛才就想問的問題：「為什麼問他們的名字？」

南舟咬住一口雞蛋糕，簡短道：「我想知道，他們之中有沒有胡力。」

——死亡錄音裡提到的已經死去的「胡力」？

江舫溫和地替南舟解釋：「南老師是想知道，錄音到底是過去式，還是未來式？」

「錄音裡的人能分別叫出我們的名字，說明他是認識我們的。而且他、胡力和我們應該牽涉進了同一樁事件。」

「我們不知道錄音的人叫什麼名字，我們唯一知道的資訊，也只有『胡力』這個名字而已。」

「錄音裡還說，胡力死了，只有他記得，別人都忘記了。」

「如果錄音是未來式，玩家中又有一個叫胡力的人，我們就可以從這些資訊開始調查，既有了線索，說不定還可以保住他的命。」

李銀航算了算，「這局不是有七個玩家嗎？應該有一個單人玩家還沒現身，他有沒有可能是……」

南舟：「他不是胡力。」

李銀航：「啊？」

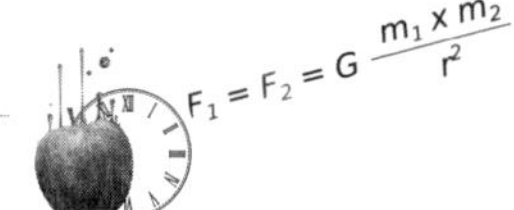

南舟問她：「妳要是那個單人玩家，被分到了一個叫做『胡力』的角色，又聽過那通『胡力死了』的留言，妳會怎麼辦？」

李銀航：「……我會馬上來找其他隊友想辦法求保護。」反正不會想著去單挑一下未知力量。

江舫得出結論：「所以，那通錄音很有可能已經是過去式了。」

眼下，胡力應該已經死了，那個留下錄音的人恐怕也是凶多吉少。

這次副本難度恐怕不小，範圍與上一個副本相比也擴大成了一整片校區，而且還有打劫流玩家在其中興風作浪，南舟自然改變了思路，不寄希望於保住所有人，只把隊友放在保護的最優先順序。

南舟分給了江舫和李銀航一人一個雞蛋糕，「你們有什麼想法嗎？」

「去學校論壇或貼吧看看吧。」

江舫接過雞蛋糕，小小咬過一口，「學校自從建成之後的所有恐怖傳說，應該都在上面呢。」

CHAPTER

09:00

他的眼睛在月色裡，
彷彿含著一穹完整的星河

孫國境和其他兩人鼻青臉腫、遮遮掩掩地回到宿舍。

他們被傳送來的時候，剛好在整理體育倉庫，從隨身的學生證可以判斷，他們三個都是體育生，且是同一個宿舍的，口袋裡的宿舍鑰匙上也把宿舍號標注得清清楚楚。

回到宿舍後，孫國境特意打量了一下房間。

這是間四人寢室，四張床鋪上都放著被褥。不過他們回來的時候，宿舍裡並沒有其他人。

確認沒有外人後，孫國境稍微放鬆了點，一屁股坐在了一處下鋪，痛罵了南舟一頓。

罵人本來是件解壓洩火的事兒，但他不知怎的，越罵越覺得身上發冷。大概是因為現在已經是深秋季節，他們的寢室又在背陰處，缺乏太陽直射。

陰冷的感覺從孫國境骨頭縫滲入，冷得他骨頭發痛，他忍不住抱住肩膀，打了個寒噤。

「沙——」

一聲清晰的雜響，從距他咫尺之遙的地方傳來。

與此同時，孫國境坐著的床鋪上的被子動了一下，彷彿裡面藏有什麼活物。

孫國境對此一無所知，他揉了揉自己疼痛的耳朵，順手將被子裹在了身上取暖，恨恨抱怨道：「臭小子下手真他媽狠，我到現在還耳鳴呢！」

這個角色扮演類的恐怖副本，並沒有給南舟他們相應的記憶和腳本，他們必須要沉浸式地探索每個人的「角色」是什麼樣的。

在長椅上坐定之後，他們終於有時間去探究關於他們自身扮演的「角色」的祕密了。

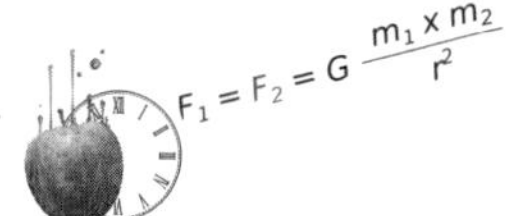

南舟拿出放在休閒褲口袋裡的手機，刷臉開屏，看著琳琅滿目的APP，一時無從下手。

是先查看社交軟體，看看自己最近和誰在聯繫？

是先看看備忘錄一類的辦公軟體，看看自己最近的日常計劃？

還是……

江舫看南舟一言不發捧著手機，眉頭微皺，伸出手，向他試探地晃了晃，「嗯？」

南舟會意，遞過手機。

江舫接過，拇指滑了兩下，點開「設定」選項，點選了「APP 使用統計」頁面，頓時，過去 7 天的應用使用排行映入眼簾。

每個軟體的具體使用時間從高到低依次排列，排名前三的分別標注了紅黃藍三色，一目了然。

南舟：「啊。謝謝。」

江舫：「不客氣。」

李銀航默默在一旁照搬流程，非常省心。

一支手機裡，APP 的使用頻次和規律，完美摹畫出一個現代人的生活軌跡。

南舟所扮演的建築系大四生「南舟」，最近 7 天使用頻次最高的軟體分別是貼吧、微信，以及吃雞。

他打開了貼吧，「南舟」最近常逛的貼吧，是津景大學的校園貼吧。

「南舟」最近瀏覽過的帖子，前一百條都是津景大學貼吧子版塊「午夜鬼話」內的帖子，時間跨度長達 8 年。

留言為 0 的沉帖、留言上千的熱帖，他都進去看過……南舟覺得這樣的體驗很奇妙。

他能清晰體會到，自己正在扮演的角色，對於「鬼是否存在」這件事懷有的強烈焦慮。

他簡略回顧了「南舟」瀏覽過的帖子。

津景大學有著無數校園經典款恐怖傳說，可謂歷史悠久，百鬼爭鳴。

比如，津景大學以前是一片墳地。

事實上，在傳說裡每所學校都是在墳圈子上建起來的，好像過去的人不喜歡搞正兒八經的基建，專門喜歡東一榔頭西一棒子、游擊戰一樣地在墳頭上搞建築。

比如，津景大學的 3 號女生宿舍樓，使用的是老式的一排蹲坑式廁所，其中有石板簡單阻隔分間，定期沖水。如果半夜時分，蹲到最內側的公共廁所隔間裡，等待一會兒，就會從盡頭的下水管道裡出現斷斷續續、哼唱《送別》的歌聲。

事實上，女生廁所和女生的公用澡堂是相鄰的。在樓下有個女生不喜歡在睡前和一群人扎堆洗澡，就挑半夜一個人去，一邊洗一邊哼歌壯膽，聲音從排風扇和交錯的水管傳了出去，就在半夜形成了女鬼唱歌還開混響的效果。

再比如，津景大學醫學系的樓在一片紅黑啞光磚面為主色調的教學樓中一枝獨秀，是一棟徹底由紅色磚面建起的樓宇，據說是醫學系普遍陰氣重，校長特意請來風水大師測算，要靠紅磚來鎮鎖住樓內的陰氣。

事實上，這棟教學樓是整個學校建成後有人捐的。捐樓的人用紅色當主色調，不過是想取個「萬花叢中一點紅」的好意頭罷了。

津景大學裡眼下的校園未解之謎，只有一個。

學校曾有一個男生為情所困，在東區西配教學樓跳樓，他生前所在的全宿舍成功保研。

從此之後，宿舍裡的人開始出現血光之災，還有學生看到有白影從西配樓上反覆墜下。

但這個謎題，與他們面臨的詭異的沙沙聲看不出有什麼聯繫。

通常，這些校園真實靈異故事相關的帖子，點擊率都非常高，但大家普遍都是抱著看熱鬧的獵奇心理前來圍觀，真情實感相信靈異事件的並沒有幾個人。

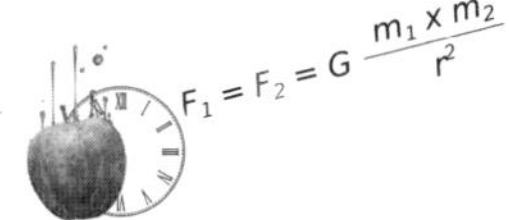

帖子中的回覆普遍是以下走向：

1L：搬板凳坐前排聽樓主怎麼編故事。

2L（樓主）：不是故事，是真的。如果是假的我當場吞糞自盡。

3L：看，樓主又在騙吃騙喝。

把所有的帖子大致看過一遍後，南舟放下手機，開始吃甜點。他不習慣盯著電子產品看的感覺，很耗費眼睛。

江舫問他：「有什麼發現嗎？」

「嗯。有兩個。」南舟通報了自己的發現之一：「我沒有看到近期有學生在學校裡死亡的消息。」

就目前給出的資訊來看，胡力肯定是死去了，留下錄音的人也有可能不在了。

李銀航問：「能確定他們兩個都是這個學校的學生嗎？」

南舟：「就算不是學生，也是這個學校裡的工作人員……我去廣播站之前，去了一趟學校大門。」

江舫已有預感：「……出不去？」

南舟點點頭，說：「我們既然無法離開學校，那麼反過來想，兩個人死去的地點，還有鬼，應該都在學校裡才對。」

李銀航：「……」

這個說法，讓她從後脊骨一路麻到了腳後跟。

她強忍住毛髮倒立的悚然感：「確定沒有一點學生死亡的消息嗎？」

「沒有。」南舟篤定道：「我還特地搜索了『胡力』，沒有找到這個人的任何消息。」

他在學校裡死亡，或者失蹤，卻沒有任何人去關心或者討論，就像是憑空蒸發了一樣。

李銀航提了個務實的問題：「是不是吧主刪帖了？」

南舟擰起眉毛，「……會這樣嗎？」

李銀航猜想：「……為了維持學校輿論環境穩定，學校一般都會這麼做吧。」

南舟：「……啊。」若有所思一陣兒後，說：「那這個先等等，我說說第二個。」

李銀航：「……」搞了半天，南舟沒考慮到吧主刪帖、控制輿論走向的可能性？

李銀航突然從大佬這裡感到一絲微妙的親民感。

南舟很快給出了第二條線索：「津景大學所有的恐怖傳說中，並不包含一個『不存在的地方』。」

「目前看來，津景大學的校園傳說包含有廁所裡的歌聲、有鎮壓陰氣的大樓、有半夜滴水的水龍頭、有男扮女裝跑進女生宿舍裡偷窺的變態，但是沒有錄音裡提到的『不存在的地方』。」

江舫把玩著手機，「會不會是因為傳說太冷門？」

南舟：「有這個可能，不過也有另一種可能。」他靜靜道：「如果是原本就『不存在的地方』，又怎麼會讓別人知道它不存在呢？」

李銀航又從腳後跟麻回了後脖頸。

——大佬，快收了面不改色講鬼故事的神通吧！

她馬上打斷了：「我也有一點發現……我的通訊錄裡沒有胡力。」

錄音裡，說話的人似乎是默認胡力與他們是認識的。但她找遍了自己手機裡的每一個社交軟體，通訊錄裡都不存在「胡力」這個人。

這也是個有價值的發現。

南舟問江舫：「你呢？」

「唔……」江舫笑道：「的確有點發現。」

說著，他舉起手機，撥出一個號碼。

南舟的手機嗡嗡震動起來，螢幕上顯示出一個姓名「舫哥」。

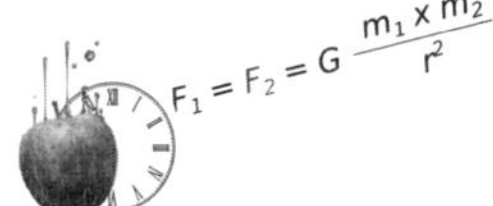

江舫把手機從耳側拿下來，螢幕上的撥號介面，顯示出另一個姓名「寶貝兒」。

南舟：「唔？」

「南老師。」江舫微微笑著，「系統好像對我們的關係有點不一樣的想法。」

得到這一資訊後，南舟迅速打開了自己常用的通訊工具。

……事實證明，他和這位留學生朋友，正在進行愉快且讓人臉紅心跳的同性交流。

南舟思路轉進如風：「那我們晚上是不是就可以住在一起了？」

江舫：「求之不得。」

李銀航很羨慕，她開始思考，自己到底要怎麼提出晚上想去他們宿舍裡打地鋪的要求時，才能自然又不做作。

這樣想著，她耳旁突然傳來一聲幽微的輕響：「沙——」

李銀航身體一僵，豁然站起，向椅子下方看去。

——什麼都沒有！

南舟和江舫同時：「怎麼了？」

李銀航有點擔心兩個大佬嫌棄自己疑神疑鬼，但還是如實陳述道：「我聽到了一個奇怪的聲音。沙沙的，好像……」

好像有什麼東西，一直蟄伏在他們的椅子下面，靜靜窺視著他們，而就在剛剛，它扭了扭身體，不慎暴露了自己的行蹤。

當她形容出自己的感受時，她想像中的大佬鄙視並沒有發生。

江舫說：「留學生宿舍是單人單間，管得不是很嚴格，晚上一起來我這裡住吧。」

南舟簡潔道：「嗯，一起。」

李銀航差點熱淚盈眶，她願意給大佬買一輩子雞蛋糕。

此時此刻，在「立方舟」彼此交流時，一只單筒手持望遠鏡從遠方的一扇窗戶裡探出一角，落到林蔭大道旁坐著的三人身上。

圓形的 MCF 鏡片裡，先出現了長椅右側江舫的身影，他在用蛋糕屑餵南極星，偶爾關注一眼手機，看起來是再尋常不過的溫柔款爛好人。

長椅左側的是李銀航，她將隨身手包裡的一切都掏出來攤在腿上，一一清點包內的存貨。

手持望遠鏡的人觀望她一會兒，索然無味地撇撇嘴，將焦點平移到兩人中間的南舟身上。

南舟在專心致志地吃最後一個雞蛋糕，但是微捲的黑色長髮垂到唇邊，影響到了他。

他不大高興地放下手裡咬了一半的雞蛋糕，管江舫借了個髮圈。

鏡頭對準他很久。

焦距緩緩調整，由近到遠，甚至能看清他沒能紮好、貼落到了肩上和頸項上的兩三根髮絲。

他在觀察，在用目光描摹南舟身上的每一個細節。目光裡不帶猥褻之意，更像是 X 光似的透察，以及回憶。

那窺視的眼睛內慢慢漾出了驚喜的光，「哦……」他自言自語道：「我見過你……怎麼會是你？」

他還想多看南舟一會兒，身後卻突然傳來一聲疑問：「謝相玉，你在這裡幹什麼？」

青年微微側身，露出半張英俊得晃眼的臉。

午後的陽光，讓楓葉近乎飽和的色光濃縮在他的眼裡，將他淡褐色的虹膜覆蓋上一片楓葉的薄紅。

他這一眼看過去，同樣身為男性的副社長聲音都不自覺溫和了下來。

副社長放下一批剛複印好的秋季露營方案，「露營社晚上才開會，你來得太早了。」

身為任務第七人、兼任露營社成員的謝相玉把雙肘從窗臺邊撤下。

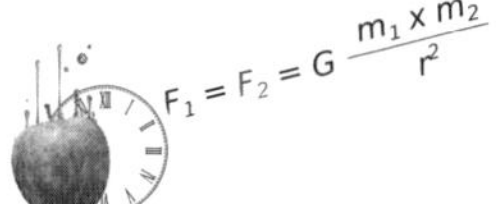

「不好意思。」他用春風化雨似的語調說：「我晚上有點事兒，來這裡就是想請個假。」

副社長聽了有些不悅，但還是表示知道了，轉身離開，去準備其他需要的材料。

不重要的人走後，謝相玉重新趴上陽臺，將固定好焦距的望遠鏡舉到眼前，他還想再看看南舟。

然而，等他投去一瞥時，卻在 MCF 鏡片裡，和南舟投來的清冷視線徑直相撞。

——百公尺之遙的對視！

謝相玉迅速撤開，一把捂住窺孔。

他撇開臉，含笑小口噓了一口氣，用口型無聲感歎：「——哇！」

另一邊。

「有人一直在看我們。」南舟準確指向一百公尺開外的 18 號樓的其中一扇窗戶，「那個地方，四樓。」

南舟他們決定去 18 號教學樓看一看。

即使南舟知道，那人一旦察覺到他們的動向，很可能會離開。

果然，他們到達露營社時，看到的只有發完資料後默默打掃衛生的副社長。

看到三張陌生面孔出現在門口，副社長直起腰來，「同學，找誰？」

南舟和副社長對視片刻，視線又落到被隨手放在窗臺上的單筒望遠鏡。觀察過後，他對身後兩人說：「……不是他。」

不是那種感覺。

江舫相信他的判斷，他越過南舟的肩膀，打算替南舟向一頭霧水的副社長解釋他們的來意。

他的口音自如調整到了略帶伏特加味兒的生硬漢語：「您好，我叫лодкамонтолока（洛多卡蒙托洛卡），是留學生。我的朋友想帶我來逛一逛學校……聽說這裡是露營社？」

接連看到南舟和江舫這種等級的長相，副社長受衝擊不小，愣了好一會兒神，「哦。我們還沒到招新的時候……」

但他馬上後悔了，恨不得咬自己舌頭一口，他飛快把一側檔案架上積壓到快落灰的宣傳冊抽了出來。

露營社一向冷門，經費不足，要是能拉這麼兩尊金字招牌入社，再加上小謝，他們還愁明年招不到漂亮的學妹？

江舫笑顏逐開之際，眼角餘光瞄了一眼牆上張貼的社員活動照片。

「我們剛才差點走錯路。」江舫說：「正好碰見一個從這個方向來的人，我問他，露營社在哪裡？他給我們指了另一個方向。我們繞了很大一圈，才找到這裡。」

副社長被他的目光誘導過去，自然地給出了江舫想要的答案：「是小謝吧？長得挺好那個？他人有點古怪，也喜歡搞點惡作劇，不好意思哈，你們別往心裡去。」

在副社長的提示下，江舫輕而易舉地從照片牆中找到一個長相最突出的英俊青年。

他溫和道：「沒錯，就是他。」

他回過頭去，給南舟丟了個目光——我們未曾謀面的第七名隊友，大概是找到了。

南舟意會地一頷首，雙手抱臂，視線卻並未在照片上停留太久，而是飄向了大約二十公尺開外的開放式樓梯間。

跟在他身後的李銀航順著他專注的視線看去，「那裡有什麼嗎？」

南舟久久沉默。

李銀航的聲音順著空氣，一路傳遞到了樓梯間的方向。

轉角的位置，謝相玉就站在那裡，站姿挺輕鬆，甚至不忘把玩指尖的

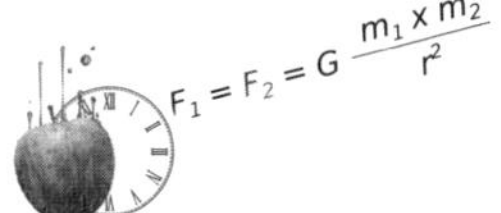

一枚花紋奇特的克朗幣。

他手背朝上，硬幣在他的指尖流暢旋轉，在剛上好油漆的扶手上折射出一點又一點淡銀色的駁光。

只需要一個失手、將硬幣掉落，他就會馬上暴露自己的位置，幸運的是，他並沒有。他手上的克朗幣仍然不間斷地從尾指翻轉向拇指，又輕巧地轉回。

他對著空氣自言自語：「我猜你知道我在這裡。」

「但是……你會過來嗎？」

少頃，他聽到了南舟的答案：「不，沒有什麼。」

在指間翻轉的硬幣一頓，被謝相玉收入掌心……很巧，他也是這麼覺得的。現在還不是他們碰面的最佳時機。

謝相玉嘴角向上一翹，俐落轉過身，緩步無聲地下了樓，消失在樓梯拐角處。

那邊，江舫也順利且體面地結束他和露營社副社長的交流，走回了南舟身邊。

李銀航提問：「我們接下來要去找這個謝相玉嗎？」

南舟說：「不用。」

江舫也說：「我們回宿舍。」

李銀航：「……啊？」

她還以為找隊友很重要……

但想到這裡，她也緊跟著豁然開朗了。

是啊，副本又沒叫他們搞社交、交朋友。他們的任務是活下來，要對抗的是整個副本。在這樣的大背景下，拉攏一個更擅長單打獨鬥的孤狼型玩家，於他們而言，似乎也沒什麼太大意義。

他們離開了 18 號樓，一路往江舫的宿舍走去。

江舫對南舟提出了另一種想法：「有沒有可能，這個謝相玉也被你的廣播內容吸引，去過廣播站？」

然後就目睹了黑吃黑的打劫現場。

李銀航恍然，這樣就合理多了。

他發現其他兩組隊友哪邊都不是省油的燈，而自己只有一個人，擔心會被搶劫道具，索性躲了起來，暗中觀察。

說話間，他們回到留學生公寓，刷卡入內，乘電梯一路來到六樓。江舫的房間在六樓走廊的盡頭，盡頭則是一扇漂亮且巨大的落地彩窗。

南舟說：「我們不用特地去找他。他如果有什麼需求，會來找……」

眼看著他們在緊閉的單人宿舍門前站定、江舫拿出標注了房間號的鑰匙，剛才還在談論謝相玉的南舟突然神情一凜。

「……等等。」

李銀航聞言當場肅立，準備去碰門把手的手也光速收回，她警惕十足地觀望起周圍的情況。

「我有一點盜竊值了。」南舟鄭重其事道：「我來開鎖。」

李銀航：「……」

然後，他從自己的口袋裡摸出那段小鐵絲，對著鎖眼輕輕一頂，附耳貼上去，指尖微挑幾下，就聽鎖舌發出了細微的咔噠一聲。

門開了。

江舫站在一旁，笑著給他鼓掌。

李銀航：「……」這他媽也行？

受到此等啟發，李銀航借了南舟的鎖頭，悶頭吭哧吭哧練習開鎖這門新手藝。

南舟首戰告捷，受到不小的鼓舞，現在在潛心研究江舫的宿舍門鎖。

如果副本裡的那個鬼現在來到這間宿舍，看到他們現在的舉動，想必觀感會十分費解且操蛋。

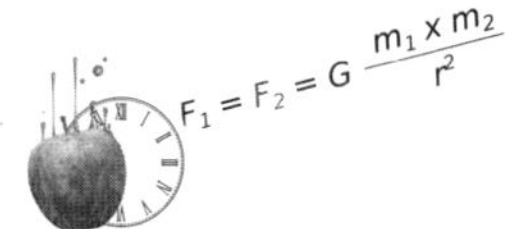

——你們擱這兒練攤吶？

但是，伴隨機械重複的動作而來的，是越來越重的焦慮感。

現在，他們對一切都是毫無頭緒的，「胡力」這條唯一有效的線索，也糾成一團亂麻。

截至目前，對這次副本的危險，他們沒能做出任何有效的分析，也沒有任何可應對的措施。

這和【小明的日常】那種身處有限的空間內、從瑣細的蛛絲馬跡中尋找真相的副本完全不同。

這是一處占地 35 平方公里的大學。

占地廣闊，眾聲紛紜。

就算他們七個在一開始就同心同德，也不可能在這短短的 5 天時間內搜遍學校的角角落落。

如果找不到突破口，他們就只能等著那足以致人死命和瘋癲的危險主動找上他們。

——難道這個任務，只能靠死人來填？

這樣絲絲縷縷的情緒困擾著李銀航，讓她根本沒辦法集中全部的精神想事情。

不久後，她把鎖放下，難忍沮喪地嘆了一口氣。

但她這口氣還沒落下，就聽南舟問：「謝相玉是什麼系的？」

江舫從手機螢幕上移開視線，「數學。」

說著，他看向南舟，風度翩翩地反問：「還需要他的手機號碼嗎？」

南舟：「這個不用。」

得到想要的訊息後，他就有了繼續思考下去的動力。

自己是建築系，江舫是管院留學生，李銀航是統計系，謝相玉是數學系。孫國境、羅閣、齊天允這三個倒楣的人很大機率是同一個系的，因為他們在完全陌生的環境裡碰頭碰得過於迅速。

除此之外，還有已經死去、身分不明的胡力。以及那個在副本背景交代中就已經當場去世的、身分不明的年輕男人。

南舟又轉向李銀航，問了個更奇怪的問題：「在這個副本裡，我們原先應該是互相認識的，是吧？」

李銀航：「……不然呢？」

「我的意思是。」南舟說：「妳扮演的『李銀航』，和我扮演的『南舟』，又是什麼關係？」

李銀航愣了一愣，頓時醍醐灌頂。

發現李銀航也意識到了這一點後，南舟正色說：「我們之前，陷入一個思維盲區。」

他們本來就是隊友，傳送到陌生又危機四伏的副本中後，這層關係不僅沒有改變，反而被加強了。

因為大家是隊友，他們默認，彼此之間應該是認識的。

副本也非常配合，在無形中不斷向他們灌輸、填補這種認知上的小細節。比如，搶劫三人組是同一個系的；比如，南舟和江舫是一對。

這大大淡化了副本和現實之間的溝壑，降低玩家的警戒心，循循誘導著玩家以局外人的身分，自然而然地去關注副本中的其他人物。

胡力是怎麼死的？留下死亡留言的是誰？

卻忘記自己在副本中的「人物設定」和「人物關係」，其實也是重要的線索。

江舫執握著手機，接過南舟的話：「南老師說得對。我一直在找我們七個人之間的交集，就在剛剛，總算有一點眉目了。」

「查一下你們 7 天之前的聊天記錄。」江舫給出一個明確的時間點：「10 月 21 號前後。」

10 月 21 號……

李銀航馬上著手，按日期搜索聊天記錄。

南舟明明就躺在她的好友列表之中，但當時身陷盲區，她認為「隊友」理所當然就該在那裡，並未多想。

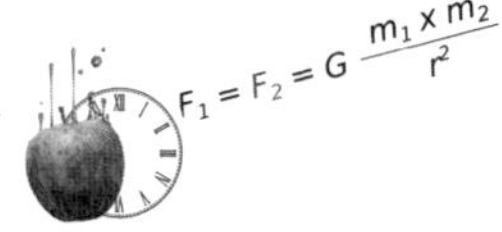

一邊冒冷汗一邊調出聊天記錄，簡略看過幾眼後，李銀航的表情明顯欣喜起來。

找到突破口了！

經過簡單的盤點，李銀航得知，在副本的設定裡，她和南舟是高中同班同學，關係不差。

「21 號的前一天晚上⋯⋯」李銀航說：「期中考試剛結束，我約他 21 號晚上出去玩桌遊。」

南舟點頭，「然後我問了她，可不可以帶家屬。」

江舫晃一晃手機，「然後家屬來了。」

他們三人之間的線索，成功鉤連上了。

江舫是留學生，手機的連絡人不多，雖然在設定上交了個華人小男友，也並沒有成功打入南舟的社交圈，朋友寥寥。

南舟是被李銀航邀請的，因為帶了男朋友，也沒有再邀請第三個人。

那麼，這樣溯回上去，又是誰邀請了李銀航？

思路暢通後，一切本該變得順利起來的，但李銀航翻遍手機上的社交軟體，分別使用「桌遊」、「聚會」、「遊戲」等各種關鍵字檢索，都沒能在 21 號附近找到相關的記錄。

在她邀請南舟時，也只是籠統地提到「有朋友組了個桌遊局，來不來」。

在李銀航心中的疑雲越聚越濃時⋯⋯

「有沒有這種可能？」南舟提問：「邀請妳的人，就是胡力。」

李銀航心尖一抖，下意識否認：「我的連絡人裡沒有他。」

「留下死亡錄音的人呢？」

「我們根本不知道他叫什麼名字⋯⋯」李銀航忍著手臂上一叢叢生起的雞皮疙瘩的顫慄感，「我也沒找到任何人邀請我的證據⋯⋯」

但這個局，顯然也不是「李銀航」組的。

那這到底⋯⋯

在南舟對著門鎖靜靜沉思，李銀航對著手機滿面糾結時，江舫輕輕揚了揚手機。

「其實，我還做了另外一個嘗試。」

他們進入副本的第七個小時後，黑夜徹底到來了。

餓著肚子的打劫三人組垂頭喪氣地回到宿舍。

他們也想到，要把錄音裡唯一提到的人名「胡力」作為調查的突破口。結果，軟磨硬泡、好說歹說了半天，負責看管學生檔案室的老頭死活不肯放他們進去。

俗話說得好，樹不修理直溜溜，人不修理哏赳赳，但是今天三人剛在南舟這裡吃了個大虧，又不想鬧得太大、驚動校方，所以只能悻悻收起把老頭臭揍一頓的念頭。

他們去買了一個暖壺，趁老頭下班後，藉著夜色掩護和摔碎暖瓶的脆響，遮蓋過了打碎檔案室玻璃的響動。

三個人在呼呼漏風的檔案室裡，一邊凍得罵娘，一邊對著那臺老舊笨重的電腦查了很久。

結果很操，學生檔案中，根本不存在一個叫胡力的學生。

忙活半天，忙活了個寂寞，又累又疲的三人返回寢室，囫圇洗漱一番，就各自上了床。

第一夜很重要。

這個副本是有死人風險的，但生熬著也不是辦法，因此，他們打算輪流守夜。

況且，他們都覺得，鬼就算要衝業績，今晚一定要殺個人，攤到他們每個人頭上的機率也都是七分之一。

鬼要找也應該去找那個單人玩家，或者是那個女的，最好能一鼓作

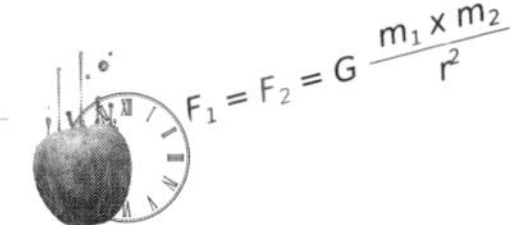

氣，把南舟給幹死。

來找他們三個陽氣旺盛的大男人，可能性不高。

10 點半到 1 點，是羅閣守夜；1 點到 3 點半，是孫國境；3 點半到 6 點，是齊天允。

羅閣有點惴惴的，因此話比平時要多。

他坐在上鋪位置，一邊抖腿，一邊俯身看向下鋪的孫國境，說：「老孫，別掏你那耳朵了。淘金哪。」

孫國境作勢把摳出的東西往他的方向彈了彈，「老子耳朵嗡嗡響。」他咬牙切齒道：「別叫我再遇到那個姓南的！」

在怒罵聲裡，寢室的燈熄了。

學校怕這群體育系的小子精力過剩上躥下跳，規定晚上 10 點半時體育系所有宿舍準時鎖門拉閘。

躺在黑暗裡，孫國境覺得很冷，雙手抓住被子上緣，盡力減少每一處縫隙，把自己牢牢裹緊。

但這也起不到任何保暖作用，他感覺自己好像躺在一口棺材裡，被子是硬的、挺的，四肢僵硬，手腳麻木，連呼出的氣流都帶了冰霜的冷寒。

孫國境冷得受不了了，顫顫巍巍地罵了一聲，把腳探出被窩，踹了一腳就在他腳邊不遠處的暖氣管，被冰得一個哆嗦……

學校還沒有開始供暖。

——這他媽什麼鬼天氣？！

孫國境試圖把自己裹成一只密不透風的繭蛹。

然而依然是失敗，翻來覆去一番後，他有些受不了了，啞著聲音喊：「羅閣？大傻羅？你冷不冷？」

沒有人回應他。

——睡著了？！

孫國境強忍著冷意，翻身起來，踩著下鋪邊緣往上看了一眼，小聲「操」了一聲。

——丫還真睡著了？！

孫國境覺得這麼冷，自己是不可能睡得著，乾脆接了他的班，替羅閣盯著，打算到點兒了把他晃醒接班，自己後半夜也能睡個整覺。

但是，當他坐回下鋪時……

窗外透入的凜凜月光灑在他的被尾，孫國境清晰地看到，自己攤放在床上的被子尾端，出現了一雙陷下去的、纖細的腳印。

孫國境喉頭一緊，心跳驟然頂了上來。他壯著膽子，把被子往上拉了拉，伸手去撫那痕跡。

但被子是柔軟的，在拉扯中迅速回彈，腳印的痕跡消失無蹤。

這並不耽擱孫國境頭皮一陣發麻，他急忙將自己用被子連頭帶身蒙了起來，在黑暗中暗暗連罵了好幾聲草泥馬。

被子給人的感覺，起碼是封閉、乾燥而安全的，然而……

「沙——」

一聲雜響，在這封閉、乾燥而安全的狹小空間內，顯得格外清晰。

「沙——」

彷彿有人拖著身體，在他的床鋪上緩慢地爬行。

「沙——」

孫國境四肢百骸的血液都冰封在了血管裡。

不是耳鳴、不是幻覺，是真的！

因為除了聽到這無機質的聲音外，他還嗅到了一股奇異的味道，是一股封閉了許久的房間的霉爛氣息。

「沙——」

那沙沙的聲音，就來自他的被子深處，來自他的腳下，來自……他現在只要一低頭，就能看到的地方。

一聲慘叫，讓兩個睡在上鋪的兄弟差點直接滾下來。

他們定睛看去，看到了赤腳站在地上、臉色慘白的孫國境。

他啞著嗓子，喉嚨似乎變窄了，聲音只能呈半氣流狀、硬生生擠出

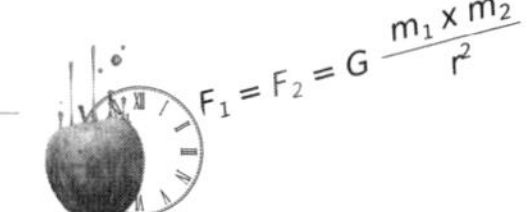

來：「我被子裡有東西！」

兩道手電筒光立刻從上鋪投射下來。

羽絨材質的被子被孫國境蹬到地上，在昏黃的手電筒光下，有幾處異常的隆起，看起來像是人體起伏的弧度。

齊天允從上鋪縱身跳下，操起擱在暖氣片旁的笤帚，鼓起莫大勇氣，咬牙將被子挑開……裡面空空蕩蕩。

幾人還沒緩過神來，就聽宿管阿姨哐哐在外拍了兩下門，「叫什麼？出什麼事了？」

孫國境的眼神還是直的，齊天允和羅閣對了個視線，揚聲答道：「做噩夢了！」

宿管阿姨不滿道：「小點兒聲！多大的小夥子了，做個夢吵吵八火的，其他人還要睡覺呢。」

說完，她嘀咕兩聲，也就離開了。

孫國境胡亂往旁邊摸了兩把，就近拉了把椅子，一屁股把自己撂了上去，他把臉埋在掌心裡。

羅齊兩人都瞭解孫國境，他不是一驚一乍的人，他說看見了什麼，那就是真的看到了什麼。

齊天允安慰地拍了拍他的肩膀，卻一下拍出了孫國境的滿腹怨氣。

「我幹什麼了我？」他發洩地一踢桌角，把鐵皮桌子蹬得轟隆一聲，「老子就他媽砸了個玻璃！怎麼就招了鬼了？！」

羅閣和齊天允也不知道該怎麼勸慰他。他們之前打過三次 PVE，場景主題分別是電鋸殺人魔、月下狼人，還有植物變異的末世。雖說也是險象環生，至少都是看得著、摸得著的對手。

純靈異的副本，他們還是第一次玩。他們只當普通的 PVE 來玩，沒想到鬼根本不講基本法，上來就開大招。

寢室裡氣氛一時凝滯，孫國境卻驟然跳起身來，把自己的衣服一件件扒了下來。

他嚷嚷道：「幫我看看，我身上有沒有什麼東西沒？」

憑他稀薄的恐怖電影觀影經驗，不怕鬼偷，就怕鬼惦記，如果鬼真的在他身上留下了什麼標記，那才是棺材上釘木釘，死透了。

經過一通搜索後，穿著條大褲衩，赤條條站在寢室中央的孫國境才勉強放下心來。

他身上並沒有他想像中的鬼手印之類的標記，就連剛才那股噬骨的陰寒都消失了，彷彿那鬼就只是來他被窩裡打了個到此一遊的卡。

孫國境心上陰霾被掃除了一些，直想痛快地罵上兩句娘，好好宣洩一番，就在這時——

「篤。」

孫國境的一句祖安話卡在了嗓子眼裡，臉上剛剛聚攏的血色刷的一下退了個乾淨。

他壓著喉嚨問：「你們聽到了嗎？」

……敲門聲。

他從齊天允和羅閣難看的臉色上得出結論：他們也聽到了。

此時，寢室門板處又傳來了三聲規律的敲擊聲。

篤、篤、篤。節奏很是心平氣和。

「操！！！」

俗話說，鬼怕惡人。於是，孫國境把自己能想到的所有髒話一股腦兒全砸了過去。

不間斷地惡毒咒罵了近一分鐘後，最後孫國境還是以一句通用型國罵收了尾：「他媽的誰呀？！」

「你們好。」

門外的聲音在連番的辱罵下，沒有起半分波瀾，甚至還帶著一點禮貌的笑意：「我叫謝相玉。我也是一個玩家。」

砰的一聲，寢室門帶著一股怨氣開啟，站在門口的謝相玉被一隻大手拎了進去，在黑暗中被搡推到牆面上，他的脊背骨頭和冷硬的牆壁碰撞，

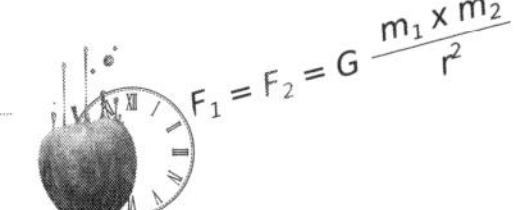

發出一聲轟然悶響。

因為感覺被戲耍而暴怒的三人組，看著謝相玉從牆上直起腰，摁住肩膀輕輕活動，「很疼啊。」

孫國境咬牙切齒：「你他媽瘋了？」

熄燈這麼早，估計現在還有大批的學生沒有睡，在這麼多 NPC 面前，他公然暴露自己的身分，還想把他們帶下水？這人是個傻逼吧？

謝相玉笑道：「我不這麼說，你們會放我進來嗎？」

三人組之中，也就數齊天允腦子強點，燒烤攤記帳之類的重腦力活都是他來負責。

他粗魯地拿手電筒對著謝相玉的臉照了一番，謝相玉微微側過臉，但並沒有對這不禮貌的行為展露絲毫不悅。

謝相玉長得很聰明，左耳垂處有一枚耳釘樣的東西……細看之下，才能辨認出那是一枚紅痣。

他的身體偏單薄，一米七五左右，在這三個淨身高一米八的猛男面前，英俊斯文得像個雛兒。

如果他不是有什麼強力的道具，就他的體型來說，他的威脅全然不足為慮。

但齊天允還是保持了十足的警惕心：「你想幹什麼？」

謝相玉說：「我發現了一點線索。我拿線索入夥，換你們保護我。」

——保護？

謝相玉給出了解釋：「我今天也聽到那個叫南舟的人發出的廣播，但我去的時候，看到那個人正在打劫你們。我就躲開了。」

三人：「……」

他們不好意思承認他們三個人是去打劫的，卻被南舟一個人反搶劫了，他們只好咬著後槽牙默認了謝相玉的說法。

「他們三個讓我感覺很危險。」謝相玉說：「相比較之下，我選擇和你們合作。」

齊天允追問道：「你發現了什麼線索？」

謝相玉：「按副本時間算，在 10 月 20 號晚上、21 號凌晨，也就是 7 天前，發生了一些事情。」

「我的手機裡，有一個叫齊天允的人的聯繫方式。在 20 號晚上 8 點鐘左右，他讓我去東街買 200 塊錢燒烤，然後送到東五樓 403 活動室裡。」他環顧四周，「你們誰叫齊天允？」

很快，謝相玉從其他兩人的視線走向，判斷出了齊天允的身分。

他注視著齊天允：「知道為什麼你會讓我去買燒烤嗎？」

三人像是三條懵懂的大狼狗，統一地搖頭。

「因為我有把柄捏在你手裡。」謝相玉說：「你們體育系男生宿舍樓，和女生宿舍直線距離最近。以前，我曾躲在你們宿舍樓樓道，用手持望遠鏡偷窺過女生宿舍，被晚歸的你抓住過。」他說這話的時候，表情不見絲毫羞恥。

齊天允條件反射地掏出手機，想從和他的聊天記錄裡判斷他說的是否正確。

「手機裡當然沒有這種東西。」謝相玉言笑晏晏：「你可是在威脅我，這種交涉怎麼會通過文字留下證據？」

齊天允狐疑道：「那你為什麼會知道？」

謝相玉抿嘴一笑。

根據被自己隨身攜帶的單筒手持望遠鏡、電腦裡大量的有色影片、搜尋記錄裡「偷窺女生宿舍被舉報會有什麼後果」的條目、和女生宿舍相對距離最近的體育男生宿舍樓，謝相玉原本和體育系毫無交集，卻對齊天允的無理要求言聽計從……根本不難推斷出這樣的結論嘛。

三人聽得目瞪口呆。

他們光顧著調查胡力去了，根本沒想要徹底地查查自己，孫國境不自覺放開了扭住他前領的手。

謝相玉理了理自己的領子，並把孫國境暴力拉扯開的一顆襯衫扣子端

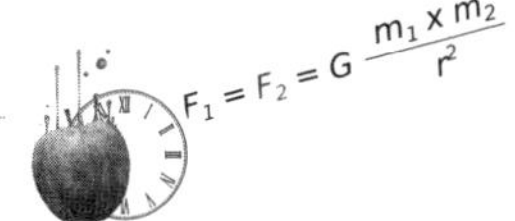

正扣好，用拇指撫平皺褶。

黑暗中，謝相玉一雙眼睛明澈如星，信誓旦旦：「相信我。我會對你們很有用的。」

留學生宿舍裡。

江舫為南舟和李銀航演示了他的嘗試過程——

兩個小時前，他註冊了一個帳號，在津景大學的校園貼吧裡發了一個帖子。

題目相當直白，叫「你們記得胡力嗎」。

吧主並沒有刪除，也就是說，「胡力」並不是官方設定的違禁詞，但這也不能說明什麼，或許只是負責刪帖的吧主並不在線上。

於是，江舫將這個帖子繼續寫了下去：

你們記得一個叫胡力的人嗎？

雖然他的確是個很安靜的人，每次上大課時，都習慣坐在後排靠窗的位置，有時在南二食堂，會看到他一個人低頭吃蓋飯。他沒有同性朋友，沒有女朋友，特殊的趣味也一概沒有，活得像個透明人。

但為什麼除了我，所有人都不記得他了呢？

這太奇怪了，不是嗎？

下面的回覆也不少。

「樓主在寫小說嗎？」

「lz 搞快點。」

「同♂性♂朋友」

「搞什麼啊？裝神弄鬼嗎？」

江舫沒有回覆任何人，只井井有條地講述了下去。

他完全憑藉自己的想像力，通過拼湊各種細節，勾勒出一個虛假的

「胡力」形象，好像這個「胡力」真的在他面前生活過一樣。

好像全世界只有我一個人記得他，每當我向其他人提起，我們系有一個叫胡力的人時，他們都會問我同一個問題：「胡力是誰？」

但我感覺，我的這份記憶也在淡薄下去。他是長什麼樣子來著？

我記得他曾經參與過一個集體活動。我翻出了集體照的照片，一個個數過去，但數到最後，卻發現並沒有他。

啊，或許他是照相的。

但或許，我也要忘記胡力是誰了。

這個帖子，也是江舫頻頻擺弄手機的原因。

江舫的文字沒有多少修飾，很簡潔冷肅，甚至還透著點自說自話的神經質。

這種故弄玄虛的寫作手法，明顯釣起了一票人的興趣，紛紛在底下催更，並表示這麼刺激的故事，樓主要是爛尾，就要在小樹林裡被阿魯巴一百遍。

李銀航卻看得背脊發冷，因為她注意到，就在剛才，吧主對這個熱度飆升的帖子進行了操作，在後面加了一個「精」。

她有點結巴地問：「……所以，『胡力』這個人不是學校禁止討論的話題？」

目前的情況是他們身為玩家，根本走不出學校，所以，副本的舞臺也就限制在津景大學內部。因此，作為重要線索人物的「胡力」，不可能是某個校外人員，他只可能是津景大學的學生。

但在那通死亡錄音裡，說話的人明確告知，胡力已經死去了。

按理說，學生死在了校內，學校在輿論方面肯定要以維穩為主。那為什麼「胡力」這個名字又可以掛在學校的官方貼吧裡，堂而皇之地談論？

除此之外，李銀航還感到這件事存在著一股淡淡的違和感，但她說不出來。

江舫說：「不止這樣。」

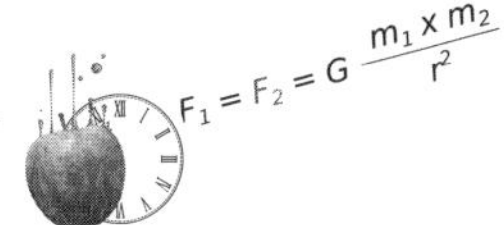

他把手機遞給南舟。

南舟將有了二百多回覆的帖子從上至下翻了一遍，「這個帖子已經發布兩個小時了。」

江舫：「嗯哼。」

南舟放下手機，直直看向江舫，「……但到現在為止，帖子還是沒有一個人出來說，我在學校裡，確實認識一個叫胡力的人。」

李銀航腦袋裡嗡的響了一聲，繼而，她通體生寒。

是啊，「胡力」的名字就掛在標題，這麼一個加精的熱帖，飄在首頁兩個小時，卻沒有一個稍微認識他的人出來說一句：「哎，XX 系不是有一個叫胡力的人嗎？」

這難道意味著……胡力真的是徹底從這個世界上被抹消，成了被遺忘的「不存在的人」了？

南舟蹙著眉，似乎還有想不通的事情，他蹙著眉的時候，眉眼格外好看。

江舫注視著他，「在想事情？」

「嗯。」南舟說：「『消失』和『死』是有區別的。如果胡力真的被某個力量抹消了，那在所有人的記憶裡，應該是統一的不存在。」

「為什麼那個留下死亡留言的人，會篤定地說他『死』了？就像你在帖子裡說的那樣，『為什麼只有他記得』？」

李銀航感覺自己被問出了一腦袋糨糊，滿肚疑惑：「……那我們現在該幹點什麼呢？」

南舟問：「20 號晚上的那次聚會，我們約定見面的地點是哪裡？」

江舫回答：「東五樓，403 活動室。」

南舟「唔」了一聲：「明天去調查一下。」

江舫也同意了：「明天可以。」

李銀航正擔心他們兩人會大半夜跑去 403 莽上一波，聞言，她悄悄鬆了一口氣。

「該去洗漱了。」這樣說著，南舟站起身來，走到江舫面前。

他將原本繫在自己脖子上、散發著一圈自然紅光的【第六感十字架】掛在江舫脖子上。

細細的銀鏈摩擦過江舫除了choker之外的皮膚，癢絲絲的。

酥癢的感覺並不僅僅來源於銀鏈，因為要扣上鏈扣，南舟的半個身子都越過了江舫的肩膀，微捲的頭髮沿著他的頸部緩緩擦擺。

江舫輕輕咬了牙，呼出的氣流漸漸灼熱得厲害。

他問：「為什麼要給我？」

「我要去洗漱了。」南舟的回答異常耿直：「我怕這個沾了水，就不好用了。」

在李銀航張羅著鋪床時，南舟把呼呼大睡的南極星放在了床頭，獨自一個人來到了宿舍自帶的盥洗室。

留學生公寓的住宿環境明顯優於其他任何一間普通宿舍，不僅是單人單間，且擁有電視、陽臺和獨立衛浴。

一面巨大的鍍銀壁鏡，正鑲嵌在盥洗室的牆壁上。

檯面上的洗漱用品也很簡單，只有一瓶用了一半的漱口水，一件男士洗面乳和一把電動刮鬍刀。

他擰開了漱口水的蓋子，嗅了一下，接著試探地抿了一口，含在嘴裡，然後他的眉頭狠狠一擰……痛！

他猶豫了一下，到底是該吐掉還是嚥下去？最終他擔心這硫酸口感的東西燒壞他的胃，還是吐了出來。

他擰開水龍頭，沖洗積在洗手池底的淡藍色漱口水。但是，從水龍頭裡流出的水水溫極低，冷得異常，水滴濺落在南舟皮膚上的時候，刺得他又皺了一下眉。

倏然間。

「沙——」又是那熟悉的、衣料在地面拖曳的細響。

南舟停止了動作。

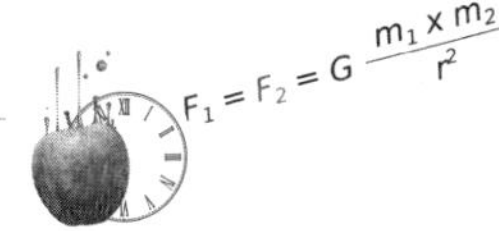

「沙——」

南舟辨明了聲音的來源，他慢慢抬起頭來。

他注意到，鏡子裡的自己，好像比正常的自己更高了。

高到有些不正常，高到頂滿了整面鏡子，高到……脖子都被鏡頂壓得向一側彎去。

那表情也不是屬於南舟自己的，他的嘴角往上彎著、翹著。而他就保持著這樣的笑容，腦袋被鏡子的邊緣頂著、壓著，越來越歪。

在鏡中的自己脖子和腦袋呈現大約 45 度夾角時，南舟沒有猶豫，一拳狠狠揮了上去。

喀嚓——

鏡中的怪影消失了，南舟的臉恢復正常，只有他的臉從中央四分五裂開來，一眼看去，頗為詭異。

南舟把手探到已經恢復正常水溫的水龍頭下，簡單清洗了自己無名指背上被劃破的一道小口子。

清脆的玻璃碎裂聲響過的瞬間，江舫就出現在門口，微微有些氣喘。

南舟回過頭去，他是第一次看到江舫失去從容氣度的樣子，一時間還有些新奇。

「幸虧把十字架給你了。」南舟甩一甩手上的殘水，「不然用在我身上，也是浪費。」

江舫竭力控制著表情，「你……聽到過沙沙的聲音，是不是？」

南舟有點驚訝於江舫的判斷力和分析速度，他從來沒有向江舫和李銀航提過，自己曾聽到了兩次「沙」、「沙」的異響。

剛進入副本，在籃球場的時候有一次。

去找謝相玉的時候，他站在走廊上，又聽到了一次。

南舟：「嗯。」他淡淡道：「銀航聽到了一次，我聽到了兩次，這次副本的名字也提到了這種聲音，所以我想，我應該是最危險的。」

因此，在明確了這一點後，南舟認定，反正自己已經夠危險了，那麼，可以預知危險的十字架放在他的身上，就等於浪費。最好是放在一次都沒聽到過怪聲的江舫身上，才能起到最好的保護作用。

聽到南舟這樣說，江舫的呼吸有些沉重，他的聲音裡，明顯壓抑著某種強烈翻湧著的情緒：「你這樣，如果出事，你要怎麼辦？」

南舟說：「這不是沒有事情嗎？」

說著，他對聞聲而來、卻因為感知到兩人間無形的情緒漩渦不敢靠近的李銀航說：「銀航，妳站遠點。」

緊接著，他當著不動聲色卻早已氣血翻湧的江舫的面，抬手將領結扯鬆，將規整的校服褪去，露出線條完美的小腹和手臂的肌肉線條，「舫哥，你看看，我身上有什麼變化？」

在脫衣服前，南舟就知道，這個舉動必然會暴露自己身上傷疤的問題。但他知道，江舫的性格很好、很紳士，在自己不願透露祕密的前提下，他不會輕易問越界的問題。如果是江舫看到的話，是沒關係的。

而江舫果然如他所想，見到他滿身的怪異傷痕，沒有多問一句話。

他跨進盥洗室，用高䠷身量擋在李銀航和南舟之間，不忘叮囑：「銀航，待在一個能看得見我的地方，不要亂走。」

懂得讀空氣的李銀航不敢吭聲，且完美執行了江舫的指示，聽話地挑了個只能看到江舫的角度，躲了起來。

江舫在南舟面前單膝蹲下，仰頭望他，「褲子不脫嗎？」

南舟哦了一聲，沒什麼羞恥心地將柔軟的休閒褲一路褪到腳踝處。

江舫看著他印著淡褐色小松鼠花紋的內褲，沒能忍住，他保持著雙肘壓在分開膝蓋上的動作，挺爽朗地笑了。

南舟覺得他笑得很好看，對好看事物的欣賞和嚮往，讓他不自覺探手去碰了碰江舫的臉，「……先檢查。」

江舫一手搭扶上了他的腰間，「好的，南老師。」

然而，江舫的檢查，似乎和南舟想像中的「檢查」相去甚遠。

他接受得了粗暴的搏擊和粗魯的對待。但對溫柔的、正經的、不帶任

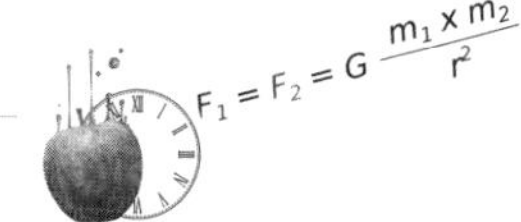

何撩撥意味的輕點撫摸，他有點消化不了。

江舫的指尖拂過南舟腰側放射式的電流傷疤時，南舟有點不適應地一挺腰，他用鼻音低低地哼：「──嗯。」

江舫指尖上有薄而均勻的繭子。

更糟糕的是，自己細羊絨質地的毛衣上殘留著一層靜電，江舫每碰一下，就能喚醒一點電流。

江舫的確沒有問他傷口的來歷，指尖卻頻頻蹭過傷口的邊緣，帶著一點無聲的疑問意味。

南舟不肯發聲，江舫就還摸他的疤痕，溫和又不帶任何猥褻意味的動作，像是在尋常地撩動水面上的漣漪。

這動作好像使南舟的身體起了共鳴，讓他不住受著酥酥麻麻的細微電流感的衝擊的同時，一股小型的熱浪也在他腹腔內湧動不休。

南舟實在有點受不了了，輕聲解釋：「……那個應該不是。」

江舫的手從南舟的腰部挪下，模仿著他恍然大悟時的口癖：「啊──瞭解。」

隨即，他輕聲下令：「轉身。」

南舟轉過身去，倉鼠圓溜溜尾巴的圖案在江舫眼前袒露無遺，江舫失笑一聲，裝作看不見那些交錯在他後背的傷疤。

他沒有再讓南舟不自在，他只在短暫檢視後，握住南舟放在身側的手腕，看向他被玻璃劃傷了一小道的無名指。

「把衣服穿上。」江舫把挽在臂彎中、尚有餘溫的衣服遞還給他，「一會兒出來，我給你簡單處理一下。」

確定南舟已經穿好衣服，李銀航關心地冒了個頭，「沒事兒吧？」

江舫一手從書架一角拎出醫藥箱，另一隻手將還停駐著南舟體溫的手指交合在一起，慣性揉搓著，好留住那一絲溫暖，「他身上沒有什麼傷口。應該也只是受到了驚嚇而已。」

這時，南舟衣冠整齊地從盥洗室內走出……臉上沒有一點受到驚嚇的樣子。

沒有一點對鬼應有的尊重。

南舟還向江舫確認：「確定我身上什麼多餘的東西都沒有嗎？」言語間聽起來還有七八分遺憾。

江舫搖頭，除了陳年的傷疤，什麼都沒有。

李銀航覺得南舟思想有問題：「……沒有的話，不是更好嗎？」

「那個留下死亡錄音的人，應該正在被這個會發出『沙沙』聲的鬼追殺。」南舟徐徐道：「他在錄音裡明明表現得那麼恐懼。可如果鬼真的像這樣一點殺傷力都沒有，他又為什麼要那麼害怕？」

李銀航：「……」她決定替大佬盤一下正常人對於「殺傷力」這個詞的定義，她問南舟：「南老師，剛才你看到了什麼？」

把手伸給江舫包紮的南舟仔細想了想，「鏡子裡的我，腦袋突然歪過來了。」

他比劃了一下，「就這樣，頂著鏡框上面的邊緣，往一側歪著。」

光聽描述，李銀航就覺得牙齦發寒。

李銀航：「……正常說來，這件事本身就很有『殺傷力』了。」

南舟有些顯而易見的困惑：「可那個鬼並沒有造成實質傷害，有這麼害怕的必要嗎？」

李銀航簡明扼要地闡述原因：「精神傷害，最為致命。」

南舟：「那遊戲為什麼要這麼說？」他重複了遊戲的要求：「在遊戲時間結束前，不要瘋掉，活下來。」

南舟：「如果鬼只能造成精神傷害，副本只需要規定『不要瘋掉』，『san 值不要歸零』就行了。強調『活下來』，說明鬼還是會對玩家造成實質傷害。」

李銀航突然語塞了，她意識到，南舟能想到這層，意味著和那未知之物有了正面接觸的他，現在是三人中間最有生命之憂的。

發現這一層後，李銀航有點堵心，小聲道：「……那你想到解決麻煩

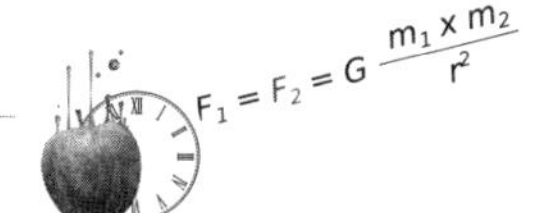

的辦法了嗎？」

「暫時沒有。」在回答問題時，南舟正端詳著手指上被端端正正貼上的那個咪兔頭的淡粉色 OK 繃。

他察覺到了李銀航話音中的擔憂，於是，他一邊摸著 OK 繃，一邊試圖安撫看起來比他還緊張的李銀航：「其實我還是有一點害怕的。」

李銀航看了一眼他顯示亂碼的 san 值條，「……你想喝奶茶嗎？」

南舟抬起頭，認真詢問：「可以送進學校裡來嗎？」

李銀航：「……」你害怕了個 der。

最終，他們決定明天再訂奶茶。

留學生宿舍裡只有一張單人床，江舫把床讓給李銀航，李銀航還想推拒，江舫卻眉眼彎彎地打斷了她的話：「讓女孩子睡在地上，我恐怕會睡不著的。」

李銀航乾笑，「哈哈哈。」

其實是這張床睡不下兩個人，地上隨便你們倆睡對吧。

她把自己掖得密不透風，確保被子已經嚴密到讓鬼無從下手後，她心一橫，眼一閉，沉沉睡去。

去他的，120 個小時，過一個小時就少一個，他們一定捱得過去。

李銀航強制自己睡了過去。

江舫和南舟兩人躺臥在墊了兩層軟褥的臨時床鋪上，枕頭中間睡著一隻翻著肚皮的南極星，一時無話。

南舟看向江舫的側顏輪廓，「你是不是在生氣？」

江舫闔目：「……沒有。」

南舟：「你有。你其實是故意按我的傷口。」

江舫睜開了眼睛，並不作答。

南舟輕輕嘆了一口氣，說：「以後我不會瞞你們了。」

南舟：「我習慣一個人做事，所以拿到什麼資訊總想自己先觀察看看，不大會共用。我以後會向銀航好好學習共用的。」

江舫依舊沒有什麼表示。

南舟一口氣說完自己想說的話，也不知道還能做些什麼，只好沉默。

他直覺，江舫對自己隱瞞聽到過兩次「沙沙」聲的動機，是完全瞭解的，所以他的一番解釋，基本等同於浪費時間的無用功。

南舟也不知道為什麼自己要浪費不必要的時間，對江舫重申他的想法。於是，他便乖乖抿著嘴想原因。

過了一會兒，一隻溫熱的手突然從旁側伸來，搭放在他的手腕上，紳士地牽了一牽。

江舫低低的嗓音在他耳邊響起：「別想了，睡覺。」

南舟不大舒服的心突然就放平了：「……」理我了，有點開心。

他說：「那，晚安。」

但那隻手還是虛虛握在他的手腕上，沒有離開。

南舟也沒有掙脫，他自作主張的隱瞞，讓江舫和李銀航都不開心了，他覺得自己有好好安撫他們的義務。

除此之外，他還有別的話想要交代江舫。

南舟還記得在那通死亡留言裡，那人斷續的囈語，痛苦的呻吟：「那個地方是不存在的，所以我們也都不能存在了……」

這觸動了南舟心裡那根隱密的弦。

南舟扭過頭，再次看向江舫，鄭重道：「舫哥。」

江舫：「嗯？」

南舟低聲說：「如果我真的發生了什麼，請你們努努力，不要忘記我的存在。」

沉沉的黑暗裡，江舫先是沉默。

隨即，他模糊地笑了一聲。

緊接著，他轉過頭來，定定注視著南舟。

他淡色的眼睛從外面的月色裡借了一段薄光來，內裡彷佛含著一穹完整的星河。

「我從來就沒有想忘記你。」

「哪怕連你都忘記了自己，我也會幫你記起來。」

得到這樣的承諾，南舟心中更加安定了：「謝謝。」

心靜了，倦意也隨之湧入。

江舫敏感地察覺到了南舟周身逐漸濃郁起來的疲倦感，輕聲道：「睡吧。」

南舟用最冷淡無欲的調子，說著叫人心尖溫軟的話：「……我說過晚安了。」

江舫讀懂了他的弦外之音，忍俊不禁道：「那，我也說晚安，南老師。」

感受到枕邊的吐息逐漸變得平穩，江舫才側過身來。

面對著南舟在月光下安寧的側影，他輕聲說：「……你不知道的。」

很小的時候，你也是這樣陪在我身邊。

門外是鄰居嬰孩不休的吵鬧，是母親帶著酒氣的飲泣，是閣樓上潦倒的小提琴手拉動琴弓時奏出的沮喪篇章。

世界很喧鬧，我的手邊藏著一個你，那時我的心，也像現在這樣安靜，可你現在什麼都不知道。

江舫一手溫柔地搭著南舟的手腕，感受著他脈搏有力的跳動，另一隻手則貼在睡褲口袋上，緩緩摩挲。

那裡躺著一張折疊好的便籤紙，如實記錄著南舟今天隱瞞線索、私自涉險的事實。

江舫花費了 300 積分，開啟了一個新的儲物格，他將這張便籤紙投入其中，妥善保管。

江舫會記得南舟的存在，記得他的一切，包括他犯錯誤這件事，江舫也會替他好好記著的……

一件都不會遺漏。

也許是因為睡前見了鬼，南舟又做夢了。

他還是小孩子的時候，曾被媽媽帶去醫院接種疫苗，好像是卡介苗，又好像是別的什麼，他已經忘記了。

對於任何小孩來說，細長的針頭，濃郁的消毒水味道、從針管裡呈霧狀噴射出的藥水，都是噩夢的絕佳素材。

南舟攥著母親的衣角，睜著葡萄似的眼睛，躲在她懷裡，乖巧地把胳膊交給護士。

他很害怕，但他也不想讓媽媽擔心。於是年幼的他躲在她懷裡，一聲聲軟而乖巧地重複著：「媽媽我愛妳，我愛妳。」

夢裡的南舟媽媽穿著入時，身上還有淡而奇特的味道，但她攬著微微發抖的南舟，對護士說：「這孩子就是不聽話。」她低下頭，不滿地問南舟：「你哭什麼呀？一點出息都沒有。」

南舟很困惑地抬起頭，想解釋說自己沒哭，他卻發現自己看不清母親的臉……

然後南舟就醒了。

南舟用了 40 多分鐘，才獨自從泥沼一樣的夢境中慢慢掙扎出來。

等他精神完全平復下來，留學生宿舍懸掛的時鐘才告訴他，現在大約是凌晨 4 點左右。

房間漆黑一片，唯有被月光照射的陽臺上有光，其他物件都沉浸在濃重的黑暗中，像是沉睡的、蟄伏著的巨大怪物。

南舟側過臉去，他發現江舫居然還把手搭在他的手腕上，他沒有寸進分毫，只是虛虛搭在上面。

這樣會讓南舟以為他是聽著自己的脈搏跳動聲入眠。

南舟看著江舫，好奇地用目光描摹他的眉眼，想他為什麼要這麼親近自己，想他真是好看。

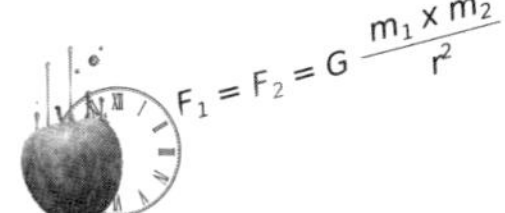

但江舫很敏感。

南舟還沒來得及看他很久，江舫就睜開了眼睛。

南舟正在數他的睫毛，江舫一睜眼，南舟就數亂了……

他不免有些遺憾。

江舫定定注視著他：「……先生？」

南舟聞言一怔，不過很快就反應過來：「please。」

彼此確證了對方的精神狀態後，江舫翻過身，靠得近些，好更方便和南舟說話：「怎麼醒得這麼早？」

南舟：「做夢了。」

江舫：「什麼夢？」

南舟：「剛睡醒的時候記得，現在已經不記得了。」

江舫：「要再睡會兒嗎？」

南舟「嗯」了一聲，閉上了眼睛。

CHAPTER

10:00

哥，麻煩你讓我
把情煽完好不好？

過了 5 分鐘左右。

南舟突然問了個奇怪的問題：「你小時候打針會哭嗎？」

「……嗯？」江舫不知道南舟為什麼會有這麼突兀的一問，不過還是如實答道：「不會。」

他每次打針後，父親都會帶他去吃他喜歡的東西。所以他打針時，都是催著護士快點打完。

南舟輕聲道：「我也不會哭的。」

然後就沒有下文了。

匆匆結束這個奇怪的話題，南舟把被驚醒後，跑來和他蹭臉的南極星輕輕托住，放在自己的肚子上。

南極星趴在他的腹肌上，舒服地把自己攤成一張柔軟的餅。

在再次入睡前，南舟迷蒙間，似乎聽到了江舫溫和的聲音：「我知道的。你沒有哭。」

南舟不及作出反應，就跌入睡夢中，但這句話卻讓他安了心。

這一安心的結果，就是南舟再醒過來的時候，已經是早上 7 點半。

他是被手機上群裡艾特的震動聲吵醒的。

這時候，江舫和李銀航都起來了。

江舫正靠在盥洗室的門口，一面看著李銀航洗漱，一面看著睡夢中的南舟。

南舟醒來時，江舫的被窩尚溫，於是，他蹭著那溫暖的殘溫醒了醒神，同時拿出手機。

看了片刻後，南舟猛然坐起身來。

江舫的一聲「早」，被他這麼激烈的動作給堵了回去，他問道：「怎麼了？」

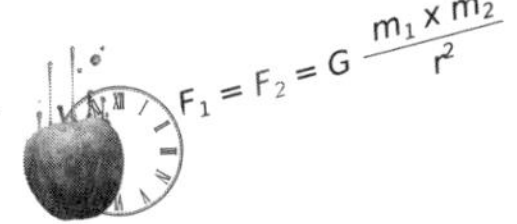

南舟不大熟練地向上翻了翻聊天記錄，才抬起頭對江舫說：「建築系今天有一場期中考試。通知考試時間從下午 2 點改到上午 9 點，考試教室不變，在東四樓 201。」

江舫：「……」

這大概才是真實的鬼故事，一覺起來發現自己還要考試。

江舫問道：「設定來說，期中考試應該結束了吧？」

7 天前，七個人在 403 教室裡的那場聚會，不就是為了慶賀期中考試結束嗎？

南舟：「這門課的老師前段時間出差了，所以考試延後。」

李銀航探頭出來，嘴裡叼著昨天去超市買來的一次性牙刷，「別去了吧。我們三個現在分開不好。」

李銀航的話有她的道理。

但南舟也有他的道理。

「這個考試的分值在期末占 15%。」南舟說：「這個身體的『南舟』要是回來，他期末要怎麼辦？」

李銀航：「……」

她默認這是一個完全圍繞玩家運行、120 個小時結束後就會自動將一切清零重來的副本，就算這個建築系的「南舟」真的能回來，被這樣未知的恐怖力量纏上，他恐怕也不能活很久吧。

江舫卻說：「你去吧。」

和他們相處久了，李銀航也敢於表達自己的觀點了。

她不贊同道：「他昨天遇到了那種事，這種時候怎麼能放他一個人待著呢？」

她天然覺得副本裡值得信任的只有彼此，其他所謂的「同學」，不過是副本裡的人物，都是假的，哪怕「同學」們烏央烏央地坐了一考場，南舟也是孤身一人。

南舟也尊重她的看法，點一點頭，認同她對危險情勢的判斷。

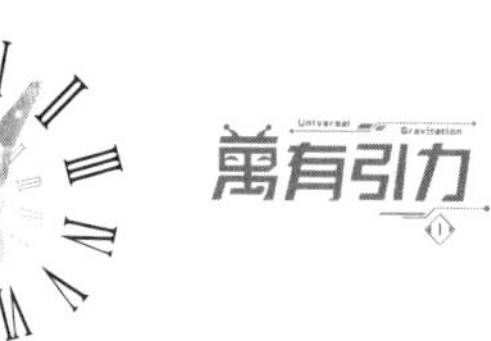

緊接著，他提出自己的想法：「可這如果也是角色扮演的一部分呢？副本將同隊的人設置成較為親近的關係，已經是一種放寬了。就比如說，我和舫哥是性伴侶，銀航妳又是我的朋友，所以我們留宿他的宿舍，是合情合理的。」

「但如果再做違背自己人設的事情，我認為會加速危險的發生，最差也會影響最後的評分。」

「就像我們玩第一個副本時，如果我們不按時完成副本裡規定的小明的日常任務，最後也不可能拿到 500 積分獎勵。」

李銀航欲言又止：「……」道理我都懂，但為什麼你能把「性伴侶」三個字說得這麼坦蕩？？

南舟還是決定去考試。

在南舟的提醒下，三人都核對了今天各自的行程。

李銀航今天上午有兩節必修課，下午有兩節可以點個卯就翹掉的選修課，她壯著膽子，打算去上必修課。

而江舫昨天就從手機裡看到留學生的課表，他們的課相對較少，以講座和小組交流為主。

恰好今天上午就有一場學術講座，他昨天就考慮過是否要去這件事，南舟的發言也說服了他。

三人各自行動，並約定中午在南二食堂前碰面。

南舟揣著正在歡快地啃咬半根香蕉的南極星，回了趟「南舟」自己的宿舍。

宿舍門開著，三名室友正在吃早餐，一邊吃，一邊緊鑼密鼓地翻閱筆記，一邊怨聲載道。

「我還以為老袁不回來就不考了呢。」

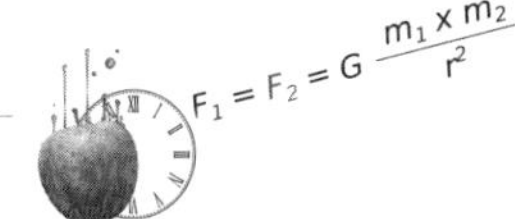

「誰說不是？」

「你們還差幾章？」

「別說幾章了，誰有筆記借我看看？」

「昨天我借了張君的抄，還沒來得及看。我還以為下午考呢，指望上午看……」

南舟貓似的無聲推開宿舍門，走進來，大大方方地確證了自己床鋪和書桌的位置，又走進盥洗室，通過牙刷刷毛和毛巾表面的濕潤度判斷了哪些私人物品屬於自己。

普通宿舍是床桌分離的。

床是上下鋪，桌子則在床的對面一字排開。

南舟坐在最靠近門的那張桌子。他自顧自在桌旁坐下，準備動手翻找自己的東西。

拉開抽屜時，他的手背不慎撞到了正把胳膊搭在桌側、半背對著他激情翻書的室友 NPC 之一。

「哎喲我操！」那人感受到碰觸，驟然一驚，回頭望來，撫著胸口駭道：「南舟，你貓啊你？走路怎麼沒聲！」

南舟正想探手去拿抽屜裡的東西，聞言不覺一頓，他想到昨天江舫發的那個帖子，以及被大家淡忘了的、如同一蓬青煙、從所有人心中蒸發掉的胡力。

南舟邊想邊說：「我早就進來了。」

那人也很快顧不上這點違和感，蠢蠢欲動地問：「南舟，你複習了沒？你要複習了我就坐你旁邊……」

南舟反問：「我們要考的是哪一門？」

室友甲：「……」

室友乙：「……」

室友丙：「……」

——操。

室友甲崩潰喊道：「外國建築史啊！」

看到南舟這樣，他們甚至開始真情實感地替南舟著急。

南舟卻很淡地「嗯」了一聲，從書架上挑出那本厚厚的建築史教材。

下一秒，他連翻都沒翻，往上一趴，枕著教材閉上了眼。

眾室友：「……」

完了，自暴自棄了。

提前交卷、從考場出來的南舟看了看錶。

10 點半。

這個時候，舫哥還在聽講座，銀航還在上課。

南舟考試的東四樓緊鄰他們 7 天前聚會的東五樓，所以他決定先去 403 活動室看一看。

但在打算出發前，南舟及時剎了車，他想起了昨天晚上生氣的江舫，於是摸出手機，給江舫和李銀航一人發了一條微信，通告了自己的行程。

我要去 403 一趟。

李銀航秒回：等我們一起。

江舫則拉了個群。

群裡，南舟久久沒有回音。

李銀航在教室裡坐立不安起來，打字詢問江舫：他不會已經自己一個人去了吧？

江舫：不急，等等他。

過了 2 分鐘左右，南舟的微信發來了。

三個人去，要是出事，一個都逃不了；我一個人去，留你們兩個，比較安全。

李銀航：「……」

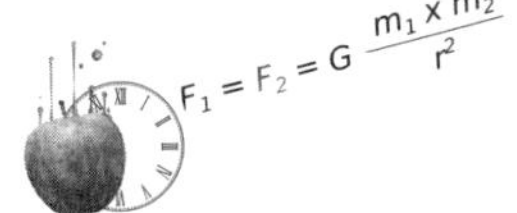

好的，她被說服了，她只好等著江舫想出理由來勸服南舟，但江舫那邊也好像啞火了一樣。

又過了 5 分鐘左右。

江舫終於發來兩個字：抬頭。

李銀航對這兩個字研究了半天……她沒懂。

她茫然抬頭看了看周圍，才猛然間靈光一現——

與此同時，乖乖團身坐在四號樓樓梯上的南舟按照指示抬起了頭來。

只見江舫雙手插兜，站在太陽前面，剛剛好能讓南舟不被陽光刺到眼睛。太陽為他的身形鑲上一圈金光，搭在肩側的天然銀髮也像是灑了金。

江舫輕輕吁出一口氣，調勻呼吸，假裝自己剛才並不是一路跑來的。

他笑著對南舟說：「走啊。」

另一邊，坐在教室裡的李銀航悲涼地握緊了手機。

——所以江舫特意拉群是什麼意思？

——把狗騙進來殺嗎？

正哀傷時，李銀航耳畔倏忽傳來一聲幽微的細響：「沙——」

李銀航立時蒼白了一張面孔，掐緊手掌，呼吸急促起來。

她早上去食堂吃飯時，已經又聽到過一次這種聲音了。

當時南舟讓她好好去上課，說挑人多的地方坐，李銀航也沒有多想，畢竟白天給人安全感。

現在，這層虛假的安全感被摔了個粉碎。

李銀航不敢去看旁邊的人，甚至不敢喘息得太過大聲。

尖銳的麻木感從她的肩膀，攀爬到後背，又一路蔓延到大腿。

她的想像力在此刻達到巔峰，她生怕自己發出的響動重了，旁邊的人一轉頭，她會看到一張張沒有五官的白板面孔。

李銀航顫抖著拿出手機，想告訴南舟他們，自己已經第三次聽到……

然而，當她摁亮手機螢幕時，原本還保留著三人對話的群化為了一片空白。

群名還在，但映入眼簾的，是一句不知道是誰發來的話。

——妳找我嗎？

李銀航也不知道自己是怎麼退出當前的聊天框的。

她挪動著僵直的手指，飛速選中了和南舟的單人聊天記錄，想跟他說明自己的遭遇。

——妳找我嗎？

不論她點開哪一個對話方塊，她所有的連絡人都對她說著同一句話。

妳找我嗎？

妳找我嗎？

妳找我嗎？

……

李銀航霍然起身，「老師！」

正在講課的副教授詫異回頭，看到的是面色如鬼、搖搖晃晃、好像突發了低血糖的李銀航。

她從牙縫裡擠出氣流似的聲音：「醫務室……」

副教授從疑慮轉為擔憂：「要同學陪著嗎？」

李銀航匆匆答了一聲「不用」，抓起提包，快步從後門跑了出去。

衝出教室的那一瞬，李銀航將手裡緊握著的、毒蛇一樣冰冷的手機，瞄準一扇開啟在教室門正對面的窗戶，徑直扔了下去！

結果，南舟和江舫在403門口，邂逅了正在撬鎖的孫國境的「龍潭」三人組。

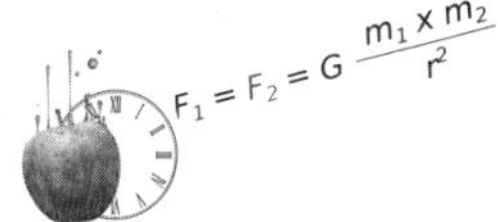

什麼叫冤家路窄啊！

三人組的臉色很不好看，彼此對了個視線，他們決定不理會南舟和江舫，繼續撬鎖大業。

南舟跟他們打了個招呼：「你們好。」

三人組：「……」見他媽鬼。

南舟：「你們在幹什麼呢？」

三人組悶頭幹活，把南舟當空氣，妄圖逃避昨天的丟人事蹟。

南舟站在三人身後，一本正經地惡魔低語：「我的盜竊是 1，你們是多少？」

江舫差點笑出聲來。

三人組：「……」

孫國境操了一聲，回過頭來，「你到底想幹麼？」

南舟：「開鎖。」

孫國境拉著兩個兄弟罵罵咧咧地走開了，「你來！你來！」

在南舟蹲下身來，端詳 403 的鎖孔時，江舫也走到 403 教室旁。

教室外門的右側，磚紅色的牆壁上嵌著一方透明的課程表架，內裡夾著做好的課程表，上面標注得很清楚，週幾，哪個系、哪一堂課會用到這間教室，教室的負責人是誰。

出事的那天是 21 號的夜晚，也就是上週五，這間 403 教室，唯一承擔的教學任務就是體育系的一門文化課，上課的時間，剛好是每週五下午的「運動原理」。

江舫看向蹲在他身側準備開鎖的南舟，南舟也在看這張紙，和江舫交換一個視線後，南舟站起身來。

看南舟離開了門鎖，孫國境忍不住嘲諷了一句：「打不開就早說，擺什麼譜啊。」

南舟卻徑直走到他身前，向他攤開了手，「鑰匙。」

三人組不約而同地：「哈？」

江舫靠在牆邊，替南舟解釋：「7 天前的最後一堂課，是體育系上的。如果說晚上約在 403 聚會玩桌遊，最有可能是你們發起的。你們找找身上的鑰匙，有沒有 403 的。」

孫國境：「……」

孫國境被說服了一些，但面子掛不住也是真的。

昨天晚上，謝相玉舒舒坦坦地在那張唯一的空床上倒下就睡。

他們三個臭皮匠擔驚受怕地湊在一起，反覆研究著他們各自手機裡的聊天記錄。

上週五，他們的確在宿舍群裡討論了晚上要搞個聚會，這局也的確是他們三個湊的，是為了慶賀期中考試結束。

但聊天中根本沒提到什麼「鑰匙」，三人想當然地認為 403 的門是常年不鎖，所以他們才能自由出入……

然後就導致他們今天來調查時，只能對著落了鎖的 403 教室面面相覷，最終下定主意撬鎖。

他們壓根兒就沒把牆上的課程表和他們剛才的窘境對應起來。

而南舟和江舫不過是去看了一眼，就……

孫國境又一次冒出了和南舟他們聯手的打算，但一想到昨天謝相玉的叮囑，他不由得打了退堂鼓。

昨天，受到慘烈驚嚇的孫國境也對謝相玉提出過這樣的想法。

既然他們的生命安全已經受到威脅，那不如盡棄前嫌，七個人聯手，彼此互通資訊，是不是活下來的把握會更大一些？

「……聯手？」聽他這樣說，謝相玉挑起了眉，「如果 403 裡真有什麼重要的線索，他們先拿到了，然後藏起來，你們有把握鬥得過他們？」

說到這裡，謝相玉又微妙地停了停，粲然一笑，「……當然，人不會這麼壞的，生死關頭，大家還是要講一下合作的，是不是？」

謝相玉一席溫溫吞吞的話，反而讓孫國境不敢賭了。

謝相玉來的時候，看到的是南舟打劫他們的場景，他看到的是片面的

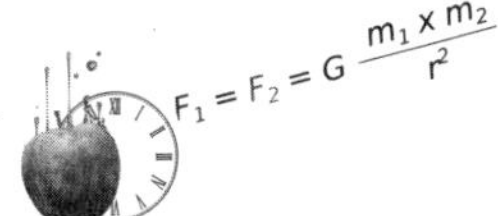

資訊。

事實上，是他們對南舟先動的手，現在他們又要巴巴貼上去和南舟合作？南舟他們值得相信嗎？他們又會真的相信自己嗎？

易位而處，如果他們是南舟，在執行任務的時候遇到了曾對自己圖謀不軌的對象，難道會慷慨地不計前嫌，毫無保留地共用一切資訊嗎？

孫國境跟其他兩人使了個眼色，掏出口袋裡的一串鑰匙，象徵性在南舟面前稀裡嘩啦地一晃。

他給出了一個錯誤的資訊。

「我們早就檢查過了。我們隨身沒有可以開這扇門的鑰匙。」匆匆展示過後，孫國境就要把鑰匙往口袋裡塞。

他打算隨便找個藉口把兩人打發走：「你們去找教學樓的負責人問問吧。他們那裡肯定有鑰匙。」

南舟卻一把握住了他的手腕，「等等。」

孫國境昨天剛挨過南舟的揍，肌肉記憶還殘存著，本能一縮，色厲內荏地低吼：「幹什麼？！」

南舟：「你的鑰匙，裡面有一把和這個鎖孔形狀差不多的。」

孫國境：「……」

操！丫什麼眼神啊？屬貓的？！

江舫卻從他們三人各異的神情中讀到了一些其他的資訊，他說：「你們昨天晚上睡得不很好。」

三人默默對了個眼神，都從對方臉上讀出起碼失眠了四、五個小時的疲憊感。

「為什麼？」江舫問：「昨天晚上，你們出了什麼事情嗎？」

三人統一閉嘴，他們還沒有達成要和「立方舟」合作的共識，當然不願意把自己掌握的情況和盤托出。

然而江舫看起來並不需要特別明確的回答。

他問：「你們聽到『沙沙』聲了？」

三人組：「……」

江舫：「是誰最先聽到的？」

江舫視線停留在一臉懵逼的羅閣臉上，「是你？」

接下來，視線轉到了抿唇不語的齊天允，「是你？」

緊接著，江舫注視著孫國境緊繃起來的面部肌肉，確信地一點頭，「啊，是你。」

孫國境臉色微變。

操，這個人……

江舫：「是在哪裡第一次聽到的？」

三人呼吸有些不勻。

江舫：「課堂？」

江舫：「田徑場？」

江舫：「體育倉庫？」

江舫：「宿舍？」

注意到孫國境明顯滾動了一下的喉結，江舫肯定道：「嗯，宿舍。」

「『沙沙』聲一共聽到了一次？兩次？三次？」

孫國境瞳孔微擴。

江舫優雅地一點頭，再次確認：「對了，你已經聽到三次了。那你也應該見到鬼了。」

孫國境：「……」

江舫：「是昨天晚上，對吧？」

所以他們才這樣一副睡眠不足的模樣。

江舫：「但男生宿舍昨天晚上並沒有鬧出很大的動靜。你們也並沒有因為害怕，連夜倉促地開展調查。」

江舫：「這不符合你們的性格。所以，是你們中有人勸阻了你們？還是有外人阻止了你們？」

三人已經被他高速、高密度的連番問答逼得透不過氣來。

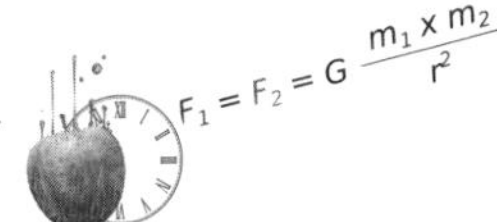

稍微聰明一點的齊天允還想要維持一下表情管理，但完全是徒勞的。

江舫淡淡道：「謝相玉……」

提到這個名字時，他們三人的表情沒有迷茫，反倒有一絲被戳破祕密的驚慌。

江舫篤定：「哦，是謝相玉找過你們。」

江舫：「他和你們合作了。」

江舫：「可他為什麼不來？他在上課？」

江舫：「他告訴你們，他想試一試，如果完全按照正常生活軌跡，遵照角色扮演的基本要求，完全不崩人設，會不會招致『沙沙』聲，所以他去上課了，讓你們三個先結伴來看一看 403 的情況？」

三人臉色青紅交加，煞是精彩，一句話都說不出來。

江舫挺謙和地一彎腰，「感謝配合。」

三人組不由自主狠狠打了個寒噤。

——配合個瘠薄啊！

內心所有想要藏起來的祕密被輕而易舉地勾出，讓他們看江舫的眼神都變了。

南舟歪頭看著江舫，偷偷衝他比了個大拇指，然後覺得不大夠，又跟上了一個。

江舫臉上的笑容真心了十分，「承蒙誇獎。」

「啊，對了。」江舫偏過頭去，看向三人組，紳士地笑道：「勞駕，鑰匙能借我們南老師再看一看嗎？」

把鑰匙交出去時，孫國境已經被念得渾渾噩噩。

他們來前遭遇到的一切，以及打算去做的一切，大概都被江舫猜到了，他們再耍無賴下去，也沒有什麼意義了。

然而，鑰匙剛剛轉交到南舟手上，他們就一齊聽到樓梯一側傳來的激烈奔跑聲。

孫國境汗毛倒豎，下意識拉著兩個兄弟退開好幾步。

南舟倒不很緊張。

江舫甚至還有心思開了個玩笑，安慰道：「這聲音大家都能聽到，說明危險不大。」

但是，在看到從樓梯處跑出的、冷汗淋漓的李銀航時，兩人的面色都沉了下來。

李銀航注意到一群熟面孔聚集在403門口，頓時露出如獲大赦的表情。但江舫、南舟見她慘敗的面色，齊齊脫口詢問：「安全詞。」

李銀航跑到近前，停下腳步，扶著膝蓋大喘一聲，一口氣道：「光明銀行，21012話務員為您服務。」

「龍潭」三人組：「……」

這他媽是什麼社畜特供暗號。

通過安全詞的確證，以及她對自己遭遇的描述，南舟和江舫可以確信，李銀航的精神狀態不算太壞。

在囫圇講明自己的遭遇後，李銀航自己也有點懊惱。

要是南舟碰到這種事，估計能馬上用手機跟那個鬼嘮起來，去查他的戶口，自己還是太衝動了。

但南舟沒有絲毫責備之意，拍拍她的肩膀，淡然道：「辛苦了。」

再見到他們，李銀航這時候才有了死裡逃生的實感。她吸了吸鼻子，有點委屈：「我……沒事，我……」

南舟：「這裡還有件事，要麻煩妳一下。」

李銀航：「……」哥，麻煩你讓我把情煽完好不好？

南舟跟李銀航耳語了兩句，任務在身，李銀航勉強打起了精神：「我馬上去。」

南舟又走到江舫身邊，「舫哥，你陪著她去一趟。」解釋說：「讓她做點事。」

——這樣她心裡就不會總想著遇到的恐怖事情，會好過一點。

江舫自然懂得南舟的弦外之音。

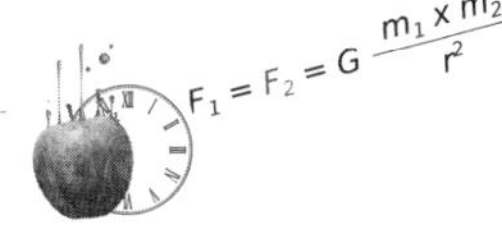

「你一個人……」看向那三個愣頭青，江舫微微一頷首。

應付他們，南舟一個人也沒什麼問題。

江舫帶著冷汗還沒完全消下去的李銀航沿著樓梯下樓去了。

南舟拿過孫國境手裡的鑰匙，選中了那把自己看中的。

「聚會是你們組的局。」南舟問道：「那麼是誰約的銀航？」

孫國境還有點想要負隅頑抗，但南舟的一個問題，徹底打消了他的僥倖心理：「你們是想要舫哥來問你們，還是要我來問你們？」

齊天允還算識時務，面對一個刁民、一個暴民，馬上做出了選擇：「我們手機裡沒有什麼銀行的聯繫方式啊。」

南舟回過頭：「是我們李銀航。」

無比自然地使用到「我們」這個措辭時，南舟不由一怔。

——為什麼自己會被傳染舫哥的措辭？

在南舟想不通這個小問題時，孫國境和齊天允、羅閣快速交換了一下眼色。

——算了，還是合作吧。

孫國境：「我們的手機裡沒有李銀航這個名字啊。」

為了證明自己所言非虛，他主動掏出手機，「不信你自己找。我們昨天把通訊錄都研究遍了，我們沒人去約什麼李銀航。」

南舟眉頭一皺。

「龍潭」三人組是同一間宿舍的，聚會這種事情，當然靠口頭溝通就行。而據孫國境接下來所說，「謝相玉」是被他們帶去的跑腿小弟，「謝相玉」可以算是他們關係鏈中的一環。

而在自己這邊。

「李銀航」聯繫了身為高中同學的「南舟」，「南舟」又帶上了男朋友「江舫」，他們三人的關係鏈也是通暢的。

但是，又是誰聯繫的李銀航？

是死去的胡力，還是那個留下錄音的無名人？

這和他們每個人聽到的「沙沙」聲的前後次序，有沒有關係？

如果「沙沙」聲持續下去，又會發生什麼？

懷著各樣的心思，南舟旋動了手上的鑰匙。

咔嚓。

403 的門，打開了。

東四樓和東五樓位置偏僻，都是比較冷清的教學樓，平時的利用率不大。所以，東四樓才能輕易撥出一間教室來給延考的建築系學生們做期中考試，而他們這些學生也敢用教學教室來搞私人聚會。

403 就是一間再尋常不過的階梯教室。

教室的主色調是藍色，共有 15 排座位。

窗戶沒有開啟，悶出一股溫暖的塵土氣息。

前方的投影幕布還沒來得及收起，黑板上還有未擦淨的幾筆板書。

剛剛踏入 403，南舟就感到了一股微妙的違和感——這裡好像少了點什麼。

他掀開教室前方角落裡的銀質垃圾桶，裡面有三三兩兩的零食袋子，還有喝剩下的功能飲料瓶。

南舟擰開飲料瓶的瓶蓋，嗅到一股腐敗的氣味。

在這樣的深秋，飲料腐敗的速度會大大減緩。

他清點了一下零食袋的數量，神情更加微妙。

孫國境三人正試圖湊上來、搞明白南舟為什麼去翻垃圾桶，江舫和李銀航就去而復返。

江舫給出了南舟想要的答案：「我們問過這層樓的管理員了。這裡的衛生是外包的，每週四晚打掃一次。」

南舟：「垃圾也是那個時候運出去嗎？」

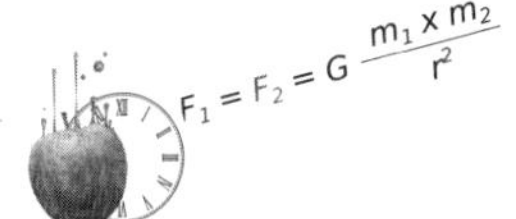

江舫：「當然。」

也就是說，自從上週週四晚上起，這裡還沒有被清掃過。

南舟看了一眼垃圾桶，似有所想。

而李銀航四下裡看看，一語道破了那點違和：「這裡怎麼一點聚會過的痕跡都沒有？」

在三人的合力提醒下，「龍潭」三人組才陡然意識到問題所在。

上週五，他們可是七個人一起聚會！

七個人一起，會造成怎樣的混亂？

更何況「齊天允」還逼迫小弟「謝相玉」點了烤串、啤酒，帶到這裡一起吃。

而現在，在這個封閉的空間裡，桌上、地上，沒有任何污穢殘餘，沒有任何多餘的氣味，垃圾桶裡只有少部分的零食袋和飲料瓶，極有可能是週四清運完垃圾後，週五來上課的體育系學生扔進去的。

除非他們極有公德心，把這裡打掃得非常乾淨，且把垃圾一點不剩地打包帶走了……

這當然也是合理的。

可這件事要是換到孫國境身上，他才不會打掃！

他只會想，反正週四還有清潔人員來，週一到週四也沒有課，自己也是付了清潔費的，哪怕把教室弄亂一點又有什麼所謂呢？

但眼前的403，潔淨，乾燥，沒有一點多餘的垃圾，沒有絲毫發生過聚會的痕跡。

南舟回過頭，看向眾人，問出了一個讓人毛骨悚然的問題：「上週五，我們聚會進入的地點，究竟是不是403？」

403教室內，氣氛一時凝固。

大家不約而同地想到了那躲在鐵皮櫃裡、恐懼顫慄的人生前最後的寥寥留言：

「那個地方是不存在的，所以我們也都不能存在了……」

「不存在的地方」，究竟是指……難道是 403 教室在那天晚上開啟了另一個空間？

而他們在無知無覺的情況下，進入了一個和現實完全錯位的裡世界，將狂歡持續到半夜，又從裡世界返回了現實。

由於這違反了裡世界的規則，所以有一股無名無形的力量，要把他們拉回去？

對恐怖的臆測是最消磨人意志的。

「龍潭」三人組的腳底板絲絲縷縷往上透著寒氣。

要不是考慮到 403 教室內還可能有有價值的線索，他們早就忍不住奪門而逃了。

就連李銀航也站在 403 教室的正前方左顧右盼，不大敢深入教室內部探查。

相比之下，南舟似乎對 403 教室的恐怖未知毫不介懷，他在階梯上反覆踱了幾遍，神情冷淡，到處摸一摸、看一看，像進入陌生空間裡又大膽又好奇的貓……但完全不像人。

孫國境被自己這個陡然冒出的想法嚇了一跳後，暗暗唾棄了自己一頓。不就是被他打了一頓嘛，何必這麼自我恐嚇？況且……

他看向了和南舟一起毫無畏懼地上上下下的江舫。

說老實話，兩個都不大像人。

走過幾遍，確定自己不可能靠走動意外撞進什麼異空間、裡世界後，南舟停下了腳步。

隔著一張桌子，南舟對江舫說：「很奇怪。」

江舫點一點頭，肯定道：「目前為止，並沒有任何一個校園傳說指向這件事。」

東五樓位置偏僻，鮮少有人來，管理還和普通教學樓一樣嚴格，經常落鎖。

小情侶幽會，有浪漫的小樹林和屋頂，有性價比更高的、無人居住的

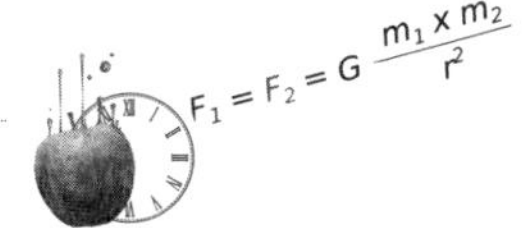

宿舍，誰願意坐在階梯教室裡談情說愛？

再加上東五樓是體育系專用的教學樓，天然給人一種陽氣旺盛的感覺，因此東五樓連鬧鬼的傳說都不存在。

所以，他們在東五樓裡面對的，究竟是什麼？

是想要他們幫忙達成願望的遊魂？

還是純粹的、混沌的惡意？

聽過江舫的關注點，南舟點點頭，「啊。你在想這個。」

江舫：「那你在想什麼？」

南舟：「很多。」

第一，關係鏈。

參與那天聚會的一共有九個人，但他們目前七人的人際關係是斷層的，胡力和留下死亡留言的人，彷彿從這個關係鏈上蒸發了。

這樣一來，南舟無法判斷那股力量究竟有什麼打算？也許，那股力量是針對他們其中某個人的，其他人根本就是被遷怒了呢？

第二，觸發恐怖事件的次序是什麼？

眼下，孫國境、南舟和李銀航已經先後遭遇到一次恐怖事件。

可以得到的線索是，聽到三次「沙沙」聲後，就會觸發一次，但對於觸發事件的機制，他們根本找不到規律。

第三，「那股力量」沒有出現過實體。

孫國境是感覺到有人鑽入自己的被子，南舟看到的是鏡子中自己的異變，李銀航則是被垃圾短信洗版……

幾乎毫無共通點。

唯一的共通點，也就只是「沙沙沙」的細響罷了。

所以，這股邪惡力量有可能並不具備實體，也有可能暫時並不打算在他們面前顯露。

第四，也是南舟最在意的部分。

留下死亡留言的人，為什麼沒有向他們發出任何求救的訊號？

按常理說，他們是能一起聚會的關係，也都是 21 號聚會的親歷者。

如果他們之中有人遭逢了超出認知的恐怖事件，正常的反應是什麼？

當然會是向有同樣遭遇的人傾訴、求助、求救。

但他們中誰的手機裡都沒有留下類似的記錄，傾訴的電話、求助的微信、求救的短信，一概沒有。

南舟說話很有條理，一點點將凌亂的線索整理出來，擺在所有人面前。但這並沒有什麼卵用。

不過是給「龍潭」三人組本來就空空的腦殼雪上加霜。

「喔，現在我們知道問題了。」已經見過一次鬼的孫國境是三人中最難保持鎮靜的，焦躁之下，他的口吻難掩尖酸：「然後呢？所以呢？還不是要等著鬼找上門來？」

南舟找了張近旁的桌子坐下，指尖輕叩著桌面。

現在，所有的線索長長短短，糾纏成了一個混沌的毛線球。而他們要做的，是從毛線球裡找出那深埋的線頭。

南舟回想著任務的要求。

他們的任務，只是活過 120 個小時而已，他們大可以龜縮起來，什麼都不做，賭其他人會先死，搞不好好運就會降臨在自己頭上。

但南舟不喜歡這樣，如果這樣做，任務的完成度會降低，S 級的獎勵就拿不到了。

PVE 中，隊友的死亡肯定也會拉低分數，這樣一來，他離實現自己的心願又遠了一步。

──等等，任務的要求……

南舟抬起眼睛，給出了一個關鍵字：「……電梯。」

正在喋喋不休地和同伴耳語、試圖消除心中恐懼的孫國境不禁一愣：「哈？」

南舟問：「學校裡，哪棟樓有電梯？」

在那通讓人摸不著頭腦的死亡留言中，留下的不止是言語資訊。

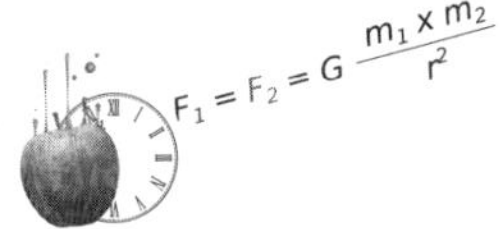

為了逃離「沙沙」聲，留言人按下了電梯，試圖誘導「沙沙」聲遠離自己。

也就是說，那人所在的地方，是有電梯的。

南舟當機立斷：「走。」去找電梯。

江舫也打算回應，但他剛剛一動，動作就是明顯一滯。

他面向南舟，對自己的耳朵打了個手勢。

——輪到我了。

第一次的「沙沙」聲，明確出現在江舫的耳邊。

南舟注視著江舫，突然感覺心裡不大舒服。

昨天看到鏡子裡扭曲的自己，被框緣頂得歪了腦袋時，他都沒有這樣不適過。

南舟將它視為了生理上的問題，抬手按按胸口，再次對江舫說：「我們先走。」

要找出原因，阻止「沙沙」聲繼續影響到……不該影響到的人。

江舫對此倒是接受良好，跟在南舟身後，路過「龍潭」三人組時，他先禮貌地為李銀航拉開了門，示意她女士優先。

送李銀航出去後，就只有江舫和三人組留在 403 中了。

江舫看向了齊天允，他看得出來，三人中，齊天允扮演的是「大腦」的角色，儘管這個大腦的腦仁兒有點小，但聊勝於無。所以，自己接下來的話，或許他最能聽得進去。

江舫望著齊天允，輕聲說：「如果我是你們，我不會太相信那個姓謝的人。」

「你們雖然在一開始打劫過我們，但現在的我們並沒有利益衝突。別忘了，你們在原世界觀裡，是霸凌過謝相玉的，你們所扮演的角色，和他有本質的矛盾和衝突。」

一語驚醒夢中人。

注視著被他的三言兩語成功勾起了狐疑的三人，江舫一笑。

不得不說，沒了剛才咄咄逼人的攻擊性，他身上的親和力是驚人的。

江舫拿起手機，「我們的最終目標，都是過關。如果有什麼擔心，或是遇到什麼麻煩，可以來找我……不用擔心南老師，我們南老師人其實很好的。」

「龍潭」三人組：「……」操，你哄傻逼呢。

剛剛把三人的內心世界成功挖了個底朝天的江舫，現在卻像是看不懂三人複雜的面色似的。

他笑盈盈地遞過一張便籤紙，持續釋放善意，和善說道：「互相留一下手機號碼吧。」

三人組對視。

——留個電話號碼，好像也沒什麼。

因為還不能像江舫那樣背記下自己的手機號碼，齊天允主動掏出手機，按照江舫提供的號碼撥打過去。

在他專注輸入號碼時，江舫自然地跨前一步，他做出俯身確認電話號碼的動作……

右手卻在齊天允深黑色的毛衣領子下晃了一下。

他的動作太快，齊天允甚至沒意識到他做了什麼。

江舫在齊天允對他們過分近的距離感到不適前，及時撤身，扶著胸口，無聲地對他們輕鞠一躬，示意告別後，才轉身出了 403 教室。

在轉身之後，江舫臉上親和力十足的笑容漸漸淡了。

相對而言，南舟的品行和人格，真的要比自己好很多。

這三人都不算特別聰明，而且顯然沒有過靈異副本的經驗，只有被人當做棋子和擋箭牌的價值。那麼，為什麼要拱手讓給謝相玉，任他驅使，甚至浪費？

——你們的死活，與其掌握在一個捉摸不定的人手上，還是掌握在我手上比較好。至少在我這裡，你們的生命代表著積分。

南舟和李銀航在 403 門外等著他。

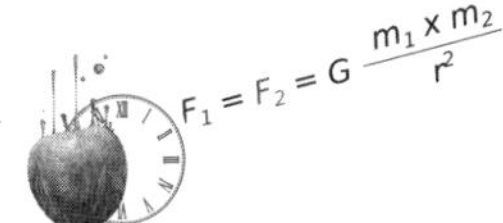

和南舟剛打上照面，江舫就收起了心中的諸般盤算，重新露出真心的笑容。他拿出了一個薄薄的、鈕扣電池一樣的小物件，在南舟面前輕晃一記。

南舟用目光詢問：什麼東西？

江舫把東西遞到他手中，用口型告訴他：捏掉。

南舟一臉問號。

南舟用口型回覆：為什麼？

江舫：捏碎就告訴你。

南舟把小東西在指間掂了掂，撚在拇指和食指之間，猛然發力，有點厚度的鐵扣瞬間被搓成了一個薄片。

南舟把東西還給江舫，「這是什麼？」

江舫心情愉快地翹起了唇角。

此時此刻。

謝相玉一個人坐在教室一角，聽老師口沫橫飛地講著思想道德修養和法律基礎。

他甚至在為自己扮演的人物記筆記……

可以說是完美執行了角色設定。

至於那三個聽了他的建議，匆匆請假，翹了每日訓練的體育生……

讓他們先靠近 403 教室，去做一下試驗品也不壞。

他將一樣從系統裡兌換來的竊聽道具貼在齊天允的身上，好方便監聽試驗品的動向。

南舟注意到的幾點問題，和自己歸納的相差無幾。

南舟發現的下一個調查方向「電梯」，也被他記錄在了本子上。

然而，相較於破解謎題，謝相玉似乎對南舟更感興趣，筆記本左上角

「南舟」兩個字被圈了四五遍。

但不知怎的，竊聽道具另一端的收音發生了些微的變化。

謝相玉放下了筆，凝眉聚神，尖起耳朵，想聽出究竟發生了什麼。

是被齊天允發現了嗎？還是……

很快，竊聽道具粉身碎骨的銳響，穿越數千公尺，直直刺進了他的鼓膜裡！

謝相玉驟然團起了身，差點把手裡的筆扔出去。

他伏在桌上緩了好一會兒，天靈蓋裡還像是被一鑼錘敲過似的……腦瓜子嗡嗡的。

他枕在手臂上，不氣不惱，反而忍不住悶聲笑起來。

——啊，被發現了。但應該不是被三人組發現的，不然他們在摧毀道具前，恐怕會先對自己好一通咒罵。

所以，是江舫嗎？還是南舟呢？

他感興趣地思索著時，受到過分刺激的耳膜又來湊了熱鬧。

「嗡——」

「轟——」

「沙——」

「沙——」

起先，謝相玉並沒有太在意，只是輕輕捏著耳垂，好緩過這一陣耳鳴。但是，在意識到發生了什麼後，謝相玉不動了。

他聽到了一個斷續的、倉皇的聲音：「你別過來！你別過來！」

沙——

「你究竟要什麼？我什麼都給你，你別殺我！」

沙——

「有人嗎？有人嗎？」

伴隨著呼救聲的，是持續的敲門聲、徒勞的喘息聲，以及無人回應的死寂，和不肯止歇、彷彿是皮膚磨過砂紙的悶響。

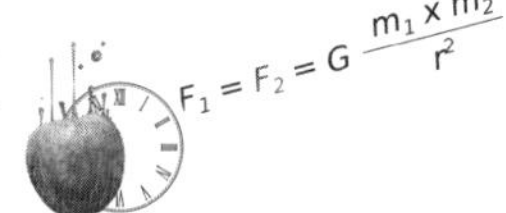

「沙——」

不難辨認出，那是謝相玉自己的聲音，他聽到了自己瀕死時的呻吟和求救聲，伴隨而來的，是步步逼近、令人脊背發寒的「沙沙」聲。

——果然，不是認真扮演角色就一定能躲過一劫的。

謝相玉早就聽到過兩次「沙沙」聲，對於眼下的遭遇，他早有預料，所以並不多麼意外。

等著狂亂的心跳恢復，他就埋下頭去，在筆記本某處打了一勾。

他的經歷再一次證明，「那股力量」目前還沒有實體，只能通過幻視、幻聽來嚇人。

謝相玉指尖一根記號筆運轉如飛，在他掌中翻出百轉花樣。

看來，自己也必須要抓緊時間行動了。

……還有，耳朵真疼。

學校裡，幾乎所有教學樓都是五層左右，學生公寓大都也不超過四層，一排一排，序列相連。

都不是需要裝設電梯的高度。

偌大的校園中，安裝電梯的地方並不多。

有留學生宿舍，有級別稍高一些，需要有大量器械搬運的醫學、化學實驗樓，有高約二十四層的行政辦公樓，還有兩棟新修建的、落成不到三年的高層宿舍樓，一棟是教師宿舍樓，另一棟，則是數學系的宿舍樓。

之所以數學系能獨享電梯宿舍樓的福利，一是因為數學系原先住的是全校最老最破舊的幾棟宿舍之一，二是因為津景大學的校長原先是數學系的教授。

而他們現存的七人之中，正好有一個數學系的……謝相玉。

原本斷裂的關係鏈，隱約牽起了一線微弱的關聯，但這點關聯還不足以證明什麼。

李銀航提出疑問：「數學系宿舍樓裡有電梯，就能證明留下錄音的人是數學系的嗎？醫學系、化工系，甚至是辦公樓裡的行政老師，也都不能完全排除在外吧。」

她問出這個問題時，南舟他們正身在數學系宿舍最高一層的樓梯間，樓梯間陽光充足，儘管如此，秋日的陽光照在身上時，還是冷冷的。

南舟從樓梯往下跳了一步，他今天早上回宿舍備考期間，甚至有心思給自己搭配了一身新衣服。他的綁帶馬丁靴靴底叩在地面上，在樓梯間上下激出一聲清脆的回音。

南舟抬頭望一望樓道裡依舊黯淡的燈管，「錄音裡還有一點線索。」

「什麼？」

「在他逃跑的時候。」南舟說：「背景音裡，有一個聲音。」

李銀航費力回想，不得其果。

她那時候身心剛剛浸入黑暗，整個人的精神都是高度緊張的，那迴蕩的、倉皇的腳步聲，可以說奪去了她全部的注意力，讓她根本無暇他顧。

南舟看向了江舫。

江舫一點頭，肯定了南舟的判斷：「有。『嗡嗡』的聲音。」

李銀航：「……」所以大佬的腦子裡都自帶答錄機了對嗎？

她根據這個線索深想了下去。

嗡嗡的聲音……

嗡嗡……

南舟剛才抬頭看燈的動作……

李銀航豁然開朗：「光感聲控燈！」

每當深夜，走在寂靜的樓道裡，燈泡在捕獲到腳步聲時，就會發出這樣的一聲低低的嗡鳴。

隨即，周遭倏然明亮……這是鎢絲的細微燃燒聲。

學校走廊和樓道裡的燈泡，都是同一家公司提供的，表面都塗了光感

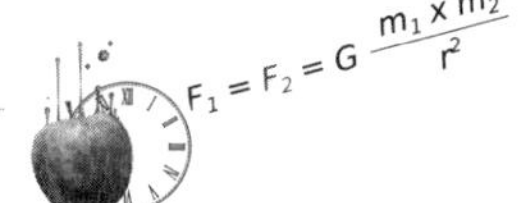

材料。

也就是說，留言人逃竄的時間，極有可能是在深夜。

深夜。

有電梯。

且留言人顯然對這裡的房間分布非常熟悉，熟悉到可以熟練利用電梯和沒有上鎖的房間來躲避「沙沙」聲，就像是生活在這裡一樣。

這些要素集中起來，不難得出結論——留言人消失的地點，很有可能就是在數學系的宿舍樓，就在他們所在的這個空間、這條樓梯道。

李銀航汗毛直接起立致敬。

她硬著頭皮問：「也有可能……留言的人在半夜留在了實驗樓、辦公樓裡之類的……還有，大晚上的，在宿舍樓裡這樣狂奔，為什麼沒人出來幫他一下？他又為什麼不找人求助？他既然是數學系的，那整棟樓裡總該有他熟悉的、認識的人吧？」

南舟：「那就證明一下。」

李銀航：「怎麼……」

南舟：「找到那個房間。」

如果留言的人最後出現的地點是在數學系宿舍的話，那宿舍某個角落，靠近電梯間的地方，必然會有一個空的、沒有上鎖的房間，而房間內有一個可以躲下一個人的鐵皮櫃。

不多時。三人站在了五樓某個房間前。

週五的白天，數學系學生都去上課或是去圖書館了。

不打算好好學習的大四老鳥們，此時也窩在床上，樂得和被窩纏纏綿綿。因此，白天的宿舍走廊也少有人往來走動，透著股叫人窒息的靜。

南舟握上門把手，模仿著那夜的人，緩緩將把手向下壓去，像是生怕

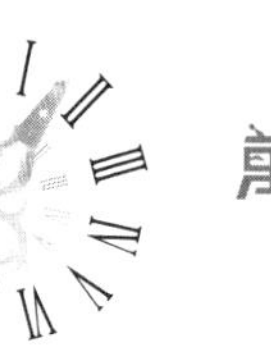

驚動暗中的幽魂，鎖簧發出喑啞生澀的彈開聲，聲音小到可以忽略不計。

但代入那夜試圖從死亡的陰影裡奔逃出來的留言人，這動靜或許響若雷霆。

和他們設想的一樣，門並沒有上鎖。一陣撲面的寒風過後，門向內開啟，在三人面前，它徐徐展開了內裡的全貌。

這裡大概很久沒有人來了，證據是淺色的地磚上積了一層薄灰。

李銀航剛想進去，餘光看到南江倆佬都沒有進去的意思，馬上龜縮到最後面。

南舟輕聲說：「不對。」

然後他又一次看向了李銀航。

李銀航感覺自己簡直是高中課堂上被抽點到的、只想摸魚溜走的平庸學生。

不得已，她硬著頭皮，和兩人同樣看向眼前的地面，大抵是因為心慌意亂，她看了好幾眼，硬是沒看出什麼特別的。

這完全是個雜物間，房間裡立著三、四個櫃子。

其中一個是透明的辦公書櫃，鑲著玻璃的推拉門，透過蒙塵的淡灰色玻璃可以隱約看到裡面橫七豎八摞著幾個空蕩蕩的深藍色檔案盒。

其他的櫃子，規格和學校宿舍裡的標配鉛灰色鐵皮衣櫃一模一樣，壞了的、多餘的衣櫃，大概都會搬到這個廢棄的地方來。

牆角擺著幾把要麼劈裂開來，要麼缺零少件的掃帚。

成疊的快遞紙箱。

六、七張有「津景大學」logo 的椅子。

窗臺上擺著一盆死掉的多肉植物，窗簾拉得很死，不透一點點光，這盆植物就被遺忘在了窗簾之內，乾渴無光，靜悄悄地死去。

這裡簡直是一個昏暗的垃圾場。

看久了，淡淡的涼意就順著李銀航的腳踝蛇似的爬上來，叫她十分不舒服。

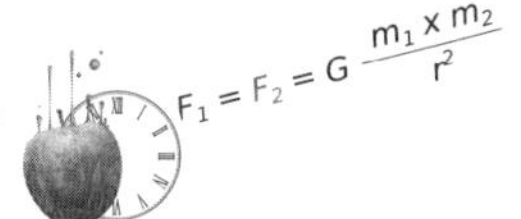

李銀航試探著：「……嗯，這裡應該就是那人最後的藏身地了？」

南舟一點頭，看眼神是在等待她的下文。

李銀航：「……」

就這麼瞪著眼睛瞧了彼此許久，李銀航自己都有點兒不好意思了。

她摸摸腦袋，「我挺耽誤事兒的，確實沒什麼發現，要不南老師你就直接說得了……」

南舟冷淡道：「妳好好看。」

李銀航背肌下意識一緊。原因無他，這種老師獨屬的壓倒性氣場，哪怕是對早就離開校園，步入社會的李銀航來說，也有一種無法磨滅的、肌肉記憶式的恐懼。

直到現在，李銀航才對南舟的老師身分確信無疑。

南舟說：「這個副本很困難，妳必須要有自保的意識和能力。」

南舟說：「好好看。」

李銀航不由一凜，不敢再寄希望於南舟，集中全副精神，看向房間。

定下神來後，一股違和感迅速衝上了她的心頭。

究竟是哪裡……

她面色一白，失聲道：「腳印！」

聽到答案後，南舟的目光轉回向了房間。

是的。沒有腳印。

這間房間許久沒有人來了，聚會又是在一週前舉辦的，那麼，如果這7天內真的有人逃到這裡來，在灰塵上踩下的腳印理論上將會一路延伸到鐵皮櫃前。

……所以，為什麼會沒有腳印？

李銀航嘀咕道：「難道那個人沒有躲在這裡？我們找錯房間了嗎？」

南舟在這個時候，踏入了房間，走出幾步後，他踩在淺色的地磚上，回頭望去，腳印異常清晰。

南舟回過頭，一步步走向離門最近的鐵皮櫃，站在櫃前，南舟低下頭來，若有所思。

自從進入副本到現在，他們嘗試了各種方法，他們尋找胡力，他們從自己身上尋找線索，他們嘗試按部就班地生活，他們去 403 教室，他們一直沒有找到任何有效的線索。

但遊戲不應該是這樣。

這是遊戲副本，總歸會有解法、會有線索。

哪怕原本是一道無解題，躲藏在背後的程式師和 GM 也會設法想出一個合理的解法，就像是……

南舟閉上眼睛，眼前飛速掠過殘破的畫面。

天邊的一輪圓月。

微笑的、或善意、或惡意的面孔。

電流流過身體時尖銳的、焚燒般的痛感……

如果沒有謎底，一切謎題就毫無意義。

所謂遊戲，正是如此。

南舟發力，打開了眼前破爛的鐵皮衣櫃，內裡空空如也，只有一團爛抹布蜷在櫃底角落，散發出難聞的、腐爛的牛奶氣味。

他聽到身後李銀航遺憾的嘆氣聲，但他沒有停步，接連打開幾個櫃子，內裡光景都是如此，毫無收穫可言。

因為沒有腳印，李銀航已經不那麼確信這裡是那人消失前躲藏的房間了。畢竟這樣的雜物間，學校裡並不缺少，與其在這樣一個房間裡浪費時間，還不如去別處看看，她自覺地看向江舫。

如果江舫開口說走，南舟一定會聽的，但江舫卻靠在門邊，絲毫沒有要走的意思，他定定注視著南舟的背影，眼中是星彩一樣的信任和欣賞。

南舟察覺到背後的視線，回過頭來。

江舫給了他一個鼓勵的點頭——你慢慢找，慢慢想。

南舟站起身來，想了一想，慢步走回他第一個打開的舊衣櫃。

這是離門最近的櫃子，如果他是那個留言人，在要躲藏的情境下，必

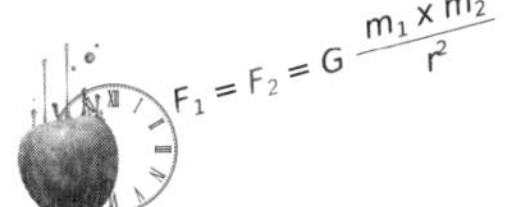

然，也只會選擇離門最近、最不容易折騰出響動的櫃子。

再度拉開櫃子，糟爛的腐臭味撲面而來。

南舟的眼睛告訴他，除了那團髒兮兮的抹布，這裡什麼都沒有。

但他蹲了下來，半個身子探進了櫃子內，用手當作感知的唯一載體，將角角落落都摸索了個遍。

解題的鑰匙，總會留下來的。

片刻之後，南舟的指尖碰觸到了一樣東西，觸感堅硬，並不是抹布。

南舟將那枚東西從指尖轉移到掌心，在反覆描畫，對它的形狀加以確認後，他站起身來，面朝向兩人，把手掌向前平舉起，「我找到了。」

李銀航一時迷惑。

南舟的手上，分明什麼都沒有啊。

但江舫卻走進了房間，將手指自然搭放在南舟的掌心，然後兩人對視一眼。

在被「沙沙」聲無限迫近的那個夜晚，那個東躲西藏的人，在這鐵皮櫃子裡抖如篩糠，弄出了太大的動靜。

所以，他丟了一樣東西，他口袋裡的鑰匙。

這把鑰匙，摸得著卻看不見，就像它的主人一樣，就像錄音裡所說的那樣——「那個地方是不存在的，所以我們也都不能存在了。」

這把鑰匙的存在，從視覺層面上被抹消了。

當一個東西所有人都看不見時，從社會意義上它即是不存在了。

東西是這樣，人亦如此。

江舫拿走了那把看不見的鑰匙，疾步向外走去，他的要求簡單且明確：「找謝相玉的宿舍。」

那人是在數學系的宿舍樓裡失蹤的，謝相玉是他們之中唯一的數學系學生，他們之間的聯繫，不會不緊密。

謝相玉的宿舍並不難找，在八樓，0814。

只是現在人都出去了，門鎖著。

江舫拿著那把不存在於社會學意義上的鑰匙，嘗試開鎖。

而南舟抬頭望著門口的名牌。

0814 裡住著四個人，分別是謝相玉、郁旻、劉碩琪。

無論他怎麼樣集中精神，烙在他腦中的，就是這樣一個概念。

這裡住著四個人，板子上有三個人名。

當他每每察覺到好像哪裡有問題時，這問題就會自動從他腦中過濾出去，徒留一道淡淡的影，彷彿杯中投下的弓似的蛇影。

南舟再次閉上了眼睛，他想起了早上的事情。

早上，他回到自己的宿舍，在宿舍內粗略檢視了一遍，南舟才坐回了自己的座位。

宿舍裡的其他三人都在緊張地臨陣磨槍，所以沒有和他打招呼，這是可以理解的。

可當南舟不慎碰到座旁的室友，那人卻結結實實嚇了一大跳。

然後，室友說了什麼？

「南舟，你貓啊你？走路怎麼沒聲！」

就在那時，南舟感到有些奇怪，好像……他的存在感開始變得淡漠，開始難以被他人感知到一樣。

如果胡力和那消失的留言者，都遭遇了這樣的事情呢？別人都遺忘了胡力，唯有留言者還記得一點點。

對胡力的遺忘，和他們現在的情況何其相似，他們這些玩家，甚至一直不知道前一個死去的、留言的人叫什麼名字……

多麼可怕的呼應和巧合。

更可怕的是，那個留言人也逐漸發現，自己和眼前世界所有的聯繫在一點點被切斷、割裂。

所有人都看不到他、聽不到他、感受不到他。

這一切，都發生在他開始聽到「沙沙」的雜響之後。

即使他在自己熟悉的宿舍樓道裡奔走、哭嚎。

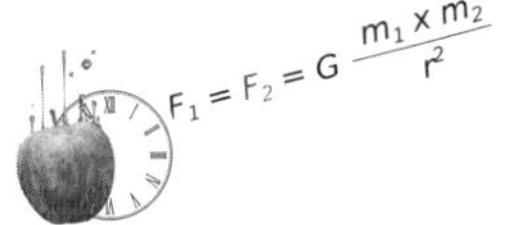

即使他曾經搖晃熟睡中的室友。

即使他一扇扇敲打著其他的宿舍門求救。

即使他在深夜奔跑在樓梯間、走廊，踏出激烈的腳步聲……

無人回應他、無人解救他。

南舟想到了他們剛剛找到的儲藏間。

那扇門後，地表上遍布灰塵，很有可能是印著留言者凌亂的足印的……只是他們看不到。

南舟閉著眼睛，將手探向門口懸掛著的名牌，他需要證明自己的猜想。宿舍門旁的名牌是活動的，可以拆卸，一旦上一屆住宿的人搬走，或是被調去其他宿舍，就可以拆下來，另換上新的名牌。

南舟一張張將名牌滑出原位，握在掌心。

名牌上是浮凸的字刻，南舟一個個摸過去，謝相玉、郁旻、劉碩琪……直到他摸到一個完全陌生的人名，他在心中將那名字默念出聲。

「左……嘉……明。」

左嘉明。

留下錄音的人，終於有了名字，南舟正要開口說話時……

「沙沙。」

「沙沙。」

「沙沙。」

驟然響在耳側的「沙沙」細響過於幽微縹緲，聽起來像一聲嘲弄玩家不自量力的冷笑。

江舫用不存在的鑰匙，打開了眼前這扇存在的門。

咔嚓。宿舍門緩緩向內開啟。

入目的，就是一間……再普通不過的男生宿舍。

普通得毫無驚喜可言。

房裡東西不多，也並不雜，也就是衣服和一些書。床上的被子不大愛疊，胡亂踢在床尾。

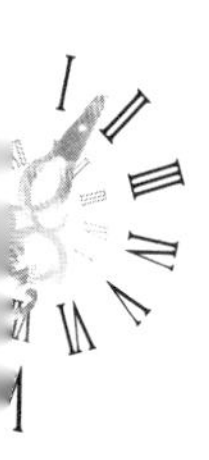

衣服亂糟糟堆在椅背上，一層層套娃似的疊起來，最外層的外套下緣幾乎要垂到地面。

整個椅子的保暖工作做得很好，一眼看去，像是有一個虎背熊腰的人孤零零地坐在上頭似的。

靠近暖氣片的地方，扔著幾個彩色的廉價槓鈴，一個足球則靜靜停在槓鈴附近。

南舟站在這充斥著生活氣息的小小四人間中央。

他嘗試著不去信任自己的感官，也不去把用「感覺」得來的結論當作思考鏈上可供參考的一部分。

南舟問：「這間宿舍住了幾個人？」

江舫：「四個。」

四張床上都擺著床褥，濃重的生活痕跡是根本無法忽視的。

南舟問：「應該有幾個人？」

江舫停了停，似有明悟：「四個。」

南舟：「門口名牌上，你們看到了幾個人？」

見江舫不回答南舟的問題，只是輕輕擰著眉思考，李銀航有些費解，接上了話來：「有四個啊。」

南舟回過頭去，盯住了她的眼睛，「哪四個？」

李銀航憑客服式的記憶快速清點了一遍，「那個姓謝的玩家，劉碩琪，還有一個郁……什麼來著，那個字我不認識。」

南舟：「所以，一共是幾個人？」

李銀航下意識地：「四個。」

南舟：「妳再數一遍。」

李銀航頗為莫名，屈起手指，按人頭一個個認真清點了過去。

「一、二……」數到「三」時，她駭然察覺了一件事——

她無論如何也想不起來，某個她剛才還篤定存在著的「第四個人」到底叫什麼名字。

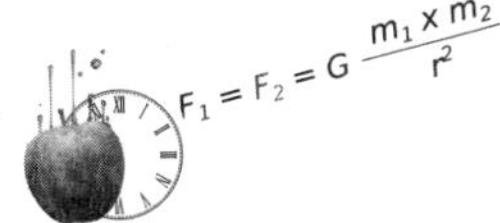

南舟轉頭，和江舫對視。

解決混沌的最好辦法，是報之以真實。

有些本來內心確信不已的事實，在經由自己的嘴切切實實地複述一遍後，才能發現問題所在。

南舟問：「所以，這間宿舍，究竟應該有幾個人？」

沒人回答他。

晚秋的冷風被紗窗瀝瀝篩過。

掛在陽臺上的幾副衣架，和鐵質的晾衣架碰撞出風鈴質地的脆響。

而三個人，就在這樣充滿溫馨的宿舍，靜立對視，不寒而慄。

（未完待續）

【紙上訪談】

作者獨家訪談第一彈，分享創作二三事

Q1：騎鯨南去老師您好，請您先跟讀者打個招呼吧！能否談談當初怎麼開始走上寫作這條路？

A1：大家好 w

寫作這條路，大概是我上課時摸魚寫一些短故事的時候開始的（這是不好的事情不要學喔，就因為總是選在數學課摸魚，所以我數學才差得令人落淚）。

Q2：老師寫過很多題材、角色和劇情設定都很特別的作品，你筆下的故事常有出人意料的發展，很好奇您怎麼有辦法產生這麼多有趣的故事？平常都怎麼收集靈感的？

A2：平常在看書，尤其是紙本書的時候，我會進行思維發散，比方說主角遇到了困境，我就會想如果我是作者，主角會怎麼破局，在自己腦中演繹完畢，再和作者「對答案」，這樣很有趣，也能即時碰撞出一些新的腦洞和想法。

Q3：請問寫作對您而言的意義是什麼？不知您有沒有比較偏好的創作題材？

A3：寫作是我人生裡相當重要的事情。寫的時候會被劇情和人設各種拉扯，感覺還挺折磨的；可是一停下來，看書的時候會想接下來寫什麼，走在路上也會想人物的對話和打鬥。

所以說，寫作對我來說，大概已經成功進化成一種生活習慣了。

在創作題材方面我算是百無禁忌的吧，什麼都會想試一試。

如果說喜歡的創作題材的話，好像更喜歡「記憶」和「時間」這類吧。

Q4：請老師來談談《萬有引力》的創作緣由吧，請問當初是怎麼想到寫這個故事？尤其已經有很多無限流作品的情況下，您要如何創新，寫出不同風格的作品？

A4：我想寫一個情感濃烈的故事。

我寫故事總是想寫人與人之間的關係，無限流裡的一個特色就是經常會碰見陌生的人，如何在短時間內建立信任，如何在不同思維的摩擦和交鋒中締造出羈絆和感情，就是我最想試著去做的事情。

Q5：創作過程中有沒有發生什麼有趣或難忘的事情？有沒有遇到什麼困難？您覺得寫無限流題材的故事最大的挑戰是什麼？

A5：創作過程中遇到的最大困難，應該是我自己。

我其實是非常怕鬼以及怕黑的。

所以在寫《沙沙沙》副本的時候我的後背全程在冒涼氣，耳朵一直豎著，對房間裡發出的一切聲響都敏感得要命。

所以在認清楚我的本質後，我很快廢掉了兩個靈異副本。

以後基本上都走技術流和解謎流啦。

（未完待續）

i小說 042

萬有引力1

國家圖書館出版品預行編目（CIP）資料

萬有引力 / 騎鯨南去著 ; . -- 初版. -- 臺北市 : 愛呦文創有限公司, 2023.02
冊 ; 公分. --（i小說 ; 42）
ISBN 978-986-06917-8-8（第1冊 : 平裝）. --

857.7 111005021

作者 騎鯨南去
封面繪圖 黑色豆腐
海報繪圖 凜舞REKU
Q圖繪圖 魅趖
責任編輯 高章敏
特約編輯 楊惠晴
文字校對 劉綺文
版權 Yuvia Hsiang
行銷企劃 羅婷婷

發行人 高章敏
出版 愛呦文創有限公司
地址 10691台北市忠孝東路四段59號10-2樓
電話 （886）2-25287229
郵電信箱 iyao.service@gmail.com
愛呦粉絲團 https://www.facebook.com/iyao.book

總經銷 聯合發行股份有限公司
電話 （886）2-29178022
地址 231新北市新店區寶橋路235巷6弄6號2樓

美術設計 廖婉禎
內頁排版 陳佩君
印刷 沐春行銷創意有限公司
初版一刷 2023年2月
初版二刷 2023年6月
定價 360元
ISBN 978-986-06917-8-8

愛呦文創

愛吻文創